时代出版传媒股份有限公司
安徽文艺出版社

叶 炜，本名刘业伟，1977年出生于山东枣庄。中国大陆首位创意写作文学博士，美国爱荷华大学访问学者，硕士研究生导师，中国作家协会会员。著有长篇小说"乡土中国三部曲"《福地》《富矿》《后土》以及《叶圣陶家族的文脉传奇》《自清芙蓉——朱自清传》等。另在《当代作家评论》《南方文坛》等发表研究论文三十余篇。曾获紫金山文学奖等。

转型时代三部曲

天择

叶炜 著

时代出版传媒股份有限公司
安徽文艺出版社

图书在版编目(CIP)数据

天择／叶炜著.—合肥:安徽文艺出版社,2019.6
(转型时代三部曲)
ISBN 978-7-5396-6605-1

Ⅰ.①天… Ⅱ.①叶… Ⅲ.①长篇小说-中国-当代
Ⅳ.①I247.5

中国版本图书馆CIP数据核字(2019)第040182号

出 版 人：段晓静
责任编辑：韩 露　　　　　　　　　装帧设计：马德龙

出版发行：时代出版传媒股份有限公司　www.press-mart.com
　　　　　安徽文艺出版社　www.awpub.com
地　　址：合肥市翡翠路1118号　邮政编码：230071
营 销 部：(0551)63533889
印　　制：安徽联众印刷有限公司　(0551)65661327

开本：880×1230　1/32　印张：11.375　字数：300千字
版次：2019年6月第1版　2019年6月第1次印刷
定价：58.00元

(如发现印装质量问题,影响阅读,请与出版社联系调换)
版权所有,侵权必究

来路,即归路。

——题记

目　　录

一　课桌 / 001

二　办公桌 / 008

三　木床 / 016

四　电脑 / 026

五　餐桌 / 034

六　打印机 / 042

七　话筒 / 049

八　办公椅 / 056

九　红毛衣 / 064

十　照相机 / 072

十一　大客车 / 079

十二　小台灯 / 088

十三　照相机 / 096

十四　大挂钟 / 104

十五　手表 / 112

十六　兰草 / 120

十七　玉泉河 / 127

十八　走廊 / 135

十九　新电脑 / 143

二十　回形针 / 151

二十一　绿萝 / 160

二十二　办公楼 / 171

二十三　戒指 / 179

二十四　围脖 / 186

二十五　老房子 / 193

二十六　大槐树 / 201

二十七　打印纸 / 209

二十八　法桐树 / 215

二十九　钢笔 / 223

三十　钟楼 / 232

三十一　笔记本 / 240

三十二　电风扇 / 246

三十三　小树林 / 254

三十四　真是味 / 261

三十五　柳树 / 269

三十六　云龙山 / 276

三十七　桃花林 / 284

三十八　口罩 / 295

三十九　办公桌 / 302

四十　大教室 / 310

四十一　档案袋 / 316

四十二　甲壳虫 / 323

四十三　办公桌 / 332

四十四　戒指 / 340

四十五　大操场 / 348

四十六　铁路线 / 356

一　课桌

我是牛万象的课桌。

四年来,除了睡觉,牛万象基本上都是和我在一起。平心而论,他对我还是不错的。对我百般爱惜不说,还经常会在不经意间给我爱抚——他喜欢一边看书一边拿手指在桌面上轻轻地敲击。他的敲击很有节奏,像是一段优美的旋律,有时候让我亢奋,有时候催我入眠。牛万象写东西的时候,还喜欢把整个身体都倾轧在我身上,尽管他的体重一年比一年重,但我还是很享受那种被挤压的感觉。再看看其他课桌,一个个都是一副无事可干的样子,它们的主人哪有牛万象勤奋。

早起的鸟儿有虫吃,勤奋的大学生有工作。按理在找工作这个事儿上,牛万象应该是很轻松的。他太勤奋了,也太优秀了——牛万象大学没毕业就出了两本书,这在圣城师范大学算是破了一次纪录。但我感觉牛万象并没有那么轻松,相反,他这段日子一直处于无比焦虑的状态。他一直在挣扎,一直在寻找。但他好像又不明白自己在寻找什么,为此苦思冥想了好长一段时间。最近,他的脑袋好像开了窍,忽然有了一点醒悟:自己所倾心找寻的,无非是一个理想国,或者说是知识分子的乌托邦。

为了实现自己的乌托邦理想,牛万象立志要在大学找一份好工作。他一直认为,这个时代,是行色匆忙的时代,只有厕身于高校,还勉强可以自由生活、自由写作。

优秀,再加上一点儿狗屎运,当牛万象的同学还在焦头烂额地到处赶场投简历时,他已经先后接到了十家高校的面试通知书。十家都去是不可能的,那样也太耽误工夫。这天,牛万象手里拿着一支铅笔,端着胳膊站在校报编辑部资料室里,对着墙上挂着的一张地图发呆。端详了一会儿,只见他抬起胳膊,用铅笔沿着京沪线勾选出了三座城市,那是三家高校的所在地,从北到南依次为岛城海洋大学、古彭师范大学和上海师范学院。为啥独独青睐这三家?原因很简单,这三家具体用人部门和牛万象所学专业对口,比较符合他的就业理想。而且三座城市的地理位置都不错,岛城依山傍水,面朝大海,是个名副其实的宜居城市。古彭为千古龙飞地,一代帝王乡,历史文化积淀丰厚,其交通发达,虽处于苏北,与苏南经济发展尚有距离,但近年发展快速,颇有后来居上赶超苏南之势。上海就更不用说了,中国最大的经济、金融中心,处于改革前沿,经济和文化环境都是首屈一指。更重要的是,这三座城市都在京沪线上,出行比较方便,说回老家立马就能回了。当别人都在焦头烂额地被工作所挑选时,牛万象却在随心所欲地挑选工作。由此不难看出,在找工作这个问题上,牛万象还是很牛气的,确切地说,他根本没太把找工作当个事儿。他在乎的,是能否找到一个寄居理想的工作单位。

按照面试通知时间先后,牛万象先去了岛城。这是他第一次去海滨城市,心情颇有些激动。岛城留给他的第一印象是干净,第二印象还是干净,第三印象依然是干净。走在大街上,整个城市都弥漫着有点咸湿但又十分清新的味道。那味道像小时候遍布村庄的牛粪,又像是老父亲的脚丫子汗臭味,闻上去既亲切又干爽。因为坐的是夜火车,牛万象到达岛城时正好是第二天凌晨,他安静地站在海边看了日出,闻够了海腥味,然后不慌不忙直奔岛城海洋大学。海洋大学坐落在一个山坡上,校内绿树成荫,花团锦簇,景色甚是宜人。沿着花园小道往山上走,视野越来越开阔。海洋大学看上去很大气,又十分优雅,像一个出身名门又饱经沧桑的贵妇,美丽中带着一丝忧郁,忧郁中带着满身傲气。对于这一点,牛万象还是比较满意的。大学嘛,就得大气一点、优雅一点,不能像个菜市场,到处都是市侩气、恶俗气。

　　牛万象要去的部门是海洋大学的新闻中心,属于宣传部管,今天要见他的是宣传部的方部长。依据自己在校报做学生记者的经验,牛万象判断新闻中心一般都是副部长分管,由此,牛万象一直以为对方最多是个副部长。直到看到办公室铭牌才知道,方部长不但是宣传部的正部长,还是学校党委常委。这让牛万象十分受用:党委常委亲自和自己面谈,这多少体现出了学校对自己的重视。方部长看上去略显清瘦,人显得异常精神。他一看到牛万象,立即放下手头上的工作,很热情地给牛万象端茶倒水,一点儿没有领导的架子。他对牛万象说:路上辛苦啦! 牛万象不好意思地摆摆手说:不辛苦,不辛苦! 待牛万象坐定,方部长紧挨着他坐下来,有板有眼地给牛万象介绍了一下学校的办学历史。不知道是不是了解到牛万象特别喜欢文学,他一再强调说别看海洋大学是理工科院校,但文史方面的积淀十分丰厚。说到这里,他指指窗外,对牛万象说:你看到对面那座小山上的那栋建筑没有,老舍先生和闻一多先生都在那里工作过!牛万象憨厚地点点头。聊了一会儿,方部长又问了牛万象一些个人方面的打算,末了问了他一句:万象你还没有女朋友吧?牛万象有些脸红地摇摇头:算是没有吧。方部长笑笑:那正好,等你过来后让学校工会的张部长给你张罗一个,我们岛城的姑娘可是个顶个地漂亮呢!说完,方部长拍了拍牛万象的肩膀,吩咐办公室的人:带万象去人事处签合同!我昨天已经和他们打过招呼了!牛万象有些吃惊地问方部长:不是说还要面试吗?方部长笑笑:我们刚才的谈话就算是面试了。你的材料我之前都看过了,我们新闻中心缺一个写大稿子的人才,你来了,正合适!说是让你来面试,就是想和你聊聊,把合同签了!牛万象心里说:这就定下来了?他不禁钦佩起方部长的办事效率。去人事处的路上,办公室的人告诉牛万象:方部长是个雷厉风行的人,他拍板的事情没有不成的。愣了一下,他又说:你是他选中的人才,此前他在部务会上多次表扬过你,说你写了很多东西,来了以后要让你在新闻中心挑大梁呢。听了这话,牛万象心里美滋滋的。

到了人事处,牛万象很快就签好了合同。人事处的工作人员告诉他:我们校长去北京开两会了,要一周后才能回来,等他回来才能在合同上签字,等他签完字后就把合同寄给你。牛万象听了这话心里有一点儿失望。他本以为现在就能把合同签好带回去,自己就不再去其他高校面试了。现在对方不签字,这事儿就有变数啊。看来,他还是得去上海和古彭看看。

和对岛城海洋大学的犹豫不决不同,牛万象拒绝上海师范学院的态度是十分坚决和明确的。原因说来其实也简单。一个是对方要他去工作的地方不是位于徐家汇的校本部,而是刚刚合并过来的偏远的奉贤校区。这一点不能让牛万象满意倒也罢了,更主要的是他原以为自己可以从事与文字有关的工作,哪知道对方要自己做的是学生工作处的小科员,这根本和文字工作不沾边嘛。学校对自己的态度倒是没说的,正儿八经地组织了一次面试,来考试的一共八个人,面试了一上午,最后只留下了牛万象一个。学工处的领导还亲自给他安排了招待所,住宿吃饭全免费。领导希望牛万象能立即投入工作,没事就不要回圣城师大了。还特别叮嘱他先从学习宿舍管理方面做起,可以先试着录入学生的分组名单。牛万象最讨厌的就是这种过于琐碎、需要不停重复的工作,坚持了两天,第三天实在坚持不下去了,给学工处的人扯了个谎,说家里有点事,就跑回学校了。

牛万象后来想想,放弃岛城和上海也可能是天意。

他从上海回来不久,就接到了古彭师范大学的面试通知。与其他两所学校不同,古彭师大宣传部的古部长让牛万象在学校里等他们即可,他要亲自带队到圣城师大来组织面试工作,不用牛万象自己往古彭跑。就冲这个态度,牛万象已经很是心存感激了。说句心里话,在我这张课桌看来,牛万象就读的圣城师大并不是多么显赫的名牌大学,相反,这是全国唯一一所在小县城办学的大学。牛万象一辈子也不会忘记开学典礼时校长讲过的那句话:我们的学校是一所农村大学,你们要像农民一样在这里躬耕、学习!牛万象当时就傻眼了:本以为自己考上了大学,从此就可以走出农村了,哪想到到头来不过是从一个农村来到了另一个农村!现在想想,其实这不过是校长的一个策略,提醒大学新生要把姿态放低,好好学习天天向上罢了。在这样的一所大学读书当然也有其他高校所没有的好处,那就是很容易出头冒尖。有句话说得好,宁做鸡头不做凤尾。牛万象在这样一所小城大学读书,很快就成了名副其实的"鸡头"。

因为能写会画,牛万象入学不久,就被中文系的学生会招至麾下。干了仨月不到,牛万象发现学生会太官僚,整天要跟着一帮子人出宣传板写海报不说,还得忍受学生会头头脑脑的吆喝,这与自己要做一个正直知识分子的理想相去太远。他一生气甩手不干了,加入了校报记者团,成了一个耍笔杆子的校园记者。对写作的热爱让牛万象在记者团里如鱼得水,不但在校报上发表了大量的作品,还很快就当上了记者团的负责人,一时间混迹于校报、宣传部、学工处、团委等学校各部门之间,和学校许多关键部门的中层干部混得都很熟。当然,他的表现,也深得宣传部领导的喜欢。这其中,属主管校报的李春部长对他最为器重。李部长出身农村,对同样农民出身肯吃苦又能干的牛万象很是赏识,能关照就关照。这次,兄弟院校兄弟部门的人亲自到学校来考察牛万象,他当然要全力配合、举荐。不但如此,在最后确定牛万象去哪儿工作时,李部长还替牛万象做了缜密、深刻分析。那天,他在编辑部掰着指头对牛万象说:首先,从学校是否对口来说,古彭师大和圣城师大一样,都属师范类院校,文科比较强,去了以后好适应;其次,古彭离家近,好照顾老人;最后,也是最重要的一点,到古彭师大的工作岗位是校报编辑部,而且编辑部目前只有一个人,既当主任又当兵,据说即将调走,你如果过去,可以很快地熟悉工作,用不了多久,就是主任的接班人。由此,李部长得出了一个令牛万象无比信服的结论:去古彭会更有利于今后的发展!于个人于家庭于老人,都是最好的选择!古部长说得头头是道,牛万象直点头,心潮无比澎湃。他有些担心地问:岛城那边怎么办?我已经在合同书上签了字,就等着他们那个院士校长签字了。李部长摆摆手:只要你愿意去古彭,这个好说,我来和他们商量、协调!第二天,牛万象在路上碰到李部长,李部长笑眯眯地告诉他:我和海洋大学的方部长联系了,他说没有把你成功引进是个很大的损失,为了你,海大把一个博士都推掉了!没想到到头来你却选择了古彭师大,他们很郁闷,海大建校史上还从来没有过这样的事情,堂堂的海洋大学,著名的985高校,竟然被一个本科生给炒了!说完,李部长哈哈大笑起来。牛万象也跟着哧哧地笑。

不难看出,牛万象最后选择古彭师大,是天时地利人和共同作用的结果。

然而,找工作的天时地利人和,并不代表工作时的天时地利人和。到单位报到以后,牛万象才发现,事情并不像他想象中的那么美好。这里不是他的理想国,更谈不上什么知识分子的乌托邦。他原以为在古彭师大工作会很轻松,哪想到这里人和人的关系依旧非常复杂。这一点,和读大学时的情形简直有着天壤之别。当然,这些已经和我无关了,作为一张课桌,牛万象毕业以后,我和他的"情缘"就到此结束了。

二 办公桌

我是牛万象的办公桌。

昨天我还灰头灰脸地待在古彭师大的后勤处仓库里,万念俱灰地思考着自己悲观的前途。没料到今天一大早,突然来了两个人,把我从仓库里抬出来,放到了校报编辑部。被擦拭一新以后,我恢复了本来的光彩。虽说不过是一张普通的旧办公桌,但我也算是见过世面的人——我最早是被放在校长办公室里的,德高望重并因此在古彭师大有举足轻重地位的办公室王峰主任是我的老主人。要不是去年机关新更换一批办公桌,我才不会沦落到后勤仓库里呢。我知道人都有喜新厌旧的毛病,所以也没有什么可抱怨的。本以为自己这辈子就这样完蛋了,要在那个废旧仓库里终老此生了,哪想到到头来还能有个第二春,自己又被废物利用了!当然,我这样说只代表自己很谦虚。我不是一个废物,我是一张依旧光彩照人的老式办公桌。据说我的新主人是一位刚参加工作的大学生。我推断他是一个没有什么关系背景的新手,不然也不会在校报编辑部这个略显边缘的部门工作。从我的二次分配使用可以看出,新主人可能是外地人。

依我在古彭师大多年的经验,我知道校报编辑部是一个比较尴尬的部门:你说它是一个单纯的业务部门吧,但它在隶属关系上属于学校党委宣传部,是宣传部的一个科室,每周一的办公例会编辑部是必须要参加的;但要说它是行政部门也不对,在古彭师大的许多人眼里,校报编辑部是一个倾向于专业的业务部门。总之,在古彭师大盘根错节的关系网中,我找不到校报编辑部的位置,也没有多少人关注这个部门。校报编辑部和宣传部是合署办公,虽然工作有分工,但有了重要工作还是要一起协作,用部领导的话说就是要打通使用。也就是说,牛万象名义上是校报的编辑,实际上还是宣传部的普通员工。也因此,校报编辑部和学校全机关的人一样,都在一个大楼里办公,所接触的也都是机关里的人。作为一张久经沙场的办公桌,我深知"机关"的含义,机关机关,处处"机关"。稍有不慎,就会得罪人,而你甚至都不知道是在何时何地得罪的对方。总而言之,从大学机关的属性来看,这里处理事情的方式不像高等学府,而是更像政府机关。

让牛万象始料未及的是,校报编辑部并不是只有他和主任两个人。他到学校报到的第一天,就发现编辑部办公室里摆了三张桌子,主任林萍的桌子在最里头,靠近窗户,我被放在最外头,守着门,中间还有一张桌子,空着。牛万象憋了一整天,没敢在林萍主任面前开口。刚上班,他知道自己得注意分寸。一直等到第三天,他终于忍不住,有些好奇地问:林主任,这张桌子是给谁的?林萍是一位博嫂,据说很快就会跟着她那位博士丈夫调到北京去了。但这也只是据说而已。因为这样的说法传了好几年了,一直没见林萍调走的动静。其原因主要是因为林萍的职称还没有解决,要跟着丈夫一起进京,她必须评上副教授。学校也清楚这一点,一直不给她通过。但宣传部的人都说,她总是要走的,不过是时间早晚问题。林萍主任很喜欢笑,说话时都是带着满面笑容,看上去很和善。她笑着告诉牛万象:你还不知道吗?编辑部马上还要来一位老师!牛万象瞪大眼睛:不是说今年只有我一个人过来吗?林主任笑笑:和你签合同时那个人还在工学院呢。暑假前夕,工学院合并到我们学校,许多人员要分流,有一个宣传科的人就被分流到编辑部来了。牛万象有些失望地点点头。此刻,他心潮无比澎湃:怪不得要在中间空出一张桌子,原来过来的这个人资格比我老!这不就改变了校报的既有格局了吗?原来李部长替我设想的那些岂不是要统统成了泡影?有了另一个比我资格老的人,哪还能轮到我来接班?那我岂不是熬走一位领导,还要再伺候一位新领导?要当更长一段时间的小兵?那何时才能是个头?而自己当初之所以到古彭师大来工作,主要就是想为自己赢得更多的可自由支配的时间,从事心爱的小说写作,来营造自己的文学理想国和精神乌托邦。现在看来,这个希望就要泡汤了。牛万象越想越来气,和宣传部一起办公干更多的活也就算了,现在居然还来了个比自己资历更老的人!他有些后悔到古彭来了。

然而,更让牛万象担心的事情还在后头。

宣传部还有一位博嫂,叫曾晓雯,是教育科科长,她丈夫是学校生物重点实验室的教授,也是古彭师大的一个大牛人。曾科长是消息灵通人士,她告诉牛万象:学校刚刚对中层干部做过调整,年前宣传部的老部长周启立高升到古彭建筑学院当党委书记了,新来的这一位古月寒部长原来是圣城师大人事处的处长,他熟悉人事工作，所以这次把你挖来才能不费吹灰之力。宣传部原来的副部长袁上飞本以为可以就地升职，但最终他的位置却没有动，很恼火，正闹腾着要甩膀子走人呢，但学校不给力，袁部长只好继续留守宣传部。古部长和袁部长，一个是新来的，大权在握，咄咄逼人；一个是老副部长，人脉丰厚，不甘示弱。两个人在权力分配上必然会有冲突。所以，当古部长到圣城师大把你挖来不久，袁部长就把工学院的那个老师调来了。牛万象一下子全明白了，自己已经在不知不觉中身陷宣传部两个阵营的斗争之中了。此时，牛万象也似乎明白了为何古部长要亲自到圣城师大面试自己的重要原因：不仅仅是因为自己多么优秀，更是权力斗争的需要。

九月的古彭师大，色彩甚为丰富。一栋栋灰瓦白墙的教学楼，错落有致地分布在高大的法桐和成片的草坪之间。校报编辑部在机关大楼的三楼办公，从办公室的窗户正好可以俯瞰楼下的风景。机关办公楼下是一个小花园，里面花团锦簇，各种颜色的月季花开得正艳，有几个摄影系的学生扛着照相机在拍照，只见他们一会儿半蹲，一会儿跪下，一会儿仰视，一会儿俯视，相当敬业。学生尚且如此，老师又能如何？牛万象站在窗前沉思了半天，决定还是要好好工作，不管什么机关不机关、斗争不斗争。当下最要紧的，是把校报编好，把自己的才能充分展示出来。

看得出来，对于编辑工作，牛万象是很喜欢的。我听说他从大学一年级开始，就开始给圣城师大校报撰稿。成为记者团团长以后，又开始负责一月一期的《校园记者》的主编工作，还配合校报老师编辑策划校园生活版块。牛万象从大三开始，就被中文系的一位才华横溢的教授招至麾下，协助其编辑系办刊物《当代语文》。由此，对于编辑工作，牛万象非常熟悉，可谓是信手拈来。在写稿方面，牛万象也是一个好手。凭借他扎实的文字功底，无论是小体格的新闻写作还是大体格的通讯式的稿子，他都很擅长。所以，无论是编辑还是写稿，他都毫不含糊。

牛万象深知第一印象的重要，在校报的第一次亮相一定要给大家带来一些新鲜感才行。第一期报纸适逢学校举办秋季运动会，作为一张资格甚老的办公桌，我知道这一工作是校党委俞强副书记亲自抓的。他在古彭师大的地位和声誉都很高，是一位学者型的官员。他在学校的仕途是一个传奇，从一个科员到学校党委副书记，他只用了十年，这几乎算是火箭爬升的速度了。俞强书记同时分管学工处、宣传部等几个重要部门的工作。古部长多次在私下场合对牛万象说过：这次之所以能够顺利把你从圣城师大挖过来，多亏了俞书记开了绿色通道。你是古彭师大第一个以人才引进方式调来的本科生，学校为此向分管圣城师大的省教育厅支付了一笔不大不小的费用，作为你出省就业的补偿金。牛万象这才知道，决定自己到古彭师大工作的因素并不是那么简单，这背后有着许多自己所不了解的原因。牛万象由此对俞强书记有了好感，他决定抓住这次运动会的机会，写一篇大篇幅的通讯稿，配上照片，做一个图文并茂的整版报道。为了写好这篇报道，他带着记者团的学生记者满运动场转悠，寻找合适的采访对象。从运动员到教练，从后勤人员到裁判员，从啦啦队到志愿者，甚至多数时间只是在操场边缘装装样子的校医院人员，他都一个不落地进行了认真的采访。积累了足够的素材之后,牛万象回到了校报编辑部,准备连夜把稿子赶出来。

此时,早已过了下班时间,机关大楼里很安静。只有顶楼的活动室不时传出乒乒乓乓的声音,那是不着急回家的人在打乒乓球。在大学时,牛万象最喜欢的就是打乒乓球,还曾经得过中文系乒乓球比赛的冠军。听到那熟悉的乒乓球落在球台上发出的砰砰声,他手心里直发痒。但他很快就压制住了去打球的冲动,他刚来古彭师大,对机关里的人还不熟悉,这时候去打乒乓球不合时宜。他看看办公室墙上的钟表,到了吃晚饭的时间。刚才在操场上颠来跑去,他的肚子已经饿瘪了。牛万象决定先去学校食堂吃点东西,估计吃完饭打乒乓球的人也都走了,他可以安安静静地在办公室里加班写稿。

古彭师大现在是两个校区办学。老校区在著名的云龙山东坡,处于繁华的市中心位置。刚刚建成的新校区位于市区南郊,和大多数高校一样,古彭师大的新校区占地面积很大,足有2000多亩的样子。现在,已经有一多半的系科搬到了那里办学,留在老校区的学生已经不多。按说在新校区已经渐渐成为学校办学的主校区以后,学校机关也应该早点搬到那里,但据说新建的办公大楼才刚刚开始装修,所以还要再等上大半年。牛万象这一批新来的人员,差不多都在新校区工作,因此宿舍也都安排在那里。在学校机关搬到新校区之前,牛万象不得不在两个校区之间来回奔跑。老校区的机关食堂只在中午开放,教师晚上用餐,只能去学生食堂。因为这个,他一般都是在新校区食堂吃晚饭。牛万象没怎么去过老校区的学生食堂,对那里的环境很陌生。但他知道食堂的位置离办公大楼不远,穿过楼下的花园,绕过美术学院教学楼,拐个弯儿就看到了。食堂的位置离学生宿舍区很近,此时来吃饭的人已经很少,饭厅里零星地晃动着几个人影。牛万象看了看窗口,可供选择的饭菜也不多了,干脆只要了一碗牛肉面,坐在一个空位上哧溜哧溜吃起来。牛万象只顾埋头吃面,没注意对面坐下来一个女孩。女孩中等个头,一头齐肩长发,标准瓜子脸,大眼睛,长睫毛,眼皮像是特意被拉过了的似的。她面前也放了一碗牛肉面,坐下就嘟囔了一句:这个时间点儿,在这个破食堂也只能吃面了!牛万象闻声抬起头,笑笑。女孩看到他一愣,说道:你是校报编辑部新来的牛老师吧?牛万象一愣,点点头:你是……女孩仍旧笑笑:我叫叶晓晓,是中文系的学生,也是校报记者团的副团长,刚刚退出了记者团。愣了一下,又说:在您来之前就听林萍主任说起过您,说您是一位作家,写了很多作品呢!我们还偷偷看过您的简历和照片!真人可比照片帅多了!牛万象有些尴尬地笑笑,在心里说:叶晓晓?校报记者团的副团长?咋没听说过这个名字呢?从上大学开始,牛万象就不大善于和女生打交道,到现在,还是一见到陌生的女生就脸红,这个毛病,他怕是改不了了。叶晓晓见他红着脸,不作声,也不再说话,安静地吃起了面条。和牛万象哧溜哧溜的吃法不同,她一次只挑起一根面条,悄没声息地往嘴里送,做着很轻的吞咽动作。照她这个吃法,那还不得吃到猴年马月?牛万象暗中笑了一下,抹抹嘴唇,他起身想走,觉得不太礼貌,对叶晓晓说:你为啥要退出记者团?叶晓晓笑笑,没吱声。牛万象这才发现,她一笑起来脸上就会露出两个小酒窝,很可爱。吃了一口面,叶晓晓回答:其实也没有什么原因,就是因为想考研,就退出来了。牛万象"哦"了一声,说:考研是需要专心致志,祝你成功!叶晓晓点头说:我虽然退出了记者团,但还在给校报写稿,所以以后还请牛老师多指导!说着,自己笑起来。牛万象红着脸说了句:不敢指导,共同进步。说完,他起身去送餐具了。等他送完餐具走出食堂时,叶晓晓突然慌慌张张地跟着走出来,赶上他说:其实我退出记者团还有一个原因!不过说来话长。我现在要去上晚自习了,等以后有机会再告诉你吧!叶晓晓跑开了。牛万象一愣,看着叶晓晓的背影,笑笑。她的样子,让他想起大学里的一个女孩。

三　木床

我是牛万象宿舍里的床。

牛万象睡了我四年（或者说我睡了他四年，反正都是一样），要说和他没有一丁点儿感情那是假的，但要说和他有多么深的感情，也是假的。别看牛万象和我睡在一起，但他从来不把睡觉当作多大的事儿。四年大学，他是能不睡就不睡，能少睡就少睡。读书和写作占去了他的大部分的时间。特别是大学前两年，他几乎过着清教徒般的生活，说得不好听一点，他每天起得比鸡早，睡得比狗晚，吃得比猪差，干得比驴多。这也是他为何能在圣城师大当上"鸡头"独领风骚的主要原因。当然，牛万象在圣城师大也不是没有遗憾。

要说牛万象在圣城师大的最大遗憾，就是他没正儿八经地谈过一次恋爱。别看他整天在校园里风风火火风光无限，但在爱情方面，他是很迟钝的。这和他内敛、腼腆的性格有关，也和他的爱情观有关。他认为在大学里谈恋爱是金钱、时间、精力的三重浪费，像他这样出身农家、喜爱读书、几乎把所有时间都用来写作的人，在大学里谈恋爱的确是一种"奢侈"。牛万象出生于沂蒙老区一个叫麻庄的地方，那个村庄是乡土中国贫困落后的典型。家庭的贫困让他无法在大学里大手大脚地花钱，即便是后来他出了书得到了一笔可观的收入以后,他也不敢浪费那些本可以用来接济家里的钱。没有钱,在大学里谈恋爱几乎是不可能的。再说,他也没有时间。他的所有时间几乎都泡在图书馆里读书写作。他更没有多余的精力。他要在应付学业的同时,做好校报记者团的工作,带领一帮学生记者满校园跑新闻。与此同时,他还在中文系的杂志《当代语文》做兼职编辑。别看只是兼职,他要做的工作很多,颇有些怪异思想的主编、文艺学教授崔翔对牛万象颇有些赏识,几乎让他担当起了编辑部主任的角色。鉴于牛万象比较忙,为了能保持及时联系,崔翔教授还专门给他配备了一个时髦的传呼机。所有这些,都注定了他不能在大学爱情方面主动出击春风得意。更重要的是,他在这方面的要求蛮高,女孩子不但要漂亮,还要有气质,最好热爱文学,能写会画。按照他这个标准,整个圣城师大能满足他理想的恐怕没有几个。

当牛万象与古彭师大签订就业合同以后,随后接近半年的时间,读书写作之余,他打发时间的唯一方法就是和几个朋友出入于街边酒馆,点几个小菜,再来几瓶廉价的啤酒,一顿胡吃海喝。这一时期也成就了他的微胖体形,一改此前的削瘦和骨感,向着臃肿和肥胖一路迈进。对女性的要求甚高和对大学爱情的不屑一顾,最终导致了牛万象直到大学毕业,都没有认认真真地谈过一次恋爱。这样说似乎也不对,细细想来,牛万象似乎有过一次并不专业也不刻骨的恋爱体验。说起这段体验,他要感谢记者团那个名叫谭薇的女孩子。

圣城师大在小县城办学的好处是安静,安静,十分安静。想不安静都不行。这样的环境很适合牛万象这些出身农家的大学生，为啥？因为小县城的消费不高，也少有大城市的喧嚣和纷扰。在这里，像样的电影院都没有几家，酒吧、舞厅、歌厅也少得可怜。就连网吧都还是一个新生事物。那些来自大城市的大学生，一开始很不适应小城的生活节奏，但毫无办法，慢慢地，也只好都汇入了认真读书学习的潮流。圣城师大的学风之所以一直保持得很好，恐怕也和办学的外部环境紧密相关。这里的考研率一直居高不下，甚至被誉为中国考研部队的预备学校。在滚滚潮流中，来自省会城市强富高美的校报记者谭薇也加入了考研大军。人家都是大三大四才开始准备，她却从大一大二就早早地做好了规划，提前好几年进入了状态。与其他都盼望着考进大城市好一点的大学不同，她一心要报考本校中文系的现当代文学研究生。为了考研究生，她后来连校报记者团也不干了，整天泡在学校图书馆里看书。牛万象也泡图书馆，但他主要是在这里写小说。因为一心要摆脱家里的贫困，牛万象早就下定决心要先就业，再找机会考研。因为都是校报记者，又都喜欢泡图书馆，谭薇和牛万象常常结伴而行，时间久了，慢慢有了些超出一般同学的举动。尤其是谭薇，常常主动邀请牛万象到学校大操场散散步啥的。现当代文学专业的考试，写作占有很大的比重，谭薇有事没事就缠着牛万象，向他请教文学写作的技巧问题。每次请教之后，还常常邀请他一起出去吃饭。对谭薇的邀请，牛万象不好拒绝，一开始是硬着头皮去，后来慢慢习惯了，两个人几乎形影不离地出入于图书馆和饭馆。平心而论，从小在城市长大的谭薇相貌、气质俱佳，举手投足间尽显大家闺秀之风范。她喜欢辩论,口才很好,不善言谈的牛万象说不过她,有时候明明是道理在他这边,却常常会被对方说得哑口无言。牛万象不得不承认,自己时常会被谭薇的谈吐所吸引。但谭薇比他低一个年级,而且家在省会,两个人无论是相貌还是家庭,都差得老远。牛万象也就没往处男女朋友那方面想。

有一次,牛万象刚写完一个小说,心情无比舒畅。抬头环顾图书馆四周,大家都在很安静地看书。谭薇就坐在他对面,此时正在认真地边看书边做笔记。她抬眼看了看四处张望的牛万象,皱了皱眉头,小声说:你脖子扭来扭去的,累不累?牛万象笑笑:正好活动活动颈椎!谭薇从本子上撕下一页纸,写道:我们聊聊?牛万象愣了一下:怎么聊?用笔?谭薇点点头。牛万象心说有话不用嘴说用笔写,这不是脱了裤子放屁吗?但想想这主意也不错,再说图书馆里也的确不好大声说话。他拿起笔在纸上写道:那我问你一个早就很想问的问题吧,为何非要考本校的研究生?这个破地方,你还没待够吗?谭薇笑笑,在纸上写:我喜欢小城的安静,而且中文系现当代文学很厉害,尤其是给我们上课的李建老师,别看他现在窝在圣城师大,但他是一个有思想和学问的人,我很想读他的研究生。牛万象明白了,谭薇是看上那个才华横溢、风度翩翩的李建老师了。不知为何,一股醋意油然而生,他写道:李老师学问是很好,但大城市的大学好老师多得是!谭薇抿起嘴巴,摇摇头,写道:他做的是真学问!是有思想的学术!他的学问和做人是一体的!牛万象不知说什么好了,盯着谭薇那张青春洋溢俊美的脸,呆愣起来。

到此为止，牛万象和谭薇的感情还只是停留在一般朋友的层面上。他们之间的情感突变是在牛万象的小说集出版之后。大三这一年，牛万象被征招到中文系系办刊物《当代语文》做兼职编辑，认识了和杂志合作的在省城做出版的一个校友，在他的推荐下，顺利出版了自己的小说集。因为在文坛没有什么名气，书出版后出版社给了他1000册书以抵稿酬。牛万象算了下，如果这些书都卖出去的话，是一笔不小的收入。于是，那一段时间，他带着记者团的几个学生记者穿梭于圣城师大各院系之间，推销自己的小说。作为圣城师大建校以来在校生正式出版的第一本书，这本小说集竟然卖得出奇地好，到最后一本没剩！在整个推销的过程中，谭薇表现得最积极，几乎一场不落地参加了所有的活动。那些日子，她看牛万象的目光特别温柔，特别热烈。牛万象能感觉出来谭薇对自己有一点点的崇拜。牛万象不善于管账，觉得太琐碎，索性把所有卖书的账目都交给了谭薇来管理。谭薇是个仔细的人，专门到银行开了一个账户，所有收入支出一清二楚，不差分毫。最后一批书卖掉以后，牛万象请谭薇在学校礼堂看了一场电影《泰坦尼克号》。不知是不是被杰克和露丝的爱情所感动，谭薇看完电影在黑漆漆的操场散步时抱着牛万象直哭。牛万象有些意外，被谭薇抱了半天才反应过来，用手拍了拍她的肩膀，顺势搂住了她。搂着搂着，两个人的喘息越来越重，滚烫的嘴唇不知什么时候就咬合在一起。操场上黑成了一团，四下里寂静无人。两个人亲吻着，在厚厚的草地上打起了滚。天气热，谭薇那天穿了一件好看的碎花裙子。这件碎花裙子是她第一次穿，也是唯一一次穿。在操场上滚过以后,裙子上沾了一圈圈的草渍,就在屁股底下,混着淡淡的处女血,怎么洗也洗不掉。就这样,他们在一个晚上把大学恋人能干的都干了。事后,牛万象问谭薇为何那么激动?谭薇红着脸说,人家是被电影感动了好不好!愣了一下又说了句:好歹那也是卡梅隆的电影啊!谭薇的回答有点儿驴唇不对马嘴,但牛万象心里明白,有许多事是说不清楚的。

比如在面对是否留校工作的问题上,牛万象就充满了说也说不清楚的犹豫。那时他刚刚和古彭师大签完就业合同不久,正在学校东边租住的爱情小屋里和谭薇享受着大学最后的美好岁月。自从在操场上完成了大学恋人的最后一课的"仪式"之后,牛万象便迷恋上了谭薇那柔软如水的身体,为此,牛万象专门租下了这间不足二十平方米的小屋。两个人开始在这里过起了神仙般的同居生活。这里是牛万象和谭薇的爱巢,两个人恨不得每时每刻都要在这里上演男女之间的战斗。谭薇旺盛的生命力颇有让牛万象力不从心的感觉,他闹不明白,平日里看起来非常淑女的谭薇,咋突然之间变得如此放纵?她的身体像一个黑洞一样,吸收化解掉牛万象所有的力量。这天,两人正在折腾,牛万象裤腰带上传呼机突然剧烈地振动起来。牛万象不由自主地停下来。谭薇嘟囔了一句:干吗停?别管它!牛万象笑笑,气喘吁吁地说道:奶奶的,这振动的架势,比我还卖力!他打开传呼机,看到一行字:速来校报!有急事。李春。牛万象不知道出了什么事,从谭薇身上翻下来就急匆匆往编辑部赶。他跑了一路,直跑得满头大汗,气喘吁吁地站到了李部长面前。编辑部的几位老师都在,他们看到牛万象大汗淋漓的样子,都笑。编辑部主任胡军不冷不热地看了一眼牛万象,一脸的不高兴。牛万象一向不喜欢胡军,两个人的积怨由来已久。胡军是校报副刊版的编辑,与记者团没有直接联系,也不是记者团的辅导老师。但记者团的同学个顶个地几乎都是文学青年,他们最喜欢的不是写相对简单枯燥的新闻稿,而是可以显示才华的文学作品。因此,记者团的同学都把在副刊发表作品看作很重要的事情。尤其是女同学,个个都是天生的文艺范儿,每次给胡军送稿子都是胡老师胡老师的叫个不停。胡军又恰好特别喜欢这一点,在他编的副刊版面上,经常见报的也多是女记者的稿子。牛万象最看不惯他这一点,平时对他采取的都是敬而远之的态度。两年前,记者团换届,按照以前的换届模式,都是上任团长推荐下一任接班者,校报编辑部直接任命就可以了。哪想到当上任团长推荐牛万象的时候,胡军提出来新任团长要选举产生。他这样等于是废除了以前的推荐机制,也变相否定了牛万象的接替资格。对此,牛万象很气愤却毫无办法。老实说,他不怕选举,同学们的眼睛是雪亮的,校报编辑部的四位老师有三位会支持他,再怎么选举结果也都有利于他。那天,胡军兴师动众地找来记者团的成员,煞有介事地分发了选票。包括四位老师在内,一共三十人参加了投票,牛万象得了二十八票,他毫无悬念地当选团长。牛万象后来才知道,胡军之所以煞费苦心折腾,是想把他喜欢的一位女记者推上来。而牛万象当选团长的第二天,那位女记者就悄没声息地退出了记者团。再后来,他又听说那位女记者已经和胡军同居了的消息。那个消息传得到处都是,几乎成为圣城师大的一个时髦的话题和谈资。牛万象也由此了解到,胡军的现任妻子是学校一位老领导的女儿,她在嫁给胡军之前已经是有夫之妇。当时,她的新婚丈夫去国外进修访学两年。就是在这期间,她认识了即将毕业的胡军,两个人悄悄地发生了关系。而胡军也由此得以成功留在了圣城师大。

来到主编室,李部长看到牛万象满头大汗,笑着说:也不至于急成这样吧?!去,先去洗手间洗把脸!牛万象尴尬地笑笑,从洗手间回来,边甩手边问李部长:究竟是啥事?李部长笑笑:是好事!你小子真是交了狗屎运了!你也知道学校刚刚调整了一批干部,宣传部来了一位新领导,就是原来组织部的郭部长,他看中了你的才华,想把你留在宣传部工作,让我尽快征询一下你的意见。牛万象愣住了。说实话,他没想到还能有留校的机会。圣城师大虽然是在小县城办学,但也是响当当的省属院校,留校并不容易。况且,如果能留校工作,他和谭薇的爱情也可望能够开花结果了。就在刚才,谭薇还和他说起这事呢。她面部带着无比的忧伤,悠悠地对牛万象说:你到古彭师大工作,而我现在还是大三,将来若考上本校的研究生,还得三年。再坚固的爱情,也经不住左三年右三年的考验啊!牛万象心里明白,大学里的爱情,多半都是因为这个考验,到最后才落得孔雀东南飞的下场。如果真有机会留校,那才真叫是爱情事业双丰收!想到这里,牛万象心动了,他挠了一下头,问李部长:我和古彭师大签的协议咋办?不能说不去就不去了吧。李部长点点头,留校的事儿目前还只是一个动议,还得经过学校党委的研究,所以我们先不要和古彭师大通气,等能定下来再说!

从校报编辑部出来,牛万象脑子里一片乱麻。能留校工作是好事,四年大学时光,早就让他熟悉并适应了这里的环境,从中文系到宣传部,从学工处到团委,甚至分管宣传、学生工作的校领导,他都很熟识,留校工作比到一个陌生的高校工作要好得多。但留校工作也不是没有弊端。这里的人都是老师和领导,牛万象和他们之间处于不对等的上下级关系,这意味着他必须一直在他们手底下老老实实地窝着。但衡量利弊,牛万象觉得还是留校比较划算。回到租住的小屋,谭薇刚起床,正在梳妆打扮。她看到牛万象一脸喜色,问他:李部长找你有啥事?牛万象努努嘴,说道:当然是好事!谭薇笑笑:啥好事?牛万象抱住谭薇的小蛮腰,一用劲把她甩到了床上,气喘吁吁地说:让我用实际行动来告诉你是啥好事!见牛万象性起,谭薇也不示弱,奋勇迎战。牛万象边战斗边断断续续地说道:李部长……说了……我可能……有机会……留校……听牛万象这么说,谭薇先是愣了一下,接着无比兴奋地一下子搂住牛万象的头,眼神迷离地大呼小叫起来。

中国有句话说计划赶不上变化。就在牛万象要不要留校工作的当口,新到任的郭部长突然对宣传部内部进行了一次人事调整。李春副部长调任党校常务副校长,享受正处级待遇。这对于李部长来说是一个好事,但对于牛万象来说,却是一个不大不小的"灾难"。李部长升任党校常务副校长,便腾出了宣传部副部长和校报主编的位置。几乎在他的升职同时,校报编辑部主任胡军接替了校报主编。考虑到自己和胡军不冷不热的关系,牛万象自感留校的机会渺茫。

果然,宣传部调整没几天,已经到党校就任的李春部长把牛万象叫来,说:万象你还是去古彭师大吧,留校的事儿不要再想了!此外,李春部长没再说别的任何一句话。而他想说所未说的一切,牛万象心里都一清二楚。

　　牛万象没能留校,谭薇空欢喜一场。他俩的爱情也随着时空的距离越来越远,在最后也不得不上演了亘古未变的孔雀东南飞主题。没多久,牛万象收到谭薇的一个短信,她说自己又恋爱了,对方是自己未来的研究生导师李建。牛万象的脑袋中马上出现了一张满脸络腮胡子的脸,那是李建在圣城师大所特有的标志。这张脸让牛万象的心情有些低落,他默默地回了谭薇两个字:祝福!他在心里不明白,李建老师已经是人到中年了,孩子都快上大学了,怎么和谭薇说好就好上了? 或许,他看中了谭薇过人的容貌和腹有诗书的才华? 牛万象找不到答案。他唯一所能确认的是,自己和谭薇从今以后也许只能是路人了。

四　电脑

我已经在校报编辑部待了五年了。

作为一台电脑,在牛万象来之前,我差不多是林萍主任的专属办公用品。那时候我的利用率并不是很高,除了每天看看办公网,林萍主任几乎不大让我干别的事儿。但自从牛万象来了以后,我就变得特别忙碌起来,从早到晚几乎没有空闲的时候。牛万象每天一上班就坐在我面前,眼睛盯着屏幕,手指灵活地在键盘上敲击着。以前,他喜欢在稿纸上写字,但自从见到我,他就迅速地扔掉了稿纸。但作为编辑部的唯一一台电脑,我是大家的公共用品。当林萍主任坐在我面前的时候,牛万象就只能看看书编编稿子了。此时,他最希望的就是电脑能够人手一台,这样他也不用担心自己写的那些东西会被林萍看到了。我知道林萍偶尔会悄悄打开牛万象的那些小说稿,这一点牛万象好像也有所察觉,但他没有什么办法。

第一期报纸即将排版,工学院宣传科的欧阳老师正式调过来了。他名叫欧阳枫,个子不高,满口的湖南口音。报到第一天,袁部长吩咐宣传部秘书刘冬陪他到饭馆吃饭,顺便叫上了牛万象,也算是给他俩接风。这让牛万象心里多少有些不爽,自己来报到时,宣传部没啥表示,现在欧阳枫刚来,就迫不及待地给他接风。这个待遇,明显有差别嘛。不过也没办法,人家袁部长分管校报工作,是校报编辑部的最高领导,他说怎么安排就怎么安排。其实,从这些日子袁部长对自己的态度来看,牛万象也没感觉啥不舒服。和古部长一样,袁部长也经常对他嘘寒问暖,还积极主动帮他协调教工宿舍啥的。从初步的接触来判断,袁部长能力很强,在协调人际关系方面是一个行家里手。但在古彭师大的这次中层干部调整中,他为何没能升迁呢?这里面肯定另有隐情。

欧阳枫已经在工学院宣传口工作了五年,对宣传工作并不陌生,照相摄影啥的都很熟练。但他以前没接触过办报,对校报编辑工作还比较陌生,工作起来并不像牛万象这样得心应手。欧阳枫过来以后,校报编辑部就是三个人了。袁上飞和林萍商量后给编辑部分了一下工。要闻版最重要,当然还是要林萍主任亲自把关;其次是三版校园生活,交给了最年轻的牛万象;二版是教学科研,让欧阳枫来编辑;剩下的副刊版,由三位老师指导学生记者来具体编辑。这样一来,校报编辑部现在的格局基本上是三分天下,谁也没有少负责,也没有谁多干活,至少表面上是平衡的。而事实上,干活最多的还是牛万象。因为他负责校园生活版,而校报记者团所写的稿子基本上都要在这个版面刊登。自然而然,牛万象就担任了记者团的指导老师。而副刊又不可能完全交给学生来做,名义上是三位老师共同指导,而事实上也只有牛万象一个人来做具体工作。对此,牛万象倒也十分乐意:他年轻,刚参加工作,多做点工作,也可以多一些锻炼的机会;而且他喜欢写作,指导学生编辑副刊是乐在其中,根本不是什么负担。

第一期报纸出来了,牛万象从印刷厂拿到报纸就迫不及待地欣赏起自己的处女秀,他暗暗地把自己负责的版面和其他版面进行了比较,看来看去,还是觉得自己技高一筹:毕竟自己在大学里历练过,校报编辑的工作对他来说,真是小菜一碟。他的预感很快就得到了证明。报纸发下来的第二天,古部长悄悄把牛万象叫到了部长办公室。牛万象一开始不知道古部长要干什么,心里有些忐忑不安。古部长不慌不忙地用手梳理了一下头发,对着牛万象眯眯笑。牛万象听林萍主任说,古部长今年已经56岁了,他从人事处调到宣传部,学校的意思可能是要让他在这个岗位上退休。他的头发稀少,肚子很大。古部长的样子让牛万象感觉很亲切,有什么话也愿意主动和他交流。他问古部长:您叫我来有事?古部长慢条斯理地把头发从"地方"梳理到"中央"以后,终于说话了:小牛啊,工作开局不错嘛!今天上午俞书记专门给我打电话来,说看到了这一期校报,对这一期运动会的报道很满意,说报道得很到位很全面,是一篇好通讯!对此,他提出表扬!俞书记还特别让我表扬一下你,说你是一个很有潜力的年轻人,一定要好好培养!几句话说得牛万象热血沸腾起来,他红着脸笑呵呵站在那里,心里乐开了花。借着这个机会,牛万象对古部长说:我有一个想法想向您汇报下。古部长笑笑:你说你说,只要可行,我一定支持你!牛万象咽了口唾沫,说道:我看到国内许多高校都把校报记者团改成了大学生通讯社,我们的记者团分布在两个校区,各自为战,都叫校报记者团,容易混淆,我考虑不如把两个校区的记者团合并为大学生通讯社,这样管理起来更容易。古部长点点头:这个想法很好,我看可行！你向袁部长以及林萍主任汇报了吗？牛万象说：还没有，也是刚有的想法，想先向您汇报下。古部长说：好，这是好事儿，我支持你，下个月就是记者节了，我看就在记者节那天把大学生通讯社成立起来吧，这几天开会我见到俞书记，当面给他说一下，看他是否有时间，争取让他也来参加大学生通讯社成立大会！牛万象一听要请俞书记参加活动，心里更是激动不已。他心里寻思着，一定要把这第二把火放好。

合并记者团的工作并不轻松。原来的记者团分布在两个校区，各有一套班子，各自为战，基本上互不交流。也就是说，两个机构是平行的，谁也不能领导谁。现在要把两个记者团合并为一个大学生通讯社，势必要将原来的两套班子进行彻底改变。按照现在古彭师大的办学情况，大部分的院系都已经搬到新校区办学，新成立的大学生通讯社将以新校区为主，老校区只能设立一个分社。对于记者团原来的两个负责人，牛万象都不是很满意，他考虑趁此机会把他们都换掉。为了能把人才选上来，牛万象决定面向全校搞一次大学生通讯社负责人的公开竞选，彻底改变原来的记者团负责人由老师指定的做法。

这天，趁着林萍和欧阳枫都在，牛万象把自己的想法给他俩说了，林萍对此表示支持，她满面笑容地对牛万象说：以前编辑部就我一个人，没有多少时间指导记者团，记者团工作也一直没有什么起色。你现在好好抓一抓，把机制理顺了，学生记者的积极性就能调动起来，我们报纸就好办多了。牛万象点点头，看了一眼表情严肃的欧阳枫。记者团的工作不归欧阳枫管，对于这一块的工作，他也从来不发表什么意见,这次,仍旧是如此,他只是漫不经心地附和了一下林萍的意见。从这段时间的接触来看,欧阳枫是一个很有心计的人,他比牛万象年长5岁,做起事情来不慌不忙,有板有眼。不知道是不是因为觉得湖南口音太重,他平时话不多,即便是在宣传部办公会上他也很少发表什么意见。表面上看他是一个异常低调的人。他和牛万象,互相采取的是敬而远之的态度,玩不到一块儿去。

离记者节不到一个月时间了,公开竞选必须抓紧。牛万象心里很清楚,面向全校选拔学通社负责人,并不是一个简单的事情。首先要起草好通知,通知下发到各学院团委。在这个过程中,绝对不能坐等学生自己来报名,必须主动出击,物色合适的人。因为大学生通讯社不像学生会等其他学生组织,只要有热情、听话就可以。校报记者必须会写稿子,在这方面的能力要求比较高。作为学通社的负责人,还应该具备一定的领导能力,善于策划,能够团结其他记者。根据牛万象在圣城师大的经验,符合这些要求的可能是中文系的学生。牛万象一下子想到了叶晓晓。

从上次在食堂的交流来看,叶晓晓是个活泼的女孩。牛万象听说,作为校报记者团的前副团长,叶晓晓到校报编辑部来的次数最频繁。她和团长王胜利都是中文系的学生,而且在同一个班级。两个人在性格方面形成了互补,一个强势一个弱势。王胜利虽说是团长,但因其言谈举止细声细气,像个女孩子,与叶晓晓做起事情来的雷厉风行相比较,他的表现有些婆婆妈妈了。由此,副团长叶晓晓在记者团反而树立起了权威,大家基本上都听她的安排,对于王胜利,则常常是阳奉阴违,不大搭理。久而久之,记者团内部就形成了两派:一个以叶晓晓为中心的所谓能力派,一个是以王胜利为中心的所谓无为派,两派互不服气,各自对立,搞得记者团内部很不团结。但这种局面很快就随着叶晓晓的退出而迅速结束。叶晓晓退出记者团的理由是要考研,这是一个冠冕堂皇的理由,大家也都认为这很正常。考研嘛,当然要全力以赴。作为校报编辑部的老资格电脑,我知道这事根本没有这么简单。

退出记者团以后,叶晓晓来编辑部的次数明显少了。牛万象等了几天,不见叶晓晓到编辑部来,有些着急。时间不等人,大学生通讯社要在记者节成立起来,必须尽快确立好负责人和机构。但作为一个未婚青年老师,直接去找一位已经退出记者团的女学生又似乎不妥。情急之中,牛万象决定以找记者谈话的理由,把叶晓晓叫到编辑部。他第一个当然是先把王胜利找来,问他在合并记者团这件事上有什么想法。王胜利脸憋得通红,嗯嗯啊啊了半天,中心意思是不支持记者团合并。牛万象心里说,得,这哥们和自己根本不是一个战壕里的人。失望之余,他也没多说什么,只叮嘱王胜利:明天下午课后你把记者团的主要骨干都叫来,包括已经退出的同学,我要和他们谈谈。王胜利一愣,说:退出的同学也叫来?牛万象点点头。王胜利眼珠子转了转,说了句:包括叶晓晓吗?牛万象故意装糊涂:叶晓晓是谁?王胜利笑笑:是已经退出记者团的老记者,她要考研,恐怕没时间!牛万象不易察觉地笑了一下:一起都通知一下吧,来得越多越好,我要多了解一点情况。王胜利没办法了,只好说:那我这就去通知。

为了能了解到真实情况,牛万象动了一点心思。他故意把时间放在下午课后,一方面因为平时学生都有课,记者团开个会能凑齐人不容易。另一方面也是想等编辑部的人下班都走了,他好了解情况。当着林萍主任和欧阳枫的面,牛万象担心学生记者不肯讲出什么真话。这边刚下班,学生记者陆陆续续都来了,三五一群,都站在办公室一个角落里,像是参观动物园一样,边说话边偷偷观察牛万象。叶晓晓是最后一个来到的,她进来时有些喘,鼻尖上还沾着一滴汗珠。一进门就说:不好意思,来晚了!牛万象笑笑,看人来得差不多了,就说了句:大家都坐下吧。待众人安静下来,牛万象也拉了自己的凳子,坐在正中间,笑着说:鉴于第一次和大家见面,我先自我介绍一下,我叫牛万象,是校报编辑部新来的老师,从现在开始,记者团的工作就由我来指导,希望大家多多支持!话音刚落,叶晓晓带头鼓起了掌。王胜利很不友好地看了她一眼。牛万象装作没看见,继续说道:下面请大家挨个发发言,说一下记者团存在的问题。另外,就是记者团要合并为大学生通讯社,也希望大家能对此发表一下看法,欢迎提出好的建议。说完,牛万象热切地看着学生记者,他们一个个却都低着头,一时间都保持沉默。牛万象数了数,十几个人中,女生占了一大半。这个情形和圣城师大差不多,这也是师范类院校的一个通病,学校的女生多男生少。见没有人说话,叶晓晓第一个站出来,说:我来开个头吧。我觉得记者团最大问题就是人心太散,尤其是两个校区之间,记者交流太少,各自为战,大家积极性都不高。合并记者团,成立大学生通讯社,我觉得是好事!叶晓晓说话时眼睛一直盯着牛万象,目光咄咄逼人,搞得牛万象都不敢和她对视,只好频频点头,以示对她的鼓励。叶晓晓开了头以后,学生记者们的胆子都大了,也都放松下来,一个个说了自己的意见。综合起来,也无非是叶晓晓所说的两点。

等学生记者说完,牛万象看看办公室里的钟,已经快六点了,他肚子饿得咕噜直响。他对大家说:今天就谈到这里吧,刚才大家都发表了自己的意见,有些说得很好,我都记下来了。最后想告诉大家,记者节那天,大学生通讯社就要成立,我考虑至少要提前一周把学通社机构建立起来,欢迎大家参加学通社社长公开竞选。说到这里,牛万象看了看王胜利和叶晓晓,王胜利低下了头,叶晓晓红了脸。牛万象大手一挥:大家赶紧去吃饭吧!王胜利和叶晓晓你们俩等一会儿。几分钟以后,办公室里就剩下三个人了。牛万象对王胜利和叶晓晓说:走,我请你俩去食堂吃饭!

五　餐桌

食堂的门帘被挑开了,进来三个人,前面那个似乎是一位老师,后面两个一男一女,像是学生,两个人互相不说话,可以肯定不是恋人关系。作为一张在食堂待了十几年的桌子,我阅人无数,早就练成了火眼金睛,看人看得很准。这个时间点,食堂已经快没饭了,这三个人咋才来?我知道这个学校的大学生们多数都很懒散,但在吃饭这方面,却都很积极,能早来就早来,能来多早就来多早。在食堂吃饭,如同鸟儿找食,早起的鸟儿有虫吃,早来的学生有菜选。这三位踩着食堂下班的点来,就只能吃一些残羹冷炙了。不过还好,三个人今天的运气还不算很差,可能是察觉出了刷卡的那个人的老师身份,有一个窗口的老板把留给自己的三份排骨米饭"奉献"了出来。三个人打完饭,各自端着盘子坐到我这边来,那个女同学说:谢谢牛老师请客哦!她这话让我想起来,她和这位老师曾经在我这里吃过一次面。至于那个一言不发的男生,我见他的次数就更多了。他常常一个人来吃饭,脸上老是多云有时阴的样子,不大笑。因此,他留给我的印象很深刻。

三个人边吃着饭边说话,大部分时间都是女生和男老师在说,男生只顾埋头吃饭,偶尔很勉强跟着笑一笑,也不出声。他吃得很快,吃完用手背抹抹嘴巴,对男老师说了句:牛老师我晚上还有选修课,先走了。男老师点点头。男学生走了以后,女学生突然改了口,称男老师为万象老师,说得很自然,也很亲切。对此,那位老师好像也没察觉出什么不自然来。我听到他在说:这次记者团合并为通讯社,不知道你愿不愿意出来担当大任?女同学愣了一下,笑笑,不经意间露出两个小酒窝。她轻轻摇了摇头说:既然已经退出来了,哪还能再加入?男老师笑笑:退出的是记者团,加入的是通讯社!不一样!女学生笑笑:那不还是换汤不换药吗!看到对方的脸色不好看,女同学又说了句:我考虑一下吧,谢谢万象老师的培养!愣了一会儿,男老师又问:你到底为何退出记者团?真是为了考研?女学生低着头,吃完最后一口米饭,从包里掏出一打湿巾纸,递给男老师一张,自己拿了一张,慢条斯理地擦了擦嘴,说了句:你真想知道?男老师点点头。女学生瞅瞅周围,食堂里已经没有几个人了,但她还是压低了嗓子,把脖子向前伸了伸,说道:是因为袁部长!男老师瞪大眼睛:袁部长?!女学生点点头,慢悠悠地说道:你知道袁部长刚离婚的事儿吧?男老师摇摇头,我听林萍主任说过这事,但不了解具体情况。女学生笑笑:这在古彭师大已经是公开的秘密了。袁部长的离婚是因为他有了外遇。他的妻子和他是同班同学,两个人在上大学的时候就在一起了,也算是让人羡慕的那种。毕业以后,袁部长留校工作,女的到了古彭报社。两人很快就结了婚,并有了一个孩子。在外人看来,他们的小日子过得很美满。但这不过是表象。我听记者团的学生说袁部长这个人很好色,但他做得很隐秘,所以他的妻子一直没发现他有外遇的事情。事实上,和袁部长有过一段的人不止一个,但败露出来的只有法学院的一位辅导员。那位辅导员我见过,个子不高,但人长得漂亮,在古彭师大读书时就是一个人见人爱的校花,据说像她这样的女孩子一般都难逃袁部长这种人的手掌心。她刚刚留校工作,就偷偷和袁部长好上了。好就好吧,问题是她还很任性。有一次袁部长出差,她非要到火车站去接他。袁部长不答应,她就偷偷去。结果那天袁部长的妻子也去了火车站,亲眼见到了尴尬的一幕。不久,就传来了袁部长离婚的消息。奇怪的是,那位辅导员也离开了袁部长。去年,她参加了市里面的公开选调,到市妇联锻炼去了。

　　说到这里,女学生停了下来。男老师说道:这事儿和你没什么关系啊。女学生笑笑:接下来的故事就和我有关系了。她继续说:校报记者团是全校性的学生组织,一般来说,能加入记者团的都是学校里的精英。再加上校报在学校里的影响,愿意加入记者团的女孩子很多。你或许发现了,偏偏这些热爱文字的女孩子基本上都是很漂亮的,所以,校报记者团才被称为古彭师大的美女集中营。男老师笑笑:记者团还有这个称号?女学生点点头:所以啊,你来分管记者团,真是艳福不浅呢!男老师摆摆手,让她继续往下说。女学生指指男老师的脸,说道:万象老师竟然还脸红?艳福不浅的其实不是你,而是袁部长。其实在你来之前,记者团的规模要比这大得多!后来有些人慢慢都退出去了,她们都是清一色的大美女!你知道是咋回事儿?就是因为袁部长。据说他会在每一届记者团中选一到两位特别出众的女生,进行频繁的接触,一旦女生有投怀送抱的意思,他就马上下手。我一开始听说这些事时,还不太相信,袁部长毕竟是大学老师,而且是学校的中层干部,多少也得顾忌自己的形象吧。但我后来听说,他就是这样的人,生来就喜欢这一口,本性难改。那时,记者团疯传袁部长和外语系的董絮有那种关系。因为是研究生,她在记者团地位很高。她很漂亮,在记者团里算是最出众的一个。自从跟袁部长有了那种关系以后,她就不常参加记者团的活动了。这些都是我的耳闻,所以我一直没有太当回事儿。谁人背后不说人,又有谁不被人背后说?直到有一天,袁部长突然通知我去他办公室"谈话",我才亲眼见到了此前所耳闻的那些事儿。

那天,我心里一直忐忑不安。我不知道袁部长为何要找我谈话,还把时间选在了周末。他为何不在上班时间找我谈话?但考虑到他是分管校报工作的副部长,而我刚刚当选记者团的副团长,他如果找我了解记者团的情况似乎也很正常。想到这里,我就去了他的办公室。当我敲他的办公室门时,好像听到里面有动静,但敲了半天没有人来开门。我刚要走,门突然开了,你猜,给我开门的是谁?男老师摇摇头。女学生说道:董絮!我也不知道这是一种巧合,还是袁部长故意这样安排的。如果说是巧合,那就是他可能忘记了和我约定的谈话时间。如果是故意安排的,那就是别有用心。董絮开门见到我,愣了半天,说:叶晓晓?我赶紧解释:袁部长找我谈话。这时,我听到袁部长说:对,是我通知叶晓晓过来的,我要了解一下记者团现在的情况。停顿了一下,又说:我记错谈话时间了,还以为是明天呢,叶晓晓,你进来吧。我看了一眼董絮,她脸色黯然,拿起沙发上的包,对袁部长说了句:那我先走了。袁部长点点头。等董絮关上门,袁部长指着沙发对我说:叶晓晓,你坐下吧。我在沙发上坐下来,沙发很温暖,残存着一丝刚刚被人坐过的气息。这时,我的手指忽然碰到一个东西,低头一看,是一根头发,很长。我一下子想到了董絮,她一直留着一头长发。袁部长好像发觉到了什么,看了我一眼说:叶晓晓你今年大三了吧?我点点头。他又说:我和你的班主任很熟,他说你在中文系是一个很优秀的学生。我笑笑:谢谢袁部长关心。就这样,我们一问一答地聊了一会儿。袁部长一直坐在那里,我只能看到他的半张脸,那一半被办公桌上的电脑挡住了。你知道,袁部长很瘦,虽说他已经40多岁了,但看上去很年轻。其实,他这个人猛一看上去还是很 handsome(英俊)的,去掉风流这一条,他是一个不错的男人。在整个谈话过程中,我以为自己会一直保持着高度紧张的状态。哪知道聊着聊着,竟然慢慢放松下来,不时地笑出声来。袁部长是一个很会聊天的人,怪不得记者团那么多的女生都喜欢他。他提了很多问题,但没有一个是关于记者团的,就好像一点儿也不关心这个一样。他所问起的差不多都是我的个人问题,老家在哪里啦、家里怎么样啦、学习有什么困难啦、想不想入党啦,等等,诸如此类。不知道聊了多久,我记得这期间他起身给我倒了一杯水,然后就一直窝在电脑后面,边摆弄着鼠标边和我说话。我听记者团的人说,袁部长有两个爱好,一个是喜欢漂亮女孩子,另一个就是在电脑上打牌。他是一个打牌的高手,一般人打不过他。因为学校这次中层干部调整,没有他的事儿,他有些恼怒,在做工作方面根本就没有什么心劲儿了。

　　说到这里,女学生从包里掏出一个紫色的水杯,仰起脖子咕咚咕咚喝了好几口,喝完了说:说了这么多,还真渴!男老师笑笑,紧绷着脸问她:后来呢?女学生说什么后来?男老师说就是你们谈话的后来,后来怎么样了?女学生笑了笑,后来什么也没有发生,我就回宿舍了。男老师脸色放松下来,"哦"了一声,说道:我还以为会发生一点什么呢?女学生这次哈哈大笑起来,笑完了说:那正是我一直担心的!但最后真的什么也没有发生。男老师点点头说:那你为何退出记者团?就因为这次谈话?没理由啊。女学生低下头:因为那根头发。男老师愣了愣,没说话。两个人愣了许久,谁都没说话。女学生最后说了句:听说在这次中层干部调整之前,袁部长是很能干的!前一任宣传部部长周启立很器重他,当年直接把他从副科提到了副处。但不知为什么,这一次却没有安排好他。为此,袁部长很失落,几乎一蹶不振。男老师摇摇头:这个恐怕没这么简单!你是一个学生,思考问题的角度不同。愣了一下,男老师又说:不过你也是一个不简单的学生,知道这么多事情,连我都不知道!女学生笑笑:我知道的这些别人都知道!慢慢地,你就都知道了!男老师四下里看看,食堂已经没有吃饭的学生了,只有几个工作人员在那里收拾着餐具。他对女学生说:这就是做记者的好处,我在圣城师大的时候,也听说不少这样的事情,有一个说出来你都不敢信!女学生来了精神:你说来听听,有多离谱?男老师挠了挠头,他的肩头落了一层头皮屑。由此可以看出,他在个人卫生方面不是太讲究。从这一点看,他依旧停留于大学生状态当中,根本不像一个大学老师。他清清嗓子说:圣城师大的一个副校长曾经在学校找儿媳。我是听学工处的处长说的,他说前一任处长之所以火箭一样得到提拔,就是因为这件事做得漂亮。那位副校长为了找一个漂亮的好儿媳,叮嘱他信任的前处长在全校女生中物色合适的人选。于是,前处长想出了一个在全校选拔校花的比赛,比赛分为T台走秀和才艺展示两部分,前五名不但可以得到一笔丰厚的奖学金,还可以作为留校做辅导员的重要参考。因为是首次举办,全校的女学生都疯狂报名参加,各展风采。她们哪里想到这背后的阴谋!校花选出来了,副校长的儿媳妇也有了。这名校花现在留在了圣城师大的美术系,据说前途一片光明。

女学生听得呆了。

竟然还有这样的事儿?!女学生瞪着一双大眼睛,咬牙切齿地说道。愣了一下,她又说道:不过这不见得是一件坏事呀,至少对于那个校花来讲,可以留校工作了。不知道校长的儿子长得怎么样?

听到女学生这样说,男老师有些吃惊,他绷着脸说:长得挺英俊的,人高马大!现在学校组织部工作。

女学生点点头:那结果还不错!没把校花插在牛粪上就行!

男老师有些失落的样子,他看看外面,天已经黑透了。他站起来:我们走吧!我还要坐公交车回新校区。

女学生也站起来,问道:还有四名校花呢?她们后来怎么样了?

男老师笑笑:听说有两个嫁给了学校里的青年老师,还有两个进了外企,做秘书去了。这个选美大赛被社会媒体报道以后,吸引了好多社会上的成功人士,他们都抢着和那些校花签就业合同,最终没抢过那两家外企。

女学生点点头,看来,这样的选美大赛要多举办才好啊。说完扑哧笑出声来。男老师不知道她说的话是真是假,也就不再说话。在食堂门口,我看到女学生不慌不忙地伸出右手,轻轻拍打了两下男老师的肩膀,随口说了句:万象老师用的洗发水是什么牌子的?

男老师一愣,说好像是飘柔。

女学生说了句:你是油性发质,该用海飞丝才对!你们男生都是这样,连洗发水都用不对,回头我给你挑一瓶!

在黑暗中,女学生看不到男老师的脸,此刻红得像一块煮熟的猪肝一样。他对女学生说:我希望你能参加这次学通社负责人的竞选!

女学生笑了笑:不是选美吧?选美我可不参加!

男老师愣了愣,说道:选美你更应该参加!

六 打印机

作为一台激光打印机,我算是校报编辑部最新的办公设备了。我是在牛万象上班的第二天才从设备处库房来到这里的。宣传部是个清水衙门,没有什么额外收入,在办公设施方面是比较落后的,只能依靠学校设备处的配给。校报编辑部作为宣传部的下属部门,更是如此。学校在办公用品配置方面比较官僚,即便是要一台打印机,也要认认真真地走一遍程序:先是打申请到宣传部,宣传部领导签字送到设备处,设备处处长签字再送分管设备处副校长,经副校长同意才能发放。这一遍程序走下来,没有个把月是不行的,有时候碰上领导出差,半年都是正常现象。在这方面,我就是一个很好的例子。从暑假前宣传部给设备处打报告,到暑假后开学打印机到位,整整三个月时间。

因为编辑部需要处理的文字工作比较多,我的利用率比别的办公室的要高得多,打印纸用得也快,墨盒更是换得勤。这对我来说是一个考验,作为一台惠普牌打印机,我对此表示压力很大。好在编辑部的三位老师对我态度很好,从来不敲打我。尤其是新来的牛万象,几乎天天都为我擦拭机身上的灰尘,看得出,他对我的态度和对电脑兄弟一样好。不过话又说回来,这两样东西属他用得最多最勤——他要写小说，还要编稿子。平心而论，在编辑部里，牛万象的工作量是最大的，林萍和欧阳枫每人只编一个版，而牛万象实际上在负责两个版，此外还有记者团的工作。记者团的每一位学生记者的稿子他都要看，都要认真修改。在这方面，欧阳枫明显不如牛万象，他好像对编辑工作很不熟悉，也不感兴趣，整天摆弄着那台摄像机，根本不把编辑工作放在眼里。林萍主任对此看得很清楚，有些排斥他，对于欧阳枫编辑的稿子，她改了又改，烦不胜烦。欧阳枫不在办公室的时候，她总是在牛万象跟前说：欧阳枫真不行！你看他写的稿子，根本不规范！还有编辑的版面，别说美观大方了，就连基本栏的使用都犯错！就这水平哪行啊？谁能天天跟在他后面给他擦屁股啊？！我注意到，林萍主任使用了不太文明的语言，这充分说明了她对欧阳枫的不满。

刚进入初秋，阳光照射在办公桌上，很柔和。欧阳枫出去照相了，校报编辑部里又只剩下林萍和牛万象两个人。牛万象正在电脑前浏览学校的BBS网站，忽然听到林萍主任咳嗽了一声，这是她要发表看法的前奏。只听她说道：牛万象你注意到没有？上期校报有两个错别字！牛万象心里一紧张，不会是自己负责的版面吧？他把脸转向林萍。林萍用手指敲打着报纸说：你看看欧阳枫编的二版，三篇文章两个错别字！这样下去，校报工作哪还能做好？！牛万象松了一口气，原来她是在抱怨欧阳枫，不是自己。想想也是，自己每次编完版都会给林萍看看，让她给把把关。而欧阳枫在这方面好像不太在意，自己编完就完了，也不送审。这样一旦出了问题，责任当然是自己扛。这时，林萍又说：下次你替欧阳老师把把关吧,他比起你来差得太远!你毕竟是在大学里面办过报纸的人,他哪编过报纸?!牛万象嘴角上扬,笑了笑,附和道:我哪敢给欧阳老师把关?还是主任亲自出马好,老将出马,一个顶俩!说完,牛万象就意识到自己说错话了,他看了看林萍主任的脸,果然是晴转阴了。他赶紧纠正说:林主任虽然年纪轻轻,可已经在校报战线上奋战了十年,可谓是经验丰富的老将!林萍听到这话,脸上的肌肉重新松弛下来,说了句:老了,老了,哪还能和你这样的年轻人比?!牛万象笑笑:林主任年富力强,依然貌美如花!这话让林萍脸上乐开了花,她声音清脆地笑起来,直笑得星光灿烂花枝乱颤。说来也怪,牛万象在别人面前,总是有种莫名的紧张感,但在林主任这里,却可以挥洒自如。或许,这和林主任不拘小节的性格有关。林萍笑了半天,最后说了句:真希望能把欧阳枫调走!这话让牛万象心里一惊,看来,林萍讨厌欧阳枫已经到了不能容忍的地步。可欧阳枫也没咋的啊,除了工作方面有点儿不上道,但锻炼一段时间,会有进步的,为何林萍对他如此厌恶?

我似乎能猜到林萍讨厌欧阳枫的真正原因。

那天,牛万象去组织记者节活动,欧阳枫正在编辑部里摆弄宣传部刚刚配置的一台相机,林萍嘟噜着脸从外面进来,怀里抱着一沓材料。林萍今年参加了古彭师大高级职称评审,这两天是参评材料公开展示期,她刚刚从新校区展示完自己的科研成果。这已经是她第二次参加高级职称的评审了。第一次,她因为科研成果较少而没有入围。这一次,形势依然很严峻。虽说她去年又多发了两篇论文,但刊物的级别都不高,普通省级刊物而已,更闹心的是,今年高级职称的名额比往年都紧张,加上学校明确提出要向院系倾斜,把机关本来就不多的名额又拿出一部分给了有需要的学院。机关评职称本来就很难,今年的形势等于是雪上加霜,难怪林萍脸色不好看。林萍的丈夫是学校最年轻的教授、博士,一直想调到北京去发展,无奈因为林萍的中级职称受到进京限制,所以一直未能调走。早在三年前,学校就盛传林萍只要拿到副高职称就走人的说法。无风不起浪,可见这个消息不假,面对别人的询问,林萍对此也不辩驳。从她急切评高级职称的样子来看,她想尽快跟着丈夫一起调走是铁定无疑的。

林萍把那沓材料往办公桌上一撂,嘴里嘟囔着:展什么展?示什么示?都是骗人的鬼玩意儿!根本不看什么狗屁科研成果!她说着话一屁股坐到沙发上。不知道是本来就很大,还是生完孩子没恢复好,林萍的屁股与整个身体看上去有些不协调:她的屁股太大了,坐在沙发上一坐一个坑,走路的时候屁股摇来晃去,分外扎眼。而且她的屁股不像其他女人的那样看上去很柔软,而是像篮球一样绷得紧紧的,很结实的样子。在沙发上坐定,林萍看了一眼坐在电脑前的欧阳枫,他正在处理刚拍好的照片,根本就没在意林萍的反应。林萍本以为能获得一点安慰,哪想到迎面碰了个冷屁股。她故意挑高了嗓音说:听说欧阳老师认识一家刊物的主编,能不能帮我推荐一篇论文啊?我今年恐怕又评不过去了,得准备好明年重来!欧阳枫转过脸,笑笑:林主任科研成果不少啊,今年还能过不去?那可就太不公平了!林萍脸色通红,尴尬地笑笑:人家的材料更好,我的论文还是太少,而且级别都不高!欧阳枫点点头:我是认识一家核心刊物的主编,可惜他刚刚从主编的位置上退下来了,我本来也想今年发一篇的,看来也没戏了!欧阳枫的话等于是回绝了林萍的求助,这让林萍心里很不爽。她在心里暗暗骂道:好一个欧阳枫,咋恁不识相!她起身装作去倒水的样子,不搭理欧阳枫了。

作为一台打印机,从我的比较客观的角度来看,或许欧阳枫说得没错,人家主编已经退休了,再找人帮忙不是很麻烦吗?现在的社会,好多事情都是人走茶凉,找人家确实有难处。但话又说回来,即便是退休了,可到底是刊物的主编,推荐一篇稿子还是可以办到的,如果愿意帮忙,可谓小菜一碟。问题是欧阳枫这个人,奉行多一事不如少一事的人生态度,他性格耿直得很,说话不懂得绕弯子也就罢了,可他从来不多解释,常常给人留下薄情寡义、不讲究的印象。林萍虽说平时说话做事大大咧咧的,但心眼儿也大不到哪去。何况,欧阳枫拒绝她也不是一次两次了。上一次他回湖南老家,林萍让他捎一盒湘茶,说家里的老人就喜欢喝这种茶。谁料到欧阳枫竟然给忘了,忘了就忘了吧,他还找了个借口说现在不是喝湘茶的时候。现在,林萍对于欧阳枫,基本上是处于无语的状态。

与欧阳枫对林萍的态度比起来,牛万象要热情得多,甚至可以说是热情过了头。他听说林萍今年职称无望,科研成果太少时,不假思索随口就说了句:我上大学的时候在《当代语文》做过编辑,你有文章我可以推荐到那里去发表。林萍一听这话很高兴,脸上笑开了一朵花:可惜我手头暂时没有什么文章!林萍知道牛万象是写文章的好手，她的意思牛万象当然也明白。不过给别人当枪手不是牛万象的风格。他考虑了半天，看看在一旁闷头不语的欧阳枫，再看看林萍那张充满期待的脸，点了点头，没有说什么。过了一会儿，欧阳枫走出了办公室，牛万象对林萍说了句：如果你手头真没有，那我来替你写一篇吧！林萍笑笑：那就辛苦你了！

看得出来，在这件事上，牛万象心里是不太情愿的。他最讨厌的就是别人拿走自己的劳动成果，但考虑到林萍的处境，他只能抱着能帮就帮的态度。好在自己平时的存货很多，随便找一篇评论文章发给《当代语文》就可以了事。崔翔主编还在主持杂志的工作，这一点忙还是可以帮的。他是圣城师大的文艺学教授，做杂志主编也是兼职。《当代语文》是一份面向教育界的学术性杂志，在同类刊物中品位是相当高的。崔翔主编在全面主持杂志伊始就大刀阔斧地进行了改革，他提出了大语文办刊理念，杂志兼顾到大学、中学教育，打通中学和大学的鸿沟界线，提倡大语文观念，这个定位刚开始并没有得到学校的支持，但牛万象认同他的观点。在崔翔的坚持下，杂志迈向了学术化和大众化的道路。崔翔是具有典型乌托邦色彩的知识分子的代表，在这方面，牛万象受到了他的不少影响。其时牛万象主要的精力还是放在学业上，在杂志上花的精力并不是很多。和崔翔谈话的内容开始也是学术上的争论多，但随着办杂志的时间越来越长，他们之间的谈话便转向了刊物文化和杂志的发展。有一次谈话时突然停电，屋内闷热无比，崔翔说：我们到外面去。于是他们搬两个木凳，坐于办公室门前，谈兴甚浓。忘情之际，崔翔脱下长衫，只穿背心，惹得两三学子三五教师会心大笑。崔翔是性情中人,所以不拘一格,很有魏晋之风骨,名士之气质。牛万象受崔教授影响最大的在学问。在当代学术界,崔教授不是属于善取媚世人的那一个群体,他只是默默做着自己的学问,默默地为人处世,不事喧嚣。崔翔常说,观学术界现状,哄抬作秀者多,扎实做学问者少;媚俗浅薄者多,内省沉寂者少。特别在人文领域,包括那些红透发紫的学术文化明星,能提出或具备原创思想者有几个?这话也许有些偏激,言重了些。可现实情形确实好不到哪里去。崔翔讲课从不拘泥于什么条条框框,敢说敢讲。在他那里,没有什么不能谈,只要有助于人们认识真理,接受常识,都可以放言无忌。可惜,像他这样的人,在这个时代越来越少了。

七　话筒

会议室不大,也就能容纳五六十个人的样子。两个校区的学生记者几乎都来了,人声越来越嘈杂。作为一支话筒,我早已习惯了各种或刺耳或轻柔的声音,但对众生喧哗时的嗡嗡声还是特别厌恶。在一片喧嚣中,我听到学生记者们有的在谈论着记者节,有的在议论着即将成立的大学生通讯社。那个叫作牛万象的老师在会议室里来回走动,额头上铺了一层细密的汗珠,脸色有些疲惫,看得出他心里有一些紧张。其他几位老师都和没事人一样,悠闲地站在会议室门口,正在等待着领导的到来。和牛万象同样紧张的还有一位名叫叶晓晓的女学生,她手里一直捧着发言稿,在那里一遍遍念着,几乎达到了会背的程度。她一直在观察着牛万象,有一次,趁他走过来的工夫,她在后面喊了一声牛老师,牛万象没听见,她不得不快步上前拉了一下他的衣角,指着手中的稿子说了一句什么,牛万象接过她递过来的水笔,在稿子上匆匆忙忙地写了一句什么。这时,门口一阵骚动,进来三个人:两个大肚子一个瘦个子,我经常在会议上看到他们,两个大肚子分别是宣传部的古部长和校党委俞强副书记;跟在他俩后面始终保持半步距离的是袁部长,在中层干部里面,他的体型保持得算是最好的。在林萍的引导下,三个人走向会议室主席台。

俞书记一落座，欧阳枫就抱着一台照相机，对着他在那里咔嚓照个不停。会议室很快就安静了下来，大家都看着主席台，学生们很少能有机会见到学校领导，看稀罕物一样眼睛不眨地瞅着。俞强书记是刚被提拔起来的年轻干部，去年省委组织部的一个副部长来学校宣布了对他的任命，当时使用的话筒就是我。对此，我感到很荣幸。俞书记很年轻，今年45岁，是学校最年富力强的校领导，据说也是省委着重培养的准备接替学校二把手的人选。古彭师大现任校长是数学系出身，再有三年就要退下来了。按照学校的规律，中文背景出身的俞书记很可能接替下一任校长。中文和数学是古彭师大最大最有资历的两个院系，学校的一把手和二把手大多有这两个院系的背景。而且一般的情况都是轮着来，一届数学一届中文。按照这个规律，俞书记升任校长将会顺理成章。

会议正式开始，首先是第一个阶段，即大学生通讯社成立仪式，由分管校报工作的袁部长主持会议。他先介绍了一下大学生通讯社成立的背景和意义，然后请古部长宣读了关于成立大学生通讯社的文件及第一届机构名单。接下来是新任社长叶晓晓代表学生记者发言。最后，俞强副书记发表讲话。作为中文系的教授，俞强讲话从来不用讲稿，多年的讲台经验和领导干部的经历，练就了出口成章的本领。他的讲话逻辑缜密，语言华丽，而且充满了学术新词和当下热词，他的每一次口头讲话经过整理后都是一篇好文章。校报的编辑最喜欢编的就是俞强书记参加的会议新闻稿。这样的本领也是俞强书记走上仕途的一大优势，学校现任的几个校领导中,像他这样出口成章的人没有第二个。俞书记显然是有备而来,他不但历数了校报记者团的发展历史,还特别指出了在记者节成立大学生通讯社的意义,并且把这种意义上升到了学术的层面,直听得牛万象和学生记者们热血沸腾,感觉自己真是了不起的铁肩担道义、妙手著华章的人。俞书记一再强调无冕之王,鼓励大家在学生记者的岗位上做出更多更好的成绩。最后,他不忘顺带表扬了一下牛万象,说他是学校刚引进来的宣传人才,期待着他能有更大的作为。听到俞强书记的表扬,牛万象心里像是揣了无数只小兔子,怦怦怦跳个不停。

第一个阶段成立仪式结束后,随即进入第二个阶段——庆祝记者节暨大学生通讯社联欢会。会议室里只剩下牛万象一个老师,因为年龄相仿,学生记者们在他面前基本上都是无所顾忌,放肆地唱歌跳舞,大喊大叫。看着眼前的这一切,牛万象仿佛回到了大学时代,脸上始终挂着笑容。他安静地坐在后排,眼前的热闹场景逐渐模糊起来,他回味着俞强书记刚才的讲话,感觉自己身上充满了向上的力量。正恍惚间,叶晓晓来到他面前,伸出了手,向他发出了跳舞的邀请。牛万象连连摆手说:我不会跳舞!叶晓晓笑笑:我来教你,很简单! 牛万象没办法,只好站起来。他看看周围,同学们都沉浸在联欢会中,没有谁注意他们。这次让叶晓晓出任新成立的学通社的社长,牛万象不是没有过顾虑。叶晓晓毕竟是一个女孩子,而且还是一个漂亮的女孩子,作为学通社的指导老师,而且是一个刚大学毕业的年轻男老师,牛万象必须顾忌一些东西。人言可畏,大学里的人言尤其可畏!他牛万象的身份已经不是学生,已经没有犯错误的机会了。尤其是他刚来到古彭师大,作为一个大学职场里的新人,他必须开好头起好步。他真的不会跳舞,在跳舞的过程中,踩了好几次叶晓晓的脚,而且踩得特别狠,叶晓晓每次都是嘶嘶直抽冷气。但她还是强忍着,面带笑容。牛万象每踩一次叶晓晓的脚,脸上的红色就加深一层,最后实在坚持不下去了,只好说:算了吧,我从来没跳过舞,还是别折磨我了!哪知道叶晓晓根本不理会他,赌气似的气哼哼地说:我今天非把你教会不可!她身上有一股倔强的味道,要命的是,牛万象对此很欣赏。想想自己在圣城师大的四年,竟然没有跳过一次舞。虽说那是一座小城,但歌舞厅总还是有的。即便是学校里面,每周末也都有露天舞会,每次经过那个舞场,他都是似有似无地看一眼,根本没有过进去试试的想法。唉,和叶晓晓他们比起来,自己的大学生活未免有点儿乏味了!

  在叶晓晓的调教下,牛万象的舞步终于不再那么凌乱不堪了,踩脚的次数也明显减少。联欢会接近尾声时,叶晓晓忽然说了句:万象老师你有女朋友吗?闻听此言牛万象一愣,正犹豫不决间,叶晓晓自问自答道:你连舞都不会跳,估计有的可能性比较小!说完,自己轻声笑起来。牛万象不置可否地点点头。既然叶晓晓不需要回答,他也就继续揣着明白装糊涂。跳完一支舞,牛万象渐渐找到了感觉,舞步越来越像那么回事了。坐下来休息时,叶晓晓瞅瞅自己的脚,鼓着腮帮子说道:万象老师你得给我买一双鞋!牛万象一愣:为啥?叶晓晓抬起脚:喏,你看!牛万象低头,看到叶晓晓的一双白皮鞋此时已经变成了大花鞋,他红着脸笑笑:我回头赔你一双新的！叶晓晓呵呵笑：那好，周末我喊你去逛街！牛万象呆住了：周末！去！逛街！一起？看着叶晓晓一脸灿烂的笑容，他似乎意识到了叶晓晓为何答应自己出任新社长了。

牛万象和叶晓晓跳舞的时候，我注意到墙角的一双眼睛，那目光充满了忧郁，甚或有一点点恨意。那是王胜利。他的目光始终围着牛万象和叶晓晓转来转去，他看到了牛万象搂住叶晓晓腰部的手，看到了叶晓晓搭在牛万象肩头上的胳膊，以及他们轻声谈话的样子。我看到王胜利的嘴角在不断地上扬，从中文数字的"一"逐渐变成了阿拉伯数字的"1"。他似乎还笑出了声，冷冷的，夹带着一股凉风。有几个学生记者在他身边坐了下来，他们都是王胜利的老乡。在校报记者团里，以生源地为中心，这几年逐渐形成了一个拉帮结派的局面。各帮派各自为战，互相都不服气。以王胜利为中心的这一帮派，人数不少，而且都是核心骨干成员。在记者团改成大学生通讯社之前，其主要工作都是以他们为主，记者团团长也多是从他们之间产生。牛万象把记者团合并为大学生通讯社，又采用公开竞聘的方式来选举社长，彻底颠覆了原来的记者团格局，这让王胜利他们很不爽。但他们也只是在私底下议论纷纷，不敢公开提出来。不知为何，王胜利他们和欧阳枫走得很近。虽说欧阳枫不辅导记者团，但在记者团内部，不少记者和欧阳枫的接触比牛万象还多。牛万象知道，压在自己和叶晓晓肩上的担子并不轻。

联欢会接近尾声时，天色已晚，牛万象看看时间，再不走就坐不上19路公交车了。他对叶晓晓说：差不多了，让大家都散了吧。

叶晓晓看着大家玩兴正浓,笑着说:要不老师先回去,我来善后?牛万象点点头:这样也好,不过也不要太晚,叮嘱大家注意安全。说完,牛万象向门外走去。我看到王胜利跟了出去。他快速追上牛万象,说道:牛老师,可以占用你几分钟时间吗?牛万象一愣,随即点点头,说:可以。王胜利拉着牛万象躲进了浓浓的夜幕里,我看不到他们了,只能模模糊糊地听到他们的谈话。我听到王胜利说:牛老师,你这次合并成立大学生通讯社,我们都很支持,但你让叶晓晓当首任社长,我们好几位记者都很有意见。牛万象愣住了:她不是通过你们的投票选出来的吗?支持票远远大于反对票啊!王胜利尴尬地笑笑,继续说:那是因为大家都不知道叶晓晓的那些事儿。牛万象皱皱眉头:哪些事儿?你说说看。王胜利说:说来话长,不耽误你坐车吧?牛万象说:没事儿,我一会儿打车走。王胜利说道:你可能不知道,虽然叶晓晓能力很强,在记者团也很让大家服气,但大家……我估计你不知道叶晓晓和某位老师同居的事儿吧?牛万象好一阵没说出话来,沉默了半天,他说道:这事儿你怎么知道?王胜利笑笑:我亲眼所见,她进了那位老师的办公室。牛万象心里一惊,不知道王胜利所说的那位老师是不是袁部长。如果真是袁部长,看来袁部长的事儿在记者团里并不是什么秘密。他说:这种事儿你可不能乱讲啊,再说了,叶晓晓进了老师办公室又怎样?或许不过是正常谈话而已。王胜利摇摇头:老师你刚来,或许不知道这里面的事儿,我那天因为有事儿到编辑部来,不但碰巧亲眼看到叶晓晓进了那位老师的办公室,还听到了她的叫声!牛万象呆住了,但他仍旧不敢相信:叫声?什么叫声?王胜利脸色微红:老师你这不是揣着明白装糊涂吗?还能有什么叫声?那天,我听到叫声就快速跑开了,后面的事我没有亲眼看见,但我敢保证,叶晓晓和那位老师发生了性关系。牛万象低声问:你所说的那位老师究竟是谁?王胜利苦笑了一下:牛老师,我不敢说啊。牛万象明白了。但他还是有些不相信王胜利的话,因为王胜利和叶晓晓之间一直有些矛盾,他的话不好取信;再者说了,叶晓晓之前告诉自己的只是和袁部长谈了话,并没有提及其他,而且那天还碰到了董絮,她和袁部长哪有时间发生性关系?王胜利会不会是因为叶晓晓当了学通社的社长,心里不平衡,才找出这个理由来?但他的话似乎也有些真实,联想到在向袁部长汇报由叶晓晓来当首任社长时,他不但很支持,还说了不少表扬叶晓晓的话,从袁部长的话里,牛万象感觉到了他对叶晓晓的喜爱。想到这里,他对王胜利说:你说的我会认真考虑的。但这种事儿不好乱讲,就到此为止吧。说完,牛万象快速奔向公交站台,他希望还能赶上最后一班车。

八 办公椅

嘿,我是牛万象的办公椅。整天被他坐在屁股底下,说实话,并不怎么舒服。我们椅子,有许多是受虐狂,被挤压得越厉害越痛快。但我不是如此,每次要承受牛万象那两瓣子屁股的时候,我就有说不出的恐惧和痛苦。倒不是他的屁股有多大,而是他坐下来的动作,特别粗暴,直坐得我咔吧咔吧直响。

看得出来,牛万象今天心情不错。他代林萍写的文章在《当代语文》上发表了,刚刚收到了两本样刊,拿给林萍看,林萍喜得合不拢嘴,直对着牛万象说:谢谢,谢谢,辛苦,辛苦!牛万象摆摆手:小菜一碟,林主任以后要是还有这方面的需要,尽管说!话已出口,牛万象感觉不对,赶紧又补充了句:林主任的高级职称今年一定可以顺利评过去!林萍笑笑:不好说,学校的政策一年一个变化,有那么多的老人都在排队,都没消化完呢!我在这个队伍里面,还算是年轻的。愣了一下,林萍又说:有时候年轻也不是一件好事。说完,她自己先笑了。牛万象说道:林主任今年成果不少,一定没问题!林萍指指桌上的《当代语文》,说道:要是在这样的刊物上早发几篇就好了!牛万象点点头,没说话。

教育科科长曾晓雯往编辑部探了探脑袋,看到牛万象和林萍都在,笑了笑,说:你们都忙着呢?!林萍说道:这不赶下期报纸吗?!你看这报纸,原来半个月一期还好,现在十天一期,还不得把人都累死!说完,林萍把脸转向牛万象:古部长把你引进过来的第一个变化,就是把校报由半月刊改为旬报!牛万象只好笑笑,对曾晓雯老师说:曾老师进来坐!曾晓雯摆摆手:你们忙,我回头过来,古部长刚给我布置了一个急活!曾晓雯的身影在门口刚一消失,林萍就嘟囔了句:教育科一点儿屁事都没有,闲都闲不过来,她能忙什么!牛万象早就听说林萍和曾晓雯有矛盾。这也难怪,两个人都是教授夫人,都是博嫂级的人物;在宣传部都是科级干部,身份也是平起平坐;工作资历也都差不多,同一年参加工作,同一年被提拔为科长,许多时候都面临着同样的竞争,关系想好也好不了。两个人背后都在互相较劲,一有机会就互相拆台,谁也不让谁。当然,她们的斗争都是在非常隐蔽的状态下进行的,都是暗战,只有明眼人才能看出来。像牛万象这样刚参加工作不久的人,对于她们之间的暗斗,基本上是难以察觉的。宣传部这两年不出干部,很少有人晋升,其原因大概多少与此有关。一个单位,都在互相拆台,那还能成什么事儿?工作难以出彩不说,即便是出彩了,也架不住有人背后捣乱。据说,古彭师大的告状之风在高校中间是出了名的,别的高校纪委都清闲得很,古彭师大的纪委却要常常忙于看数以百计的举报信。尤其是在干部提拔的时候,举报信像雪片一样向纪委信箱飞来,这些举报信提供的大都是捕风捉影的信息,大都离不开男女关系之类。古彭师大的这种举报不但让校领导很头疼,还让省教育厅的领导头疼,因为他们收到的举报也大多来自古彭师大。这所大学的举报文化如此发达,在省内已渐渐成为一大办学特色。

直觉告诉我,曾晓雯刚才出现在办公室门口,应该是有什么事儿。因为和林萍有些矛盾,她平时很少到校报编辑部来,除非迫不得已时,才在门口站一会儿,说完事就走,不多停留一分钟。她这次来,肯定不是找林萍,而是要告诉牛万象什么事,到底是什么事呢?

答案终于在第二天揭晓了。

这天上午林萍要参加孩子的家长会,没来编辑部。欧阳枫去新校区照相了,恰好也不在。牛万象一个人坐在办公桌前改稿子。自从校报记者团合并成立大学生通讯社以后,学生记者写稿的积极性大幅提高,来稿量也多了起来。这无疑是叶晓晓的功劳,牛万象布置下去的选题基本上都能很快地得到落实,并且高质量地完成。这对提升校报办报质量当然是好事,稿子多了,选择的余地就大了。但这也给牛万象增加了不少的工作量,学生记者的稿子他要一篇篇看完不说,有一些还要给出修改意见。牛万象是一个有责任心的人,他身上始终保留着敬业的好品质。他要是忙起来,屁股半天都不挪窝,把我累得够呛。不过,这些日子我也习惯了,不被他的屁股压着还不舒服呢。

有人敲门,正在低头改稿的牛万象抬起头,看到曾晓雯站在那里,呵呵笑着。牛万象站起来。曾老师走进来,四下里看看,说道:昨天来就是想找你,看到编辑部人多,就没告诉你。牛万象猜出曾晓雯有些话不好当着林萍的面说,就点点头,说:曾科长有什么话就说吧。曾晓雯指指林萍桌子上的《当代语文》杂志,问牛万象:这上面的文章是你替林萍写的吗？牛万象心里一惊：曾晓雯怎么知道的？林萍肯定不会主动给她说，我也没告诉过她，这……看到牛万象在犹豫不决，曾晓雯继续说：我一猜就是你！那天闲着没事，我在中国知网搜文章，无意中看到林萍新发表的这篇论文，感觉和她以前的文风不像——其实以前那些文章也大都不是她自己写的，都是以前在校报实习的两个研究生替她捉刀，再看看那本杂志，正是你以前兼职的单位，明眼人一看就知道是怎么回事。被曾晓雯看穿了，牛万象也就不再隐瞒，点点头说：那篇文章的确是我写的，不过是我主动的，和林萍主任无关。曾晓雯脸上挂着一丝冷笑：你是不是觉得林萍这人还不错？牛万象点点头。曾晓雯撇撇嘴，说道：我告诉你一件事，你就知道她是什么人了。曾晓雯在沙发上坐下来，说道：你刚来不久，林萍到古部长办公室去了一趟，因为古部长的办公室和教育科只隔着一扇门，他们说话的时候门也没关好，所以他们的对话我听得一清二楚。林萍对古部长说，她快受不了了，嫌你身上有股难闻的味儿，还说你一周都不洗一次澡！这种事儿，别说是真是假，即便是真，她本可以亲口告诉你，却到古部长那里去告状！牛万象傻了。他做梦也没想到林萍是这样的人，自己每天都冲澡啊，林萍为何要如此？曾晓雯继续说：你知道她为什么要这么做吗？因为你编辑的校报比她好！自从你调进来，校报受到的表扬越来越多，不管是普通读者还是校领导，都对报纸交口称赞，说办得好办出了古彭师大的水平。这些话林萍哪能受得了？她知道古部长很器重你，故意在他面前说你的坏话！你记不记得有一次开部会之前，古部长问你几天洗一次澡的事？

牛万象脸红到了脖子根,说道:当然记得,我还以为那是古部长对我的关心呢!哪想到其实是因为林萍!说到这里,牛万象在心里骂了一句:他妈的!曾晓雯笑笑:这个事儿你知道就行了,要明白知人知面不知心的道理,不要以为表面对你好就是真的对你好!牛万象点点头:我知道了,曾科长,谢谢你告诉我。曾晓雯看看墙上的钟,站起来:快下班了,赶紧去教工食堂吃饭!说完,她用双手拍了拍屁股,走了。她的这个动作很经典,除了自己的办公椅子,无论坐在谁的椅子上,起身时她都要做这个动作。

曾晓雯的话,让牛万象一天的情绪都很低落,他忽然感受到了一股凉意。这凉意从头到脚,浸满全身。牛万象想不通:大学机关为何如此复杂?人和人的交往为何就不能简单一点?为何这里的人都喜欢当面一套背后一套?每天都要小心翼翼地防备着在背后被人捅刀子,想想真是可怕。看来,自己想厕身古彭师大,以寻求一个精神栖居地的想法,真的要泡汤了,这只不过是一个无法实现的乌托邦。

快下班时,林萍回来了,一脸的笑容,她手里挥舞着一张汇款单,对牛万象说道:刚才资料室的张老师给了我一张稿费单,我一看是《当代语文》汇来的,这还是我第一次收到论文的稿费。以前发论文,都是要交一笔数目不菲的版面费,现在居然还能收到稿费!像这样的良心刊物真是越来越少了!牛万象笑笑,没说话,他在心里说:你还真当那是自己的文章了!林萍见他不作声,又说了句:我明天去邮局取出来,这笔稿费应该给你!牛万象摆摆手,说:是林主任的名字,当然是你的!林萍哈哈笑了两声,没再说什么。

愣了一下,她边整理桌上的报纸边说:从下期开始,你帮着我编一版的稿子吧,让你也锻炼锻炼!牛万象一愣:一版可是要闻版,一向都是林主任你亲自编辑,我能行吗?林萍笑笑:怎么不行?你编三版编得很好,一版应该也不在话下!牛万象心里清楚,林萍这是在向自己示好,一般来说,谁来编要闻版那就意味着将来谁接主任的班。最初的校报一版,是身兼校报主编的袁部长亲自编的,那时林萍和袁部长磨合不太好,后来就把要闻版下放给了编辑部主任。现在林萍让自己协助编辑要闻版,一方面是要显示对自己的重视,说明她在欧阳枫和他之间已经做出了一个选择;另一方面,她也可以减少一些工作量,腾出精力为评高级职称做好准备。看来,事情并不完全像曾晓雯说的那样,不管林萍在背后说了什么,她在对待报纸方面,还是有一些责任感的。这同时也证明,牛万象所做出的努力渐渐有了成效。

　　牛万象的性格里面,有互相矛盾的一面。从他的本心来讲,他是不愿意去主动讨好别人尤其是自己的上司的,但作为一个从农村走出来的子弟,他不这样又几乎不可能在新环境中立足。他只能在两者之间尽量求得一种平衡,既能让自己心安又能尽快地适应和融入新的环境。四年前,当他考上大学时,高中的一位语文老师也是他最好的朋友一再告诫他:为了生存,要学会隐忍!在大学里面,该入党入党,为了能找到一份好工作,该低头就低头!当初,他不怎么理解这位老师的话,走上工作岗位以后,他似乎全然明白了。唉,人在屋檐下,哪能不低头?现在的低头,是为了将来的强大!

这段时间,牛万象一直在思考王胜利对他说过的那些话。对于叶晓晓,他有些捉摸不透。为何一个还在学习的女大学生也如此复杂?看她平时的样子,学习好,文笔好,又活泼,又可爱,这样的形象根本不可能和坏女生联系起来。如果王胜利说的都是真的,那也未免太可怕了。不过,从"人在屋檐下"这个角度来思考一下叶晓晓的选择,也未尝不能理解。她再优秀,也不过是一个女大学生,和宣传部的副部长比起来,她是一个处于被动状态的弱势群体。如果袁部长对她发动利诱也好,示爱也罢,她能否有强大的抵抗力,的确是值得怀疑的。一个女大学生,面对一位领导的"宠幸",她又能怎么样呢?别说是她,就是已经不再处于绝对弱势的自己,在面对自己的领导时,又能如何?还不是得恭恭敬敬?

　　这段时间,牛万象有意和叶晓晓疏远了关系。除了必要的工作接触,他在极力减少面对叶晓晓的机会。看到叶晓晓时,牛万象常常会想起谭薇。说实话,他还是挺怀念和谭薇在一起的那段日子的,那是一段一去不复返的美好时光。尤其是临毕业的那一段日子,他们无时无刻不黏在一起,恨不得变成一个人。两个人一起看新上映的电影,一起去逛咖啡馆,尽管那些咖啡不伦不类,但两个人坐在一起,即便是捧着一杯白开水,那似乎也是很甜的。在此之前,牛万象一直怀疑自己和谭薇之间是否属于爱情,如果是爱情,那似乎来得太快了。如果不是,那又是什么?肉体吸引?似乎也不对。牛万象在性欲方面并不苦闷,创作小说极大地缓解了他在这方面的需求。而且,如果他愿意,可以在校园里找到不少发泄的对象,就像他的那些同学一样。二十世纪九十年代末期的大学校园,已经兴起了同居之风,恋爱中的男女大学生在校外租房已经是司空见惯的事情了。大三那年,在本地长大的一个低年级女生曾经邀请牛万象到家里去玩,从女生的行为举止,牛万象可以看出来她很喜欢自己。那时候她刚上大二,在牛万象眼里,还是一个不谙世事的小姑娘。她也是校报的一个记者,喜欢文学,爱好写作,胖乎乎的身材,鹅蛋脸,看上去赏心悦目。在圣城师大,她的样子算不上多么出众,但别有一番风味。不知牛万象是在男女交往方面天生愚笨,还是不愿意和女孩子交往,他那段时间异常冷漠,面对女孩的热情主动,他没有做出任何的回应。有一次去她家里,趁着爸妈不在,女孩甚至主动吻了他,但他似乎没有丝毫的感觉,表现出的完全是一副束手无措的样子。在女孩子的房间里,在那张小床上,他压在她的身体上,两张嘴巴合在一起。他们忙活了半天,也只是接了一个长长的吻而已。女孩见牛万象并没有多少热情,伤心地一把推开了他。回学校路上,牛万象知道自己错过了什么。但他并不伤心,反而有一点点的高兴。他记得,从女孩子的家到学校的路上,一路都是白色的樱花。

如今,古彭师大也进入了阳春三月,校园里的樱花也开了,开得奔放、潇洒,一副不管不顾、率性而为的样子。

春天了!

九 红毛衣

我是叶晓晓身上的红毛衣。自从和牛万象一起逛街买了这件衣服以后,叶晓晓就一直穿在身上。古彭三月天,气温回升得很快,穿毛衣已经有些不合时宜了。但她似乎对此毫不在意,仍旧倔强地穿着,以此来显示对这件毛衣的喜爱。

那天,叶晓晓到校报编辑部去送稿子。编辑部门开着,却没人。叶晓晓把稿子放在牛万象的桌子上,对着桌子上的茶杯发了一会儿呆。不知是因为经常泡茶的缘故,还是因为牛万象懒得洗刷,那茶杯边缘黑乎乎一片。叶晓晓忍不住拿了杯子,去卫生间水池子洗了一下。回来时,牛万象已经端坐在办公桌前,开始翻看稿子了。他看到叶晓晓,再看看她手里的茶杯,脸色微红。叶晓晓笑着说了句:刚才送稿子,你不在,便趁机把杯子洗了。牛万象说了声谢谢。叶晓晓继续说:看这杯子,你用了很久了吧?牛万象点点头:大学时就一直用,好几年了。叶晓晓努了努嘴巴:回头我送你一个新的吧,你都是老师了,咋还能用当学生时的杯子!牛万象皱了皱眉头,看了看眼前被洗刷一新的杯子。这个杯子是谭薇送给他的,他一直没舍得扔。叶晓晓说得也对,是该换个新的了。他对叶晓晓说:我回头自己买一个吧!叶晓晓笑了一下,露出了小虎牙:要不中午下班我陪你一起去？正好我要去买一件薄毛衣！牛万象看看叶晓晓,不好拒绝她的好意,点了点头。

中午下班,牛万象草草地在教工食堂吃了饭,就去了学校大门口。叶晓晓早就等在那里,她穿着一身白色运动装,脚下是一双白色运动鞋,整个人看上去很素雅。她站在大门一侧花坛边,那里面的花刚刚长出了骨朵,含苞待放的样子,甚是可人。古彭处于苏北鲁南的腹地,是典型的内陆性气候,这个时节的气温适宜,微风拂面,令人神清气爽。一起往外走时,牛万象不敢和叶晓晓靠得太近,两个人一前一后,低着头走出校门。刚穿过马路,牛万象听到有人叫自己的名字,抬头看,是袁部长,正笑呵呵地看着自己和叶晓晓。他额头上迅速出现了一层汗珠,结结巴巴地说道：袁部长在外面吃饭？袁部长点点头,看了看叶晓晓说：你们一起出去啊？叶晓晓脸色微红,说道：嗯,我陪牛老师去买个杯子。袁部长连说了几句好好好,就走了。牛万象心里打起了鼓：妈的,真是怕什么来什么,早知道不和叶晓晓出来了！这下子好了,让袁部长逮了个正着,他不定怎么想呢！关键是叶晓晓和他的关系,会不会让袁部长产生什么联想？想到这里,他对叶晓晓说：我们今天还是别去了吧,回头再说！和牛万象的紧张比起来,叶晓晓神情自然多了,她看着牛万象,说了句：我知道你担心什么！走吧,我正要告诉你一些事！见叶晓晓坚持,牛万象只好硬着头皮往前走。

走了没几步,叶晓晓脚步慢了下来。她在等牛万象靠近。但牛万象老是和她保持着不远不近的距离。这让她很恼火,她终于忍不住,气哼哼地说了句：万象老师你是不是觉得我会吃了你?!

牛万象听了这话直想笑,憋了半天,没憋住,还是笑了。叶晓晓也笑了,笑完了对牛万象说:你是不是听说了那些谣言?牛万象一副什么都不知道的样子,说:什么谣言?叶晓晓苦笑:万象老师你就别装了!我一看你对我的态度就知道是怎么回事。是不是王胜利给你说了什么?那天你离开会议室时我看到王胜利跟你嘀咕了半天,自那以后,你就在有意无意地远离我,你以为我看不出来?被叶晓晓猜中了心思,牛万象不好再继续装糊涂了,点了点头说:他是说了不少你的事。叶晓晓蹙起眉毛:我就知道是这样!他都跟你说什么了?是不是说我和袁部长有什么事儿?牛万象没说话。叶晓晓继续说:我和袁部长之间真的没什么事儿,我那天和他谈话也就是谈话而已!牛万象还是不说话。叶晓晓有点儿急了,说道:万象老师,你知不知道王胜利这个人有点抑郁?我听说他有轻度的抑郁症,成天地胡思乱想,他的话不可信!牛万象愣住了:真的?王胜利有抑郁症?我说怎么看他整天没精打采的样子,原来是……叶晓晓点点头:就是这样的,所以,你要相信我的话!听了叶晓晓的解释,牛万象心里突然敞亮多了。

离古彭师大不远,就有一条步行街。步行街不是很大,但各色货物品种齐全,尤其是衣服和小饰品,真是琳琅满目,应有尽有。或许是因为靠近大学的原因,这里的商品价格很低廉,因此生意特别好,每天的人流量都很大。这几年古彭为了实现经济转型,大力发展小商品经济,仅仅几年的工夫,就从以粗放经营为主的煤城华丽转身为以流通为主的苏北重镇,不但实现了经济上的跨越发展,还一改脏乱差的城市面貌,成为山水秀美的苏北小江南。跟随着潮涌般的人流,牛万象和叶晓晓来到了步行街边缘的一家饰品小店。叶晓晓说:走,进去看看,给你选一个茶杯!牛万象脸色微红,有些手足无措地站在饰品店门口,看着叶晓晓在里面翻来覆去地挑选着茶杯。那些茶杯有的是瓷质的,有的是玻璃的,上面都装饰了富有创意的花纹。叶晓晓挑来挑去,最后选中了一个瓷质的深蓝色咖啡杯。她喊牛万象进来,说道:你看这个咋样?我觉得挺大方的,很适合你。牛万象点点头,从包里往外掏钱包。叶晓晓动作快,抢先把账付了。牛万象不同意,坚持要自己来。叶晓晓佯装生气说:说好了人家送你的嘛!牛万象没办法,只好由她去。走出小饰品店,牛万象说了句:我是考虑你还是个学生,没有经济收入。叶晓晓笑笑:谁说我没有收入,我在校报的稿费可不少!再说了,我可是有无比强大的后盾的——你知不知道我老爸是无锡的大资本家?说完,叶晓晓自己笑了起来。牛万象听林萍说过,叶晓晓家里很有钱,在江南一带富甲一方。从叶晓晓的谈吐可以看出来她的出身,绝不是一般的小户家庭。

  再往里走,步行街越来越拥挤。牛万象仔细观察了一下,一多半都是师大的学生。他们有的三三两两,有的成双入对,有的独自一人,神色各异,但都洋溢着逼人的青春气息。走在人流中,牛万象不由自主地低下了头,他担心被学生记者们看到自己和叶晓晓一起逛街,毕竟,这不是一件多么光彩的事情。叶晓晓拐进了一家服装店,牛万象也跟着进去了。在里面转来转去,叶晓晓看中了一件粉红色的薄毛衣,她左看右看,问牛万象:这件衣服咋样?牛万象不懂这个,只说了句:这个天气穿正合适。叶晓晓笑笑,拿着毛衣进了试衣间,一会儿穿着毛衣出来,大小尺寸正正好好。叶晓晓在镜子前转来转去,让牛万象靠近一点,帮着她整理衣服领子。牛万象只好走近点。他无意中看到,叶晓晓好像没有穿内衣,透过薄毛衣可以隐隐约约地看到一对小鸽子,忽闪忽闪地在毛衣底下跳。牛万象脸色瞬间变得通红起来。叶晓晓似有似无地看了他一眼,笑嘻嘻地说:既然正合适,那就买了!牛万象说了句:刚才你付钱给我买了杯子,这次就让我来结账吧。叶晓晓一愣,随即脸色变得温润起来,高兴地说道:好啊好啊,正好快到我的生日了,就算是送我的礼物好了!待牛万象结了账,叶晓晓又说了句:能收到万象老师的礼物,真是三生有幸!说完,两个人一起往外走,叶晓晓的手很自然地挽住了牛万象的胳膊。牛万象想挣脱,又觉得不合适,犹豫来犹豫去,还是算了。在回学校的路上,牛万象一直想找个理由把叶晓晓的胳膊甩掉,但叶晓晓就是要紧紧地挽着他,一直走到学校大门口,她才把手从牛万象的胳膊上抽出来。牛万象像是得了解放,长长地舒了一口气。他的这个小动作被叶晓晓察觉了,叶晓晓悄悄捂着嘴巴笑,笑完了问牛万象:万象老师,你是不是特害怕和我一起啊?牛万象知道叶晓晓察觉到了什么,红着脸摆摆手:没有没有!叶晓晓继续笑着说:既然没有,现在时间还早,你和我一起到学校中心花园里走走?牛万象没想到她会这么说,学校中心花园花木繁盛,桃花杏花开得正艳,此时正是校园情侣们躲在里面浓情蜜意的时候,他俩若是走进去,那还不是公然宣示两人的关系?但不去吧,又恰好验证了叶晓晓的猜测,也不好。想来想去,牛万象硬着头皮说：那就走一趟吧,我刚好可以从那里回办公室!说完这话牛万象立马后悔了,自己的话明显有问题,办公室和花园根本不在一个方向上,从那里回办公室纯粹是绕远路嘛。好在叶晓晓也会装糊涂,笑嘻嘻地拉着牛万象疾走了两步,一头闯进了花林中。

　　出乎牛万象的意料,花园里的人并不多,零零散散的,偶尔可以看到几对情侣,坐在树下,或搂抱或接吻。大概是因为此时还是午休时间,大学生们都待在宿舍里睡午觉。牛万象看着偶尔闪现在眼前的情侣们,心扑通扑通跳个不停。他步子迈得很快,想快点穿过花园。因为花木都比较高大,花园里面的光线不强,加上花草繁盛,铺满了花园中的小径。牛万象脚下的步子有些凌乱,看上去十分慌张。他越是想走得快一点,叶晓晓越是拉住他的胳膊,一会儿让他抬眼看桃花,一会儿让他蹲下摘地上的野草莓。好不容易走到花园正中心,两个人的脚步慢了下来。叶晓晓突然站到牛万象的面前,一把拉住他,眼里充满幽怨地说了句:万象老师你是不是特别讨厌我？牛万象愣住了,摇摇头,又摇摇头。叶晓晓说:那你干吗老是想离我那么远？牛万象不知道说什么好,变得语无伦次起来:我们……你是……学生……我是……老师……叶晓晓噘起嘴唇,说道:什么老师学生？你才比我大几岁,咱们要是在一个学校,你就比我高两个年级!牛万象不知道说什么好,结结巴巴地往外吐了四个字:我们不是……叶晓晓抢过他的话头:不是什么？我要大声告诉你,我喜欢你!说完,叶晓晓搂住牛万象的脖子,踮起脚尖,把嘴巴贴到了牛万象的嘴唇上。自从离开了谭薇,牛万象一直没碰过女人,叶晓晓的这一吻,一下子点燃了他身体里的欲望。犹豫了一下,他不由自主地做出了猛烈的回应,两个人亲吻着,忘记了此时身处何地。

这天下班,牛万象故意走得很晚,和叶晓晓一起在学校食堂胡乱吃了点饭,两个人打了辆车,直奔新校区而去。因为古彭师大的住房紧张,牛万象这一批新教工都被安排在一栋已经腾空的学生宿舍楼里。宿舍区位于教学区的西面,两面环山,一面背水,其风景甚是优美。对于这些,牛万象和叶晓晓都无暇顾及,他们下了出租车,直奔牛万象的宿舍。在那张铁质的学生床铺上,牛万象像一头饥饿许久的狮子,把叶晓晓压在了身体底下。叶晓晓对此好像也是轻车熟路,极力迎合着牛万象。如果说叶晓晓的身体是一个面团的话,牛万象的手指无疑就是用来发酵的酵母,在他的抚摸下,叶晓晓彻底发起来了。

当两人身体凝固的那一刻,牛万象脑袋中突然闪过了小学时学过的一篇课文:春天来了,冰雪融化,种子发芽,果树开花。我们来到小河边,来到田野里,来到山冈上,我们找到了春天!

看着脸色潮红身体软似一摊泥的叶晓晓,牛万象在嘀咕:这是真的吗?自己和一个女学生睡在了一起!这是不是太快了?自己和她才认识多久?为何自己和女孩子的交往总是这么直奔主题?一年前和谭薇好像也是这样,仿佛在一瞬间就完成了恋人的所有功课,这究竟是不是爱情?自己不会是因为叶晓晓的容貌或者受到她和袁部长关系的刺激,才和她如此之快地上床吧?她口口声声说自己没有和袁部长发生关系,可这个谁又能证明?袁部长能轻易放过她?想到这里,牛万象脑子里一片凌乱。

这无奈的大学!无奈的世道!

在床下胡乱扔着的一堆衣物中,那件红毛衣分外显眼。

十 照相机

我就是那台宣传部新购置的照相机。自从欧阳枫调进校报编辑部以后，我基本上就成了他的专属用品。在古彭师大，会议特别多，领导闲着没事整天开会，大会小会，大会套着小会，小会连着大会。无论是什么会，只要需要宣传报道，宣传部就得派人去照相。以前，照相都是宣传部秘书刘冬的活儿。但他毕竟是宣传部的大秘，平时事情很多。古部长体恤他的难处，欧阳枫来了以后，就把照相的任务分给了他。不只是因为古部长有言在先，校报编辑部和宣传部的人员都要打通使用，还因为他对摄影有着天然的爱好，欧阳枫对此表示欣然接受，有事没事就抱着照相机琢磨。虽说做报纸编辑不是他的长项，但照相却是很有一套。不仅如此，他对新兴起来的网络也很感兴趣，经常活跃在学校 BBS 和各类社交网站之间。

牛万象协助林萍编辑要闻版以后，欧阳枫自感在校报无法站稳脚跟，一心寻找另立门户的机会。就在这时，中央突然下发了一个关于高校要加强网络舆论引导和宣传的文件。看到这个文件，欧阳枫觉得机会来了。果不其然，俞书记看到这个文件很重视，很快签发给宣传部。接到俞书记签发的文件以后，古部长立即让刘冬通知大家，周一召开部务会，专题研讨成立网络科的事项。

牛万象最讨厌开会,所谓的宣传部部务会,基本上都是瞎耽误时间。每次都是古部长发一通议论,袁部长说几句调侃的话,大家再跟着瞎掰扯几句,根本解决不了什么问题。大问题古部长定,小问题袁部长定,开会不过都是幌子而已。尤其是这段时间,牛万象和叶晓晓同居以后,他周一常常会上班迟到,对于一上班就要开会,他早已是深恶痛绝。

周一早上,牛万象一进办公室,就看到林萍阴着脸。欧阳枫不在,但包放在桌上,牛万象以为他去洗手间涮拖把,随口说了句:林主任真是得表扬表扬欧阳老师,每天都是他打扫卫生,多积极!林萍皱皱眉头,说了句:表扬啥?调他来又不是让他打扫卫生的!这都大半年过去了,办报水平一点都没进步!愣了一下,她又说:不过,他在编辑部也待不长了!牛万象愣了愣,问:欧阳老师要走?林萍笑笑:你还不知道?宣传部要设立网络科,让欧阳枫负责筹建!一会儿开会就要宣布这个事了!牛万象一时语塞,心里说不上什么味儿。按说欧阳枫要离开编辑部,自己少了一个接替主任职位的竞争对手,是好事;但听说宣传部要让欧阳枫负责网络科,要解决他的科级职位,这可比自己步伐快了不少啊,按照学校的要求,自己必须工作满三年才能定副科级别,那至少还要等到两年半以后,自己和欧阳枫的速度差得可不止十万八千里啊!不过这样也好,人家毕竟是已经参加工作多年,让他筹建网络科并解决科级待遇,对编辑部来讲也不是个坏事。自己接替林萍的主任职位也就更加水到渠成了。对于欧阳枫来讲,从不擅长的校报编辑到新成立的网络科,无疑也是一种解脱。

刘冬在办公室门口喊：开会了！牛万象赶忙拿起宣传部特制的蓝色笔记本，从笔筒里随便拿出一支水笔，匆匆忙忙往会议室走。每次开会，不管会议有多么无聊，牛万象总还是要装装样子；不管古部长讲话是多么啰唆，他还是要做出认真记录的姿态。他早就听说，在学校机关，重要的并不是什么工作能力，而是工作态度，态度决定一切。依照惯例，部务会还是由袁部长主持。他清清嗓子，读了一遍上面的文件，然后请古部长讲话。古部长清了清嗓子，字正腔圆地说道：上周已经让小刘通知大家今天会议的主题了，就是要商量商量成立网络科的事儿，大家都发表发表意见吧。在宣传部，所谓的发表意见，那是有一定规矩的，说是随便发言，其实要按照官职大小和资历，按顺序一个一个来。从最老的正科级到稍微年轻的正科级，再到较老的副科级，再到年轻的副科级，最后才轮到牛万象这样没有任何级别的来说话。当其他人在发表意见的时候，牛万象还不得不装作认真倾听的样子，不时地在笔记本上写写画画。其实他写下的那些字儿，和大家的发言没有一点关系。在所有人的发言中，属古部长的最高屋建瓴，高度很高。他曾经当过学校的播音员，有一副天生的好嗓子，说起话来字正腔圆，他身子笔直地坐在会议桌后，双手交叉，端放在胸前，那样子像是《新闻联播》的播音员，非常严肃认真。而袁部长的发言，重在角度，他声音不高，还不时地夹杂着尖音，不像古部长那么悦耳动听。但他每次发言时都特别善于找到新角度，所以，大家还是很愿意听他说话的。林萍主任一般只说些无关痛痒的话，说来说去，云山雾罩，什么也抓不住。她的嗓门高，不听也得听，那声音硬往耳朵里钻。曾晓雯发言也常常是不着边际,但她嗓子好,说话柔声柔气,越是声音小,大家越想伸着耳朵听。因为要做记录,秘书刘冬总是在最后发言,言简意赅地说上两句,却常常能抓到重点。至于欧阳枫,则是能不说就不说,他的湖南口音很重,要竖起耳朵仔细听才能听个半懂。牛万象是最年轻的新手,自知资历浅,说话能少则少。资料室的熊娟老师是合同工,一般更是不说话,要说也就是那一句:领导要我做啥我做啥。这样一来,部务会的主要表演者就是古部长和袁部长了。所以,部务会说是大家一起开会,其实大家的主要任务并不是商量制定什么,而是观看古部长和袁部长的表演,倾听他们的教导。

　　会议开了个把小时,结论是大家早已经知晓的:成立网络科很有必要,必须立即着手。从学校层面来讲,贯彻落实了教育部的文件精神,可以借此提高网络宣传的水平;对宣传部而言,凭空增加了一个科室,不但能解决欧阳枫的级别问题,还能多申请办公经费,何乐而不为?会议接近尾声,古部长习惯性地看看墙角的大挂钟——那是曾经在宣传部工作过后来高升到市委宣传部新闻处的李杰处长捐赠的,他在宣传部时担任过校报编辑部的主任,是林萍主任的前任。他的成功时常被古部长作为榜样来激励宣传部的人努力工作。的确,这几年市委各部门从师大调入的人员不少,尤其是市委宣传部,几乎每隔两年就到学校调人,作为业务对口单位,学校党委宣传部当然是近水楼台的首选单位。这是宣传部工作人员的一条进阶渠道,也是许多人的梦想。正沉浸在自我想象中的牛万象被古部长提高了八度的声音所打断:我看今天的会议就到这儿吧,袁部长,你还有什么安排吗?袁部长摆摆手:该安排的古部长都安排了,您安排得很周到。古部长大手一挥:那就散会!牛万象抬起屁股刚想走人,忽然古部长叫住他说:万象,你稍等一下!牛万象心里一沉:古部长这是要唱哪一出?不会是他知道了自己和叶晓晓同居的事儿吧?他看到林萍在走出会议室的一刹那回头看了一眼,脸上挂着一丝诡异的笑容。牛万象心里更没有底了。等大家都走出了会议室,古部长脸上堆满了笑容,问道:万象,你参加工作大半年了,感觉怎么样啊?牛万象斟酌了一会儿词句,小心翼翼地说道:挺好的,校报的工作很适合我,我在宣传部工作很舒心!古部长点点头:那就好。今天开过会以后,你也知道了我们即将成立网络科的事儿,我们考虑把欧阳枫老师从编辑部调出来,任网络科的科长,对此,你有什么意见没?虽说牛万象早已料到欧阳枫任职的事儿,但这个消息被古部长证实,他心里还是有一点点失落,但他嘴上不能这么说。牛万象低下头,沉默了一会儿,说道:欧阳枫老师比我参加工作早,又熟悉网络,去网络科很合适!古部长笑笑说:你这样想我很高兴,我们宣传部就是要人尽其才!你在编辑部好好干,我们学校一般都是工作三年以后才考虑职级问题,你刚参加工作,还很年轻,不要着急!欧阳枫老师调离校报以后,编辑部就剩下你和林萍主任两个人了,我听说你们处得不错。虽说两个人编校报有些紧张,但对于你来讲,也不是多大的问题。我考虑今年再物色一个年轻的新同志,你们再坚持半年,人手就会补齐了。牛万象点头说:希望能进一个熟悉报纸编辑工作的同志!说完这话,牛万象就后悔了,这话的潜台词不就是说欧阳枫不懂报纸吗？一个不懂报纸编辑的人进了校报，却阴差阳错般地提前得到了晋升，你说这神奇不神奇？牛万象的心里，还是有一点儿堵得慌。但时运就是这样，你能干你有能耐不见得你就有机会，有时候恰恰是相反。牛万象的小心思自然逃不脱在机关工作多年的古部长的眼睛，他呵呵笑着说道：你是我们宣传部引进的人才，现在各方面发展得都不错，又深得俞书记的赏识，只要你努力工作，前途无量啊！但越是在这个时候，越是要注意自己的行为，不要犯什么错误啊！牛万象心里一紧，看了看似笑非笑的古部长，不知道他葫芦里究竟卖的什么药？他似乎是话中有话，但又不是很清晰，难道他已经知道了自己和学生谈恋爱的事儿？古部长不明确地说，他也只好装糊涂，不停地点头，说：我会好好努力的，请古部长放心！古部长说：那就好，我一会儿还要去新校区参加学校总支书记例会，今天就聊这些吧！说完，起身走了。牛万象站起来，紧跟着古部长，出了会议室的门。在关门的一刹那，他判断古部长这次谈话的重点在安抚，不要因为欧阳枫升职影响自己的工作。他可能并不知道自己和叶晓晓恋爱同居的事儿。但古部长不知道，不代表林萍主任不知道，她和自己一个办公室，叶晓晓到办公室来又常常不经意间流露出一些暧昧，林萍或许早就察觉了吧？

欧阳枫又不在，筹建网络科，要做的事情也不少，估计这些日子也够他忙的了。看得出来，对于欧阳枫升职这件事，林萍很不高兴。此刻，她一动不动地端坐在办公桌前，眼睛盯着窗外，眉头紧蹙，似乎正沉浸在什么情景之中。站在她的角度想想，也难怪她不高兴。她在师大工作已近十五年，除去中间两年随着博士丈夫到美国的陪读时间，自己已为学校兢兢业业做了十三年的贡献，可到现在为止，她只不过才刚刚混到了正科级。而欧阳枫呢，随着工学院合并过来不过大半年，而且报纸编辑得一塌糊涂，整天拿着相机满校园地跑，不过粗通一点儿网络知识，就碰上了天上掉馅饼的好事，糊里糊涂地把正科级解决了！她心里有一点点失落，也有一点点嫉妒。欧阳枫的升职让她原有的一点成就感消失殆尽，连欧阳枫这样的人都能升职，这还有什么公平可言？

林萍沉浸在自己的世界里，根本没注意牛万象进来。说实话，在她眼里，牛万象不过是一个不谙世事的小青年，她是把他作为一枚可以利用的棋子对待的。这样的一枚棋子注定要被宣传部其他人摆来摆去。刚刚步入大学机关工作的牛万象，在宣传部这盘大棋盘里面，最多只能算是个过河的卒子，过不过河，何时过河，根本不是他自己说了算，而是要看棋盘背后的那一双双大手，他们高兴把他放到哪儿就放到哪儿。他作为卒子的作用，仅此而已。

十一 大客车

最美人间四月天。进入四月,古彭师大一片生机盎然,满眼的葱绿。只见校园里花木争相开,老树发新芽,草坪绿意浓。春风鼓荡着人心,也撩拨着欲望。在这个春天,牛万象和叶晓晓尽情释放着身体的激情,在新校区的宿舍,在老校区的花园,在夜幕降临的操场,在空无一人的教室,到处都留下了他们的气味。古彭师大校园很大,但再大也盛放不下如此的青春靓丽,年轻人尽可能抓住所有的机会,走出校园,走向野外,去释放春天,去寻找野性。

我就是学校后勤最大的那辆大客车。古彭师大后勤有十几辆车,其中大部分是小轿车,客车只有两辆,一辆是小中巴,另一辆便是我。我们都是后勤社会化之后的产物。古彭师大原来有好多辆车,有几个大院系甚至都买了公务车。改革以后,学校车辆大大精简,全部收归学校后勤统一调配使用,大大提高了车辆使用率。但说实话,我的使用率并不高,使用率最高的是那些小轿车,小中巴也不错,几乎没有闲下来的时候。唯独我,一个月出不了几次车。除非大单位组织活动,才能轮到我出门。春天了,我也想出去透透气。整天躲在后勤的停车场,闷都闷死了。这天,突然得到要出发的消息,古彭师大宣传部的袁部长要带领大学生通讯社的人去圣城师大校报编辑部考察交流。

因为要一天打个来回,既要和古彭师大校报老师交流,还要去看名胜古迹,就不得不尽量早点出发。这天一大早,我就早早地停在了老校区的门口。袁部长来得最早,我们是老相识了。他几乎每年春天都会带学生记者们出去考察,说是考察,其实就是采风。他的口头禅就是:记者嘛,当然需要多走走多看看,交流很重要。在袁部长的倡导下,宣传部要么不组织活动,一旦组织活动,就是大活动,全体人员都出动。这一次,校报编辑部的老师包括刚刚调离到网络科的欧阳枫都要跟着一起去圣城。我听说,这次之所以选择圣城师大,主要是因为去年刚刚从那里引进来一位老师牛万象,另外就是因为圣城师大所在地是全国最有名的文化旅游景点,可看的东西非常多。看看时间尚早,袁部长去了一趟办公室。他刚走,牛万象和叶晓晓就到了,他俩是一起打车来的,看得出来,他们关系很亲密。七点整,林萍主任、欧阳枫老师和学生记者们陆陆续续都来了。在袁部长的招呼下,大家上车,向着圣城出发。

车子行驶在高速上,保持匀速行驶。车里逐渐安静下来。可能是因为早起的原因,许多人已经开始打起了瞌睡。我得空观察了一下车里的情况。袁部长和林萍主任坐在右排最前面,后面是欧阳枫老师和他的女儿,再后面是牛万象,那位和他一起来的学通社负责人叶晓晓则坐在了左排的同一位置,他们俩人中间隔着个过道。从叶晓晓的位置可以同时观察到几位老师。上车时,学生记者们争先恐后往后面跑,大概都是想睡觉。这是编辑部第一次远距离考察,对于许多学生记者而言,是很难得的机会,所以参加的人特别多,几乎没有什么空位。等袁部长他们也眯上了眼睛,叶晓晓和牛万象开始小声地交谈起来。叶晓晓对着牛万象做了一个鬼脸,小声说道:知道这次去圣城师大是谁的提议吗?牛万象指指袁部长。叶晓晓摇摇头,指指自己:Me(我),是 Me!愣了一下,她又说:是我向袁部长建议的!我就是想去看看圣城师大是什么样子!是什么样的学校培养出了你这样的怪才!牛万象的脸上挂着笑容,似笑非笑地说:本事见长啊,瞒着我越级给领导提建议!叶晓晓脸一红,手指放在嘴唇中间,指指眯着眼睛的袁部长,发出嘘嘘的声音。牛万象转过脸,也闭上了眼睛,回忆一周前袁部长找自己谈话的情形。

　　那天,牛万象和林萍正忙着编辑新一期的校报,袁部长突然敲门进来。虽然袁部长分管校报工作,并且还是名义上的主编,但他平时很少到校报编辑部来,几乎把所有的事情都交给了林萍。他曾经在部务会上说过,在编辑部,主任就是主编,一切由编辑部做主,他不干涉编报,除非出了问题,需要他担责任。不得不承认,他的这个做法很高明,一方面表示了对林萍主任的充分信任,另一方面也减轻了自己肩上的担子。如果他每期都审阅校报的话,要耽误他不少时间,现在他把大权下放,落得一身轻松,何乐而不为?他一进编辑部,就说了句:欧阳枫调到网络科,编辑部人手就紧张了,我们得赶紧向学校要人啊!林萍笑笑说:袁部长说得极是,我和万象老师都忙得不知道东南西北了!袁部长把脸转向牛万象,问道:万象从圣城师大过来,他们那边的情况你比较了解,那边的校报办得很不错,我们下周去学习一下,你们看怎么样?牛万象看看林萍,林萍看看牛万象,几乎同时说了句:好啊!袁部长点点头:那万象赶紧和圣城师大编辑部的老师联系一下,看看他们那边的时间合适不合适?我们先去编辑部交流,然后就去考察圣城的文化!说完,袁部长就出去了。牛万象抓起电话,就和李春部长他们联系,借着这个机会,他正好去和校报老师们见见面。李春部长很爽快,没等牛万象说完,就说:欢迎你带着古彭师大编辑部的老师和同学们过来,我招呼一下胡军主编,好好接待你们!牛万象说:我们就是和那边的老师、同学们见见面,聊一聊,估计停留时间不会太长,我们主要是去看文化古迹。李春在电话那头呵呵笑起来:知道,知道,考察嘛……

放下电话,林萍主任嘟囔了一句:袁部长今年总算下决心出一趟远门了!圣城师大离这里可不近,走高速要跑三个多小时呢!愣了一下又说:也不知道是谁给他提的建议。说完她看看牛万象。牛万象摇摇头:不是我!我从没给袁部长提过这事儿。林萍点点头:也可能是袁部长自己要去吧。牛万象没想到提建议的是叶晓晓。看来,她和袁部长的联系并没有中断。而且,她在袁部长心里,还有一定的地位。只是,不知道这地位是来自叶晓晓的社长职位,还是他们之前的私人关系?叶晓晓究竟和袁部长有没有那方面的事情?一想到这个,牛万象就头疼。

车里的人大多都睡了,叶晓晓也闭上了眼睛。牛万象看着车窗外,一排排刚发出新芽的白杨树呼呼地向车后面跑去。他从包里掏出刚买的CDMA手机,看了看时间,鬼使神差般又翻看起了通讯录,翻到谭薇那一条时,他抬头看了看已经睡着的叶晓晓,手指迅速动了几下，写道：最近如何？我今天上午十点左右到古彭师大，有空见一面？信息发送出去不见什么动静，牛万象心里想：或许谭薇现在过得不错，和自己的导师恋爱，真是爱情事业双丰收！正想着，手机振动了一下，谭薇回短信了：我在老地方等你！牛万象心里一热，脸色腾地一下红润起来。他看看周围，大家都在睡觉，没有谁注意到他。他知道谭薇所说的"老地方"，那是他们的快乐小屋，难道她还住在那里？牛万象禁不住浮想联翩起来。

车里很安静，没打瞌睡的只有两个人，一个是袁部长，他在不停地翻看着手机。一个是牛万象，眼睛一眨不眨地盯着车窗外。从窗外的风景看，已经离圣城不太远了。这时，林萍主任突然转过头来，对牛万象说：圣城师大编辑部那边你都联系好了吧？牛万象点点头。林萍还是不放心，悄悄提醒牛万象：这次出来考察是袁部长带队，按照对等接待规矩，圣城师大那边至少也要出来一个副部长！如果是宣传部部长能出来，最好！牛万象恍然大悟，他再次掏出手机，快速给李春部长发了一个短信：

李部长：我们大约一个小时以后就到了，不知宣传部领导那边是否有时间接待一下我们？宣传部现在还是刘书记分管吗？他是否在家？

发完短信，牛万象有些忐忑不安。要不是林萍提醒，他还真没想这么多。是啊，袁部长这次带队到自己的母校，考验的不正是自己在母校的影响力吗？那边接待得规格有多高，就证明对这次考察有多重视，也间接说明了自己的地位。还有，上次古部长到圣城师大来面试自己时，学校宣传部的大小领导都悉数出面接待，虽说袁部长在级别上是副处级,但毕竟也是中层干部,如果接待的规格过低,那肯定说不过去。等了半天,李春部长终于回了短信:你们这次来得不巧,刘书记不在家,宣传部领导也出差了,我已安排胡军接待你们。看了这个短信,牛万象傻了:胡军虽说是校报主编,但他并不是宣传部副部长,在级别上差了一大截啊。想到这里,牛万象回复李春部长:那您有时间接待一下吗?毕竟您也是宣传部的领导!这次李春很快就做了回复:好的,我一个小时后到编辑部。放下手机,牛万象看了看正在低头看手机的袁部长,心里嘀咕:袁部长嘴上说这次出来主要是采风,但心里不会是想测试一下自己吧?不管怎么说,李春部长能出来接待一下,也算是给了不小的面子,勉强说得过去。

车子下了高速,不一会儿就进入了城区。圣城是个小城,和谭薇同居的时候,牛万象和她一起压马路,曾经测试过,从圣城的最西边走到最东边,用不了半个小时,从南到北的距离就更短了。整个小城就是以孔府和孔庙为中心建起来的,可以说是一个典型的小县城。但俗语说得好,山不在高,有仙则名,圣城虽小,但有孔圣人在此,能够享誉天下也就不奇怪了。看到窗外熟悉的街景,牛万象心里有一点点激动。叶晓晓嘴角挂着一丝笑容,对牛万象说:牛老师是不是勾起了美好的回忆啊?牛万象笑笑。这时,司机喊道:前面怎么走,谁熟悉路啊?牛万象赶紧站起来,走到司机旁边,对他说:沿着大路一直走,大概十分钟就到了。圣城师大在小城的西郊,学校西面就是广袤的田野,东面紧挨着著名的孔府家酒酒厂。酒厂上过央视,演员王姬曾经为它代言,那句"孔府家,叫人想家"

的广告词曾经很是深入人心。几乎在每个刮东风的下午,圣城师大的师生们都能闻到浓烈的酒香味儿。有人说这所学校毕业的学生酒量肯定很大,时刻浸泡在酒香里,那还不是海量?的确,从圣城师大毕业以后,牛万象最难忘的首先是谭薇,其次就是孔府家的酒香味儿了。

远远地,看到了圣城师大的校门。客车被两个保安拦在了大门口,牛万象下车,和他们交涉了一下,很快就放行了。车子一直开到校报编辑部所在的大楼下面的广场。圣城师大校报编辑部的几个学生记者站在大楼底下,看到牛万象下车,一窝蜂地跑过来,把他团团围住,有的喊师兄,有的喊老社长,都很兴奋。牛万象把古彭师大学通社的负责人叶晓晓等介绍给他们,自己抽身出来,带着袁部长、林萍等人上楼了。李春部长和胡军已经在大厅等候,他们看到牛万象,脸上露出了笑容。牛万象给他们介绍了袁部长、林萍主任和欧阳枫,几个人一起到了校报编辑部。编辑部还是老样子,一间大办公室,中间用隔断隔出了三小间,分别是主编室和主任室以及编辑部,资料室在对面一间,里面堆满了报刊。大家坐定,李春部长说了几句欢迎来圣城师大考察的套话之后,就把脸转向了牛万象,笑呵呵地说道:到古彭师大近一年了,感觉怎么样?胖了不少嘛!牛万象红了脸:在袁部长和林萍主任的关照下,工作等各方面都很顺利!袁部长不失时机地插话说:万象老师是圣城师大培养的人才,到我们那边以后发挥了很大的作用,校报工作焕然一新!林萍主任也直点头。牛万象被说得不好意思,说道:你们聊,我去楼下看看学生记者!说完,他走出了编辑部。他没有去找叶晓晓他们,而是穿过偏门,快速出了学校的小东门,来到了那间快乐小屋,他想利用这一会儿的时间和谭薇见一面。

小屋紧挨着学校,门虚掩着。牛万象推门时,心里怦怦怦直跳。谭薇端坐在床上,看到牛万象,叫了声:你来了!快把门关上!声音颤抖得不行。牛万象一句话也不说,进来就呆呆地看着谭薇。谭薇脸红红的,说:看什么?人家还是那样!牛万象摇摇头:你烫了头发,和以前不一样了!谭薇一把抱住他:我发现自己还是很喜欢你!牛万象刚要问她和导师怎么样,她的嘴唇突然压过来,开始撕扯牛万象的衣服。牛万象嘴里说:我时间不多,时间不多……谭薇顾不了这些,还是扯。牛万象只好由着她,两个人翻滚到了小床上。半个小时后,两个人终于平静下来,牛万象说了句:你身体还是那么好!谭薇两腮通红,气喘吁吁地说:你走了以后,我便和李建老师在一起了,他和妻子一直有矛盾,整天吵架,他们之间又没有孩子,离婚手续办得很顺利。他离了婚就和我同居了,答应让我保研,跟他读研究生,毕业后争取留校工作。但他毕竟年龄比我大许多,一开始在一起还行,后来我慢慢发现,他在那方面不是太行,而且疑心重,怪不得他妻子要离婚。所以,我现在和他也仅仅是同居关系,等读完了研究生,说不准就分开了。愣了一下,她问:你呢,现在有女朋友了吗?牛万象默然,他看看时间,对谭薇说:我必须走了,一会儿我们要去孔府孔庙,你如果有兴趣,可以一起去!谭薇很兴奋地说:那好,我跟你去!牛万象边穿衣服边交代她:你直接上车,坐到后面去。谭薇点点头,两个人快步向着编辑部跑去。

牛万象到编辑部时,袁部长和李春部长的交流正好要结束。袁部长看到他,说了句:时间差不多了,万象老师你去组织学生记者上车,我们赶紧去进行文化考察。牛万象点点头。李春部长说道:本来想留你们吃顿饭,但你们的时间安排实在太紧,我们就不留你们了。袁部长边起身边往外走,说:大家都是同行,不用客气。牛万象赶紧下楼让叶晓晓招呼学生记者们上车,他看到谭薇正坐在最后面一排的一个角落里,默默地朝他笑。

按照预定的安排,因为牛万象此前多次来过这里,所以由袁部长和林萍主任带着学生记者进入景区参观。等叶晓晓一干人进了景区大门,牛万象快速回到了停车场,把早已准备好的门票交给了司机,对他说:师傅你也进去看看吧,我帮你看着车!司机显然有点儿意外,按照学校后勤的规定,司机不能随便离开车。他看了看那张价格不菲的门票,犹豫起来。牛万象怂恿他:去吧去吧,你早点出来,没人知道!司机点了点头,把车钥匙交给牛万象,拿了票一头扎进了景区。车上只剩下牛万象和谭薇了。牛万象锁上车门。谭薇边喘边笑:你胆子还是那么大!

十二 小台灯

我是牛万象宿舍里的那盏小台灯。去年刚参加工作时,牛万象图省钱,从一家小超市里挑了又挑,拣了又拣,最终选中了价格低廉样貌还说得过去的我。像我这种类型的台灯,是古彭师大学生宿舍里最常见的用品。因为价格方面的原因,我几乎是最受大学生欢迎的一款台灯了。当牛万象在货架前转来转去的时候,我没想到他最终会选择我。毕竟他也是古彭师大的老师,咋能看中略有些穷酸相的我?对于老师来讲,我实在是有些简陋了。我唯一值得骄傲的是可以夹在床头,在床上看书时比较方便。现在,牛万象就斜倚在床头,手里捧着一本马尔克斯的《百年孤独》。但我知道他并没有在读这本书,他的思绪还停留在圣城师大。

今天从圣城师大回到学校时,天已经黑了。牛万象有点累,就没招呼叶晓晓,自己回到宿舍,就躺在了床上。别人是看风景走路累,他是和谭薇折腾得太厉害而感到虚脱。牛万象一直在思考,自己究竟何以如此?明明谭薇已经投入了别人的怀抱,自己却还能接受她?谭薇那边就更奇怪了,明明已经一刀两断却为何主动复合?自己和谭薇的这种交合究竟是生理上的需要还是精神上的寄托?如果是因为生理需要的话,叶晓晓还不能满足自己吗?她甚至比谭薇还要漂亮、主动、熟练。如果是因为精神上的需要,那自己的精神何以如此空虚?有人说,在身体方面,只要有了第一次,就会有以后的无数次,真的是这样吗?在谭薇和叶晓晓之间,究竟哪一个是真正的爱情?都是?还是都不是?谭薇和叶晓晓代表了两种类型的女孩,现在看来,无论是谭薇,还是叶晓晓,都有自己的优点和缺点。谭薇单纯,感情容易被别人操纵。叶晓晓则很复杂,有操纵别人的欲望。她们两个,一个是清澈见底,一个是泥沙俱下。一个至察则无鱼,一个浑水可摸鱼。或许她们两个只是自己人生路途上的匆匆过客,满足了自己某一方面的审美期待。只是自己一心要寻找的完美情感,会不会也要成为无法实现的乌托邦?

想来想去,牛万象想得头疼。在迷迷糊糊中,他竟然睡着了。醒来时,已是凌晨两点。他拿起手机,看到一个未读短信消息:

牛老师,我刚刚收到袁部长发来的一个短信通知,让我明天去他办公室一趟,说是要向我了解一下大学生通讯社的情况。您是学通社的指导老师,我考虑把这个信息告诉您,您看我在回答袁部长的问题时需要注意什么吗?学生,周丹。

牛万象一下子紧张起来。周丹是学通社的副社长,负责新校区这边学生记者的工作。这个女孩很文静,很少说话,留给牛万象的印象并不怎么深刻。之所以让她担任负责新校区学通社工作的副社长,是缘于林萍主任的推荐。林萍说周丹是一个很有潜力的学生记者,写的稿子很多,而且质量很高,基本上不用改。牛万象想不到袁部长又开始了新一轮的"谈话",只是这"谈话"会不会还是老一套,名为找学生记者谈话,实为行那苟且之事?可自己印象中周丹在学生记者里面并不属于很漂亮的那种啊,难道袁部长这次真的是想了解一下学通社的情况?可是也不对啊,要了解情况,也要首先从自己这里着手啊!作为学通社的指导老师,掌握的情况应该是最全面最权威的。除非袁部长对自己不信任,要直接从学生那里摸情况。想到这里,牛万象额头开始冒汗,他想了想,给周丹回复:没关系,袁部长怎么问你怎么答,对于学通社的情况如实说就好。周丹很快就回了过来:知道了,老师!放下手机,牛万象看看时间,已经凌晨两点多了,周丹竟然还没有睡。从她主动告知袁部长找她谈话的信息来看,她是一个很有心计的女孩子。按照以前的规律,以袁部长的风格,谈话的对象应该不止周丹一个,但现在牛万象并没有得到其他人的提前告知。奇怪的是,袁部长为何在这个时候找学生谈话?学通社成立不过半年多而已,他要了解什么情况?而且刚刚带领学生记者们从圣城师大考察回来,他为何这么急着谈话?想来想去,牛万象逐渐明白袁部长为何要到圣城师大考察了,他的真正意图不是去学习什么办报经验,也不是去看看名胜古迹,而是要通过这次活动观察一下学生记者们的情况,尤其是那些才貌俱佳的女学生记者。而且,明天是周末,根本不是什么上班时间。想到这里,牛万象的心情迅速低落下来,他忍不住骂了句:他妈的!

第二天上午,牛万象起得很晚。醒来时,已是十一点,差不多该去食堂吃中午饭了。奇怪的是,叶晓晓今天竟然没来。昨天说好了,一起吃中午饭,然后去泉山森林公园。她怎么到现在还没到,而且连个电话也不打?牛万象拿起手机,犹豫了半天,最终又放下了。他心里说：管她呢，或许是昨天太累，睡过了头吧。他去洗手间洗了把脸，一个人去食堂了。

吃完饭，时间还早。因为起得晚，没有一点儿困的迹象，牛万象顺着学校中心的河边小路溜达起来。这条横贯学校南北的小河名为玉泉河，说是河，其实更像一个长条形的湖。玉泉河的水源来自不远处的泉山，一到雨季，河水就暴涨，有时候会溢出大堤，流到校园的大路上。现在是枯水季节，河里的水刚好。两边河岸上的柳树早已冒出了新芽，远远看上去，一片绿意盎然。在古彭师大，牛万象最喜欢的就是这条只能步行的窄路，他没事时也常常在这条路上散步。走了一圈，刚想回宿舍时，牛万象听到身后有人叫自己的名字，转身一看，是周丹。她穿着一件浅蓝色的风衣，一只手插在风衣的口袋里，一只手在理被风吹散的长发，对着牛万象微微地笑着。牛万象说：周丹？你不是去找袁部长谈话了吗？周丹笑笑：谈完了，刚回来，正想给您汇报一下，没想到在这碰巧遇到了。牛万象点点头：其实你不必和我说的，我也不关心你和袁部长的谈话内容。周丹愣了一下，说道：其实袁部长也没说什么，只是问我几个关于学通社运行情况的问题，要我好好学习、工作，谈了大概半个小时，我就出来了。牛万象"哦"了一声，抬眼看了看周丹，这个女孩子属于比较耐看的那种，身上有一股南方女孩的味道。牛万象问她：周丹你是哪里人啊？周丹笑笑：我家在无锡。牛万象点头说道：好地方，江南福地，鱼米之乡。周丹低下头，理理头发，说道：我和袁部长谈完话出来时，看到叶晓晓了，她向着袁部长办公室走来，我们正好迎头撞上，她好像也是和袁部长谈话的。牛万象愣住了,怪不得叶晓晓上午没过来,原来……只是,她为何不告诉自己呢?看牛万象沉默不说话,周丹说了句:那我去食堂吃饭了,牛老师!牛万象点点头:快去吧,这个时间点再晚就没的吃了。周丹笑笑,迎着风走了,留下一点儿淡淡的清香。

牛万象在原地站了许久,他想抽支烟,便向着学校超市走去。

牛万象很少抽烟。他第一次抽烟是初中时,偷偷从抽屉里拿了父亲的一支"微山湖",那烟是最廉价的品牌,还没抽两口他就呛得泪流不已。从那以后,牛万象就再也没抽过烟。直到上大学以后,因为写作常常到深夜,他有时候会抽上一支两支,香烟的牌子是较为廉价的"大鸡"。来古彭师大工作之初,他一开始抽了一段时间,认识了叶晓晓以后,就几乎没再抽了。在这方面,叶晓晓管得比较严,说要么选择抽烟不接吻,要么选择接吻不抽烟,在这种严峻的形势下,牛万象只好把烟戒了。

现在,他突然又想抽烟了。

人家是借酒消愁,他是借烟消愁。

叶晓晓的行为给他带来了不小的困惑和伤害。如果说此前她和袁部长之间的关系就说不清理还乱,那么现在看来,他们之间的关系就更复杂了。其实理一理也简单:无非就是他们之间发生了什么和没发生什么。如果他们发生了什么的时间是在叶晓晓和牛万象谈恋爱之前,那么,似乎也是无可厚非,人家先下手为强,这没办法。但如果是在这之后,那就有问题了。而从这次叶晓晓隐瞒和袁部长的谈话来看,事情并不乐观。如果叶晓晓越过了雷池,他牛万象是无论如何不能忍受的。站在超市门口,看着人来人往,牛万象深吸了一口烟,在心里说了句:或许等叶晓晓回来,看她是主动说还是刻意隐瞒就能知道个大概了。

因为心事重重,加上又是周末,牛万象一直到下午两点才开始上床午睡。迷迷糊糊之间,感觉耳朵里面爬满了小飞虫一般,奇痒无比,他用手去打小虫,却抓住了一双手,接着是叶晓晓发出的咯咯咯的笑声。她趴在牛万象的床前,正在用一根草叶戳他的耳朵。自从和叶晓晓同居以后,牛万象就给她配了一把宿舍钥匙,来去方便。因为睡得沉,叶晓晓刚才开门进来的时候,牛万象一点儿都没有察觉。被撩拨得狠了,牛万象一把夺过叶晓晓手里的草叶,气呼呼地扔出去好远。叶晓晓一愣,随即吱溜钻进了被窝,一把抓住牛万象的下体,这是牛万象最致命的弱点,他只好乖乖缴械投降了,两个人禁不住又折腾起来。宿舍里的床还是学生们使用的那种铁质两层床,动起来就会摇晃个不停,还发出吱吱呀呀的声响。每次和叶晓晓亲热,牛万象都是提心吊胆的,生怕被隔壁的老师听了去,惹人家心烦。但叶晓晓却不顾忌这些,她一旦进入状态,就不管不顾大呼小叫起来。有一次,隔壁的老师在厕所遇到牛万象,似笑非笑地说了句:牛老师你的床是不是该换换了?牛万象脸色腾地一下变得通红,他只好笑笑,什么话也没说。这次,等恰到好处时,叶晓晓又开始叫唤起来。牛万象一把捂住了她的嘴巴。叶晓晓不干,还是叫。牛万象没办法,只得由她去。奇怪的是,这种压抑反而激发了他的激情,愈战愈勇。

风平浪静,两具湿漉漉的肉体散落开来。看叶晓晓的劲头,她是真心和牛万象在一起的。牛万象据此判断,她和袁部长之间可能真的没有发生什么,不然,她不会还和自己进行如此频繁的"高手过招"。牛万象在等待,等待叶晓晓主动说起上午和袁部长谈话的事儿。但她一直没说,只是呆呆地看着牛万象胸口上的几根汗毛,目光逐渐呆滞,眼看就要进入沉沉的梦乡。牛万象终于忍不住,问她:你有什么要对我说的吗?叶晓晓睁开眼睛,脸色潮红地说:该说的我都落实在实际行动上了!说完,她自己就笑起来。牛万象感觉一点儿都不好笑。叶晓晓装糊涂,他只好打开天窗说亮话:你上午怎么没来?叶晓晓一愣:我起晚了嘛,昨天实在是太累了。稍作停顿,叶晓晓又说:你是不是有什么事?牛万象气呼呼地说:不是我有事,是你有事!叶晓晓不明白的样子:我能有什么事?牛万象不再和她绕弯子了,说道:上午你是不是去找袁部长了?叶晓晓愣了半天不说话。她用手抚摸着牛万象的胸脯,眼泪啪嗒啪嗒往下掉。她一哭,牛万象心里就有些乱了,不知所措起来。叶晓晓边哭边说:你是不是怀疑我和袁部长有什么事?牛万象不作声。叶晓晓从床上坐起来:我和袁部长真的没什么!你要相信我!牛万象说:那你咋不主动告诉我他找你谈话的事儿?叶晓晓摊开双手:谈个话又能怎样?就是谈话而已嘛!我就是怕你误会、多想,才没告诉你!牛万象眨巴着眼睛:怕误会你就更应该主动说,不主动才让我多想!叶晓晓擦了擦眼泪:好吧,这次算我错了,以后再遇到这样的事儿,我主动说还不行吗?看着叶晓晓哭个不停,牛万象于心不忍起来,从床头的桌子上扯下一团卫生纸,递给叶晓晓。叶晓晓擦了眼泪,把卫生纸扔到牛万象的脸上:呸!这是擦那个的纸!牛万象笑起来。

叶晓晓重新躺好,牛万象问她:袁部长都和你谈了些什么?叶晓晓一副不胜其烦的样子,说道:和上次谈话差不多,就是问问记者团改为学通社以后运行得好不好,学生记者们的积极性高不高,现在还有哪些困难,等等。牛万象点点头:那有没有问起关于我的事情?叶晓晓说问了一些,基本上就是指导得如何,学生记者都有什么反应等,就是一般的问题吧,他好像很关注你的!牛万象苦笑:关注不一定是好事。他和古部长明里暗里各有一套,我是古部长引进来的人,他对我恐怕并不放心!叶晓晓睁大了眼睛:真的?我可不知道宣传部竟然还这么复杂!但我看,袁部长对你并没有什么坏心呀。牛万象沉默,半天说了句:人心隔肚皮,谁又能看清楚!你以后多注意点,如果袁部长再找你谈话,你先给我说。叶晓晓做出一副鬼脸:好吧好吧,人家生是你的人,死是你的鬼!嫁鸡随鸡嫁狗随狗,嫁你就随你吧!说完,叶晓晓哈哈大笑起来,牛万象也忍不住笑了。

十三 照相机

嘿，还是我，照相机。不过我现在不在校报编辑部了，我跟着欧阳枫老师来到了网络科。因为办公用房紧张，网络科不在机关大楼办公，而是放在了新校区。据说等新学期的时候，新校区办公大楼就可以启用了，到时候在老校区的机关部门都要搬过来。为此，古部长决定把网络科直接安排在新校区，省得下次再折腾。通过学校后勤处，宣传部在离新办公大楼不远的一个二层小楼找到了几间房。这几间房不但满足了网络科的使用，还顺带解决了宣传部主管的广播站和即将成立的网络社团的用房问题。这座小楼离学生宿舍区不远，位于玉泉河的岸边，风景很好，而且特别安静，是一个办公的好场所。

欧阳枫老师对此也很满意，除了周一开部会时去一趟宣传部，其余时间他基本上都待在新校区，落得一个自由自在，何乐而不为？他现在的主要任务就是筹备学校新的新闻门户网站，建立一支学生队伍，附带着照相，工作性质比以前更加单一。更重要的是，他获得了自由，上下班更加方便。虽说远离了机关大楼，但他自己也是来去没有人管。得知此情况的林萍，多次在牛万象跟前念叨：欧阳枫老师现在可是个神仙呢，天不管地不问，想干啥就干啥！牛万象只是笑，在心里嘀咕：你把欧阳枫赶出了编辑部，人家只是因祸得福而已。

五月的校园,恰似一片花海。桃花杏花樱花开了个遍,草坪上的野花也跟着凑热闹。同学们三五成群,在草地上席地而坐,有的安静读书,有的互相打闹,有的高谈阔论,有的浓情蜜意……只见玉泉河两岸,处处柳荫处处花,真是风景这边独好!当初规划新校区的时候,其定位就是建设一个花园式学校。现在看来,新校区较好地实现了这个目标,整个学校的建筑与花木相映成趣,周边几乎都留有草坪、花园,人在校园走,如同在花园漫步,令人心旷神怡。如此美景岂能辜负?欧阳枫老师没事就拿着相机,这里拍拍,那里照照,像一只贪得无厌的蜜蜂,在百花间来回穿梭。五月的校园,处处都在招蜂引蝶!

这天照完相,欧阳枫逍遥自在地回到了小楼的办公室,刚坐定,办公桌上的电话忽然铃声大作,他抓起电话,那边传来古部长标准的普通话:欧阳老师,你马上到宣传部来一下!说完,古部长就把电话挂了。欧阳枫一头雾水,看看时间,已经十一点多了,到宣传部也快下班了,古部长这个时间点找我,到底有什么事儿?欧阳枫不敢耽搁,拿起相机包就往学校大门口急急走去。

为了赶时间,欧阳枫打了辆车。但没想到路上遇到了大堵车,堵了足足有半个小时。古彭这几年发展很快,城市人口急剧增加,开车的人越来越多,前几年看着很宽敞的马路,现在却显得异常拥挤。别说双车道,就是四车道都不够用。遇上堵车,着急也没用。看着车窗外的车水马龙,欧阳枫的脑袋高速运转:古部长这个时间点要自己过去,肯定是个比较着急的事儿,最近部里一直在研究给自己定级别的问题,古部长一直说争取一次到位,直接定正科,按照学校的规定,欧阳枫老师是中级职称,绕过副科直接定正科在组织程序上没有什么问题。难道这个问题会生变?想到这里,欧阳枫有些着急,额头上冒出了一层细密的汗珠。车堵了半天,终于有了松动,临下班前,欧阳枫赶到了宣传部。古部长眉头紧锁着,端坐在办公桌前,不停地往烟灰缸里戳着烟头。从这个动作可以看出他有些不耐烦,看到欧阳枫,说了句:怎么这么长时间?没等欧阳枫回答,他继续说道:你定正科级别的事儿出了点问题,有人向学校纪委举报说你拿冲洗胶卷的公司回扣,组织部让我们再考虑考虑。说到这里,古部长盯着欧阳枫,等待他的反应。欧阳枫先是一愣,随即表情释然地说:我没有拿回扣,这个可以查出来,冲洗胶卷的公司应该有账目。古部长点点头:你说的是真的?真没有问题?举报信并没有说你调到宣传部来出的问题,你以前在工学院宣传科有没有犯过错误?欧阳枫还是摇头:我没有!古部长眉头稍微松弛下来,他重新点起一支烟,说道:我也是这么对纪委的同志说的,我还对他们说现在学校有许多人自己不埋头工作,还专门挑干工作的人的刺儿!八毛钱的邮票加一个举报信封就能毁掉一个好干部!这种风气早就该刹刹了!这种不干事没有事一干事就出事的观念也该改一改了!这种氛围不利于学校事业发展,也不利于干部做事出成绩!古部长停顿了一下,抽了两大口烟,继续说:从举报信的内容来看,这个人对你还是比较了解的,特别是工学院那些情况,不了解的人不会写得那么翔实。你自己仔细想想,有没有在工作中得罪过什么人?以后要吸取教训!欧阳枫点点头:我以后会注意的!古部长掐灭了手中的烟,说道:既然你没有问题,那我再向组织部争取一下,把你的职级解决了,即便是不直接定正科,先定副科也可以嘛,先把网络科的位子占了再说,也有利于你做事!古部长的话透着关怀,欧阳枫没想到古部长这么关心自己的发展。当初进校报编辑部工作,是袁部长大力举荐的结果,当时他还很担心古部长会不要他。现在看来,担心是多余的,在对待下属这个问题上,古部长还是很大度的,不愧是古彭师大的老中层!想到这里,欧阳枫很感激地说了句:谢谢古部长!我一定好好工作,把网络科的事儿做好!古部长挥挥手:走,一起去食堂吃饭吧!

刚走出办公楼,林萍迎面走来。她刚在食堂吃完饭,要到办公室拿点东西。看到欧阳枫和古部长,她愣了一下,随即笑着打了声招呼:古部长你们咋才去吃饭?食堂都快没饭了!古部长笑笑:那我们就吃点你们剩下的残羹冷炙好了!林萍脸色一红,急匆匆地上楼了。和欧阳枫擦肩而过时,她笑了一下。那笑容看上去很爽朗,但在欧阳枫看来,有些勉强。他在心里嘀咕:举报信会不会是林萍写的?她一直对自己的态度有保留,这次看到自己筹备网络科,直接解决正科职级,有些嫉妒,所以写了举报信。这样想着,欧阳枫回头看了林萍一眼,林萍正好也回头,两个人目光碰撞到了一起,都有些不自在。古部长小声说了句:女同志嘛,就是吃饭积极!欧阳枫知道古部长话里的意思,他或许对林萍上班经常晚到早退很有看法,但因为校报编辑部毕竟和一般科室不一样,相对独立些,而且偏业务,所以他一直没有明说。每次部会,他对校报的工作总是表扬,当然,其表扬的重点,也往往在牛万象那里。

欧阳枫当然知道古部长对牛万象的欣赏态度,这在宣传部是一个公开的事实。每次部会,古部长都毫不吝啬地对牛万象的工作给予表扬,说他工作有想法有创新有干劲,自从他加入校报编辑部,全校上下对报纸的关注度越来越高,特别是由牛万象执笔的大通讯和每期必有的言论稿,影响越来越大。记得上周开会,古部长就说过,学校里有许多处级干部读完报纸,都喜欢把校报的言论文章剪下来,这说明了什么?说明我们的办报质量在提高!每次听到古部长表扬牛万象,欧阳枫心里总有些不自在。作为同时调入宣传部的同事,欧阳枫在工作创新上,比不上牛万象,这一点他不得不承认。但牛万象也不是没有缺点,欧阳枫从和他关系要好的王胜利等人那里得知,牛万象正在和学生记者谈恋爱,而且已经同居。古彭师大虽贵为高等学府,但谈不上思想多么解放,对老师和学生同居的事儿还是颇有微词的。在这所大学里,学生出去租房同居不算什么,虽说学校三番五次明令禁止,无奈挡不住男女学生的欲望和激情。像牛万象这样和女学生谈恋爱的情况在古彭师大还真是不多,这个事情说大也大说小也小,就看怎么解释了。对于牛万象的这一点,欧阳枫是有些看不惯的。每次听到古部长表扬牛万象,欧阳枫就有把牛万象的底儿兜出去的冲动。所幸他至今没有告诉古部长,牛万象和叶晓晓之间也就安然无恙。话又说回来,如果与袁部长和女学生的交往相比较,牛万象这一点问题好像也不算什么。对于袁部长的风流韵事,欧阳枫早就略有耳闻。但碍于袁部长是自己调到宣传部的引路人,他感激还来不及,哪能去多想？现在看来，宣传部故事真是多啊。

从食堂吃完饭回来，欧阳枫没有立即回新校区，而是去找了王胜利。他想和他谈谈组建网络新闻社的事儿。网络科成立以后，第一个工作就是把学校新闻门户网站建立起来，要建立并运作好这个网站，需要像校报那样，有一支稳定的学生记者队伍。欧阳枫曾经考虑过利用学通社现成的队伍的问题，但学通社一直受校报编辑部的领导，指导老师又是牛万象，欧阳枫利用起来很不方便，所以，他想尽快组建一个新的学生社团。王胜利是校报记者团的老记者，又负责过老校区的记者团工作，熟悉这方面的工作，由他出面协调组建网络通讯社应该是一个不错的选择。更重要的是，自从牛万象把校报记者团改组成大学生通讯社以后，王胜利的负责人位置就被叶晓晓所代替，一直郁郁不得志，现在给他一个新的机会，他还不得倍加努力？

和新校区比起来，老校区似乎更有味道些，也更像个大学的样子。这里的树木更加高大，花草更加茂盛。这里随便一栋建筑差不多都有五十年以上了，栉风沐雨，风烛残年，更显大学校园本色。那些掩映在花丛中的小路也好，走在上面心旷神怡，脚步会不由自主地放慢下来。对于一个喜欢摄影的人来说，老校区可拍的东西似乎更多。对于欧阳枫来说，到新校区去办公是半自愿半勉强的选择。你想啊，明明是宣传部的下设部门，却被安置在一个和机关大楼相距甚远的二层小楼，这不等于是发配边疆吗？原本以为这样能避开一些烦扰，顺顺当当地解决正科级职级，哪想到现在又莫名其妙整出了一封匿名信，这是啥事儿啊这！思绪太乱，欧阳枫拍照也没有心思,直向着操场边缘走去。别人一般中午都在午睡,他却喜欢在中午跑步。

五月天,已经开始热了,大中午的,太阳当空,在操场慢跑了两圈,欧阳枫已经出了一身汗。这时,他看到王胜利抱着个大水杯子,一个劲儿朝自己挥着手。欧阳枫心里暗笑:这个王胜利哪里都好,就是行为举止有些傻乎乎的。早在工学院合并到古彭师大之前,他们就打过交道。那时候王胜利带着一帮学生记者到工学院去交流,欧阳枫出面热情接待了他们。他在王胜利心目中由此留下了好印象。后来,听说欧阳枫调到古彭师大校报编辑部工作,王胜利比谁都高兴,一有空就往校报编辑部跑。作为记者团原来的负责人,他以前到编辑部的最大目的就是到林萍主任那里汇报工作,自从欧阳枫过来以后,他到编辑部来和欧阳枫聊的次数最多。他的不恰当的行为很快就引起了林萍的反感。所以,当牛万象说要改革记者团,换掉负责人时,林萍表示很支持。王胜利这类学生,属于智商高情商基本为零的那种,做起事来一根筋,根本不会察言观色,见风使舵。比如,在对待牛万象合并记者团成立大学生通讯社这件事上,他就很不理解,为此非常厌恶牛万象。从心底来说,牛万象并不讨厌他,相反还很欣赏他这种纯真的个性,认为学生就应该如此没有什么心机。为此,牛万象多次主动要和他和解,但他就是认准了牛万象所作所为是和自己过不去,根本不愿意搭理。他认为,编辑部里的三位老师,就是欧阳枫对自己最好,他也因此打心眼里愿意和欧阳枫交往。

欧阳枫走近他,指了指他怀里抱着的大水杯,笑着说:你弄这么大个杯子干吗？盛那么多水，你也不嫌沉！我办公室有一个新杯子，回头送给你，你们学生用大小正合适！王胜利感激地直点头，不停地说着谢谢老师谢谢老师！愣了一下，他问道：老师，你找我有事？欧阳枫点点头：我有一个想法，或许对你来说是个好消息。学校最近要建设一个新闻门户网站，交给我来做，我想在短时间内成立一个大学生网络新闻社，就像大学生通讯社一样。你有这方面的经验，想请你来负责组建社团的工作，并请你担任首任社长。王胜利边听边眨巴眼睛，嘴巴越张越大，最后形成了一个大大的O形。他看上去有些激动，口齿不清地说：好啊好啊好啊，我正好没什么事情！能协助老师成立大学生网络新闻社是我的荣幸！你放心，我会保质保量完成任务！我把原来记者团那些人都给你叫来，让那个什么大学生通讯社只留下一个空架子！欧阳枫笑笑：我可没让你去干挖墙脚的事情啊！王胜利说：知道知道，总之，老师你放心，我马上就着手这件事！

十四 大挂钟

　　嘀嗒嘀嗒嘀嗒,我是校报编辑部墙上的大挂钟。别看我平时不太被人注意,但我在校报可有些年头了,若论起资历来,也算是老江湖了吧。铁打的钟表流水的人,我先后经历了三任编辑部主任,眼看着他们高升或远走。我知道这间办公室里所发生的一切,那些或明或暗,或好或坏的事儿,都在我肚子里装着呢。但我就是不说,打死我也不说。嘀嗒嘀嗒。

　　进入六月,天气骤然变得热了起来。女生们纷纷穿上了裙子,师大校园里一片青春洋溢,裙裾飘飘,清清爽爽,令人好不惬意。这样的季节,这样的热风,让青年人的激情迅速萌发。牛万象身体里蓄满了欲望,和叶晓晓同床共枕的次数相当频繁。因为纵欲过度,他这段时间早上总是起不来,上班迟到已经是家常便饭。这天,他又来晚了,一脸愧意地走进办公室,看到林萍阴着个脸,很严肃的样子。牛万象以为是自己迟到,让林萍不快,皮笑肉不笑地说了句:林主任,我最近处于夏眠期,早上起不来……话未说完,林萍哈哈笑道:听说过冬眠期,没听说过夏眠期,你说的是春困秋乏吧?牛万象点点头:就是这个意思,春困秋乏夏眠嘛。林萍抿嘴笑,笑完了说:我才不管你迟到不迟到,只要领导不说,管他呢! 我自己也迟到,咱们校报编辑部虽然和宣传部一起办公,但咱们毕竟是业务部门,哪来那些劳什子规矩?!她这么说,牛万象就放心了。无比轻松地打开电脑,正要看看网上的早新闻,刘冬在门口喊:万象,万象,你跟我一起到后勤去搬桌子!牛万象一愣,他看看刘冬,再看看林萍,说了句:搬什么桌子?刘冬站在门口不耐烦,说了句:我们半小时后出发!林萍说了句:我也是刚知道,咱们编辑部来了个新编辑,是本校的研究生,据说条件还不错!这下子解决了我们人手紧张的问题!牛万象点了点头:哦,这么快就来了!还是个研究生。林萍笑笑:现在留校起步都是研究生,像你本科能进来的很少。牛万象说:新来的编辑叫什么名字?林萍说:听说以前参加过记者团,叫董絮。董絮?牛万象很惊讶地重复了一句,这个消息显然令他十分意外。林萍看看他:你认识她?你调过来的时候她早就不在记者团了。牛万象点点头:我没见过,但听学生记者说过,据说写稿子不错,很有才华。林萍笑:不但有才,长得也漂亮!等她来了我跟你打听打听,她要是还没有男朋友,你们就处处。说完,林萍捂着嘴巴笑起来:你们要是真成了,那以后校报就是你们两口子的天下了!牛万象知道她是在开玩笑,不过他倒是真想见见这位传说中的董絮,看看她究竟有何花容月貌。要说和她处对象,那是不可能的,她和袁部长之间的事儿,相信并不是什么秘密,估计林萍也知道。董絮这次能到校报来工作,背后很可能就是袁部长在推动。不然,保密工作怎么会做得这么好?调进一个人,虽不是什么大事,但总得在部务会上通声气吧,古部长一直不说,估计有袁部长的原因。等董絮到校报来工作,两个人岂不是更方便?

到时候,或许就有好戏看了。想到这里,牛万象看看时间,马上到了,去隔壁办公室喊刘冬。

刘冬正在办公桌上翻找着什么。他桌子上摞了高高的一堆文件,办公桌墙上贴满了备忘录。他是宣传部的秘书,相当于大内总管,事务繁杂,劳心劳力。他长得人高马大,性格爽朗,爱说爱笑,不但在宣传部,在整个机关的口碑都很好,大家开玩笑说刘冬就是宣传部的对外形象大使。奇怪的是,有这么好的群众基础,他却一直没有得到提拔。满打满算,他在宣传部待了不下于七年,其中担任宣传科副科长两年,后来兼任宣传部秘书,正科级原地踏步五年了,按照学校干部提拔的规律,宣传部和组织部一样,都是出干部的部门,像刘冬这样的工作能力强、群众基础好的早该提拔到院系当副书记,享受副处级待遇了。自己参加工作不满一年,人事方面的事,牛万象了解得不多。他从有限的渠道听说,刘冬不太会来事,不大给领导送礼。据说古彭师大提拔干部,参考的标准有三个:一是工作岗位,二是群众基础,三是领导关系,三个条件缺一不可。连刘冬这样的人都难以被提拔,牛万象很为自己的前途担忧。自己岗位虽在宣传部,但却是校报编辑部这样的边缘部门;自己初来乍到,性格又不好,群众基础估计也不会像刘冬这样好;至于领导关系,自己来自外校,举目无亲,毫无背景,所谓领导关系基本上免谈。好在他来古彭师大的主要目的是给自己创造一个良好的写作环境,不是升官发财。他所着眼的最多就是校报编辑部主任岗位,而这也是为了有更多的自由时间。牛万象的理想不高,即便如此,他也担心这个会成为无法实现的乌托邦。

后勤处的库房离机关大楼比较远,走过去要二十分钟。刘冬步子大,牛万象几乎是小跑着才能跟上他。两个人出了办公楼,刘冬说了句:董絮你熟悉吗?牛万象摇摇头:听说过,没见过。刘冬笑笑:是个大美女!明天她就过来了。牛万象一愣:明天?刘冬点点头:对,因为是本校的研究生,袁部长让她提前过来帮忙,你们不是缺人手吗?如果按照学校正常的手续,她要到九月份开学才上班。她来了,你和林萍主任就轻松多了!两个人走过中心花园,看到一群学生在拍集体照。又到了学校的毕业季,又一批学生要离开校园了。牛万象看看他们,想起去年自己毕业的情形,笑了笑。他对刘冬说:轻松不轻松还得看新来的老师对编辑工作熟练不熟练,不过我听说董絮在校报记者团待过,对校报应该是比较了解吧。刘冬停下来,点上一支烟,边抽边继续往前走。他徐徐说道:董絮不但参加过记者团,还是学校舞蹈团的骨干。舞蹈团你知道吧?就是校团委成立的大学生舞蹈团,每年都在全校范围内选拔喜欢跳舞的女学生,每次的选拔大赛连校领导都出席。牛万象脸上一副不解的样子:不就是一个学生社团吗,至于惊动校领导?刘冬笑:你是没见过大学生舞蹈团的阵势,那可是名副其实的美女团!个儿顶个儿地漂亮!愣了一下,刘冬有些神秘地说:我给你说个事,你对外可别乱讲,凡是参加这个舞蹈团的女大学生,基本上都留校了,你知道为什么吗?牛万象摇摇头。刘冬说:因为她们中的许多人成为咱们学校领导干部的儿媳妇!哈哈哈!牛万象愣了愣,随即也跟着笑起来,笑完了说道:其实这也没什么吧,我在圣城师大的时候也听说过这样的事。一个副校长安排学校的学生处处长在全校范围内给自己挑选儿媳妇,这个在那所大学早就是一个公开的秘密了!刘冬笑了笑:这么说,圣城师大的学生处处长不好当啊,既要做好学生工作,还要做好选美工作!

后勤处仓库很凌乱地摆满了各种办公家具,刘冬在靠近门口的地方找了一张桌子,问牛万象:这个怎么样?牛万象点头说:这张和我现在用的一模一样!刘冬对仓库管理员说:就这张吧,省得到里面搬了,省事!管理员给他俩找了辆三轮车,帮着他们把桌子抬到三轮车上。刘冬问牛万象会不会骑三轮。牛万象说:以前没骑过,不过应该很简单。说着,他上车,试着蹬了几下,难是不难,就是方向盘不好把握,一会儿左一会儿右,来回打转。刘冬呵呵笑道:以前听说会骑自行车的人骑三轮车就费劲,果然如此!牛万象继续坚持,骑了一会儿,方向盘终于稳定下来。第一次操作三轮车,牛万象觉得很好玩,脚下忍不住蹬得很快,吓得路上的女学生不时地尖叫。

费了老大劲儿,刘冬和牛万象把桌子搬进了编辑部,摆在原来放欧阳枫办公桌的地方。原本宽松的办公室一下子又变得拥挤了。刘冬对牛万象说:你找块抹布,把桌面给擦擦!牛万象点点头,拿着抹布去了洗手间。等他回来,刘冬已经回自己办公室了。林萍也不在。牛万象把洗好的抹布扔在新搬来的办公桌上,一屁股坐在沙发上,对着桌子发呆。他在想:这个董絮到底是什么来头?以前说是和袁部长关系暧昧,如果这是真的,那么她来到编辑部以后,不出意外的话,将会顺水顺风。袁部长分管校报,董絮又是他的旧情人,这不是明摆着是同一战壕的战友吗?如果那些传言都是真的,他们不仅是同一战壕的,还是同一张床上的,那可是比战友还要密切的关系!如此也就罢了,现在居然又说是舞蹈团的骨干,那她背后又站着哪位领导?她不会也被某位领导的公子瞄上了吧?前几天,他还听说某位市领导的公子也看中了师大的校花,结果这位市领导以视察学校的名义亲自到学校一趟,并且点名要和那个校花见面。妈的,这到底是啥世道啊?如果董絮也是某位领导未来的儿媳妇,那她背后的力量可是够大的了!和她相比,自己虽是早参加工作一年,在资历上略有优势,但她毕竟是研究生,且有袁部长和其他领导的关系,自己明显和她不在一个量级上啊。没想到走了一个比自己资历老的欧阳枫,又来了一个后台背景强硬的董絮!这真是步步惊心的节奏啊。

壁立千仞,无欲则刚。这是牛万象的人生信条。既然自己的理想不在官场,他也就不再去想这些乱七八糟的事情。在给董絮擦办公桌的时候,他显得特别有耐心,一下一下地擦拭,一点一点地把污垢去掉,仿佛他擦的不是一张桌子,而是他自己的人生。直到整面桌子映出了人影,他才停了下来。刚收工,林萍进来,看了一眼那张如同镜面的桌子,咧开大嘴笑了笑:吆喝,万象今天怎么这么勤劳了?看把这张桌子擦得,真干净!不会是因为人家是个大美女吧?说完,林萍哈哈笑。牛万象脸红得跟猴屁股一样,解释说:刘冬让我擦桌子,我这是认真完成任务!林萍继续笑:好了好了,不要辩解,越抹越黑!等董絮来了,我给你提亲啊!牛万象急得直摆手,抓起抹布来到林萍办公桌前:林主任你可别害我啊,我也给你擦擦桌子,保证擦得比那张还干净!林萍笑得更厉害了,推开牛万象说:你还是先把你自己的桌子擦擦吧!你那张桌子和董絮的对比可是太鲜明了!牛万象看看自己的桌面,的确凌乱,而且有灰尘。他点点头:索性我今天把桌子都擦了,算是打扫卫生!林萍笑笑,没吱声。

叶晓晓到编辑部来送稿子。她穿着一件得体好看的粉色连衣裙,那是牛万象刚刚在金鹰百货给她买的,花了他半个月工资呢。叶晓晓看到牛万象和林萍都在,便直奔向林萍,说道:林主任,听说校报来了一位新老师?林萍看看一身清爽的叶晓晓,笑着说:裙子很好看,真漂亮!在哪买的?叶晓晓看了一眼牛万象,说道:便宜得很,在步行街小店淘的!林萍站起来,摸了摸裙子的质地,说道:不像是小店卖的东西,质地很好啊!等哪天有空,我也去淘淘!叶晓晓咯咯咯笑:林主任的衣服都是高档次的,哪能和我们学生比?林萍笑:你的意思是说我老了吧,不能和你们小年轻一样穿衣服了?叶晓晓直摆手:我可没有那个意思!林主任走在校园里,别人都说是大学新生呢!一句话把林萍说得喜滋滋的,合不拢嘴。牛万象在那里直撇嘴,心里说:女人真是好哄,看来无论是小女人还是大女人,都喜欢被别人哄着。林萍说道:你们学生的信息很灵敏嘛,连我都是刚知道董絮要来校报,你们竟然也知道了!消息传得可真快!叶晓晓有些意外地问:是董絮要来校报吗?林萍点点头:是啊,看来你们还不知道是她要来!叶晓晓看了一眼牛万象,说道:我们只听说来了一位老师,但不知道是哪一位。叶晓晓的情绪明显低落下来。

看看时间,快下班了。林萍准点拿起包,对牛万象和叶晓晓说:我先走了,去接孩子!牛万象点头说:好。叶晓晓则没啥反应,一直呆愣着。等林萍走出办公室,牛万象起身掩上门,低声对叶晓晓说:你刚才有些失态了!叶晓晓眼睛有些红:我没想到是董絮!牛万象说:是董絮又怎么了?谁来都是来!叶晓晓的眼泪开始打转:当年我大一她大四,她在记者团根本算不上多起眼,不就是因为考上了研究生,和袁部长关系好,才能到校报来吗!牛万象指指隔壁,在嘴边竖起手指:小心隔墙有耳。走,咱们去外面吃饭,边吃边说。叶晓晓说:那好,我先下去,咱们在十八号米线会合。牛万象点点头,看着叶晓晓出了办公室,再扭头看看那张刚搬进来的办公桌,摇了摇头。

十五 手表

我是一块手表,天梭牌。表屏是纯净的天蓝色,表链是白银金属色,戴在手腕上闪闪发光。几天前,作为生日礼物,叶晓晓把我送给了牛万象。从此,他就成了我的主人。他的手腕很粗壮,这或许和他从小就在田野里劳动有关。作为出生于鲁南农家的子弟,我知道牛万象一路走来很不容易。他在鲁南大山深处的一个名叫麻庄的小村庄里长大,是那个村子第一个大学生。大学毕业,没有任何靠山的他凭着自己的才华进了高校,这在同一届大学同学中算是最好的归宿了。我钦佩这个从山沟里走出来的主人,愿意每时每刻都待在他身边,我能感受到他的体温和脉搏,偶尔也能猜出他的小心思。他是一个特别守时的人,无论是什么活动,和谁有约,他都努力做到提前到达。

今天晚上大学生通讯社开例会,叶晓晓想让他参加。学生记者的例会通常每周一次,为了不耽误上课,一般都安排在晚上。学通社合并以前,牛万象一般不参加记者例会,他放手让学生自己去做事。自从成立了新的大学生通讯社,叶晓晓当上了负责人以后,他参加例会的次数就渐渐多了。原因有两个,一个是他想和学生记者们多接触接触,给他们布置自己策划的选题,给他们传授新闻写作知识等;另一个原因是叶晓晓晚上跟他回宿舍,他反正都要等她,与其在编辑部等,还不如和她一起开例会。今天例会事情不多,牛万象布置了几个选题,就先回编辑部处理一篇稿子了。明天要出报纸,他要赶出来一篇时评。自从俞书记表扬过之后,牛万象在写稿子方面的积极性特别高,为此还开了一个专栏,每期一个小言论,反响越来越大,据说有的老师每期都不落,有的还把这些文章剪下来,收藏后反复阅读。这就是牛万象喜欢编辑这份工作的原因,尤其是做大学报纸编辑,读者层次很高,成就感特别强。在这个方面,牛万象算是找到了一点满足,实现了自己安心写作的理想。能把工作和爱好融为一体,牛万象觉得这是自己的幸运,所以,他对这份工作很是热爱,愿意付出,加班也感觉不到辛苦。

开例会的教学楼和机关大楼距离很近,没走几步就来到了楼底下。无意中抬头看了一眼楼上,他突然发现袁部长办公室的灯亮了一下,突然又熄灭了。他心说:袁部长怎么走得这么晚?猜测袁部长也在加班。自从和妻子离婚以后,他平时基本上都待在办公室,即便是周末也不例外。牛万象不想和袁部长照面,就在机关楼下的花园里待了一会儿,想等袁部长下来后再进办公室。等了半天,不见袁部长的动静。又等了一会儿,还是不见有人下来。牛万象有些奇怪:灯都熄了,咋不见人下来?难道袁部长要在办公室过夜?不可能啊。牛万象等得不耐烦,决心上楼去,不管那么多了。上楼时,他有意放慢了脚步。路过袁部长办公室时,他听到里面有动静,仔细一听,好像还有女人压抑的呻吟声。牛万象好像明白了什么,蹑手蹑脚地打开了编辑部的门。碰到这样的事,牛万象不知道该怎么办,是躲开还是权当不知道?他坐在电脑前,看着荧幕上一闪一闪的光标,想继续往下写,却无法集中注意力。敲了几个字,也是前言不搭后语。隔壁动静不断,他干脆关上了电脑,准备回宿舍。这时,叶晓晓从外面进来,说道:咱们现在走吗?牛万象嘘嘘了两声,指指隔壁。叶晓晓的脸色变得严肃起来,轻轻关上编辑部的门,把耳朵贴到墙上,听了一会儿,脸色变得通红。然后一屁股坐在沙发上,呼呼直喘粗气。牛万象知道她受了刺激,关上灯,小声说:咱们走吧!没想到叶晓晓一把抱住了他,动作麻利地解开了牛万象的裤腰带,边解边说:奶奶的,我们也刺激他们一下!牛万象被她撩拨得不行,加上第一次在编辑部,隔壁又有那样的动静,让他感觉很异样。叶晓晓斜躺在董絮的办公桌上,跷起了一条腿。牛万象找到了突破口,开始了冲锋陷阵。叶晓晓忍不住发出叫声,牛万象赶紧捂住了她的嘴。叶晓晓咬他的手指头,牛万象痛得嘶嘶直叫唤。叶晓晓搂住牛万象的脖子,把嘴巴放在他的耳朵上,声音颤抖着说:你知道……隔壁……是谁吗?是……董……絮!我刚才……听出……来……是……她!她……提前……到袁……部长……报到……来了……听到这句话,牛万象愣了一下,随即不管不顾地又发起了冲锋。

不知道过去了多久,当牛万象和叶晓晓精疲力竭地躺在沙发上时,隔壁也没了动静。或许,他们早已经走了。牛万象不知道他们是否也听到了这边的冲锋陷阵,他似乎已经不再在乎这些了。

牛万象在自己身上看到了动物性。

是的,他确信自己刚才回到了原始社会的动物性,欲望支配着他们,回归到了没有任何衣物蔽体的远古时代。他们像狗一样,不能控制自己。这种动物性是通向魔性的必经之路,如果任由其生长,那将会是一条与精神乌托邦相背离的路。有的人会在这条路上越走越远,有的人会及时地反省。牛万象要做第二种,他绝不能允许自己像袁部长那样,任由自己身上的动物性毁灭自己,他要寻找通往精神的那条罗马大道。

从编辑部出来,已是繁星满天。牛万象指着满天星斗,对叶晓晓说:这些才是最美好的!叶晓晓身体还未完全冷却,她醉眼迷离地看了一下星空,把头斜靠在牛万象的胸口上,说了句:我就想和你在一起,其他的美好我不关心!牛万象笑笑:我送你回宿舍吧。刚才在编辑部的疯狂举动,已经排解了他们所有的欲望之火。叶晓晓已经很累了,也不想再折腾半天跟着牛万象回新校区。

牛万象赶上了最后一班公交车。车上的人很少,他一个人坐在后排,眼睛望着光怪陆离的窓外,思绪一会儿飘到了天空,一会儿回到了地上。恍恍惚惚中,他仿佛进入了梦境。

第二天,牛万象破天荒起得很早。人们常说日有所思夜有所梦,牛万象一整夜都没有消停,真是铁马冰河入梦来。这一夜,他做一会儿梦就醒一下,做一会儿梦就醒一下,根本没怎么睡着。奇怪的是,他在这些梦里面,始终出现的人物有三个,除了他和叶晓晓,还有董絮。可是牛万象并没有见过她啊,她怎么会在自己的梦中出现?而且面容那么清晰?高挑的个头,窈窕的身姿,姣好的面容,明亮的眸子,坚挺小巧的鼻子,性感温厚的嘴唇,还有那高耸的胸脯,这一切,到底是怎么回事?带着一头雾水,牛万象早早地来到了编辑部,他要看看董絮到底是个啥样的人。

因为来得早,机关大楼此时还很安静。牛万象正站在编辑部门口翻腾包里找钥匙,袁部长忽然从隔壁办公室出来,看了他一眼,说道:万象昨天晚上是不是走得很晚?牛万象脸色一红,含含糊糊地说了句:昨天我参加学生记者的例会了!袁部长点点头:一会儿新来的董絮老师就要来报到了,因为你们人手紧张,我特地让她提前进入工作状态。她以前也是校报学生记者,她来了以后可以协助你管理学通社。牛万象点点头:谢谢袁部长!开了门,牛万象进了编辑部,松了一口气,心里说:我刚才为什么要感谢袁部长?就因为让董絮协助管理学通社?现在还不清楚这个"协助"到底是什么意思呢!自己指导学通社还不到一年,为啥这么快要让人"协助"?是因为管理得不好,对目前的工作不满意?还是要锻炼锻炼新人?牛万象似乎嗅到了烟雨欲来风满楼的味道。

八点整,林萍也到了。她今天也来得早,比往常提前了半个小时不止。她看到牛万象正在擦办公桌和电脑,有些意外地说:万象今天到得这么早!牛万象笑笑:刚到,电脑还没开呢。林萍指指董絮的办公桌:你再擦一擦那张桌子吧,小董估计一会儿就到了。牛万象心里说昨天刚擦过,还擦什么?他很不情愿拿起抹布,刚擦了一下,就发现桌面上落了几根乌黑油亮的毛发。那毛发卷曲得很厉害,不像头发。他忽然想起昨天晚上和叶晓晓在这张桌子上的好事,脸色腾地一下就红了,在心里默默念叨:幸亏及时发现,要不然……

这时,门外传来一阵喧闹声,只听见袁部长高声说:小董过来了,我带你到编辑部看看。紧接着,袁部长就出现在编辑部的门口,对林萍和牛万象说道:小董来报到了。林萍站起来,迎了上去。董絮从袁部长身后走上前,略微躬了躬身子,说了句:林主任好!林萍呵呵笑道:小董是我们的老学生记者,我们也算是老相识了!袁部长指指呆愣着的牛万象,对董絮说:这是牛万象老师,是我们从圣城师大引进来的人才!董絮微笑着说道:早就听闻牛老师的大名,今后还请多多指点!牛万象有些慌乱地摆摆手:董老师客气了,我们一起努力!董絮看了看牛万象手里的抹布,笑着说:哪能让牛老师擦桌子?还是我来吧!说着,她把抹布夺了去,擦起桌子来。袁部长和林萍都笑笑。袁部长说:小董今天就算是正式上班了,回头我们再碰下头,商量商量具体工作。说完,他回办公室了。林萍也回到了自己的座位上。牛万象这才敢仔细看了一眼董絮,竟然差不多和自己梦到的样子一样!唯一不同的是,她的胸脯比梦中的还要厚实。牛万象目测了一下,恐怕至少 D 罩杯。

熟悉了编辑部,林萍带着董絮又熟悉了一下办公室,见了秘书刘冬和教育科科长曾晓雯,包括资料室的熊娟老师。林萍告诉董絮,宣传部还有一位欧阳枫老师,负责网络宣传,在新校区办公。其实董絮对宣传部的情况都很了解,她来宣传部的次数并不比林萍少多少。转了一圈回到了编辑部,三个人各自坐在办公桌前。林萍屁股底下的凳子还没坐热,又站起来,对牛万象和董絮说:我去隔壁找袁部长商量下分工的事儿。林萍出去了,牛万象看看董絮,董絮看看他,两个人都有些尴尬地笑了笑。牛万象从自己桌子上的一摞稿子中抽出一部分,递给董絮,说道:你看看学生记者写的稿子吧！董絮点点头,接过来。牛万象起身去了一趟资料室,拿回来一摞校报合订本,给了董絮几本,让她翻翻,熟悉一下以前的校报风格。董絮笑着说:谢谢牛老师！牛万象说了句:咱俩年龄差不多,你还是叫我万象吧！别牛老师牛老师的,听着别扭！董絮嘴角往上斜了斜:你比我参加工作早,而且又那么厉害,应该叫老师！

编辑部里多了一个人,牛万象一开始有点儿不习惯,感觉处处都有一双眼睛盯着。刚见面,他和董絮之间也没有多余的话说,都各自看着稿子。林萍从袁部长办公室回来,对董絮和牛万象说:刚才和袁部长简单商量了一下,报请古部长同意,让小董先从四版的副刊编辑工作做起,协助万象老师做好学生记者工作。董絮笑着说:请两位老师多帮助！我会努力做好！林萍看看牛万象,牛万象知道他是要自己表态,心里说:你们都商量好了,还要我说什么？不过仔细想想这样的安排也挺合理的,副刊是比较容易上手的工作,不让她从副刊编起,还能怎么办？当然,他对于这样的安排也不是没有一点意见,自己是喜欢写作的人,最想编的就是副刊,这样的话,还能偶尔发一点自己的稿子。现在把副刊给了董絮,他这点儿自由也没有了。但董絮来了,总归要给她一个版。想到这里,牛万象点头说:我服从领导安排！听到这句话,林萍笑了笑,董絮也笑了。

牛万象话音未落,叶晓晓从外面敲门进来。林萍看到她,咧开大嘴笑笑说:叶晓晓来得正好,我给你介绍一下新老师！董絮摆摆手:不用林主任介绍了,我和叶晓晓是老相识！叶晓晓也笑着说道:是啊,董老师原来也在记者团啊,那时候我还是大一,转眼间,董老师研究生都毕业了！董絮拉住叶晓晓的手说：你可别董老师董老师的,你叫我师姐就好了！叶晓晓眉宇间漾着笑意:那可不能,那可不能,你现在是编辑部的老师了,应该叫老师！牛万象站在一边,观察着叶晓晓和董絮,她俩都很会掩饰自己的情绪,表面上看都是喜笑颜开的样子,其实内心都是惊涛拍岸,卷起千堆雪。心底的波澜壮阔和脸上的浓浓笑意形成了鲜明的对比。有人说女人尤其是女同事之间大多数都是潜在对手,牛万象知道叶晓晓和董絮的矛盾由来已久:从记者团来说,董絮当初不过是普通记者,现在叶晓晓当上了社长,算是小胜一筹;但在袁部长那里,叶晓晓肯定不如已经投怀送抱的董絮,现在董絮留在了大学校报工作,对叶晓晓形成了非常明显的压倒性优势;好在叶晓晓还有牛万象,不管怎么说,她在牛万象这里得了不止一分。算来算去,她俩基本上打了个平手。

牛万象其实挺佩服叶晓晓的,你看她谈笑风生的表情,哪有一点点伤心的样子？别看她还是个大学生,没有接触多少社会百态,但她的表现绝对是得体大方、成熟优雅。她坚持称董絮为老师,这绝对是一个必要的策略。一个刚刚参加工作的人,很需要别人对她角色的认同。她从学生过渡到老师,需要的就是别人的肯定。董絮嘴上说不必客气,还是和以前一样,叫师姐。但从她那瞬息万变的神色,分明是升级后的暗暗得意。女人的心思啊,都不简单！

十六 兰草

说出来或许你们不相信，我已经在编辑部待了五年了。没错，我就是那盆精力旺盛的兰草。五年来，我一直被安放在林萍主任办公桌的旁边，离窗户不远的地方。这里阳光充足，加上林萍对我的悉心照料，我从一开始的一小束长成了满满一盆。我们兰花的繁殖力很强，生发得特别快。这一点和林萍很像。她这几天没来编辑部，给牛万象说是有点不舒服，其实我知道她又去做了流产手术。这几年，也不知是咋回事儿，她差不多一年就得流产一回。或许这和她屁股特别大，生殖力旺盛有关。每次和博士丈夫做那事之前，她都是千叮咛万嘱咐，要采取安全措施。但博士不太喜欢戴那个东西，说戴上以后他感觉不是在和林萍做而是和安全套做。林萍没办法，只好尽量等待安全期。恰巧博士在这方面的需要比较旺盛，等不及安全期时，就上半场采取赤膊上阵，下半场再全副武装。不知道是自己安全期算得不准，还是在上半场赤膊上阵时不小心打出了流弹，林萍这几年差不多保持了每年怀一次孕的记录。每次怀孕，都意味着她必须去医院流产。他们已经有了一个孩子，按照当年的国家政策不可能再生一个了。那样的话，就会被开除公职。所以每次来月经之前，林萍都是高度紧张，生怕"好朋友"不能够如期而至。这个月头,她担心的事情又发生了。这次,林萍怕了。这些年她去医院做这个手术做得太多,形成了心理阴影。博士丈夫也心疼妻子,对林萍说:我们一起去美国吧,我申请访学,你请假陪读,我们在美国把孩子生下来,不但不会违反计划生育政策,还能给孩子弄一个美国国籍,以后咱也是美国孩子的爹妈了!林萍想了又想,对丈夫说:如果去美国就会错过今年的职称评定,评不了职称就不能跟着你调走,那我们还得在这里忍受多久?林萍最后还是忍痛去了医院。

　　林萍请假一周,正逢学校机关往新校区搬迁。等待了一年之久,新校区的办公大楼终于启用,学校要求机关各部门在暑假前一周内全部搬迁完毕,以不影响新学期的正常工作。时逢盛夏,正是古彭大地最热的时候,到处是滚滚热浪。师大在古彭办学,地处苏北鲁南交界地带,此地自古就有"五省通衢"之誉,南来的北往的,东去的西来的,很是热闹。这里属于大陆性气候,季节性非常明显,冬天冷到骨头里,夏天热到五脏中,最热的三伏天,连神经都跟着往外冒汗。在这样的天气里搬家,那辛苦可想而知!但学校下达了搬迁任务,就必须执行。况且新办公大楼确实漂亮,办公条件比这里不知要好上多少倍。宣传部这次分到了五间房,古部长和袁部长各一间,宣传部办公室和教育科以及宣传科三个科室合用一大间,校报编辑部一大间,剩余一间作为资料室。新的办公室面积大,很宽敞,比老机关楼不知道要舒适多少倍。由此,牛万象他们都愿意早日搬过去。更重要的是,搬到新校区以后,像牛万象和董絮他们上班就不用两个校区来回跑了,比现在要方便得多。

这天一大早,牛万象让叶晓晓叫来了十几个学生记者,到编辑部来帮着收拾东西,打包装袋。林萍不在,牛万象就临时当起了指挥员,给学生记者们分了工,各自忙活起来。别看编辑部不大,但这几年积攒下来的东西不少。收拾收拾,也得十几个箱子。在周一的部务会上,古部长指示说要落实学校的勤俭搬家的精神,要把能用的办公用品尽量都搬过去,不能铺张浪费。按照这个要求,编辑部连一个回形针都没落下。叶晓晓拣了一箱子稿子,问正弯腰收拾抽屉的董絮:这都是五年前的稿子了,还要吗?董絮回头看看牛万象,牛万象拿过那些稿子,说:别要了,时间太久了。叶晓晓说:就是,现在都什么年代了?大家都用电子邮件了,这些手写稿也太 OUT(落伍)了!一句话反而提醒了牛万象,他让叶晓晓别忙着扔,自己又在那一大堆稿子里翻检了半天,找出了几十篇稿件,说:这可都是手稿,咱们学校几个名教授的稿子!随着电脑普及,这种手稿只会越来越少,咱们留着它们说不定有用!因为刚来,董絮自己没有多少东西要收拾,她很快收拾完了办公桌,开始收拾林萍的桌子。好几天没来,林萍的办公桌有些凌乱。因为不知道哪些东西重要,董絮只好一股脑地把所有东西都装了箱子。当拉开最下面的抽屉时,董絮愣住了,她看到了抽屉里非常齐整地摆满了还未拆封的避孕套盒子,她大脑快速运转,看了看叶晓晓和牛万象,迅速把这些盒子装进了一个盒子里,锁进了自己的办公桌抽屉里。她心中暗想:林主任咋会把避孕套放在办公室?而且还这么多!或许是她忘了带回家?这要是被学生记者们看到,那该有多难堪!

不知是因为紧张,还是天气实在太热,董絮上身的白衬衫被汗水浸透了一绺,那一绺潮湿从胸前开始,一直漫延到肚脐。牛万象有意无意地看了几眼,竟然发现董絮没有戴胸罩!那高耸入云的乳房就那么直愣愣地翘首以盼着,傲世万物。牛万象扑朔迷离的样子被叶晓晓察觉了,她脸上飘过一丝阴云。用了一个上午,总算收拾得差不多了,该装袋的装袋,该打包的打包,箱子摞了满满一屋子。看着一屋子的战果,牛万象长长舒了一口气。这时,董絮说了句:万里长城不过走了一半,这些东西搬过去,我们还得重新整理!牛万象看看叶晓晓他们,说道:到时候还得你们来帮忙!叶晓晓说了句:那我们以后去新校区编辑部可得给我们报销路费!牛万象笑笑,没吱声。

中午宣传部订了巧妻的盒饭,大家吃完,坐等搬家公司过来。叶晓晓下午有课,先走了。走的时候朝牛万象眨巴了两下眼睛,这是他们约定的暗号,意思是老地方见。他们谈恋爱同居的事情目前还是处于秘密状态,宣传部和编辑部的人都不知道。估摸着叶晓晓走了好大会儿,牛万象才慢慢下了楼,来到了学校的中心花园。大中午的,天气热,花园里没有什么人。叶晓晓正坐在花园深处的一个双人椅上,嘴角上扬,一副很不高兴的样子。牛万象有些意外,在她身边坐下来,问她:怎么了?是不是累了?叶晓晓头一歪,斜靠在牛万象的肩膀上,说了句:你是不是觉得董絮长得比我漂亮?牛万象一听这话立马紧张起来,他连忙否认:她哪有你漂亮?!叶晓晓撇撇嘴:你回答得这么快,肯定是敷衍了事!愣了一下,又说,你以为我没看到,你偷偷看董絮的胸脯!牛万象脸色腾地红起来:我没有偷看,是无意间看到的。叶晓晓继续撇嘴:反正你看了!那个董絮也是,喜欢什么颜色不好,偏偏戴个透明胸罩,还不是跟没戴一个样!牛万象不知如何回答,干脆保持沉默。叶晓晓又说:董絮和你一个办公室,你们每天眉来眼去,会不会日久生情啊?牛万象摇摇头,说道:谁和她眉来眼去了?再说,你不是说了吗?她和袁部长……叶晓晓点点头:你知道就好!我告诉你,牛万象,以后你到新校区上班了,我更要加强对你的监督和监管!你本事再大,也别想逃出我的魔掌!牛万象笑笑:行了,我不是孙悟空,你也不是如来佛祖,不在一个校区,省得天天见面,也好让你安心考研究生,现在可没有多少时间了!满打满算,还不到半年,你得好好准备准备。叶晓晓低下头:人家本来要考个985,至少也得211,现在为了你,只好委屈委屈,考本校了!看来,我这辈子只能生是师大的人,死是师大的鬼了!牛万象笑笑:别说得那么悲壮,考本校也有好处,和导师熟悉,把握更大!叶晓晓没吱声。

  新办公大楼位于学校的中心位置,也是师大最高的一栋建筑,共二十层。美其名曰:二十一世纪实验大楼。明明是用来办公,却为何偏偏又在名字里加上"实验"二字?其实这里面大有学问。在盖办公大楼之前,省教育厅刚好下发了一个文件,不准各高校办公条件超标,原则上也不再批准各高校新盖办公大楼。可师大的办公大楼都已经招过标了,咋办?俗话说,上有政策下有对策,学校领导召集有关部门开会,有一位校领导灵机一动,说:我们这个楼一共二十层对不对?我们机关办公根本不需要这么多嘛,我们把十楼以下拿出来给学院用作实验室,以学校新盖实验大楼而不是办公楼的名义上报省教育厅，不就可以了吗？领导此言一出，大家都跟着附和。据说为了保证这栋大楼不出问题，学校分管后勤的领导还专门安排有关人员从香港请来了一个著名的风水大师，经过大师指点，定下了大楼的具体方位。风水大师还建议，将整栋大楼的形状设计为扁圆形，象征着圆润圆满，和内部的方形结构形成外圆内方的对比，对此，校领导欣然采纳。等大楼盖好，大家才发现这栋大楼远望去很像一个阳具，其高耸入云的样子颇有几分君临天下的气势。外圆内方的二十一世纪实验大楼巍然矗立于师大最中心，这座不但是学校，而且也是学校所在的区县的最高楼，看上去的确耀眼夺目，不愧为古彭师大的第一图腾。大楼南面是一个广场，采光极佳；北面是一个小花园，风景优美；东面则是一大块草坪，赏心悦目；西面只和玉泉河隔了一条马路，在大楼上可以看到波光粼粼的水面，甚是惬意。大楼内部结构分为南、北两部分，处级以上领导大部分都在阳面办公，科级及以下人员则都在阴面，有人开玩笑说，这个布局充分体现了师大的领导优先特色。整个办公大楼从上到下，依次为校领导在最顶楼，其下一层为党办校办等机要部门，再往下是组织部、宣传部、纪检、统战部门，至于科技处、教务处等则依次往下排，整个格局完全是规范的官场层级结构。作为学校党委机关报，沾着宣传部的光，校报编辑部和宣传部一起都在十九楼办公，所不同的是，编辑部在阴面，采光不是很好，大白天也要开着灯。另外就是冬天冷，空调都开到最高了，还有冷的感觉。但新办公室的确很宽敞，三个人在一起办公一点儿都不觉得拘束。无论如何，办公条件得到了很大改善，这让牛万象很高兴。

　　这天,牛万象和董絮正在收拾刚搬进来的东西,林萍一脸憔悴地出现在办公室门口。她看了看新办公室,面带喜色地说:这个办公室够大的,那些磨不开屁股办公的日子一去不复返了!牛万象和董絮都笑。牛万象说道:林主任咋上班来了?你不是还在假期吗?林萍笑笑:好多了,我来整理下自己的东西。和原来的格局一样,林萍的办公桌还是在最里面,旁边依然摆放着那盆兰花。她一屁股坐到自己的办公桌前,桌面的东西已经收拾得整整齐齐。她笑着问:你们谁替我收拾的东西?董絮回答:我收拾的,林主任放心,你的东西一个不少,都按照原来的样子收好了!林萍拉出抽屉,看了看已经被重新整理过的避孕套,脸红了一下,说道:小董辛苦,中午我请你吃饭啊!愣了一下,又说道:万象老师如果没有其他安排,也一起去吧。牛万象摆摆手:我就不去了,中午我就在食堂吃点,吃完饭还要赶一篇稿子。林萍点点头。牛万象很识相,他知道林萍邀请的是董絮,对自己不过是礼貌性的邀请,并不是真想让自己一起去。在机关待了一年,他渐渐学会了察言观色。想当初,他为了寻找一个精神自由的地方来写作,一心要到大学工作,哪知道大学里面情况依然复杂,大学机关的处处心机已让他疲惫不堪。夜深人静时,他常常想,是不是去院系做教授会自由些?看那些教授来去自由,谈笑风生,应该比在机关上班要好得多!可是,现在各院系进人基本上都要求是博士、研究生学历,自己不过是小小的本科生,差得可不止一万八千里啊!唉,眼下,还是得把报纸编好!

十七 玉泉河

嘿,大家好,我就是古彭师大的"那条河"。在被命名为玉泉河之前,我通常都是被师生们称作"那条河"。学校机关搬到新校区以后,由宣传部牵头,请来了德高望重的几个老领导,对全校的道路和楼宇以及标志性的建筑物进行了重新命名。在众多的命名当中,他们选择了玉泉河这个名字作为对我的指称。我很喜欢这个名字,因为我的源头在泉山,形状似玉带,"玉泉"这两个字读起来朗朗上口,听上去又十分响亮。天气渐热,每天在河岸散步的师生越来越多。在这些人群中,有两个身影我特别熟悉,那就是校报编辑部的牛万象和叶晓晓。进入暑假,大部分学生都已离校,只剩下少许的人在这里读书学习。一放假,叶晓晓就住到了牛万象这里,他们俩的身影出现得最频繁。牛万象喜欢散步,叶晓晓几乎每天下午都会陪着他沿着河岸走上小半天。这天,我听到叶晓晓对牛万象说:家里来电话催我回去,我必须要回家了。牛万象点点头。叶晓晓说:我回去看看就回来,考研日期临近,回来得好好复习了。叶晓晓家在无锡,从古彭坐火车回去倒也方便。临走的前一天晚上,在一棵柳树下的草坪上,叶晓晓骑在牛万象的身上,面对着河水,轻轻摇摆着身体,嘴里发出嘘嘘的喘息声。这个夏天,他们变得毫无节制,两个人的身体仿佛经历了一场特大旱情,把整个玉泉河水都喝干也不解渴。一遍又一遍,他们不停地变换着各种姿势,他们的奇思妙想,连我都觉得脸红。

把叶晓晓送走以后,牛万象也回了一趟老家。参加工作以后,他回老家的次数渐渐少了。虽说老家离古彭很近,坐车也就是两个小时,但他一般很少回家。除了按月给家里寄钱,以帮助弟弟、妹妹完成学业,他和家里联系的方式就是打电话。上大学的时候,他的母亲得了一场大病,没多久就去世了。自那以后,他对老家的概念变得越来越模糊。在给家里寄钱的时候,他会给老父亲打电话,话说得也不多,每次都是家里没什么事吧,父亲说没啥事。他就说没事就好。此外就没有话了。每次放下电话,牛万象都要愣上半天,脑袋里一片空白。他也不是不想家,那个位于鲁南山区的小村庄,有着他无数美好的回忆。童年时代的欢笑,仿佛还在他眼前一样。那个叫麻庄的小村子,后面有一条河,叫小龙河。夏天的时候,牛万象常常和小伙伴们去那里洗澡。进入雨季,他们还会用自己制作的简易鱼竿到那里钓鱼。有一次下大雨,鱼儿不停地咬钩,他舍不得走,浑身上下被雨浇了个透。那天,他钓到了好几十条小鱼,回到家母亲用辣椒炒了炒,那是他吃到的最好的美味。他记得母亲也吃了,但她只吃辣椒,把所有的鱼都留给了他。麻庄的前面是一片巨大的空地,夏天用来当作全村的麦场。每当收完麦子以后,那里就成为牛万象这些小孩子的天堂。他们在麦秸垛里捉迷藏,在麦场的空地间滚铁环,有时候还会在坏孩子的怂恿下烧麻雀——在捉到的麻雀身上浇上煤油,用火柴点着它的尾巴,一松手,麻雀飞到天空。随着麻雀扇动翅膀,只见一个火球腾空而起。可惜,只有几秒钟的工夫,麻雀便一头栽倒下来,落到地上化为灰烬,麦场里便开始弥漫着一团肉煳味。相比这种恶作剧,他们最爱玩的还是滚溜蛋、打瓦石、跳皮筋、丢沙包这些。还有学骑自行车,每到冬闲时节,麦场上到处都是学骑自行车的人,有的是大人在教,有的是小伙伴们互相学,整个麦场上,尘土飞扬,不时地有孩子摔倒在尘土里,有的骑着骑着不知怎么就骑到了麦秸垛里,还有的甚至骑进了麦场边缘的大沟,摔了个狗啃泥。不管怎么说,他们最终都在这里学会了骑自行车,这是一项乡村孩子必须学会的技能,学不会这个,就无法到十公里外的中学去上学。在村西广袤的田野里,也少不了牛万象这些孩子的身影。他们跟着父母去下田,割小麦、掰玉米、拉耩子、打坷拉、撒化肥、拾麦穗、翻红薯,个个都是行家里手。割麦被镰刀划了手,拉耩子肩膀磨破了皮,掰玉米闪了手腕,撒化肥眯了眼……对于他们来说,这些都已经是家常便饭,不值一提。那时候,他们唯一想念的就是在田间地头卖冰糕的人和他自行车后面的白箱子,一听到"买冰糕买冰糕五分钱一块不买就没了嗨"的吆喝声,他们就撒腿朝那个声音跑,递上劳动换来的五分钱,眼巴巴看着卖冰糕的人打开白箱子,掀开一层又一层棉被,从里面拿出一根或黄色或红色或白色的棒棒冰。要不是因为天热,他们一定会好好看上半天,才会慢慢揭开那层包裹着冰棍的油纸。村东是一大片苹果园。每到苹果花开的时节,整个村庄都是芬芳一片。小的时候,牛万象经常和村里的小伙伴们到苹果园偷苹果。果园四周种满了密密实实的花椒树,那些花椒树到处都是尖刺,扎在手上脸上很疼。但这些花椒树根本阻挡不了牛万象他们的前进步伐,他们用剪刀剔除树枝,剪出一个小小的"狗洞",硬是"杀"出一条血路来。这样的"狗洞"被承包果园的人发现了,很快就给堵上。但牛万象他们很狡猾,用不了几天,在别处又会出现同样大小的"狗洞"。看管果园的人没办法,只好在果园里放养了两条大狼狗。这招儿挺管用,毕竟那两条狼狗实在是凶恶,小孩子们根本不敢靠近。但后来这两条狼狗不知怎么就消失了,有人说它们被毒死了,还有人说在小龙河里看到过它们已经腐烂的死尸。总之,果园再也没有了狼狗的威胁,那里又重新成为麻庄小孩子的乐园。其实,这片果园也是麻庄的坟场,半个村庄的刘姓人的祖先差不多都葬在这里。一到晚上,牛万象这些小孩子都不敢从果园旁边走,他们从小就在大人们讲过的各种各样的鬼故事中长大,最害怕的就是撞见鬼魂。果园再往东就是一片苇塘。这里地势低,是小龙河冲积出来的一片洼地。夏季丰水时节,小龙河的水会灌进来,形成一大片浅浅的水塘。不知从什么时候开始,这里蔓延出了成片成片的芦苇,从牛万象记事开始,这片芦苇就存在了,而且每年都会向周边扩张。对于牛万象他们来说,这片苇塘里埋藏着太多童年的记忆和乐趣。每年三四月,芦苇发出嫩芽,他们就去拔芦苇尖,制作成小喇叭,放在嘴边吱吱啦啦地吹个不停。五六月份,芦苇叶子长成,他们便去薅芦苇叶,用来包粽子或者喂猪喂羊。待芦苇开出芦花,他们便用镰刀从芦苇根部割断,把芦苇做成钓鱼竿,到小龙河去钓鱼。这样的鱼竿很脆弱,只能钓小鱼,如果碰到大鱼,那鱼竿就会折断。眼看芦苇被小孩子糟蹋得厉害,村子里边开始加强了对苇塘的管理,再后来,不知哪个能人看中了这片苇塘,承包了下来。从那以后,牛万象他们就很少有机会去那里糟蹋了。但初夏时节,他们还是会去那里采野草莓吃,那些野草莓红红的,紫紫的,塞进嘴里,像桑葚子一样甜到心里。偶尔,他们还会去那里打鸟,苇塘里栖息着各种水鸟,那些水鸟羽毛很漂亮,有些牛万象根本叫不上名字。他们用自己制造的弹弓,曾经一天打下来十几只鸟,回家烧着就吃了。这次回去,牛万象突然发现苇塘消失了。这个时节,本应该是苇子繁盛的时候,现在却一根苇子都没有了。取而代之的是一片杨树林,一棵棵刚栽好的白杨笔直地站立在苇塘里,像一个个小士兵。回家一问,原来是承包苇塘的人嫌苇子赚不到钱,一怒之下就用铲车全部铲了,改种了杨树苗。

和苇塘一样,村庄的一切都在悄悄改变。

参差不齐的老房子没了,都盖成了整齐划一的砖瓦房;村里路边的树也没了,站在村东,可以毫不困难地看到村西;村里的年轻人没了,剩下的都是年纪大的老人;娃娃们也少了,以前麦场上到处都是小孩子,现在稀稀拉拉地半天看不到一个。总之,一切都在改变。牛万象不喜欢这些改变,因为这与他的村庄记忆不符,用古彭师大的美学教授的说法,就是村庄的审美改变了。

审美改变的村庄,让牛万象无法久留。每次回家,他最多只能待上两天,第三天就必须回来。这一次,仍旧是如此。

刚回到学校,牛万象就接到了谭薇的电话,说暑假没事,想来古彭看看。牛万象猜不出谭薇想干什么,犹豫了半天,问她:你一个人来还是……?电话那头的谭薇沉默了半天说:我和李建分手了,他又有了新的情人,是我的学妹。牛万象这才知道谭薇的处境不妙:导师另有新欢,那她研究生还能不能顺利毕业?他对谭薇说:那你明天就来吧,我去火车站接你。

　　从圣城到古彭,坐火车的话两个多小时就到了。谭薇中午时分下了火车,在出站口看到左顾右盼的牛万象。她老远就朝牛万象招手,无奈牛万象眼睛看在别处,根本没注意到她。直到她来到了他跟前,大叫了一声:牛万象!牛万象这才露出一副惊讶的表情:我怎么没看到你出站!谭薇笑笑:你还是那样!看上去漫不经心、魂不守舍的样子!牛万象没说什么,看了看她手里的旅行箱,心里说:难道谭薇想在这里常住?他拉过箱子,带着谭薇去火车站广场的边缘打车。打车的人多,两个人排了半天队,终于出了车站。牛万象看看手表,问谭薇:我们先去找个地方吃点东西吧,你一定饿了!谭薇笑:还不饿,到你学校再吃吧。牛万象点点头:也行。出租车直奔古彭师大新校区。一路上,两个人都保持着沉默。谭薇第一次来古彭,眼睛一直看着窗外,嘴角漾着笑意。牛万象也一时无话可说,任由谭薇抓着手,也看着外面。不过,他现在处于神游万物的时刻,眼睛里根本看不到什么。出租车一直开到了宿舍楼下,两个人下车,牛万象付了钱,还是都不说话,直奔向牛万象的宿舍。两个人的身体像是有着十分的默契,一进屋就开始狂脱衣服,仿佛只是在一瞬间,两个人完成了所有的前期准备。当牛万象压住谭薇的那一刻,谭薇忘情地哼哼了两声,随即就流出了两行眼泪。她还从没这么快就高潮过。她没想到从一开始就达到了顶点,随着牛万象的身体起伏,谭薇一次一次地躬起身体,任由眼泪飞奔不止。整个下午，他们一直躺在床上，根本顾不上吃饭。牛万象从未如此疲惫，他在心里质问自己：这到底算什么？旧情复燃，还是身体欲望？叶晓晓才离开几天，身体就如此饥渴？不对啊。要说旧情复燃，可自己真的爱谭薇吗？如果爱她，那自己和叶晓晓又是怎么回事？他想得脑子疼，也就不去多想，问谭薇饿不饿。谭薇说不饿，身子吃饱了！牛万象笑，又一次翻了上来：那就再吃点！

一直到了晚上，两个人才下楼。牛万象感觉自己的两腿发软，忍不住扶着谭薇的肩。谭薇笑他太贪心，牛万象只当没听见。两个人随便在食堂吃了一点水饺，牛万象带着谭薇来到了河边。谭薇看到玉泉河，说圣城师大就缺少这么一个大水域，整个校园就图书馆前面有个小水塘，太没灵气了！牛万象笑笑，没吱声，他关心的当然不是这个。谭薇知道他关心什么，但她还不知道从哪里说起。围着玉泉河走了半圈，谭薇终于鼓足勇气，说道：李建表里不一，白天教授，晚上禽兽！牛万象一愣：不是说他是一个有思想有学问的人吗？这样的人，不应该是你说的那样吧？谭薇冷笑：他是有思想，一直在这样标榜自己，说自己和其他教授不一样，自己做的研究是有思想的学问，这些都是狗屁！他的思想很龌龊！口头上有思想，行为上无节操。且不说他在那方面的怪癖，就拿他的花心来说，就根本不是一个为人师表的人！牛万象停住脚步：他有什么怪癖？谭薇摇摇头：我都不好意思说出口！就是折磨人，他毕竟不是年轻的时候了，可能产生了变态心理，不用那些怪癖的行为，难以刺激他的身体。我怀疑他喜欢年轻女孩子的原因也在此，只有那些处女，才能让他兴奋！牛万象继续往前走，有些担心地说：

你和他分手,他会不会在你研究生毕业时难为你?谭薇沉默了一会儿:不知道,但他有了小师妹,就不会理会我了吧。牛万象抬头看天,一弯新月正悬挂在西天之上。

谭薇在牛万象这里待了整整一周。这期间牛万象带着她去爬了一趟云龙山,看了一次云龙湖,钻了一次狮子山楚王陵,还想带她去看博物馆时,谭薇说不去了,还是待在校园里吧。牛万象问她:你不是来看看风景、散散心的吗?怎么不想出去了?谭薇笑笑说:我是来度蜜月的!说完,她抱住牛万象的肩膀,先是笑着,接着就小声地抽泣起来,后来干脆就放声大哭。谭薇知道牛万象有了女朋友,自己不过是他生命中的匆匆过客。或许,这是她最后一次搂住他的机会了。牛万象知道她心里不舒服,也不劝她,任由她哭个够。两个人站在河边,站成了两尊雕塑。

第二天,谭薇坐上了回圣城师大的火车。她没有让牛万象送站,自己一个人走的。临走,她对牛万象说:我很高兴和你在一起度过了一周,这是我们的蜜月周,我会想念这些日子的。牛万象眼含热泪地点点头:你还可以再来!谭薇摇摇头:不会再来了!我们的蜜月只有一次!从现在开始,你在我心里就彻底是别人了。你放心,我都想通了,从现在开始,我要寻找一种无拘无束、自由自在的生活,不管前方是理想国还是乌托邦,我都将义无反顾地去追寻!

牛万象感觉到了谭薇的蜕变,从一个懵懂的女孩成长为一个成熟的女人,原来只需要一周的时间就可以。

十八 走廊

时间过得真快,暑假转眼间就过去了。学校开学以后,校园又恢复了勃勃生机,到处都是欢歌笑语。

新办公楼气派得很。连走廊都像大马路一样宽敞。作为十九楼的一条通道,每天我都会看到这个楼层里办公的人。和他们接触久了,你会发现各部门之间的人差别很大。

从他们走路的样子来看,纪委的人总是脚步很轻,仿佛走廊里到处都是蚂蚁,他们不得不小心翼翼。他们的脚步和脸色一样,总是保持着沉默,很少闹腾出什么动静来。其次就是组织部的人,他们走路也是谨慎万分,从来不穿带钉子的皮鞋,恨不得光着脚走路。他们常常低着头,遇到同事点一下头,从不多说话,好像多说一句就会浪费许多唾沫似的。最不拘小节的就是宣传部的人,他们走路大大咧咧,脚步响亮,和他们的嗓门差不多,大声大气,语速飞快,生怕那些话凭空蒸发,一口气说个不停。我现在终于可以理解那句民间流传的话了:跟着组织部,天天有进步;跟着宣传部,天天犯错误。人说祸从口出,人家组织部的人从来不讲话,还能有什么错?宣传部的人最擅长的就是说话,你不让他们说,还不得憋死他们?但话说多了,往往就有问题,所以宣传部的人被提拔的速度总是赶不上组织部。人家是坐着火箭提拔,自己是开着老爷车进步,根本不在一个量级上。但话又说回来,说话太多的宣传部也不是没有好处,比如我听到的最多的笑声就是来自他们那里。在纪委上班的人从来不笑,组织部的人偶尔笑一次,还是半捂着嘴巴,扭扭捏捏,根本放不开,那笑声听上去也很勉强,像是蚊子放屁,似有似无。

　　自从搬到新的办公室,宣传部的人笑声更多了。尤其是校报编辑部,新来的那个董絮特别喜欢说笑话,她和林萍打得火热,每天都是嘻嘻哈哈的,氛围极其融洽。牛万象听她们说话,也跟着笑。但他不像董絮那么奔放。自从董絮上班以来,牛万象发现自己和林萍之间的交流越来越少,更多的时候,是董絮和她之间在交流。以前编辑部只有他和林萍两个人的时候,两个人经常在一起商量稿子,探讨版面布局,校改文字错误,现在这些都没有了。牛万象突然感觉自己在编辑部成了一个局外人,这种感觉让他不爽。这几天,他上班除了改稿就是翻看兄弟院校寄来交流的报纸,他发现有些大学的报纸办得很有特色,尤其是南方几所高校,无论是在内容还是版面上,都比古彭师大的活泼。而且他发现,有好几家报纸都办了子刊,子刊属于校报编辑部指导,但主要依靠学生记者来办。因为学生更加了解自己的需求,报纸办得风生水起,与校报形成了很好的互补。牛万象考虑,也依托大学生通讯社办一个子刊,其定位为培养大学生的独立思考精神,激浊扬清,抨击校园里的假恶丑,为学校发展建言献策。如果办成,正好可以弥补副刊被董絮拿走的遗憾。既然是由学生主办,那肯定会由自己来指导,丢了一个版,得到四个版,岂不是很划算?想到这里,他决定马上去向古部长汇报。

按照正常的程序,牛万象应该先和林萍商量,林萍同意以后,由林萍去向袁部长汇报,袁部长觉得可行,再和古部长商议。但牛万象一直没有习惯这样的程序,他知道林萍一般不拿什么主意,更不做什么决定。自己又不是袁部长的人,找他汇报也别扭。古部长把自己从圣城师大调过来,不管出于什么目的,他毕竟是自己的引路人。所以,牛万象有什么想法,一般都是直接找古部长汇报。他并没有意识到,这样的做法,是犯了在机关工作的大忌。

古部长的办公室在走廊的最西头,是阳面最大的一间房子,大小和校长的差不多。他是学校的老资格,又快退休了,用这样的大办公室也无可厚非。搬到新校区以来,牛万象还没有找古部长汇报过工作。他想了又想,尽量把自己的思路理顺以后,才敲开了古部长办公室的门。古部长看到他,说:进来进来,我刚把办公室整理出头绪来!牛万象观察了一下古部长办公室的布局,西面是文件柜,南面摆放着一圈沙发,办公桌和电脑桌紧挨着东墙,对面则放着两张办公椅。整个办公室看上去很清爽。牛万象在办公桌对面的椅子上坐下来,说:耽误古部长几分钟时间,我汇报一个想法。古部长点点头:你说吧,我正好休息休息,整理了半天,有点儿累。牛万象把想创办校报子刊的想法以及理由等一五一十地说了,最后强调说:这是学生自己办的报纸,我们只负责把关,子刊创办以后,一定会和校报形成互动互补的格局。古部长听完牛万象的汇报,点起一支烟,身子靠在那张很大的旋转办公椅子上,想了想说:你的想法很好,我支持!但要注意一点,就是要把好关,虽然说是由学生来办，毕竟是校报主管，也是宣传部的报纸，所以不能出任何问题。至于报纸定位，要准确，激浊扬清也罢，建言献策也好，一定要把握好一个度。俞书记要求我们宣传部的人，要给学校帮忙不能添乱。尤其是报纸，影响大，要注意导向性。这一点我相信你有能力把握好。牛万象点点头：我会注意的。古部长笑笑：这个想法给袁部长说了吗？如果还没说，我建议你去和他说一下，顺便请他想一个好名字，他毕竟分管校报很长时间了，在这方面很有经验。报纸的名字很重要，名不正则言不顺嘛！牛万象说：那好，我去找袁部长汇报。古部长点头说道：你来古彭师大快满一年了，这一年工作各方面都不错，我看可以转正了，过几天我去找一下人事处，让他们和你签正式的聘用合同。牛万象感激地说：谢谢古部长！古部长挥挥手，牛万象走出部长办公室。稍作迟疑，他直接去了隔壁的副部长室。袁部长正坐在电脑桌前，牛万象猜测他又在打牌。和古部长比起来，他的办公室要小得多，但好歹也是独立一间房，比原来的有所改善。袁部长看到牛万象，很热情地招呼他在沙发上坐下来，自己也拿着一个笔记本离开电脑桌，坐在牛万象对面。牛万象把刚才对古部长说过的话又重复了一遍。袁部长很认真地听，边听边在笔记本上记。这个举动很让牛万象意外，似乎隐约地感觉到了什么，袁部长正在悄悄改变着工作方式，他对待工作比以前更用心了。听完汇报，袁部长问了一句：这个想法你和古部长说了吗？牛万象一愣，不知如何回答。袁部长像是看透了他的心思，笑笑说：和他说和我说都一样，我们都会支持你的想法，这样的好事，古部长一定会支持。牛万象点点头：关于报纸的名字，还想请您想一个,您是这方面的专家。袁部长哈哈一笑:其实应该由古部长或者俞书记来起名字最合适,既然古部长让我考虑,那我这几天就想一个吧。你可以先和学生记者一起筹备起来,尽快创办子刊,新学期嘛,要有新气象!牛万象点点头,他心里嘀咕着:袁部长怎么一反常态不再消极怠工了?真是奇了怪了,来了个董絮,宣传部工作面貌焕然一新!

两位领导都支持,创办子刊的事儿就好办了。瞅了个董絮不在的机会,牛万象把创刊的事儿给林萍说了,林萍很平淡地说了句:你这不是没事找事吗?每月三期的校报我们都应付不过来,你还要创办什么子刊?牛万象没想到一向不怎么关心工作的林萍会这么说,创办子刊的事儿虽说是校报编辑部主管,但基本上和林萍无关,也不需要她来指导,她为何要反对?牛万象解释说:我们基本上不需要做什么事儿,放手让学生去做就行。林萍态度稍微缓和,说道:那你得和叶晓晓协调好,办一份报纸可不是小事情,需要他们投入很多精力!牛万象点点头,不再说什么。他心里清楚,林萍对此事并不怎么感冒,对于一个一心想调走的人来说,校报编辑部的事儿她根本不会关心。倒是董絮,听说牛万象要办子刊,很兴奋地表示,他们当年就想办一份学生自己的报纸,但苦于没有人带头,想不到现在竟然实现了这个愿望!叶晓晓他们运气真好!从董絮的话里面,牛万象知道董絮的意思,她一方面是夸奖,另一方面也巧妙地透露出想一起指导的意思。不得不承认,董絮很会说话。但牛万象还不想让她来插手子刊的事儿,某种意义上来说,他把创办子刊看得比校报还重要,因为他想借助这份子刊来实现自己自由表达的梦想。不管怎么说,得到董絮的鼓励,牛万象还是很高兴。

这段时间,牛万象一直在悄悄地观察董絮,希望能从她的行为举止里面看到一些蛛丝马迹,找到她与袁部长之间暧昧关系的证据。但董絮一直很安静,上班以后,除了开部务会以外,几乎不和袁部长碰面。袁部长好像也是十分谨慎,自从董絮留在校报,他一次都没有来过编辑部。以前,他有点事就亲自跑过来安排,现在则是打电话给林萍,由她代为布置。这些变化逃不过牛万象的眼睛。董絮和袁部长越是这样,他越是感觉到了怪异:一切的正常其实就是不正常。在董絮和袁部长之间,存在着刻意地回避。这一点,相信不止牛万象一个人可以看出来。

董絮的宿舍和牛万象在一个楼,虽然不在一个单元,但他们下班以后碰面的机会还是很多。为了不让她看到自己和叶晓晓的往来,牛万象已经尽量减少了叶晓晓在宿舍留宿的次数。时间久了,叶晓晓有些不高兴,还问牛万象是不是变心了。牛万象知道老是躲着也不是个办法,现在整个宣传部的人都在新校区办公,叶晓晓整天在新校区露面的话,早晚会被他们察觉。在自己和学校签订正式合同之前,还是谨慎一些好。他想等第一期子刊创办以后,就和叶晓晓一起出去租房子住。

对于创办校报子刊的事儿,叶晓晓表现出了很高的热情,表示将会全力以赴。但牛万象却并不想让她投入太多,他替她分析过,一个是她马上就要考研,目前精力不能分散;一个是现在她还在老校区,在学校办学已经以新校区为主的情况下,她来做主编不利于工作开展。但叶晓晓是学通社的社长,兼任子刊主编是顺理成章的事儿,不让她做似乎也说不过去。况且,宣传部上下包括俞书记对子刊的事儿都很重视,叶晓晓站出来有利于她今后的发展。想来想去,牛万象决定设立两位主编,让叶晓晓担任主编,但只是名义上的主编,只负责宏观的工作。具体编辑工作则由另一位主编负责,算是执行主编。根据目前的需要,这位执行主编必须在新校区。子刊创办在即,牛万象把物色执行主编和组织编辑部的任务交给了叶晓晓。叶晓晓的办事效率很高,第二天她就把执行主编的人选报给了牛万象,是学通社的副社长,负责联络新校区学生记者的工作,名叫李佳男,比叶晓晓低一个年级,不打算继续读研,课又不多,正是可以放开手脚做事的时候。牛万象仔细回忆了一下,印象中李佳男是个很秀气的男孩,平时说话细声细气,像个女生,他留着长头发,如果不仔细看,十个人有九个会以为他是个女孩子。他的文笔不错,已经在校报发了不少文章。牛万象马上通知叶晓晓和李佳男,让他俩商量编辑部组成人员,以便在本周部务会上向大家通报。

  搬到新校区以后,宣传部办公环境得到大大改善。以前宣传部开会,都是到古部长办公室,以他为中心,大家围坐成一圈,没有会议桌,记笔记都麻烦。现在宣传部有了独立的会议室,就在资料室的隔壁,虽然不是很大,但一般的小会议也足够用了。每次开会,牛万象总是不自觉地往最边上坐。董絮紧挨着他,也往边上挤。有一次古部长看到了,笑着说:你们两个都往里面坐!两个人没办法,只得向领导靠拢。这次部务会主要讨论校报子刊的事儿,牛万象把编辑部组成情况简单汇报了一下,编辑部由学通社各个部门人员组成,两个人负责一个版,加上正副主编,共十人。古部长听完汇报后,笑着说:这个人数比校报编辑部科学多了,编辑部才三个人,子刊十个人!大家都笑,欧阳枫说:现在是网络时代,如果有人手,校报应该早日发布电子版。刘冬和曾晓雯也都频频点头。古部长继续说:是啊,自从学校新闻门户网站上线运营,大家普遍称赞网站工作做得好。校报在创办子刊的同时,也要加强网络版建设。当然,这些工作需要一步一步来。目前通过子刊的创办,可以更好地锻炼学生记者,我看下一步你们校报可以吸收他们中的骨干人员,加入校报的编辑中来!牛万象点点头:我正有这个想法。说完意识到不妥,这个话应该由林萍主任说。牛万象看看林萍,林萍只笑不说话。袁部长讲话时,说:考虑到子刊要与校报形成互补,又是由学生主办,就和古部长商量,起了个偏文艺的名字《玉泉河畔》,大家看怎么样?牛万象一听到这个名字,第一反应是起得好,有水平。玉泉河是古彭师大的标志物,"玉泉河畔"这个名字既能表明报纸的物理方位,又有着浓郁的书生气、学院气,还隐含着勃勃生机和融融暖意。对于这个名字,大家都很赞同。末了,古部长又强调了一下办报的纪律,申明学生办报的导向和底线,顺带着表扬了一下牛万象的工作,便散会了。牛万象注意观察了一下林萍和董絮,两个人脸上的表情复杂。《玉泉河畔》名义上是校报编辑部指导,但基本上和她们无关,目前这个报纸的格局是由牛万象一个人来把握。因此,这张报纸办好了,将是牛万象的成绩。但要是办不好呢?毫无疑问,也是牛万象的责任。想到这里,牛万象顿时有了压力,一定要保证创刊号的成功,争取一炮打响。

十九 新电脑

　　来古彭师大一年,牛万象几乎没有写什么小说。为了办好报纸,他这一年基本上都扑在了工作上面。即便是写,也是短小的评论文章。这些文章大部分都是在办公室完成的,办公室的环境不适合写太长的小说。牛万象最近一直在构思一个长篇小说,他决定去买一台笔记本电脑,这样携带起来方便,既可以在宿舍里写,也可以在办公室里用。但笔记本电脑的价格不菲,牛万象舍不得花那么多钱去买一台新的电脑。想来想去,他考虑买一个二手的,等以后有了更多的积蓄再买新的。找了个周末,牛万象和叶晓晓一起去了一趟古彭市中心专营电脑的白云大厦,看中了一款二手笔记本电脑,价格也不贵,就买了来,开始写起了长篇小说。

　　第二天,牛万象把笔记本电脑带到了办公室,林萍看见了,有些惊讶地说:万象你买了笔记本? 现在笔记本不便宜吧? 牛万象一愣,笑笑:这是二手的,不到一千块! 林萍点点头:现在笔记本刚刚时兴起来,我们家那位本来想买一台,到市场一看,个个都是五千元以上的! 董絮对电子产品有些研究,搬到新校区以后,办公室人手一台电脑,编辑部的三台都是她安装的。她走过来看了看牛万象的笔记本,说了句:这个笔记本应该有些年头了,运行速度怎么样？牛万象说:和咱们现在用的台式机差不多,不过我主要用来打字,写稿子而已！董絮笑笑:那还算不错！打字写稿足够用了！不到一天,牛万象买了一台笔记本电脑的事儿就传到了古部长的耳朵里,他在走廊里遇到牛万象,还皱着眉头问了一句:万象你真买了一台笔记本？牛万象点点头:买了,是旧的。古部长没吱声,背着手走了。接着是刘冬和曾晓雯,也对牛万象买笔记本电脑这件事大感兴趣,都问了同样的问题。牛万象很奇怪,他们为何对这件事如此感兴趣？自己喜欢写作,买一个笔记本写东西怎么了？后来他才想明白:自己留给大家的印象是老家负担重,家里困难,如今却突然买了一件"奢侈品",这不让大家感到奇怪吗？可是,现在是2002年了,自己参加工作满一年了,买一台笔记本电脑的钱应该有吧！再说,这还是一台二手笔记本！经过这个事情以后,牛万象才晓得在机关工作,必须得更加低调。难怪有人说,在大学机关里面,有些事只能做不能说,有些事只能说不能做。妈的,老子花自己的工资买个二手笔记本电脑都这么多事,那要是公布了自己和叶晓晓谈恋爱同居的事儿,岂不是要了老命?!想到这里,牛万象的额头上直冒冷汗。

不知道是不是和这些事儿有关,牛万象和人事处签订正式合同的事儿一直没见动静。自从上次古部长提过一次以后,他那边再也不见有什么行动。按照常理,牛万象根本不用担心这个,本科生到学校工作满一年以后,人事处自然而然会和他签订正式的聘用合同,但现在早已过了一年,人事处那边为何还不见动静？联想到机关工作的复杂,牛万象禁不住有些担心起来。又等了一个月,还不见什么动静,牛万象终于耐不住,瞅古部长有空时去找了他一趟。他先向古部长汇报了一下近期的工作打算,接着就试探着问了转正的事情。古部长像是早有预料,微微笑着说:最近人事处在忙着学校高层次人才引进的事儿,估计今年把这个工作推迟了吧。回头我见到人事处的陆处长,帮你问问。但古部长说归说,又一个月过去了,还是不见动静,牛万象有些着急起来。他把这件事告诉了叶晓晓,叶晓晓说:不会是古部长发现了我们俩的事儿了吧?牛万象紧皱眉头,摇摇头说:不知道。叶晓晓替牛万象着急。两个人商量了半天,决定立即去学校外面租房子,不能再拖下去了。叶晓晓还建议牛万象给古部长送礼,说:现在的领导都是不见兔子不撒鹰,你不给他送点东西,他才不给你办事呢。牛万象有些不相信,说:古部长不是那样的人!叶晓晓不再和他争论,只说了句:你爱信不信,反正我早就听说过,自从古部长调到宣传部,袁部长每逢年节都会给古部长送东西!牛万象愣住了,难道连袁部长都给古部长送礼吗?他可是宣传部副部长!给领导送礼这事儿,牛万象做不来。从小到大,他没干过一回这事儿,他面子上抹不开,也不知道怎么去操作。叶晓晓给他出主意,说:你要是实在想不出来,就去给古部长买一件衬衫吧!这个花钱不多,还显得贴心!牛万象不作声。叶晓晓又说:你就这么想,你是古部长从圣城师大引进来的,他对你有知遇之恩,对吧?你以前也经常这么说,对于一个于你有恩的人,你去给他送点东西,还不是很正常的事情吗?叶晓晓的话动之以情晓之以理,让牛万象心里的疙瘩慢慢解开了。

第二天,牛万象和叶晓晓一起去百货大楼给古部长买衬衫。

在百货大楼转了一圈,没找到合适的。叶晓晓拉着牛万象的手去了隔壁的金鹰商场,说:百货大楼的衣服不行,金鹰的还可以。来到金鹰,这里的衣服确实很上档次,但价格也不菲,牛万象摸了摸口袋里的钱包,心里说:看来自己一个月的工资要泡汤了,这可比一台二手笔记本电脑贵多了!商场人气很旺,到处都是人。据说当初盖金鹰商场大楼的时候,在下面挖到了一具汉代的棺材。古彭是刘邦的家乡,汉文化发达,地下汉墓很多,"九里山下古战场,牧童拾得旧刀枪"说的就是这里。金鹰商场地基下发现了汉代棺材,这被看作是一种吉兆,棺材棺材,升官发财。商场还没盖好,铺位就全部售罄。神奇的是,这里开业以后,的确是"生意兴隆通四海,财源茂盛达三江",不但吸引了古彭人,周边百公里范围内的人周末没事都喜欢到这里购物,日营业额突破了百万。这个数目一下子把百货大楼甩出去好几条街都不止。也有人认为,百货大楼之所以干不过金鹰商场,跟它们的风水有密切关系。金鹰在百货大楼的后面,按说在风水上并不占什么优势。但金鹰盖得比百货大楼高很多,又在前面建了个大型广场,广场中间设计了一个巨大的喷泉,一家伙就把百货大楼的风头全占尽了。为此,据说百货大楼要拆掉重建。但这些尚属封建迷信,科学的解释是,金鹰是现代化管理,吸引入驻的全是高档名牌,更能满足现代人的消费需要。最关键的原因是,苏北鲁南人手头的确比以前阔绰多了,因为煤炭,这里的百万富翁已经占到了全省的三分之一还不止。在古彭的大街上,到处可见亮瞎眼的豪华跑车,那些豪车十分高调地在大街上奔来跑去,看上去十分拉风。

牛万象和叶晓晓在金鹰商场转了一圈,也没挑出一件合适的,倒不是因为挑不到合适的款式,主要还是因为价格太高。叶晓晓见牛万象心疼钱,也不好太勉强,对他说了句:要不我们还是去百货大楼吧?我们再去找一找,说不定能找出合适的。牛万象有些担心地说:那里的衣服似乎比金鹰便宜很多,但我又担心价格太低,送出去不太好。叶晓晓笑笑:也没什么,其实送礼也不是非得多少钱,主要是看你用不用心。古部长这个位置上的人也不缺钱,只要让他觉得你眼里有他,依靠他,就可以。牛万象有些奇怪地看了看叶晓晓,心里说:她一个学生咋知道得这么多?看来,自己的确太不了解江湖了。

从金鹰商场出来,太阳高悬头顶,街上人头攒动。他们肩并肩地穿过金鹰前面的广场,走到广场中间的喷泉前,牛万象指了指旁边的石凳:我们坐下歇会儿吧。他用手搭了个凉棚,看了看远处林立的高楼大厦,说了句:古彭已经有了一点儿大都市的气概。叶晓晓笑笑:和南方城市还是有不小的差距。牛万象突然说了句:你咋知道袁部长给古部长送过礼的事儿?最近和袁部长见过面?叶晓晓愣了愣,支支吾吾地说:没有啊,只是在学校碰到过,聊了一小会儿。牛万象有些不相信,他怎么可能跟你说这样的隐私?送礼毕竟不是一件多么光彩照人的事啊!叶晓晓笑笑:牛万象你真是OUT了,这都是什么年代了!2002年了!牛万象若有所思地说:社会上可以这样,难道连大学也这样了吗?叶晓晓嗤笑了一声,你以为大学还是像以前一样啊,都是纯而又纯的象牙塔?我告诉你,现在的大学,比社会还社会,比江湖还江湖!别说你们老师,就是我们学生,也是这样!牛万象不喜欢叶晓晓说这种话的样子,隐隐约约感觉她对自己隐瞒了一些什么。他若有所思地看着眼前变换着各种形状的喷泉,听着哗哗哗的水声,嗅着略有些腥味的水汽,不再说话了。

在百货大楼转了半天,终于把给古部长的礼物搞定了。是一件花格子衬衫,尺寸大小参照牛万象的身材,不过古部长肚子大了些,他平时走路都是习惯用手托着肚子,因此,给他买的衬衫也大了一号。完成了一件大事,牛万象想庆祝一下,和叶晓晓一起到附近一家小有名气的砂锅店,点了一大盘子家鸡泡馍,有滋有味地饱餐了一顿。

衬衫是买好了,但怎么送给古部长呢?送到家里显然不合适,再说牛万象也不知道古部长住哪儿。那只好送到办公室。可办公室人多眼杂,也不好明目张胆地送啊。古部长中午都是在食堂吃饭,吃完饭喜欢在办公室小憩一会儿。牛万象觉得这个时间给他送去比较好,那时候办公楼人少,没有谁关注。想到这里,他用一个黑色塑料袋把衬衫包装好,再放到一个手提袋里,乍看上去像是拎着一袋子文件。这天中午,他故意在办公室磨蹭,敞开办公室的门,观察着古部长办公室的动静。一直到十二点多,终于看到古部长挺着大肚子从食堂回来,他嘴里叼着一个牙签,边开门边剔牙。就在他打开门的一刹那,牛万象快步走了过去,底气不足地喊了声:古部长!古部长回过头,看到牛万象,说了句:万象还没去吃饭哪?牛万象跟着古部长走进办公室,红着脸把手里的文件袋递给古部长,尴尬地笑笑说:我给您买了件衬衫,也不知道合适不合适。

古部长一愣,随即哈哈笑起来,说道:难得你有心,我回头穿上试试!牛万象没想到古部长这么爽快就收下了,有些不适应,抓着头皮说:如果不合适,可以去换。古部长点点头,说道:我刚刚在食堂碰到人事处陆处长,和他谈了你转正的事儿,他说下周就给你办好。牛万象连声说了几句感激的话。古部长摆摆手:快去吃饭吧,去晚了就没的吃了。说完,呵呵笑起来。牛万象退了出来,带上门,长舒了一口气。看来叶晓晓说得没错,谁都喜欢别人给自己送礼。只是、只是,这是大学啊!或许,这仅仅是因为自己在机关,机关就是小社会?

礼送完了,租房子也是一件让牛万象头疼的事。在外面租房子,肯定要比学校宿舍贵。房子最好离学校不太远,太远了来回不方便,最好在步行上班的距离以内;但也不能离学校太近,那样,还是容易被学校的人看到。能满足以上条件而且价格又不太高的房子并不多,正值开学旺季,学校附近的几个小区几乎没有什么房源了。牛万象骑着自行车带着叶晓晓在附近转悠了两天,没有任何收获。就在灰心丧气的最后一刻,他们终于发现了一个合适的房源,距离适中,租金一个月600,尚在他们接受的范围之内。房子两室一厅,一厨一卫,足够用。多出来的一间还能用作书房。小区的环境也不错,虽说已经是二十几年的老小区,房子都有些破旧了,但小区占地面积很大,绿地草坪很多。牛万象喜欢晚饭后出来散步,这个小区正好满足了这一点。这里距离学校不到十分钟的路程,连自行车都不需要。小区生活设施齐全,而且离菜市场很近,生活很方便。牛万象和叶晓晓对这个房子都很满意。这边手续办好,牛万象那边就退掉了学校的宿舍。两个人到二手家具市场买了一张双人床和沙发,加上原来就有的锅碗瓢盆和桌椅板凳,基本上就可以过日子了。牛万象和叶晓晓的同居生活开启了新的篇章。

二十 回形针

我是一枚回形针,牛万象喜欢用我来掏耳朵。宣传部在每学期开学都会发一盒回形针,牛万象用得特别快。其实,从回形针的使用情况看,完全可以推测出一个人的工作量。像林萍,一学期用不了几枚回形针,有的连盒子都不拆。牛万象看的稿子多,写的东西也多,回形针用得就特别快。他的打印纸用得也快,其他人一学期一包足够,他则需要两到三包。尽管他工作积极,表现也不错,但每逢编辑部出差,林萍还是喜欢带上董絮。这次,她要去南京开省高校校报年会,带的也是董絮。这一点,倒也可以解释得过去,因为董絮是女同志嘛,两个人一起去也方便,房间都能少订一间。所以,牛万象对此也没多想。倒是曾晓雯,在林萍和董絮出差的当天,到编辑部来拿报纸,有意无意地对牛万象说了句:万象啊,你可别做老黄牛啊,天天见你辛苦干活却很少见你有什么好处!你呀,既要低头干活,也要抬头看路!牛万象知道曾晓雯话里的意思,问题是这些都由不得他,他想看路也不知道怎么看呀!一个出身农家的孩子,在单位里又没有任何背景,他不辛苦工作怎么行?至于那些所谓的好处,能轮到自己就轮到,轮不到也没办法!曾晓雯问牛万象:到这个年底,你参加工作一年半了,没出过一趟差,连南京都没去过!而其他人,都恨不得去个十回八回!这真是让人难以相信。牛万象笑笑:其实我也不喜欢出差,不出去也好。曾晓雯撇撇嘴:出差呢,不光是去散散心,还可以少做点工作,你也别太傻了,该争取就争取!你看她们两个出去游山玩水,留下你来弄报纸,多不公平!牛万象笑笑,没吱声。其实他觉得真没有什么,林萍对自己还不错,她喜欢带着董絮出差那可能真是因为出行方便。这次到南京开年会,正好赶上出最后一期报纸,他决定不等她们回来,自己独个儿把这期报纸出版了,也让部里领导和其他人看看,自己可以独当一面。

　　进入学期末,同学们大都进入备考状态,考研的考研,不考研的准备各种各样的期末考试。古彭已经进入冬季模式,天气说冷就冷起来了。牛万象怕冷,对他来说,一年中最难挨的就是冬天。此刻,别人还都穿着单衣,他却早已经穿上厚厚的毛衣了。尽管如此,牛万象依然感到了阵阵寒意,他缩着脖子走在校园里,陪着叶晓晓去看研究生入学考试的考场。今年的研究生考试比往年更为严格、规范,考场开放查看时间只有半天,所以这个时间点来看考场的人很多,熙熙攘攘的,如同来到了集市。和往年相比,今年研究生报考人数增加不少,创下了一个新高,叶晓晓有些担心今年是否能够顺利考上。牛万象鼓励她:你放心考,咱们是报考自己的学校,天时地利人和咱们都占着呢。叶晓晓还是很担心:据了解,今年报考圣城师大的人很多,我这个专业每年都是爆满,今年更是挤破了头,形势确实很严峻。牛万象安慰她:咱不是找过导师了吗?刘三庭教授还是不错的,他既然答应要收你,就不会有太大的问题。叶晓晓摇摇头:刘教授只是说在通过资格线的情况下优先考虑我,这里面还有变数。牛万象不说话了。叶晓晓的考场在主教学楼的三楼,最东边的一个教室,中间靠窗户一排,位置还不错。一般来讲,考试的时候,最不好的位置就是最前面和最后面,这两个位置都是监考老师喜欢待的,碰上喜欢走动的老师,还得忍受他们来回移动的干扰,考试都考不好。看完考场,牛万象让叶晓晓先回去了,让她再看看书,虽说临时抱佛脚不太管用,但临阵磨枪不快也光,好歹也是个心理安慰。他自己则回了办公室,开始编辑这期报纸的稿子。

林萍和董絮都不在,报纸又要按时出,这恰好给牛万象提供了一个展示自己能力的机会。以前他负责三版四版的时候,所能左右只有这两个版面,一版二版他不好干涉。后来董絮来了,又把四版拿了去,他就只能在一个版面上施展拳脚了。林萍和董絮的编辑风格还保持着传统特色,缺少创新,版面很死板,这和现在的读者需求有很大的差距。牛万象越是把三版做得有特色,就越发显出报纸的不协调,他早就想把四个版面统一风格,让报纸充满浓郁的现代气息。《玉泉河畔》创刊号之所以受到读者的欢迎,就是因为他在内容和版面上做了迥异于校报的调整。子刊的成功,证明了牛万象对读者期待的判断是正确的。他在子刊的发刊词中谈到小报要大办的理念,子刊虽小,但一定要有国家大报的大气概,绝不能小里小气的。这一期校报,他决定延续这一风格。

四个版的稿子编好以后,牛万象开始划版。内容决定形式,形式也彰显内容。牛万象考虑在统一四个版面风格的同时,也让版面之间互相呼应。为此,他在拼版时兼顾一、四版面和二、三版面之间的勾连,形成一个和谐统一的整体。这边版面刚刚拼好,办公室的电话突然铃声大作,牛万象拿起听筒,那边传来林萍急切的声音:万象,报纸等我们后天回去再出,这期报纸拖期几天没关系。牛万象愣了愣,看了看桌子上的报纸,说道:我已经弄好了,林主任放心开会吧！林萍沉默了一会儿,最后说了句:能不拖期也好。从林萍的语气,牛万象能听出她的些许无奈来。他猜测林萍可能对自己的做法有些恼火,以前出报纸也有拖期的时候,这不是什么大问题。他这样往前赶,无非是要让古部长和林萍他们看到自己统筹四个版面的能力,这一点,估计林萍也能看出来。牛万象不知道自己这样做是不是值得,但他确实是想办出一期体现自己特色的报纸,提升一点校报的精气神！

第二天早上,牛万象起了个大早,骑自行车送叶晓晓去了研究生入学考场以后,直奔学校印刷厂。拿到了报纸大样,牛万象逐字逐句校对起来。看着看着,牛万象突然又有了一个新想法。林萍统筹校报时,言论是报纸的短板,报纸几乎没有什么太有影响的评论。而现代的报纸,言论就是灵魂,尤其是要闻版,缺失了评论就等于缺失了态度和立场。想到这里,牛万象压缩了一般性的新闻,硬是挤出了八百字的版面,顺手在大样的背面,写了一篇言论。最近,他听到不少议论,说校领导拉帮结派,党委书记陆丰和校长任华等人各自营构起了自己的小圈子,各自提拔自己阵营里的人。上梁不正下梁歪,学校中层干部中间也盛行结小团伙之风,这些人以老乡会、同学会等形式,广泛结派,形成了一个个小俱乐部。牛万象随手就写了一篇《拉帮结伙论》,文章说:

对于社会上某些单位存在的拉帮结伙现象,想必大家都是不陌生的。但是在知识分子成堆、集聚了一大批高素质人才的高等学府,也不同程度地存在着这种不和谐的行为,大概就有些奇怪了。这是为什么呢?拉帮结伙通常是哥们儿义气的行为,是社会上那些低素质的人所干的,难道高等学府的知识者们也需要建立帮派?不错,他们当中有些人的确也需要。其实,如果我们考察拉帮结伙的深层原因就会明白,拉帮结伙并不仅仅是什么哥们儿义气,而是为了更好地维护(或者瓜分)自己(或者他人)利益的行为。换一个冠冕堂皇的说法就是,拉帮结伙有意无意"发扬光大"了我们中国人的"团结协作"的"优良传统"。中国有句古话说,君子喻于义,小人喻于利。如果真是光明正大的君子,对于拉帮结伙的行为是不屑一顾的,往往是那些小人,为了自己的利益,为了"好办事",才会形成帮派,即所谓的宗派主义。宗派主义是小人行为,这些人的存在,极不利于单位和谐关系的营造和经营。一个单位一旦形成派系,就不利于工作的顺利开展。各个派系为了自己阵营的共同利益,很容易造成分歧和矛盾。这些分歧和矛盾的存在,肯定会影响到工作的效率。一所派系林立的大学,它的发展是不会强劲的;一个只有派系"小团结"没有整体"大团结"的单位是没有发展前景的……

靠着扎实的语言功底,加上言之有物,牛万象这篇文章写得酣畅淋漓。他相信要闻版有了这样一篇有分量的言论,就比以前有看头了。在牛万象的督促下,这期报纸印刷很快。拿到报纸的当天,牛万象就吩咐资料室熊老师赶快分发下去,首先是校领导那边,要让他们第一时间看到这一期报纸。然后是机关各部门,各院系办公室等。牛万象成竹在胸,他一遍又一遍地欣赏着这一期报纸的内容和版式,胸有成竹的同时,还伴着丝丝得意。整个上午,他都待在办公室,静静地等待着,等待着好消息的传来。电话响了两次,有两个院系的老师打来电话,说这期报纸编得好,尤其是新出现的言论,十分犀利。收到赞扬,牛万象有些扬扬得意,正飘飘忽忽着,林萍和董絮突然从外面进来,都板着脸。牛万象有些惊讶地说:你们咋提前回来了?林萍把包往桌子上一撂,似笑非笑地说了句:提前了半天,想看看你弄好的版面。牛万象指指桌子上的报纸:都印出来了!也发下去了!林萍有些意外:这么快?这一期咋印得这么麻利?她边说边拿起报纸,嘴里嘟嘟囔囔:不是让你晚点出这一期报纸吗?现在咋都发下去了?董絮也拿起一张报纸,先从四版开始看起来。看了一会儿,董絮说了句:这期四版文章牛老师选得不错!版式也很新颖!牛万象笑笑:稿子基本上还是你的风格,版式稍微变化了一点。牛万象观察着林萍的反应,耐心等待着。只见林萍的脸色越来越凝重,似乎有什么不对劲。这时,电话响了,林萍抬手就拿起了话筒,只听见她说:……刚回来……对……牛万象编的……有什么问题吗……好,我让他过去……放下电话,林萍对牛万象说:古部长让你过去一趟,让我也跟着去。听他的意思,这期报纸有点儿问题。牛万象愣住了:有问题?有什么问题？林萍摇摇头:咱们过去吧!

牛万象和林萍一前一后走进部长室,看到袁部长也在,两个人都低着头阴着脸,看也不看他们一眼。袁部长首先发话:这期报纸是牛万象一个人编的？林萍点点头:我和董絮刚回来,本来想赶着看看版样,没想到报纸已经印好了。袁部长看看牛万象:万象能干是能干,这期报纸内容和版式都不错。说到这里,袁部长顿了顿。牛万象听到这话,感到很宽慰,整个人一下子放松下来,刚想说什么,却听袁部长说了句:就是要闻版这篇言论有些问题!牛万象愣住了,自言自语道:言论是我写的,能有什么问题？没等袁部长说话,古部长声调很高地说了句:什么问题？问题大了！一是这个言论的发表不利于学校领导层的团结,而且这个言论不应放在要闻版,要闻版的言论必须是正面的！二是这个言论不应该以本报评论员的名义发表,这样的文章不能代表编辑部的立场！牛万象傻眼了,这个言论不就是抨击了一个不好的现象吗？这个现象在学校明明是存在的,而且很严重,这样一篇很有针对性的言论怎么会有问题？古部长他们为何这样大惊小怪？这时,林萍说了句:这件事也不能全怪牛万象,要是我不出差……古部长摆摆手:从这期报纸开始,袁部长要亲自把关要闻版,没有袁部长的签字,不准付印！袁部长点点头:这样也好,每期编好,我先看下,有重要的稿件不好把握也请古部长看下,校报毕竟是学校党委机关报,在舆论导向上不能出任何问题！林萍也点头说:应该这样,以后我们出报的节奏抓紧点,留出时间来给袁部长审阅。牛万象心中暗暗叫苦,校报本来就没有多少自由,每次编完都要林萍审,就这一期没审,感觉有些自由了,还出了这档子事。今后又多了袁部长这一关,搞不好古部长还要看,这不是又多了两个婆婆吗?唉,这报纸没法办了!原以为来古彭师大能比较自由地编编报纸,写点东西,现在看来,这样的想法恐怕要落空了!古部长最后叮嘱说:以后报纸宁愿出版得晚一点,也不要出什么岔子,针对这个事,你们编辑部要开个会检讨,这样的错误绝对不能再犯了!袁部长和林萍都点点头,看了一眼牛万象。牛万象心里很内疚,这件事本来是自己想出风头,和袁部长、林萍他们没有任何关系,现在好了,连累人家跟着自己挨批评!他越想越羞愧,越想越愤怒,血直往脑门子上冲,他攥紧了拳头,真想大声说一句:老子不干了!可他没这个胆量,而且因为这个事辞职又不值得。他咬咬牙,忍住了。不知是不是发觉牛万象不对劲,古部长让袁部长和林萍先回去,留下了牛万象。古部长起身关上了门,指指沙发,让牛万象坐下来。牛万象眼泪在眼眶里打转,差点忍不住就哭起来。古部长叹了口气说:刚才当着袁部长和林萍的面,我必须严厉批评你,这事说大也大,说小也小。关键是俞书记刚刚打电话来,问起这个言论是谁写的,说这样的批评性文章最好不要放在一版。俞书记一般很少批评谁,这样的电话我还是第一次接到。他平时很注意自己和书记、校长的关系,你这一篇言论恰好谈到了校领导的问题,而俞书记分管宣传部和校报,很容易被人理解成对书记、校长有意见。所以,他这样考虑也有道理。愣了一下,古部长继续说,对于这篇稿子,袁部长也很生气,你可能不知道,在学校中层干部中,他是个最善于拉关系的人,因此也是个最喜欢搞小团伙的人,他身边聚拢了学校关键部门的许多头头脑脑,包括校办主任蔡光荣、学工处处长王霄翰等人,你写这样的文章,他看了肯定也不舒服。刚才当着他的面批评你,也有批评给他看的意思。牛万象有点儿明白古部长的苦心了,说:我明白了,古部长。古部长笑笑:我没有给俞书记说这个言论是你写的,他对你印象一直都不错,不能让这个影响了你在他心目中的形象。今后,你自己也注意点,少写这种批评文章。你的出发点是好的,也弥补了校报缺少言论的问题。我建议你开一个评论专栏,以正面评论为主,这会引起学校的注意的。牛万象点点头:谢谢古部长的关心,我以后会注意这一点。

离开部长办公室,牛万象心情低落。他一言不发地回到编辑部,拿了自己的包,默默地走出办公室。他要到外面去走走,理理思路。

二十一 绿萝

欧阳枫老师喜欢摆弄植物,他的办公室摆设了不少盆栽。他最喜欢的就是我们绿萝了,一大盆一大盆地摆满了窗台。绿萝是比较好养的植物,我们不需要多好的环境,只要定期给我们浇水,我们就会努力生长。绿萝是喜阴植物,遇水即活,因顽强的生命力,我们被称为"生命之花"。室内养植时,不管是盆栽或是折几枝茎秆水培,都可以良好地生长,是一种非常适合室内种植的优美花卉。以上是自吹自擂,也是实际情况。

网络科成立以来,主要的任务就是维护学校新成立的新闻门户网站——新纪元。新纪元这个名字是党委书记陆丰亲自命名的。当时网站刚建成,正在内部测试,古部长请俞书记给网站起个名字,俞书记沉吟了半天,最后说还是请陆书记起吧,这个是学校门户新闻网,很重要,要请陆书记亲自命名比较好。古部长知道俞书记平时很尊重陆书记的意见,有什么重要的事情都是不厌其烦地汇报,让陆书记拿主意。俞书记在行政上是一个有野心的人,此前他从普通老师到学校党委副书记,三年一个台阶,走得十分稳健,这些当然离不开陆丰书记对他的提携。现在,俞书记做党委副书记已近两年,按照他之前的进阶节奏,再有一年又到了该往上走一步的时间了。正好明年任华校长退休，俞书记转任校长水到渠成。从党委副书记到校长，是从副厅级到正厅级的跨越，从学校三把手到二把手，可是关键性的一步。古彭师大是省属高校，按照现在的任命机制，省委组织部负责学校厅级干部的任命，这中间起到最大作用的就是陆丰，俞书记能否从党委口转到行政口，全在于他是否愿意推动。在这个当口儿，俞书记对于陆丰当然是百依百顺、事事小心了。

新纪元网一开始的消息来源大都是校报的新闻稿，但校报毕竟是旬报，周期太长，而网站必须每天及时更新，对新闻的需求量很大。陆丰将网站命名为新纪元不久，欧阳枫就仿照大学生通讯社推动成立了大学生网络新闻社，希望通过新闻社的学生及时地采写发布校内消息。但大学生网络新闻社成立以后，运作很不理想，采写的稿件数量不多，而且其质量也跟不上，错误百出。以前校报的新闻稿都是经过层层把关，学生写完，牛万象改，林萍看，袁部长有时候也会审，这样的稿子登出来基本没什么问题。但网站每天更新发布的新闻，学生采写之后把关的只有欧阳枫一个人，根本不能保证稿件质量。新闻社的社长王胜利是学通社记者出身，写出来的稿子勉强合格，但其余的人大都没经过新闻写作的培训，素质良莠不齐，很难保证写出的稿子符合要求。大学生新闻社运作了半年不到，欧阳枫受不了了。情急之下，他想到了一个方案，既然大学生通讯社和新闻社都是宣传部下设的学生社团，何不把它们合并为一个？合并以后的新社团由校报和网站共同指导，他们采写的稿件先在网站上发布，然后再在报纸上刊登，这样既节约了人力,又提高了稿件质量,岂不是一件好事?他把这个想法汇报给古部长,古部长略微犹豫了一下,说网站和报纸共同组成一个社团固然是好,但两家能否协调好是个问题,周一例会上大家再一起研究研究吧。

周一一大早例会,古部长把欧阳枫的想法说了。牛万象第一反应是欧阳枫想利用学通社的优质新闻资源。合并成立学通社以来,学生记者的稿件无论在质量还是数量上,都比以前有了很大的突破,校报的办报质量也明显提升。这些学生记者素质之所以很高,和牛万象的悉心培养分不开。他几乎每周都会利用学通社例会的时间给他们上新闻写作课,结合校报的用稿给他们布置选题,修改稿件。通过这些,学生记者的写稿质量逐步提升。而大学生新闻社成立时间短,加上人员参差不齐,欧阳枫只管使用不管培训,既想让马儿跑得快又不给马儿吃草,这哪行得通?他现在提出合并两个社团,说白了就是想利用学通社的资源,这是想摘桃子的行为。因为刚刚受过古部长的批评,牛万象不太敢说话,他默默观察着每个人的反应。袁部长首先表态,他说合并两个学生记者组织不是不可以,这样确实可以节约资源,学生记者的稿子可以一稿多用,但也要注意如何科学合理使用,现在校报指导的学通社运作还不错,新闻社刚成立,还缺少锻炼。如能两者结合,互相促进,当然很好。欧阳枫是袁部长引进来的人,他支持欧阳枫的想法也不奇怪,而且说得也很有道理。对于袁部长的话,林萍似乎在犹豫。学通社一直是牛万象在指导,虽说和她的关系不是很密切,但毕竟是校报编辑部的社团,现在如果和新闻社合并了,成了宣传部的社团,这样还能保证校报的供稿吗?她清了清嗓子,说道:不管合并与否,一定先保证报纸的用稿。在万象老师的指导下,现在学通社的运作很好,稿子源源不断,而且质量很高,有些稿子拿来就能用,在编辑部人手不够的情况下,这大大减轻了办报的负担。所以,合并的前提是一定要先保证报纸供稿。另外,我担心如果学通社同时供应网站和报纸,网站先把稿子用掉的话,报纸就不能再使用了。特别是新闻稿,网站都发布了,报纸还有人看吗?林萍一直对欧阳枫有看法,她这番话有理有据,表面上看是不反对合并,但她提出的前提条件明显是不赞同合并两家社团。教育科的曾晓雯一直不说话,她知道自己很难表态,一边是校报编辑部,一边是网络科,她犯不着得罪。所以,她干脆不说话。但古部长突然点了她的名字,让她发表意见,她又不能不说。犹豫了一会儿,她说了句:新纪元是网络媒体,校报是传统媒体,网络媒体和传统媒体既存在着竞争,也有互相融合的前景。她这话的意思很丰富,看上去谈了一个大而化之的问题,其实也有自己的态度在里面。只是,她没有明说。如果按照她的逻辑,网络科和编辑部也可以合并了。刘冬一向不大说话,这次依旧保持沉默。古部长也没要求他必须表态,他也就继续装糊涂,用笔在记录本上画来画去。但牛万象拖不过去,他是学通社的指导老师,必须表态。古部长笑着说:万象,你对此有什么看法?牛万象点点头,字斟句酌地说:如果要合并,我不反对,但在合并前关键是要确立合并以后的运行机制。当然可以共同指导,但总得分主次,不然共同指导就是无人指导。为了报纸和网站的正常运行,我建议新闻社保留一部分学生,培养他们做网站的编辑,这样可以减轻老师的工作量。另一部分学生可以合并到学通社这边,慢慢提高他们的写作水平。这样,新闻社表面上变成了学通社,其实还是保留了一部分学生编辑;而吸收了一部分新闻社成员的学通社,今后的稿子在供应报纸的同时,也供应网站。有些稿子适合报纸,那就报纸用;有些适合网站,那就网站用;对于都合适的稿子,就共同使用。不过,因为报纸的滞后,在使用网站先行发布的稿件时要做出一些必要的加工。所以,我觉得合并与否不重要,重要的是理顺机制。牛万象在说这些话时,大家都频频点头。古部长轻轻用手指敲击着桌面,脸上始终飘着一丝微笑。他最后总结说:我同意各位老师特别是万象的观点,新闻社保留一部分学生编辑,其余人员与学通社合并,慢慢消化。今后的学通社同时给报纸和网站供应稿件,一稿两用,各取所需,节约资源!另外,我觉得对于那些一稿两用的作者应该给予更高的稿费,发放的具体标准由编辑部来把握。老实说,古部长最后这句话是很高明的做法,提高学生记者的稿酬可以充分调动他们的积极性。就这样,欧阳枫的合并提议被牛万象极为巧妙地化解了。原本是学通社和新闻社的平等合并,被牛万象悄悄改为了学通社消化掉了新闻社,这保证了学通社的整体稳定。尽管如此,牛万象还是得考虑那些新并过来的人员的能力提高问题,但这个并不是多么紧迫,因为这毫不影响报纸的稿源。从欧阳枫这边来看,他也并没有损失什么,新闻社保留下一部分人员做网站编辑,另一部分进入学通社,解决了网站的供稿问题。让他有些遗憾的是,自己辛辛苦苦建立起来的新闻社合并到学通社以后,某种意义上来说意味着此前努力的失败。

　　对此,最不能理解的就是王胜利了。本来以为自己建立并执掌了一个新的学生社团以后,可以抗衡大学生通讯社,哪想到头来还是被学通社兼并了。虽说最后留下了几个同学做网站编辑,但新闻社这个名字已经消失了,自己这个所谓的新闻社的社长头衔就变得毫无意义了。作为一个学生,他不能改变欧阳枫的想法和做法,对此只能唉声叹气。

　　冬日的校园,处处冷风肆虐。从网站所在的二层小楼出来,王胜利神情恍惚。他站在路边,竖起了衣领,像穿着棉袄的老农民那样,把袖口拢在一起。王胜利出身于农家,爸妈都是老实巴交的农民,过着面朝黄土背朝天的苦日子。古彭师大在苏北办学,大约有一半的生源都来自苏北农村。这些出身卑微的苦孩子,都有一个共同的特点,就是特别能吃苦。在那些城市来的孩子眼里所无法承受的苦痛,在这些农村孩子看来,都不算什么。再大的苦难,再深的委屈,他们都能往肚子里咽。但王胜利这样的农家孩子也有一个致命的缺陷,那就是自卑,甚至是过度自卑。因为经济的拮据,他们做什么事情都是小心翼翼的;因为对外界的敏感,造成了他们善于反抗的性格。有些十分平常的事情,在他们眼里,也许就是无法容忍的。这些人看一些事情的角度有时候会和常人不同。事物都有两面性,有人善于看正面,有人习惯看反面。三年多的大学生活,王胜利经历了不少事情,他领略了太多大学的阴暗面。

　　埋头沉思的王胜利听到有人喊自己的名字,抬头看是新加入新闻社的文小闻,她是中文系一年级的新生,是王胜利的老乡,平时最喜欢看小说,正在尝试着进行诗歌创作。她是王胜利破格录用的一个学生记者,她报名加入新闻社的时候,新闻社早已停止招新,因为文小闻素质不错,加上和王胜利是老乡的缘故,王胜利就破格录用了她。她是新闻社最活跃的几个成员之一,每次开会都是坐在最前排,用无比敬佩的眼光盯着王胜利,有时候被看得不好意思,王胜利就故意往后排走,站在会场中间讲。

文小闻小鸟依人地站在王胜利面前,边使劲搓着手边说道:王学长好,有个问题想请教你一下。王胜利看着她,笑笑说:什么问题? 文小闻站在路边,开始翻腾自己的背包。她只顾找东西,没注意一辆摩托车正快速驶来。几乎在一刹那,摩托车就来到了跟前,王胜利对着文小闻大叫一声:快躲开! 已经晚了。王胜利的话音未落,文小闻已经被摩托车撞飞了,她的身体像一只小鸟一样,飞出去好远,重重地落到了地上。王胜利吓傻了,他飞快地跑过去,看到文小闻浑身冒血,脸朝下一动不动地趴在那里。摩托车司机是个留着小胡子的青年,他还算冷静,掏出手机打了120。这时候正好是下课时间,许多人跑过来看,把现场围了个密不透风。十分钟之后,一辆救护车拉着响亮的警笛开进了学校,这警笛声吸引了更多的人,纷纷向这边拥来。学校保卫处的人迅速在现场拉了一道屏障,隔离开了越聚越多的学生。从救护车上下来三个医生,他们仔细查看了一下伤者,一个医生摇了摇头,另外两个用担架把文小闻抬到了救护车上,王胜利也想跟着去,被保卫处的人拦住了:一会儿公安局的人来,你和司机要留下来做笔录! 救护车拉着警笛驶离了现场。

因为伤势严重,文小闻没抢救过来,那么一个如花般的女孩就这样消失了。消息传到学校,引起了许多人的愤怒。他们纷纷质疑学校怎么能允许校外人员骑着摩托车在学校里高速行驶。当时摩托车的速度如同在飙车!王胜利是其中最愤怒的一个,他亲眼见到了文小闻被撞死的整个过程,而且当时文小闻是在和他聊天!如果文小闻当时不遇到自己,或者他们不是站在路边,这一切或许都不会发生了。可最根本的还是那个司机,他怎么能以如此快的速度在校园里行驶?这是学校保卫处的失职!许多人都在等待学校给出一个合理的解释。但事情过去了两天,学校却没有一点儿动静。文小闻的父母得知不幸消息后,当天就赶到了学校,他们没能赶上看文小闻最后一眼。悲苦无助的他们从医院一路哭到学校,让学校给一个说法。

牛万象从学通社李佳男那里得到这个消息时,已经很晚了。这时已经有好几家媒体开始关注这个事件,他们纷纷要求来学校采访,了解一下情况。而古彭师大对于这种负面新闻一向采取的都是掩盖的方法,能不报道就不报道。以前学校遇到了突发事件,总是先给从校报调到市委宣传部新闻处的李杰打电话,让他关照本市的新闻媒体,不要公开报道。这次,依然是如此。但李杰能管住的只是本市媒体,其他媒体他没有权限管理。而且现在是网络时代,所有的消息都能够在第一时间得到全方位的传播,捂是捂不住的。牛万象的第一个反应是宣传部应该就此发一个新闻通稿,然后尽快召集媒体开一个新闻发布会。但古部长似乎对此并不在意,他说这个事情是校外人员所致,可以说是交通事故,目前看由学院出面处理比较好,如果宣传部出面的话,就上升到学校层面了,现在,不宜让事情升级。

因为学校一直没有给出处理的意见,学生的怒火很快就转移到了学校保卫处。一时间,学校 BBS 论坛充满了对学校管理漏洞的声讨,大家都在质疑校内安全问题。王胜利决定带领大学生新闻社记者们搞一个抗议学校的活动,同时祭奠文小闻的亡魂。一个如此年轻鲜活的生命就这样被无辜地伤害了,让人无比痛心,何况文小闻还是新闻社的学生记者。王胜利首先在 BBS 上发起了这个祭奠活动,网上一呼百应,大家很快就商定出了具体时间,就在两天后的晚上六点,地点就在事发现场,活动形式为点燃蜡烛,祭奠亡者,以此声讨学校的管理漏洞。因为学生在 BBS 上使用的都不是真名,对于他们的真实身份很难确认,包括发起人王胜利,一开始也无从知其真实身份。BBS 上的热烈讨论引起了学校领导的注意,因为俞书记分管学生工作,又是中文系的联系领导,这件事他也脱不了干系,他指示宣传部和学生处的人密切关注此事,不要让事情发酵,愈演愈烈。同时,学校责令中文系安抚好学生家长,尽快做出合理的赔偿。接到俞书记的指示,古部长这才开始忙乱起来,他让网络科密切关注网上舆情,和学校网络中心的工作人员一起合作,对于 BBS 上的过激言论,要及时发现、删除,跟踪个别领头闹事的学生。欧阳枫跟踪来跟踪去,终于发现领头的正是自己的得力部下王胜利,他有些着急了,立即通知王胜利到办公室来一趟。王胜利当然知道欧阳枫要干什么,硬着头皮过来,进屋就发了一顿牢骚,说学校管理不严格,摩托车超速行驶,才酿成了如此惨剧。欧阳枫根本不管这些,问他:网上的祭奠号召是不是你发起的?王胜利点点头:文小闻是我们的记者!而且我亲眼见到了惨剧,我要站出来,不然心里会不安!欧阳枫沉默了一会儿,说道:你这样做根本无济于事!学校会根据事实情况做出合理的赔偿,你发起这个祭奠活动没有必要!赶紧取消!王胜利摇摇头:大家都已经知道了,就在今天晚上,取消不了。再者说了,现在这个事态,已经超出了我的控制范围,许多人都站出来,要为文小闻讨一个公道。再说,这也是为了我们自己,学校该规范一下校园交通了,几乎每天都能在学校里看到横冲直撞的闲杂人员,有的竟然还在校园里飙车!听说其中有一个带头的还是学校保卫处处长的儿子!欧阳枫不吱声,愣了半天,说了句:那你把这个活动尽量搞得小一点,点几根蜡烛意思意思就可以了,到时候别再出了其他是非,我告诉你,这事已经引起了校领导的关注,闹大了对谁都没有好处!王胜利点点头,出去了。他要去超市买蜡烛。

晚上五点半,按照古部长的要求,牛万象悄悄来到了事发地点,看到已经来了几百个学生,他们沉默着聚在一起。到处都是保卫处和学生处的人,他们在学生周边来回走动着,监视着学生的一举一动。宣传部只来了刘冬、欧阳枫和牛万象三个。接近六点钟的时候,古部长和袁部长也来了,他们和保卫处、学生处的两位处长站在一边低声讨论着什么。这时,王胜利在两个女学生记者的帮助下,开始分发点燃的蜡烛,每人一个,拿到蜡烛的同学自觉站成了一个巨大的"心"形队。在苍茫的夜空下,这个由蜡烛点亮的心格外夺目。活动持续了十几分钟,之后学生们陆续地散去。等大部分人都走了以后,古部长叫住了欧阳枫,问他:那个带头的是大学生新闻社的社长?欧阳枫看了一眼站在一边的袁部长和牛万象,点点头:我劝过他,但没成功!古部长声音提高了八度,厉声责问:大学生新闻社是党委宣传部指导的学生社团,它的负责人应该有很高的觉悟,怎么能出面组织这样的活动呢?这要是让校领导知道了,板子还是得打在宣传部的屁股上!我看,从现在起,大学生新闻社立即解散!说完,古部长气呼呼地走了。袁部长看看欧阳枫,拍了拍他的肩膀,叹了口气说:解散就解散吧!按照我们原来商定的方案,有些好的记者可以分散到学通社。袁部长说完看看牛万象,牛万象点了点头。他心里清楚,无论如何,王胜利是不可能继续留在社团里了。

二十二 办公楼

作为古彭师大最高的建筑,我可以俯视整个校园。虽然当初为了掩人耳目,把我命名为二十一世纪实验大楼,但事实上我是作为学校机关大楼使用的,所以,师生员工习惯上称我为办公楼。学校大大小小的头头脑脑都在我这里办公,因为人流量大,大楼设计了四部电梯竟然还不够用。有人说,电梯上下一趟至少要耗费两元钱的电,照此推算,我每天的运营成本很高。在学校的教代会上,有许多代表提出质疑,提议校领导机关搬出大楼,以此减少运营成本。他们说,大学根本没必要盖高楼,六层楼可以了,这样就省掉了电梯的费用。鉴于电梯经常会出现一些安全上的问题,校领导也不是没考虑过这些提议。但最终还是决定留在大楼办公,因为这里办公条件好,当初建设大楼的时候,就是按照学校机关办公需要设计的,谁又愿意放弃如此舒适的办公环境呢?会议室在大楼的十三层,校领导开会也方便。说到这个,我想起了校长任华的一件事。任校长曾经在南方一所高校待过,那所大学的领导都比较迷信,认为十三是一个不吉利的数字,因此把所有十三的数字更换成了其他说法。比如,大楼的十三层改为十二B层,等等。办公楼建好以后,一开始十三楼就叫作十三楼,学校开会发通知也都是说十三楼会议室。后来任校长专门通知校办的人把十三改了过来,换成十二 B。好在学校就我这一座高楼,改起来不难。不然的话,恐怕许多人会开始背地里骂任校长老封建了。

任校长是学数学的,性格不急不躁,做起事情来有板有眼。在他主政学校行政事务这些年,和党委书记陆丰配合默契。陆书记主抓组织干部工作,对于其他事务从不干涉。任华校长负责学校的全面行政工作,其中最核心的任务就是带领学校拿下博士点。古彭师大 1955 年建校,是国家第一批硕士授权单位,在更名师大之前,在全国小有名气,在中文、数学等学科方面都有着很大的影响。当时,和南京师院、苏州师院、扬州师院并称为南方四大师院,有许多在全国举足轻重的名师大师,培养的学生也很优秀。但进入 20 世纪 90 年代,随着南京师院更名南京师范大学,扬州师院更名扬州大学,苏州师院更名苏州大学,其办学都迈向了综合性大学发展道路,也都在学科建设方面突飞猛进,也都很快获得了博士授权单位,有了博士点,在学科上完成了本科、硕士、博士的体系建设。唯独古彭师院,虽也更名为师大,但发展缓慢,至今都没有获得博士学位授予权。这一点大大限制了学校的发展,许多卓有成就的教授因为无法当上博导而调离了学校,导致学校高层次人才流失严重。有人把责任归于古彭师大地处苏北,没有明显的区位优势,所以办学层次上不去。但也有人指出,学校停滞不前发展缓慢的根本原因在于校领导,他们思想保守,不敢创新,不适应学校逆水行舟的办学形势。学校此前已经申报了两次博士点授予权,但均以失败而告终。而这两次申报,都是在任华校长的任期内。由此,有人就认为博士点申报失败的责任在任华身上,说他办学没有创新的思路,其亦步亦趋甚至步人后尘的做法早已不适合现在这个时代。为了平息这股怒气,陆丰书记在最近的一次教代会上给任华校长打气,许下诺言,说事不过三,这一次一定能够拿下博士点!背负着这个承诺,任华这段时间压力倍增。一方面,他时不时地找陆丰书记商量,如何在博士点申报上取得突破。另一方面,他带领着学科办和科技处的人认认真真、反反复复、不厌其烦地一遍遍打磨申报材料。根据今年的形势,全省共有三所高校在省里出线,鉴于古彭师大已经申报两次,材料准备充分,在省里往教育部报的时候排序第一;排在第二位的是刚刚更名的南通大学,因为它新近合并了几所院校,成为省内一所航母高校,这次冲击博士点希望很大;第三位是和师大同在古彭办学的医学院,它是第一次申报,是一颗新星,被看作是一匹黑马。按照这个排名,师大还是有着很大希望的。正因为此,陆丰才敢在大会上夸下事不过三的海口。

  鉴于已经失败过两次的教训,学科办的人建议学校不能掉以轻心,在做好材料的同时,也要与时俱进地去"跑一跑",和教育部那些博士点评委"沟通沟通",同时要加大学科方面的宣传。对于前一个建议,任华不置可否,他问学科办的人:你们觉得有必要去"跑评委"吗?给他们送礼?我看适可而止就行了,我们去打个招呼,但花费也别那么多,这毕竟属于不正之风!再说我们的实力摆在那里,不需要做那些虚头巴脑的工作。任华校长这么说,别人也没办法。对于加大宣传的事儿,任校长认为很有必要,他建议请陆丰书记召集有关人员开个会,专门研究一下这个问题。前面两次申请博士点没有通过,就有这方面的原因,当时有同情古彭师大的评委传话说,古彭师大对学科方面的宣传很不够,评委们都不了解,你们要在《光明日报》和《人民日报》多发点文章,把在学科建设方面的成绩推介出去,让大家都知道,我们也好为古彭师大说话。对此,陆丰书记也很重视,立即和俞书记商量,马上召集宣传部和学科办的有关人员到十二B会议室开会。

这一次会议包括校报编辑部在内的所有宣传部人员都参加了。牛万象还是第一次这么近距离地和三位校领导接触,此前他在学校会议上远远地见过他们,因为校报的报道需要,林萍不在时,都是他去现场写稿。现在,陆丰书记就坐在自己斜对面,在陆书记的两边,分别坐着任华校长和俞强书记。他们都低着头,仔细翻阅着学科办提供的基础材料。所有人员到齐,俞强书记开门见山:今天我们开这个小范围的会议很重要,我校即将全面展开第三次申请博士点授予权的工作,这是我校近期的工作重心,宣传部也要像学科办一样,都要围绕这个中心开展多方面宣传。为此,学校拟成立一个宣传工作组。下面请校党委陆丰书记讲话。陆丰书记环视了一下参会人员,指了指牛万象和董絮,笑着说:这两位同志我还不是太熟悉,宣传部最近新面孔很多嘛。古部长指着牛万象介绍说:牛万象老师去年过来的,是我们从圣城师大引进来的青年人才!陆丰朝牛万象点点头:名字我知道,在校报经常读到你写的文章。俞书记插话说:万象是个写文章的快手,很适合校报工作。古部长继续介绍董絮:这位是今年留校工作的董絮老师,是中文系的研究生。陆丰点点头:好,都是精兵强将。顿了一下,陆书记继续说,刚才俞书记也讲了,今天这个会很重要,我们前面两次申博之所以没成功,原因有很多,但其中一个就是宣传不够。他说着看了一眼古部长和袁部长,笑笑:那时候古部长还在人事处,可能也不了解情况。主要是我们校领导没有意识到宣传工作的重要性。这一次申报我们务必要成功,必须加强对学校学科学位点工作的宣传!我们几个人商量了一下,想成立一个由俞书记亲自任组长的申博宣传工作小组,古部长任副组长,成员等会儿由你们具体商定,我看就由宣传部有关科室组成就可以了。学校会为宣传小组提供一切保障,划拨专项工作经费。考虑到时间紧、任务重,这次会后古部长就要把具体人员名单报上来,然后由俞书记再开一个小组会,分配一下具体工作。我就说这些。下面,请任校长看看还有什么要补充的吗?任华校长面色凝重,他看看大家,声音低缓地说:这次申博我们要全力以赴,不惜一切代价!宣传工作启动得比较晚,拜托各位尽快进入各自角色,高效完成学校交付的任务!两位领导讲完话,就起身离会了,他们要去参加申博材料组的会议。他们走后,宣传部的工作人员也散了会。俞书记留下来和古部长、袁部长一起商量小组成员名单和工作任务。

第二天一大早,牛万象还没到编辑部,就接到刘冬的电话,说马上到宣传部小会议室开会。牛万象一路小跑到达会议室时,看到林萍、欧阳枫和董絮都在。他刚坐下,古部长和袁部长就进来了。古部长看了一眼满头大汗的牛万象,笑笑说:万象现在还是夜猫子吗?还喜欢熬夜写东西?牛万象满脸通红,含混地点点头。古部长清清嗓子,说道:按照陆书记和俞书记的要求,我和袁部长商议了一下,确定了宣传小组的人员名单,由在座的各位组成。小组的重点工作有两个,一个是报纸宣传,一个是网络宣传。编辑部的三位老师负责校外报纸的宣传,包括组织稿件和联系有关媒体;网络科欧阳枫老师负责校外网络宣传。因为要撰稿,编辑部三位老师的担子比较重,大家辛苦一下,争取在规定时间内完成任务。牛万象知道,所谓编辑部承担撰稿,最后任务肯定会落到自己头上。林萍向来是不亲自写大稿子的,董絮虽说是中文系研究生毕业,但在写大宣传稿方面还是新手。好在写稿子这活儿对于自己来说是轻车熟路,小菜一碟。问题是他最讨厌在名不正言不顺的情况下做事,这样的结果只能是自己的成果被别人拿走。林萍倒也罢了,人家是主任,摆摆老资格也就罢了。问题是,董絮凭什么?她为何能进入这个宣传小组?他可不想自己辛辛苦苦种下的桃子被别人摘走!这时,古部长问:大家有啥意见没有?他把脸转向袁部长,袁部长摆摆手,表示没什么要说的。古部长又看看林萍,林萍摇摇头。到了牛万象这里,他终于没憋住,说了句:写稿的任务重,我们是不是再把工作细化一下,比如我们三个每个人负责写哪几篇?林萍和董絮同时看了看牛万象,又把脸转向古部长。古部长沉吟片刻:分下工也好,这样也是为了工作高效一点。我们现在离申博满打满算只有四个月时间,学校要求我们至少要在国家级媒体发表五篇大稿子,你们三个先每人写一篇,后面两篇等等再说。你们看,这样安排如何?牛万象点点头:我没有意见。林萍和董絮都没说话。

回到编辑部,林萍板着脸,嘴里嘟囔着:申博申博,都两次了还没申下来,现在想起宣传来了,早干吗去了?还剩四个月时间,考虑到发稿的周期问题,我们必须提前两个月把稿子写出来!这种稿子哪有那么好写的?再说了,咱们学校这几年学科建设哪有什么新成绩?总不能空口说白话吧?稿子写不好你就是给人家钱人家也不一定给发吧!董絮附和道:就是就是,临时抓瞎,可不苦了我们这些小兵!反正我是没写过什么大稿子。牛万象笑笑,不好说什么。他在心里说:这两个女人真有意思,一个是能写不想写,一个是想写不会写。古部长也真是,干吗要把她们两个拉进宣传组?这五篇稿子,就是我一个人写也能完成!尤其是董絮,刚来半年多,报纸还没学会怎么编,写个新闻消息都费劲,竟然还让她参加这么重要的宣传活动,这不是开玩笑吗!转念一想,牛万象感觉又不对,让董絮进入宣传组,或许并不是古部长的主意。考虑到董絮和袁部长的旧情,有可能是袁部长要培养她。妈的,这世道,还真是"大树底下好乘凉"啊。这次写外宣稿,是充分展示自己能力的机会,一定要好好努力。牛万象刹住天马行空的思绪,开始在电脑里找相关的资料。

根据以往的经验,大通讯稿无非有两种写法,一个侧重于写人,一个侧重于写事,学校这几年在学科建设方面成绩一般,写事没有什么太大的优势。牛万象决定找一个典型人物,写一个学科带头人。无论是写人还是写事,都需要鲜活的事迹材料。在学科办提供的基础材料里面,根本就没有什么鲜活的东西,要必须重新采访。这一次冲击博士点,打头的学科有两个,一个是中文,一个是数学。中文学科带头人是刘三庭教授,数学则由任华校长亲自打头。结合自己的兴趣,牛万象打算写一写中文学科带头人刘三庭,正好叶晓晓要报考他的研究生,借着采访的机会加深一下了解。他把自己的想法和林萍说了一下,没想到林萍来了句:我也想写中文呢!中文的材料我比较熟悉,你还是写数学吧!任华校长是校领导,你写数学也可以借此表现表现!牛万象听出林萍话里有话,她可能对自己分开写的提议有意见,也看出了自己的小心思。既然林萍要写中文,牛万象只好放弃,转过头来重新熟悉任华的材料。他想尽快把稿子写出来,争取第一个发表。

数学的材料并没有多少亮点,唯一一个具有新闻性的是任华校长获得过俄罗斯科学院数学科学博士学位,这在全国是第三个。牛万象决定从这里入手,写一篇人物通讯,题目就叫作《俄罗斯科学院数学科学博士是这样炼成的》。事不宜迟,牛万象噔噔噔跑到二十楼校长办公室,通过校长秘书小刘确定了采访任华校长的时间。刘秘书说任校长很重视这个采访,要在这个周末专门抽出半天时间的空,在办公室接受采访。后天就是周末了,牛万象赶紧列出一个采访大纲。多年的写稿经验积累,牛万象知道采访成不成功,关键就在采访提纲列得好不好。采访提纲紧紧围绕全国第三位科学博士展开,从在俄罗斯的学习到治学精神,再到数学学科发展,最后带出古彭师大数学学科建设成绩。列完提纲,牛万象长长舒了一口气:万事俱备,只欠"采访"了!

二十三 戒指

我是叶晓晓手上的一枚戒指,是牛万象送给她的生日礼物。叶晓晓过生日那天,牛万象专门找了个温馨浪漫的咖啡馆,两个人点了西式牛排和生日蛋糕。吃完饭边喝咖啡边聊天。今年古彭的冬天有点冷,气温比往年低好几度。透过窗户,牛万象可以看到咖啡馆屋檐下的冰溜子。大街上的人很少,偶尔有一两个缩着脖子的人走过,两手紧紧插在衣兜里,嘴里不停地哈着热气,间或吸溜一下鼻子,抬眼看一下灰蒙蒙的天空,摇摇头,继续走。今年入冬以后,苏北鲁南一直没有下雨,天气干燥。好在两天前下了一场中雪,缓解了旱情,也湿润了空气。牛万象和叶晓晓都不说话,安静地坐在那里。这家咖啡馆离学校不远,消费水平一般,咖啡还可以续杯。叶晓晓已经喝了两杯,见牛万象还是没有要走的意思,催他。牛万象笑笑,神秘兮兮地拉过叶晓晓的手,从兜里掏出一枚戒指,戴在了她的手上。叶晓晓笑起来:这算什么?生日礼物还是订婚戒指?要是订婚戒指,你要先求婚!牛万象脸色通红:既是生日礼物也是订婚戒指。叶晓晓看了看手上这枚镶着白钻的戒指,说了句:花了不少钱吧?牛万象点点头:也不多,就一个月工资。叶晓晓没吱声。牛万象在桌子上不停地旋转着咖啡杯,看着叶晓晓说:今年春节你跟我回老家吧？我想让家里人见见你。叶晓晓愣了一下：那我问问我爸妈，如果年前不行，那就年后。牛万象点点头：等放寒假了，我送你回无锡，也见见他们。叶晓晓笑而不语。

研究生入学考试结束以后，叶晓晓基本上就没有什么事了。离毕业还有一个学期，她想利用这段时间好好放松一下。不知道是不是因为经历了前一段时间特别紧张的备考，叶晓晓身体明显瘦了，在那方面的需求也明显下降。她的身体像入冬以后的青蛙，蛰伏起来了。牛万象和她相反，进入冬天，性欲尤其旺盛，隔一天就来一次，时不时就往叶晓晓身上爬。叶晓晓没办法，只好打起精神配合牛万象。往常，叶晓晓都是倍加小心，每次安全套都要牛万象从头戴到尾。这一段时间，牛万象突然对安全套特别排斥，他说戴上以后渐渐没了感觉，总觉得不是在和叶晓晓做，而是和安全套做。叶晓晓说他找理由，还是坚持从头戴到尾。后来感觉牛万象真的是大不如以前，才警觉起来，叶晓晓质问：牛万象你是不是开始厌倦我了？牛万象矢口否认，说：喜欢都喜欢不过来，怎么会厌倦？我就是讨厌那个套套嘛！叶晓晓没办法，只好后退一步，允许牛万象前半场真刀真枪上阵，但后半场还是得披盔戴甲。牛万象获得小胜，心中暗喜，本着守土有责的信念，在叶晓晓这片肥沃的疆域上再次威武起来，变得骁勇善战。有时候战斗太过激烈，牛万象在确保安全的情况下，直接刺刀见红，一泻千里。自从摆脱了那个薄薄的保护层，他们每次都能酣畅淋漓。

这天，叶晓晓整理卫生间，发现一包许久不用的卫生棉，她这才意识到这个月的月经没有按时赴约，她头皮一紧：不会是怀上了吧？都怪牛万象，非说戴套套找不到感觉，现在好了，感觉有了，麻烦也来了！时间过了半个月，月经还是不见动静，叶晓晓急了，拉着牛万象去外面买验孕棒。小区旁边有一家成人用品店，店面不大，挤在一个小巷口。牛万象不好意思进去，叶晓晓催他快点。牛万象没办法，硬着头皮进去了，里面开着空调，很温暖。满货架子的情趣用品，男用女用的都有，很夸张地摆在那里。老板是个女的，一直在盯着牛万象看。牛万象低着头，不说话。叶晓晓指着货架子上的验孕棒，对老板说：拿一个！女老板笑笑：五块钱！叶晓晓说：怎么这么贵？女老板脸上保持着笑容：这个是好的！也有便宜的，你要吗？叶晓晓看看牛万象，牛万象说：算了，就这个吧。他从钱包里掏出十块钱递给女老板。女老板蹲下身子找钱，牛万象不小心瞥到了她胸前两座高耸入云的山峰，脸变得通红。叶晓晓看到了他的神情，嘟了嘟嘴巴。临走，女老板递给叶晓晓一张名片，说有什么需要我们可以送货上门。出了门，叶晓晓就把那张名片扔了。牛万象捡起来，看了看，上面写着：情趣用品，送货上门。联系人：亚红．手机：1888899999。叶晓晓问他：干吗捡起来？垃圾！牛万象笑笑：留着，以备不时之需嘛。叶晓晓握起拳头，捶牛万象的脑袋，边捶边说：你个臭流氓！要是我真怀孕了，看你怎么办。

回到家，叶晓晓一头扎进了卫生间，半天没出来。牛万象问她：到底啥情况？叶晓晓从里面出来，手里举着验孕棒，脸拉得老长：完了，两格，真怀上了！牛万象愣住了：那咋办？叶晓晓哭丧着脸：还能咋办？让你全程戴套你不戴，现在好了！愣了一下，叶晓晓又气哼哼地说：回头陪我去医院！我要做那种无痛的！牛万象皱紧了眉头,他没想到叶晓晓会怀孕,自己每次都是小心翼翼地征求她的意见,当然也有憋不住的时候,但多数时候都是听指挥的,让披挂上阵就披挂上阵,让偃旗息鼓就偃旗息鼓,这是哪一次没注意,擦了枪走了火?好在学校就要放寒假了,这期间手术不耽误啥事儿,也没有谁会注意。

去医院手术那天,天气尚好,一直阴冷的古彭这天突然艳阳高照。然而,叶晓晓的心情却与此相反,她听别人说人流看似是个小手术,但也不是没有风险。虽说这次预约的是无痛手术,但毕竟是人生第一次,心里还是怕怕的。按照约定的时间来到妇幼保健院,在手术室门口,牛万象看到了一个长长的队伍,那些女孩子的面孔都很年轻,有的看上去还是个高中生的样子。有的有人陪,大都是同样稚气未消的小男孩;有的干脆就一个人,抱着膀子坐在那里边排队边玩手机。牛万象暗暗吸了一口冷气,心里说:怎么这么多人做这种手术?真是不看不知道,一看吓一跳!而且都这么年轻!有几个女孩子好像是古彭师大的学生,牛万象好像在校园里见过她们。他记得自己三年前写过一篇名为《同居时代》的网络小说,当时还觉得同居这件事还是个新生事物,起这样的名字有些敏感呢!哪想到,现在都已经成为潮流了!这世界,变化可真快呀!排了半天队,半个小时以后,终于轮到叶晓晓了。牛万象想送她进去,一个护士拦住他,指了指旁边写有"男士止步"的牌子。牛万象只得退回来,叶晓晓看了他一眼,眼睛里满是担心与害怕。

手术很快。叶晓晓进去了二十分钟就出来了。让牛万象吃惊的是,竟然是她自己走出来的,没有护士护送!叶晓晓手扶着墙,满头大汗,脸上的表情十分痛苦。牛万象赶忙走过去扶住她,说道:她们怎么不送你出来?叶晓晓吸溜着冷气,说道:手术完都是自己出来!谁管你啊?!看着叶晓晓痛苦不堪的样子,牛万象说:不是无痛的吗?怎么……叶晓晓瞅了他一眼:手术时无痛,不代表手术完不痛!哎哟,妈呀,痛死我了!叶晓晓整个身体都靠在牛万象的身上,牛万象几乎是拖着她走。她在医院的椅子上休息了半天,才重新起身。

动了流产手术,叶晓晓要卧床静养半个月。牛万象趁此机会开始修改任华校长的采访稿。那天,对任华校长的采访很成功,一方面是牛万象采访提纲拟得好,另一方面也和任校长的重视有关。他让校办刘秘书提前从牛万象这里拿到了提纲,自己认认真真做了准备。任校长不是一个多么健谈的人,数学系出身的人好像都有这个特点。那天的话题从任校长的俄罗斯生活谈起,聊到了大学时代,任校长对这个话题很感兴趣,说到激动处,还去洗手间洗了把脸。回来,亲自给牛万象的杯子续上了水,笑呵呵地说道:刚才有些激动了,转眼间我们都是老人了,大学毕业这么多年,那些日子真让人怀念啊!校长办公室很大,办公室中间放了一张巨大的办公桌。牛万象隔着桌子看着面目慈祥的任华校长,只把他看作一个暮年到来的老人。他在心里说:其实面前的这个人也有自己的可爱之处,虽然学校里有那么多传言,说任华校长在位期间,没有给古彭师大的发展带来任何起色,在兄弟高校都激流勇进的时候,古彭师大一直在原地踏步。或许,这和任华校长的无为而治的治校思想有关。当其他大学利用转型期的教育政策大钻空子,走关系,找后门,跑教育部,探教育厅,拉学界大佬,送钱送人送房,要政策抓项目,实现了所谓的跨越式发展之际,古彭师大却还在孜孜不倦地埋头于抓本科教学,正所谓只顾低头干活不抬头看路,以至于落伍于"时代",赶不上"潮流"。有人因此评价任华校长只实现了半个校训:太过于重视"崇德厚学",而未能实现"励志敏行"。看着眼前的这个满头华发的迟暮老人,牛万象似乎找到了学校发展缓慢的答案:不是不发展,而是没有找门路走捷径。这或许和任华校长这一代人的相对保守的思想和行为有关。兄弟院校发展快,和他们的掌门人相对年轻有关。任华校长和陆丰书记都是临近退休的老人,他们的观念和思想还停留于他们的时代。更为重要的是,古彭师大的办学所在地苏北也确实受到地域方面的限制,没有多少区位上的优势。作为全国第三位俄罗斯数学科学博士,任华校长对于古彭师大的数学学科看得很清楚,他告诉牛万象:像数学、中文这样的老学科,在我们学校当然很强,处于龙头老大的地位;但在其他高校,这些老学科发展也很快,与他们比,我们的优势并不是很明显。在相关博士点布局已经很广的情况下,我们再去冲击已经很困难。前面两次的失败,我们已经错失了最好的时机。好在就全省来说,我们还是很有优势的,至少相对于这次一起竞争的南通大学和医学院,我们有着相当大的可能性。采访最后,任华校长无奈地叹了口气,说:我是校长,对申博工作负有很大的责任,但我也只是校长而已!从任校长的话中,牛万象听出了一点儿弦外之音,目前中国高校虽说是校长负责制,但却是党委书记领导下的校长负责制,在重大的决策上,还是党委书记说了算。牛万象暗想:难道任华校长和陆丰书记之间有什么难言之隐?

这次采访,牛万象给任华校长留下了深刻的印象。采访结束,已近中午,任校长邀请牛万象一起到食堂吃中午饭。牛万象惦记着叶晓晓,说:不耽误任校长时间了。任华也不勉强,亲自把牛万象送到办公室门口,拍着牛万象的肩膀说:从你身上我看到了年轻时的自己,那时候我也喜欢文学,还尝试着写过小说,也做过当作家的梦,谁知后来神不知鬼不觉搞了数学这个行当!你好好努力,将来前途无量!以后有什么困难,就直接来找我!牛万象有点儿受宠若惊,连连点头不已。任校长对自己如此信任,他当然要尽最大努力把这篇文章写好,争取在外宣方面有一个大的突破,一炮打响!

二十四 围脖

临近放假,最后一天上班。早上牛万象一进办公室,董絮就一惊一乍地说了句:哟,这毛线围脖在哪儿买的?这么好看!林萍闻言转过身,看到牛万象脖子上多了条围脖,也跟着说道:这围脖颜色选得好,很配万象的肤色。牛万象笑笑:林主任的意思是我肤色黑,不好配呗!林萍呵呵笑起来:没那个意思,这围脖像是手工制作的,针脚不错!董絮走过来,用手摸了摸,说道:毛线也好,很柔和。牛万象嘴上不说,心里却乐开了花。这围脖是叶晓晓专门给他织的,她在家里休养,闲着没事,就给牛万象打了一条围脖。她知道牛万象怕冷,写字的人,最担心颈椎出问题,冬天最容易冻的就是脖子。有了这条围脖,牛万象就不怕脖子灌风了。董絮摸了半天,一再问牛万象到底是在哪儿买的,她也去挑一条!董絮喷了香水,身上有一股淡淡香气。牛万象不好说是叶晓晓送的,也不知道哪里有卖,只好含含糊糊地说:一个朋友从外地捎来的,我也不知道。董絮脸上露出失望的表情,把围脖还给牛万象。牛万象有口无心地说了句:等回头我问出来,再告诉你!董絮笑笑,坐回到电脑前,写稿子了。

牛万象写任华校长和数学学科的外宣稿早已交给了古部长,古部长那边一直不见什么动静。牛万象心里暗自纳闷:不是说着急着宣传吗？咋又按兵不动了？要放寒假了,刘冬要去学校主楼前挂一个横幅,喊牛万象一起去帮忙。刘冬除了办公室这一块,还兼着宣传科职务,牛万象问他知不知道外宣稿的事,刘冬说学校拨付的申博外宣专项经费一直没到宣传部的账上,古部长不见兔子不撒鹰,一定要等到经费下来再去跑媒体。牛万象心里一凉,怪不得学校不发展,就凭这个工作心态,发展个屁！刘冬笑着说:宣传部是清水衙门,每年办公经费少得很,吃饭都不够。你看现在哪个大学还有扯横幅的？差不多都实现了电子化。我们早就给学校建议在校内安装几个电子大屏,可学校不重视,不把宣传工作当回事儿,更不愿意在这方面花钱。咱们宣传部的人,整天被这些杂活牵住了精力,哪还有心思考虑其他的事儿？什么理论武装,什么意识形态,什么对外宣传,根本没有认真搞。听了刘冬的这些话,牛万象直皱眉头。怪不得看古部长整天憋在办公室里,除了开会还是开会,根本没主动做过啥大事。唉,宣传部表面看着光鲜,内里也有一本难念的经啊。

走在路上,牛万象看到路旁多了几块指示牌,上面是摩托车禁止入内的标志,还有车辆限速的内容。学校终于规范了校内交通。牛万象说。刘冬笑笑:学校什么事都是等付出了血的代价才开始重视。要不是那个在校内被摩托车撞死的女学生,这指示牌子怕是到现在都立不起来！就像申博一样,如果专家不指出来我们的宣传不够,学校才不会重视宣传工作呢！牛万象有些想不通,从学校的实际情况来看,俞书记分管宣传工作,不会不重视;任华校长虽然不直接分管宣传,但从对他的采访可以看出他知道宣传的重要性,如果说有问题,那肯定不是在他身上。那么到底因为谁?难道是党委书记陆丰?俞书记唯陆丰是从,加上任华校长不是强势的人,陆丰书记才是学校的一把手,学校大大小小的事都是他说了算。这几年学校的宣传工作一直不理想,难道陆丰书记对此有意见?刘冬平时说话比较谨慎,这也符合他秘书的角色。牛万象想问他陆丰书记对宣传工作的态度,想想又算了。问了他也可能不说,就是想说可能也了解不多。开部会的时候,他从来不多说一句话,放个屁都得憋半天。

  回到编辑部,董絮不在。林萍正在校对刚拿到的最后一期校报的版样。自从上次言论出了问题,她变得谨慎多了,要求报纸实行三校,各人校对完自己的版面,再进行互校。牛万象也自知报纸容易擦枪走火,不得不在言论尺度上有所收敛。牛万象刚坐下,林萍就把看过的版样递给他,说道:我和董絮都看过了,你再认真校对一下。牛万象点点头,接过版样,有意无意地说了句:校领导到底重视不重视咱们报纸呀?咱们辛辛苦苦一年忙到头,不会都是瞎忙吧?林萍愣了愣,随即笑起来:重视不重视有什么关系?他们重视,报纸得出;不重视,也得出。要我说,这就是一个饭碗,学校少了这碗饭也无关紧要,多了这碗饭也成不了啥大事。你说重视与否有什么关系?除非遇到了申博这样的大事,需要吹喇叭抬轿子了,学校才会想到我们。实话告诉你,如果不是因为古部长和陆丰书记是同班同学,还做过俞书记的辅导员,宣传部的地位才不会像现在这样高呢!以前编辑部缺人缺了两三年,都没人管,古部长一过来就能把你和董絮留下,就是因为这个。牛万象很少能听到林萍说这么透彻的话,边听边频频点头:我怎么听说学校在宣传经费上不够重视我们?林萍起身倒了一杯水,叹了口气:我在宣传部工作这么多年,对此深有体会。宣传部的钱从来都没有够花过,每年都是经费不够。为什么我们的外宣工作做不好?就是因为没有经费!所以,上次布置我们写稿子,我到现在都没着急写,着急也没用!牛万象终于明白,自己的稿子为何到现在都没有消息的原因了。

毕竟是年轻,叶晓晓的身体恢复得很快。牛万象原打算让叶晓晓跟着自己回家过年,但考虑来考虑去,还是算了。一方面叶晓晓不太愿意这么早就去见牛万象家里人,另一方面牛万象也拿不准叶晓晓是否能接受那个多少有些寒碜的家。他想明年春天把老家房子翻修一下,自己带人回家也有面子,老爹住着更加安全。等房子翻修好了,再来谋划叶晓晓见家人的事儿也不迟。

寒假放了快两周了,眼看就要过春节了。春节期间火车票最难买,牛万象托了一个铁路上的同学,给叶晓晓订了一张回无锡的票。这天,牛万象送叶晓晓去火车站。一大早叶晓晓就用半玩笑半威胁的口吻说:牛万象,你不趁着这个机会把我送回家?这可是见我父母的好机会,你错过了可别后悔啊!牛万象知道她是开玩笑,笑了笑说:早晚都要见的!叶晓晓噘起嘴巴,撇了撇嘴说:小心夜长梦多!牛万象来了句:还能被人抢了去不成?两个人说笑着坐上了19路车。春节前后出行的人多,公交车内满满的都是人。没有座位,牛万象只好一只手抓着椅背,一只手扶着叶晓晓。车内人挤来挤去,叶晓晓不胜其烦,干脆抱住牛万象,两个人紧贴在一起,牛万象感觉身体某个部位在蠢蠢欲动。

　　火车站人更多,说人海一点儿都不为过。警察在火车站前的广场晃来晃去,许多穿着军装的人在帮着维持秩序。好不容易进了站,叶晓晓隔着候车大厅和牛万象摆了摆手,去排队上车了。牛万象若有所失地在原地站了半天,挤出了火车站,向着19路车站走去。车站人挤人,没有一点儿秩序,更别说主动排队的事儿。站牌底下新张贴了一个提醒:注意保管自己的财物,小心小偷!据说小偷春节前后一般都是沿着铁路线,从祖国的最北方一路横扫到最南方,打一枪换一个地方。这些小偷可不像电影《天下无贼》中的那么仁义,他们大钱小钱一视同仁,只要有机会,全部拿走。有一次也是坐19路车,牛万象目睹了两个小偷一前一后夹住了一个女乘客,不费吹灰之力就把她的钱包偷走了。他当时想喊,却被其中一个小偷狠狠瞪了他一眼,做了个抹脖子的手势。就在牛万象犹豫的那一会儿,他们已经下了车。这件事,他至今还很自责。想到这里,牛万象不自觉地用手碰了碰自己的背包,感受一下钱包是否还在。车来了,大家纷纷往上拥。牛万象知道这个时候小偷最容易得手,他紧紧按压着自己的包,不慌不忙地随着人流上了车。坐了三站路,他在古彭广场下了车。他想去这里的地下街看看,给家里人买几件衣服,算是回家过年的礼物。这是牛万象参加工作以来回家过的第二个春节,上一次因为只参加工作半年,手头没有什么积蓄,没买什么东西。这次,他打算多买一点。地下街的衣服便宜,大学生都喜欢来这里逛街。现在是放假时间,这里的人多得透不过气,像是小时候老家的庙会一样,简直就是 people montain people sea(人山人海)。古彭已经有了节日的气氛,到处都张灯结彩。店家各施手段,有的在店门口挂上了五颜六色的小灯笼,有的在窗户玻璃上贴上了剪纸,有的学习西方戴上了圣诞帽,简直是东西方不分,中西文化乱炖。不管怎样,热闹是有了。大家脸上也都是喜气洋洋,购物欲大增。牛万象不是多么喜欢热闹的人,给弟弟妹妹分别挑了两件衣服,他就回宿舍了。收拾收拾东西,准备明天回家过年。趁着无事可干,他又去了一趟办公室,把电脑里一篇没完成的小说稿拷到优盘里,准备用那个二手笔记本电脑回老家继续写。从办公大楼望去,整个校园里空荡荡的,没有一点儿生机。玉泉河结了一层薄冰,几株芦苇瑟瑟发抖地站立在河岸边缘,几只水鸟懒洋洋地蹲在芦苇上,缩着脖子,动也不动。不远处是一栋栋灰白色的建筑,那是教学楼和宿舍区。更远处就是那座泉山了,那里栽种着密密麻麻的松树,还保留着夏天的一抹绿意。这就是冬天的古彭师大,似乎乏善可陈了。

　　第二天,牛万象起了个大早,拉着行李箱往车站走。寒风吹过脖颈,冷得要死。牛万象这才想起忘了戴叶晓晓给织的围脖了。都走到学校大门口了,回去拿不值得。想想还是算了,上了车就不冷了。19路人还是那么多,不过还好,牛万象难得地找到了一个空位,不然,拖着个箱子,还真不好对付。从古彭回老家,坐火车不到一个小时就到了;坐汽车慢一点,票价还贵。托朋友给叶晓晓买票时,朋友同时给他订了一张火车票,说一张也是买,两张还是买,索性一起买了。这位铁路上的朋友叫杨帆,也是圣城师大毕业,不过她读的是政教系,和牛万象同时在校报当过学生记者。牛万象的同学里面,毕业后多半都留在了本省,出省就业的很少。所以,能在古彭遇到一个大学同学,也是一件幸事。牛万象记得杨帆个子挺高,但长相一般,以至于没有给他留下太深的印象。她在校报工作时表现也不是很突出,发稿子倒是挺多,但都是不起眼的小文章。反正就是平平常常的一个人,不那么出众,也不那么落伍。毕业后牛万象和杨帆还没有见过面,打算等年后回来好好聚一下。今天时间规划得正好,牛万象没怎么等,准点赶上火车。在自己座位上坐下来,牛万象扭头看着窗外,心里想,昨天,叶晓晓一路向南而去,今天,他却一路向北而来。同一条京沪线,却是背道而驰。

二十五 老房子

我是牛万象家的那栋老房子。我的确是很老了。三十年前,我被老主人一砖一瓦地亲手建造起来。为了省钱,他没有找任何帮手。当时,老主人还是一个刚结完婚的小青年,他和女主人都是风华正茂的好时候,唯一的小主人牛万象还只是一个小毛娃子,整天跟在女主人屁股后面,嚷着吃咪咪吃咪咪。

现在,老主人老了,女主人在接连生下第二、三个娃以后也因病离去多年,小主人牛万象已经大学毕业有了工作。我老了,我头上的瓦片开始沙化,墙皮也开始脱落,更要命的是,因为地基没打好,在靠近东北方向的屋山头,已经裂开了一条缝。虽然老主人已经用水泥沙子糊了两次,但总也糊不严实,一到冬天,风就呼呼地往屋里灌。老主人的床就在这个裂缝的下面,每次小主人回家,看了都会皱紧眉头,说一定要修一下。

小主人牛万象的身影在路口一出现,我就看到了他。他拉了一个行李箱,像是出了一趟远门一样,忐忑不安地走进了院子。老主人正站在院子里,抬头看天时看到小主人,说了句:万象回来了。小主人点点头,问:我兄弟和妹妹呢?老主人说吃完早饭就出去玩了,到现在还没回来。牛万象看看手腕上的表,都快吃中午饭了。他问:年货准备了吗?老主人进屋,边开屋门边说:买了一些剁馅子的菜,其他的明天再去赶集买。牛万象把箱子放进屋,又去屋山头看了看,对老主人说:爹,这屋缝越来越大了,很危险,我看过了年就开始翻盖吧,我这一年多积攒了一些钱,应该足够盖房子的了。老主人也走过来看了看,我都把这把年纪了,你还让我再造一个房子吗?牛万象说:不用你忙活,咱们雇人干。雇人也要操心啊!你不知道盖房子主要得操心吗?操心比干活累!老主人说道。牛万象见说不动他,只好又找了一个理由:把房子重新盖了,我明年带女朋友来家里!老主人不说话了。愣了半天,老主人说了句:那开春就盖吧。

外面传来一阵嘈杂声,牛万象出来看,喊了句:强子,莹莹!你们跑哪去了?因为老二强子和老三莹莹和牛万象差了十几岁,他俩从小在牛万象跟前都是提心吊胆的,不敢大声说话。现在虽说都快上初中了,见了牛万象,还是有些胆怯。他俩同时说了声:哥,你回来了!牛万象点点头,从行李箱里拿出几件衣服,让强子和莹莹试了试,都穿着正好。老主人蹲在门旁,看着三个孩子,脸上露出一丝笑容。蹲了一会儿,抽了一支烟,他站起来,说:我去做饭。莹莹放下手里的衣服,去烧火了。莹莹虽然还小,但她很懂事,像烧锅洗碗洗衣服的活儿,她没少干。穷人的孩子早当家。强子也是如此,每天下学以后,都帮着老主人干活。夏天出去打草,冬天出去拾柴火,从来不闲着。就刚才和莹莹一起出去玩的那一会儿,还顺手捡了几根粗树枝。女主人走了以后,他们就过起了相依为命相互慰藉的日子,虽苦,但也温馨。尤其是牛万象参加工作以后,可以按月接济接济老主人,家里的日子再也不像以前那么清苦了。

因为牛万象回来,老主人特地炖了一大锅豆腐。牛万象从小就喜欢吃豆腐。那时候全村有两家豆腐坊,其中一家就在隔壁。每天早上,豆腐的香味就准时从隔壁飘过来,牛万象就是闻着豆腐香味长大的。那时候家里吃不起豆腐,只能偶尔吃一次。吃得最多的就是豆腐渣,五毛钱可以买大半锅。豆腐渣炖萝卜,也算是一种难得的美味。做豆腐的和牛万象是不远的本家,论辈分牛万象得喊他四老爷。四老爷知道牛万象喜欢吃豆腐渣,在牛家里最困难的那一段时间,四老爷隔天就会亲自送一碗豆腐渣给牛万象。每次吃豆腐,牛万象总是能想起四老爷那张慈祥的脸。每次想起这些接济和帮助,他总是热泪盈眶。可惜,四老爷前几年也走了,牛万象想感激也来不及了。

吃饭的时候,牛万象和老主人合计翻盖房子的费用。老主人以前跟着建筑队打过零工,前几年自己还带着麻庄的人承包过村庄周边工地上的活儿,对盖房子并不陌生。他掰着指头对牛万象说:老房子的砖头应该还能用,只需要再买很少一部分就可以了;屋顶的瓦片可能不行了,二十多年下来,估计不能再用了;还有水泥、石灰和黄沙,大概要两拖拉机;石子儿得买一点,填地基用;屋梁上的水泥预制板大概还能凑合着用,这个也可以省一笔。这样算下来,用在房料上的钱不会太多,万把块应该够了,但人工费不少,现在建筑工不比以前,我干一天累死累活也就二三十块钱,现在没有五六十块没有谁肯干。牛万象点点头:这个是当然,这样的话,人工费得多少?老主人用筷子蘸了茶水,在缺了角的桌子上划拉了半天,说也得一万多。牛万象说:这样算下来,翻盖房子得两万多,这是保守的算法,宽绰一点的话,得三万打底。我这一年工资攒了两万多,你手头还有余钱吗?老主人说:有一点,今年的棒子收成不错,应该能卖一些钱,盖房子问题不大。牛万象夹了一筷子豆腐,老主人一如以前,把豆腐切得很大,一块豆腐就填满了嘴巴。牛万象在盘子里把豆腐分成了两小块,拣一块小的吃了,把另一块拨拉到了弟妹那边。这个小动作被老主人看到了,笑笑说:万象咋还和以前一样,舍不得吃?现在咱家日子比以前好了,豆腐还是可以放开吃的!牛万象笑了一下:强子和莹莹都喜欢吃,让他们多吃一点儿。牛万象想起了强子小时候和莹莹争抢豆腐的事儿,那时家里穷,买一块豆腐都是分两次吃。那次,强子夹豆腐夹得勤,莹莹抢不过他,两个人筷子一来一往,弄得牛万象心烦。他一下子把强子的筷子夺了过来,狠狠地说了句:豆腐都让你吃了!突然被熊了一顿,强子眼泪直在眼眶里打转。老主人看了,低声说:他还小。说完默默地放下了自己的筷子,再也没有夹一筷子菜。那时,女主人刚刚去世。这之前,女主人在的时候,她每次吃饭几乎都不上桌子,也很少吃菜。做好了饭,她总是默默地蹲在一边,看着三个娃吃,等娃们吃得差不多了,她自己才拿干煎饼卷一点儿剩菜里的辣椒啥的,或者蘸一点儿菜汤,默默地吃起来。有时候连菜汤也没了,她就只喝水干嚼点儿煎饼。那时候的日子,可是真苦!女主人就是这样病倒的。现在这个家,少了女主人,就没了家的完整样子了。作为老屋,我是多么盼望家里能尽快有一个女主人啊。

还有三天就过年了。吃完饭，老主人开始忙活炒花生。每年老主人都会先做这个事情。这些花生是自己地里种的，收获以后大部分都要拉到西集集镇上卖掉，剩下的一袋子就留作过年炒着吃。炒花生看似简单，其实也有许多讲究。炒之前第一道工序是要挑拣花生，把那些个头大、长得饱满的花生单独挑出来。第二道工序是到外面找一盆沙子。村子里沙子到处都有，但炒花生最好是细沙子，越细越好，细沙子才能受热均匀，防止把花生炒煳。如果找不到这种细沙，还得用筛子把粗沙子筛出来。准备好了花生和沙子以后，还要去南场麦秸垛掏一些麦秸，炒花生要用文火，而麦秸比较柔软，火的温度恰到好处。往年，掏麦秸的活儿都是牛万象做，现在则都交给了强子。莹莹则负责烧锅底，女孩子嘛，做这种事儿总是要比男孩耐心得多。炒花生要用大铁锅，因为每年春节都要炒不少花生，铁锅当然是越大越好。在苏北鲁南的农村，差不多每家每户都有一口大铁锅，这口锅的作用很多，可以烧开水，也可以烧稀饭，还能炒菜。现在过年了，炒花生还是它，等明天炸丸子，还是少不了这口大铁锅。几分钟以后，锅底烧热了，先把筛好的细沙子倒进锅里，稍愣片刻，把花生也倒进去。这时候最关键的就是一要掌握好火候，二要不停地用铲子来回搅拌，搅拌得越勤越好，以便让花生均匀受热，不至于有焦煳的地方。通常，老主人要亲自做这个搅拌的工作，这是炒花生最为关键的一步，花生炒得好不好吃，样貌好不好看，都取决于搅拌的速度和力度。二十分钟以后，花生的香味就开始四处弥漫开来，这时候就差不多可以出锅了。莹莹停止烧火，老主人把整个大铁锅倒扣到水泥地上，迅速把沙子均匀地摊开,以便让沙子尽快散热。几分钟以后,就可以把花生拣出来了。这时候的花生热乎乎、脆生生,入口特别香。

　　除了炒花生,炸丸子也是一件费心费力的事儿。在鲁南,炸丸子又称为酥菜。往年,酥菜都是以萝卜、土豆、山药等素菜为主。这几年家里条件逐渐好了,老主人每年都会酥一点儿鱼肉。萝卜和鱼肉都是牛万象最喜欢吃的,每次刚出锅,他就急不可待地吃上一大碗。酥菜前,先要备料。所谓备料,就是把土豆、萝卜等洗净,切好,泡在清水里。然后就是和面,要用温水,还要放一点儿淀粉。面和匀以后,把土豆等食料放进面盆里,用筷子搅拌均匀,让面把土豆等和在一起,放进适量的五香粉和盐,再搅拌一会儿。这备料的准备基本上就差不多了。与炒花生不同,炸丸子要用旺火,所以最好烧木头。柴火是老主人早就备好的,劈好以后整整齐齐码在西墙角。火烧旺以后,倒上半锅豆油,等油热起来,开始翻滚、冒烟时,把锅底的火减小,用筷子把事先备好的土豆等炸料一小撮一小撮地放进油锅。往外捞丸子是最关键的时刻,也是最考验酥菜水平的时候。一旦判断不准,丸子要么没炸透,要么炸过了,口感就不好。老主人每次都把握得很好,炸出的丸子口味极佳。一般来讲,炸丸子的顺序是先素后荤,鱼肉是放在最后的。炸鱼丸更是讲究火候,只有火候把握好了,炸出的鱼丸才能外酥里嫩,香喷喷油光光,吃进嘴巴香气四溢。

　　炒了花生,炸完丸子,已经到了年二十九了,剩下的一个重要工作就是贴对联。牛万象写得一笔好字,所以每年写对联的活儿基本上都是他的。大学没毕业之前,他还要负责给麻庄的牛姓家族写。麻庄人不说写对联,说写对子。他们拿着三五张红纸,到家里来,对牛万象说:万象,你给俺家写副对子！来的大多都是长辈,牛万象也不好推托,只得满口应承下来,嘱咐明天来取。从前,爷爷在世的时候,他要给半个村庄的人写对子。那时候,大多数人会带上墨汁,或者一包好烟,把红纸交给爷爷时会说上一句:五爷受累！爷爷大手一挥:没事,没事,熬个夜就写好了！那时候爷爷真是要常常熬夜写对子。他白天要赶着驴车到西集集市上做干货生意,毕竟年前这几天,是生意最好做的时候。从集市回来,晚上吃完饭,爷爷就开始喊牛万象过来帮忙写对子。一开始牛万象的工作主要是给爷爷压纸,等他写好了,两手端着拿到屋外去晾干。再后来,牛万象上了小学以后,已经识了不少字,爷爷就教他写大字,看他写得有些模样了,就让他写简单的出门见喜和吉星高照。等这些写熟练了,爷爷就会把毛笔交给他:来,你来写对子！牛万象一开始手抖,后来写着写着就不抖了,字也好看了。写对子有许多讲究,对于老实本分的人家,他写:忠厚传家远,诗书继世长;对于做生意的人,他写:生意兴隆通四海,财源茂盛达三江;对于读书识字人,他要写:春前有雨花开早,秋后无霜叶落迟;对于种粮大户,则写:春种一粒黍,秋收万担粮……总之,这里面有许多讲究。在不知不觉间,牛万象的毛笔字水平突飞猛进,一直到现在,麻庄的人说起来,都竖起大拇指,夸牛万象得到了爷爷的真传。

每年写对子,自己家的都是放在最后,今年也一样。毕竟不是以前了,要写那么多人家。现在写个三五家,就差不多了。头天写完,年三十一大早就开始贴对子。这个活儿一般由强子来完成,牛万象负责指挥,告诉强子哪一个是上联哪一个是下联就可以了。刚贴完大门,牛万象的手机忽然响了,一看短信是叶晓晓,问牛万象在干什么。牛万象回了句:贴对联。叶晓晓回复:我家的对联都没人写!牛万象笑笑:明年我去写!叶晓晓回了个笑脸。刚贴完对联,手机又振动起来,牛万象以为还是叶晓晓,打开一看是谭薇的一条短信:你今年回老家过春节了吗?我留在学校了,有时间可以来看我!牛万象心里说:谭薇怎么不回家过年?留在圣城师大干什么?那多冷清!他愣了一会儿,回复道:我在老家了,年后有时间或许去圣城师大,离开了一段时间,很想去看看。谭薇半天回了一句:我等你。牛万象心里一热,脸上现出一丝笑意,被莹莹看到了,说:大哥你无缘无故笑什么?怪吓人的!

二十六 大槐树

我在麻庄已经待了五百多年了。从这个村庄刚迁移到这里,我就扎根在此。如今,随着年岁渐老,我的躯干已经干枯,住进了不少老鼠。靠着仅有的一点儿力气,我每年还维持着半个生命。过年前后是麻庄最冷的日子,我攒足了力气想挨过这段时间,等待春暖花开之时。大年初一,天气依然很冷。我夜观天象,掐指一算,麻庄应该飘一点儿雪。但居然没下,一片雪花也没有!看来,我的法力已经不行了,连预报点儿雨雪都成了问题!我老了,不服不行。牛万象还年轻,我看着他们这一拨孩子长大。在同龄的孩子当中,他是最能吃苦最爱学习的,我早就看出来他长大了会有出息。他考大学之前,我看到他家的祖坟一直在冒烟,这是一个好兆头。后来果不其然,牛万象考上了本科!他给老牛家争了光,也给麻庄人争了光。作为麻庄的第一个大学生,他走出了重重大山,走出了我的视线。

大年初一,我看到牛万象起得很早。他要去给本家的老人拜年。他爹的年龄大了,早就不一家一家地去给长辈磕头了,随着长辈们的离去,就是想磕头也没机会了。现在,在本家里面,爷爷辈的人还有两个,叔伯辈分的有五六个,就算再远一点儿,没出五服的长辈也就十来个。牛万象很珍惜过年磕头的机会,他知道随着老人的离去，这头只能是越磕越少，磕一个少一个。每年过年，他也给爹磕，每年磕一个，雷打不动。起得早，天气冷，牛万象本来想喊强子起床，带着他一起去给长辈们拜年。看看天实在太冷，他想算了，强子还小，让他多睡一会儿吧。他自己缩着脖子去拜年了。路上已经有不少人，大家都笑容满面，嘴里哈着热气，见面都是说着恭喜发财岁岁平安的吉利话。见到牛万象，都免不了多说几句，问长问短，事事关心。碰到几个儿时玩伴，如今也都是呼儿唤女的人了，一个个老成得很。环境对人的影响很大，这些没有考上大学而留在老家的同龄人，都比牛万象显得老相，举手投足间依稀看出老农的秉性来：憨厚、木讷、少言寡语、喝酒抽烟。在牛万象看来，这未尝不是一件好事。考上大学离开家乡就好吗？穿得人五人六在城市里蝇营狗苟就好吗？所谓的高等学府又如何？自己所向往的思想自由又在哪里？追求精神独立追求到现在，不也是竹篮打水一场空吗？人这一辈子，怎么都是个活！在城市大学里生活固然面子上光鲜，在麻庄待一辈子也没有什么不好。

牛万象的爷爷一辈弟兄五个，除了爷爷是个乡村知识分子以外，其他四个人里面大爷爷当过地主，二爷爷是地下党，三爷爷上过山当过土匪，四爷爷老实本分一辈子，老农民一个。五个老人已经走了三个，大爷爷和三爷爷很早就去世了，在新中国的历史上两个人的角色都不属于正面，走也就走了。事实上，作为孙辈的牛万象对两位老人根本没有什么太深刻的印象。活着的两位老人中，二爷爷虽然年龄比四爷爷大，但他的身体最好。牛万象先去了二爷爷家，老人正站在院子里，拄着拐杖，伸长脖子抬头看天。牛万象进去的时候,他毫无察觉,直到牛万象喊了一声二爷爷,他才用略显浑浊的双眼看了看他,笑笑,嘴角的胡子抖了抖,说道:万象回来了!回来了好,回来偎着老人过年!牛万象点点头,说:我给二爷爷磕头了!二爷爷颤巍巍地进屋,端坐在堂屋正中间,说道:孙辈里面你最有出息!磕了头,牛万象接着去了四爷爷家,二爷爷和四爷爷家只隔着一堵墙。四爷爷坐在堂屋的沙发上,在闭目养神。牛万象高声喊了句:四爷爷!四爷爷睁开眼,看了半天,说:是万象啊,啥时回来的?牛万象边磕头边说:前儿个!四爷爷手捻着胡子:好好好,桌子上有烟,你自己拿!牛万象摆摆手:我不抽烟,四爷爷你忘了!四爷爷哈哈笑:不抽烟好!看着眼前的老人,牛万象心里感慨万千。老人在麻庄待了一辈子,最远也就去过县城枣庄,可他这不也活得好好的吗?这人啊,就像一粒种子,落到哪儿哪儿就是家。将来在城市里厌倦了,还是要回到这里来。这儿,麻庄,才是自己的乌托邦。

　　拜了一圈年,牛万象肚子饿了。牛万象回到家,强子说:爹出去了,许是偎着老人喝酒去了,说等你回来就下饺子。牛万象点点头,端起昨晚包好的饺子,去了锅屋。今年的饺子包了两种,一种是每年都有的猪肉芹菜馅儿,一种是今年才有的鱼肉鲜虾馅儿。条件好了,爹也敢花钱了。吃完饺子,牛万象看了一会儿重播的春节晚会,感觉索然无味。掏出手机,翻出昨天谭薇的短信,忽然有去圣城师大的冲动。本来是想明天去的,麻庄过年都有个讲究,就是大年初一不出门,麻庄人都相信这一天出门不吉利,容易惹祸端。但待在家里实在闲得慌,几个和牛万象年龄相仿的年轻人都结了婚有了孩子,也没有啥共同话题可说。牛万象背上包,叮嘱强子和莹莹看好家,就去了离麻庄不远的镇汽车站。牛万象想给谭薇一个惊喜,所以也没给她发短信。

从麻庄到圣城要两个小时,中间在墨城换一次车。因为是大年初一,坐车的人很少。牛万象看着车窗外,捕捉着那些熟悉的风景。上大学的时候,他每年都要在这条路上来回折腾好几趟,那些熟悉的风景让他心情激动,虽然一闪而过,却在心里成为永恒的瞬间的。随着窗外风景的流逝,牛万象越来越强烈地闻到了那熟悉的气息。过了一座山,再通过一片原野,圣城就到了。这座他曾经待了四年的小城,一切都还是那么安然。汽车站还是老样子,两辆人力三轮在拉生意。从圣城车站到师大有四五站路,公交车半小时一趟,许多人都选择坐人力三轮。牛万象本来打算步行,但又想快点见到谭薇。犹豫了一会儿,他还是向人力三轮招了招手。十几分钟后,三轮车在圣城师大校门口停下来。牛万象掏出十块钱,蹬三轮的老师傅颤抖地接过去,又颤抖地在兜里找钱。看他的模样,一定是生活艰难,不然也不会在大年初一就出工。牛万象摆摆手:不用找了,老师傅! 老师傅有些意外地抬起头,嘴里嘟囔着:我有五块零钱,我有五块零钱……牛万象摇摇头,悄悄走了。今天学校大门没有门卫,或许是回家过年了吧。门卫都是当地人,年初一放个假也正常。进入校园,眼前的一切都熟悉起来。正对着大门的是刚刚建好的圣人广场,今天竟然开了喷泉! 这可是冬天! 不过今天气温略高,真是难得。广场上活动着几个人影,牛万象在离广场不远的地方停下来,给谭薇发了个短信:我已到圣城师大! 发完,继续往前走,突然在广场边缘发现了一个熟悉的身影,那不正是谭薇吗?她的胳膊搂着一个男生的臂弯,还旁若无人地亲了一下他的额头。牛万象蒙了。他揉揉眼睛,再看,确实是谭薇。那个男生是谁?看样子不像李建,他们已经分手了,不可能是他。难道谭薇有了新的恋人?牛万象又观察了一下,看到谭薇低头看了一下手机,然后四处张望起来。牛万象愤然转身,急急地向大门口走去。刚到门口,恰好有一辆公交车开来,他迅速上了车。车子开动了,他看到谭薇正在往学校大门口跑来。过了一会儿,手机响了,是谭薇。牛万象静静地看着手机屏幕,最终没有接。他后悔这么贸然到圣城来。自己不是有了叶晓晓吗?为何还要如此牵挂谭薇?就因为她是初恋情人?想来想去,牛万象觉得自己有些龌龊,对不起叶晓晓。下了车,牛万象直接去了售票窗口,刚要掏钱买票,却发现口袋里的钱包不翼而飞。他心里一紧,又在其他口袋里翻了翻,还是没有。回想刚才在公交车上似乎有一个人撞了自己一下,当时没在意,现在才知道那人是个小偷。完了,钱包没了,回不去了!牛万象一脸沮丧。他走出售票厅,突然被一个人抱住了,是谭薇,满面泪痕地又哭又笑,语无伦次地说:就知道你会来!来了还想跑!跑不掉!牛万象不想理她,扒拉开她的手。谭薇不放,拉着他直奔汽车站旁边的小旅馆。进了房间,她呼哧呼哧直喘粗气,三下两下就把牛万象的衣服脱了。牛万象此时头脑一片空白,耳边好像一直飘荡着一个声音:既来之则安之,既来之则安之……直到谭薇骑上了他的身体,一股温烫袭遍全身,他才反应过来,自己已经和谭薇再一次水乳交融。战斗虽然惨烈,但总有结束的时候。刀枪入库以后,谭薇还是不肯放过牛万象,继续趴在他的身上,试图再次挑起战争。无奈牛万象此时满脑子都是疑问,一时间没了战斗的兴致。谭薇动用了关键装备,才让牛万象勉强迎战。他再一次丢盔卸甲之后,谭薇终于肯放过他,边打扫战场边说:看来那话说得对,情人还是老的好!谁第一个开发,身体就会第一个记住他!本小姐也算是身经百战的人了,唯独对你,老念念不忘!你说怪不?不等牛万象回答,谭薇又说了句:我知道你在心里骂我是女流氓,对吧?只要能快乐,我才不管什么流氓不流氓呢!牛万象脸上掠过一丝冷笑:那个小男生是你的新情人?谭薇愣了愣,说道:我就知道被你发现了!不然你不会这么生气!我实话说吧,他叫宫立,是自宫的宫,站立的立,和那个女明星巩俐音同字不同。他是系主任的公子,我和李建分手之后,认识了他,我知道和他也不一定能长久,但他答应帮我留校。我明年就毕业了,很想留在这里工作。牛万象突然感到一阵寒冷。小旅馆里开了暖气,刚才大战时热得不行,谁知现在又冷得厉害。牛万象感觉谭薇变了,这变化让他浑身发冷。谭薇见他不说话,又偎过来。牛万象闭上眼睛,心里说了句:来吧,就当是最后的晚餐吧。

走出小旅馆,已是黄昏。谭薇嬉笑着说:我这么辛苦忙活了大半天,你也不请我吃顿饭?牛万象翻开裤兜苦笑:钱包被偷了!要不是丢了钱包没钱买票,或许你就追不到我了!谭薇愣了愣:真的?在哪儿被偷的?牛万象说:应该就在附近,我临下车前感觉被人撞了一下。谭薇说:那说不定钱包能找到,小偷一般只拿现金,然后把钱包丢在附近的垃圾桶里。说着,她拉着牛万象,奔向汽车站里的垃圾桶,一翻,果然有一个钱包,里面空了,但好在身份证还在。牛万象庆幸地说:能拿回身份证也好!没了钱,两个人也不敢铺张浪费,在一家水饺店吃了两碗水饺。谭薇想让牛万象在圣城待几天,牛万象说:钱都没了,也没法待了,我坐下午最后一班车回去。谭薇点点头:那你何时再来?我这扇门永远为你敞开着!说完,自己不好意思地笑笑。牛万象拍了拍谭薇的小腹,说了句:一扇好门!要把好!谭薇打了一下他的头,说了句:我给你买车票,回头别忘了还我钱,我要你亲自来还!牛万象耸耸肩膀,那意思是只好如此,无可奈何。

冬天,天黑得早。刚过峄山,天就上了黑影。牛万象本来是想在圣城待两天的,看看曾经熟悉的风景,和谭薇叙叙旧情。但看到谭薇的一刹那,他忽然觉得已经没有停留的必要。不巧的是,钱包也丢了,总不能花谭薇的钱吧。牛万象甚至有点儿后悔和谭薇在小旅馆疯狂。他也不知自己为何要这样,明明和谭薇的感情已经不再,为何还要和她发生关系?自己已经有了叶晓晓,谭薇也交了新男友,按说早该分道扬镳,至少在身体上应该如此。可现在,咋还是一而再再而三地藕断丝连?或者纯粹是出于占便宜的心理?可这也太龌龊了吧!自己口口声声追求干净的精神和自由的思想,身体却背叛了精神,哪里还有什么大学知识分子的样子?堕落啊堕落,不在堕落里灭亡,就在堕落里爆发!

随着公交车的颠簸,牛万象漫无目的地想着这些。他想着想着,竟然进入了梦乡。他看到叶晓晓在向自己走来,她脸上带着微笑。等她走近时,突然脸色大变,指着牛万象质问道:你到底爱不爱我？为何要背着我去找初恋女友？我对你那么好,还为你做了人流,你这样做,难道不于心有愧吗？你说你要做一个精神清洁的人,要追求自由思想的乌托邦,你这样做,还奢谈什么清洁？你太让我失望了！说完,叶晓晓愤然而去。牛万象想拦住她,无奈怎么努力,就是迈不开步子,张不开臂膀。他大声呼喊:叶晓晓,请听我解释！他喊着喊着,突然从梦中醒来,看到旁边的人正在奇怪地看着自己,说道:你喊什么？满车的人都听到了。看着大家都莫名其妙的样子,牛万象抓抓头,不好意思地笑笑。他在心里想:假如叶晓晓真的提出这样的问题,自己又能解释些什么呢？

二十七 打印纸

开学第一天,牛万象是第一个来上班的。事实上,他从麻庄回到古彭师大以后,几乎每天都来办公室上网、写东西。他最近在写一个小说,人物原型是他的前任女友。昨天晚上,他刚刚写完,并且打印了出来。他喜欢用B5纸打印文章,然后用钢笔一点一点修改。在编辑部里,属牛万象用纸最快。因为他是编稿子最多的一个,再加上他要打印自己的小说稿。这一点编辑部的人都心知肚明,宣传部秘书刘冬当然也清楚。每次牛万象去他那里拿纸,他都是很爽快,有时候还会一次给两包三包,说省得来回跑,一次多拿点儿。就外在的物质环境而言,宣传部和编辑部还是不错的,办公用品随便用不说,每学期开学还都会以发放办公用品的名义给大家配置诸如毛巾、肥皂等一些生活用品。虽说是机关,但毕竟是在高校里面,单就办公环境而言,还是相对宽松的。这一点,下面的二级院系没法比。让牛万象担心的不是这个,而是机关压抑的办公氛围。在机关上班,不能随便讲话,你说的每一句话在你的对手那里都随时可能成为呈堂证供。学校纪委每天都能收到来自各个角落的举报信,因此,他们掌握着全校许多人的秘密。这是一个一张邮票就可以毁掉一个人的时代,所以不要给对手留下一点儿把柄,这是在机关工作的一个常识。有时候，你甚至都不知道谁是你的对手，对手常常藏在不起眼的角落里，让你防不胜防。而且对手也不是一成不变的，往往随着具体环境、时间而改变。比如，在一个新职位面前，本来好好的同事可能变成对手；新的共同对手出现之后，原来互为对手的人也可能会成为朋友。总之还是伟人毛泽东那句话：没有永远的敌人，也没有永远的朋友。

一开学，古部长就把申博外宣的事提上了日程。古部长把牛万象叫到办公室，对他说：我后天去一下南京，你把写好的关于任校长的外宣稿打印好，带着稿子和我一起去！牛万象一听很高兴，自己还没有去过南京呢！那可是名震天下的六朝古都！自己来到古彭工作一年多，本以为去南京机会很多，哪知道直到现在才能有机会去一趟。更让他激动的是，古部长要带他一起去，这意味着有机会和古部长进一步接触，也显出古部长对自己的重视。而且古部长带牛万象去南京也有很好的理由：稿子就是牛万象写的嘛！牛万象兴奋不已地去打印稿子，刚打印好，古部长又过来，说：刚接到俞书记的电话，后天学校有一个比较重要的会，走不了，但已经和《光明日报》记者站负责人郑山西约好，必须去，所以让和他很熟悉的袁部长带着你去南京见一下郑山西。牛万象一听有些失望，但不管怎么说，第一次去南京还是很激动的。

从古彭到南京开车需要四五个小时，考虑到方便，一般都是坐火车，两个多小时就到了。火车票是袁部长订的。第一次出差，牛万象也不知道带什么，叶晓晓说反正就两天，无所谓。牛万象只背了个包，里面塞了一条换洗的内裤，就跟着袁部长上路了。火车一路向南,牛万象边看车窗外的风景边听袁部长说郑山西的事儿:郑山西是山西人,这从他的名字可以看出来。他是一个写稿的能手,经他手的稿子多半都发在要闻版,有的还上了头条,反响很大。当然,作为记者站站长,现在的许多稿子都不需要他亲自写。他每年都从各高校接收一批实习生,这些实习生负责记者站平时的采访和各种活动。《光明日报》是知识分子都喜欢看的报纸,因此在高校间的影响很大,许多大学都盼望着能在报纸上多发一点稿子,不时地露露面。各高校都主动给记者站提供各种有料的新闻,他只需要把这些稿子综合、修改一下就可以了。当然也不是所有的稿子都能发,发不发稿,发多大篇幅的稿,不光取决于稿子本身的质量,还要看他本人的态度。因此,各高校差不多每发一篇稿子,都要和他沟通沟通、联络联络。郑山西在本省苦心经营多年,可谓顺风顺水。据说报社总部本想调他入京做副总编辑,他没答应。这在一般人看来不可理解。能进京做副总,这意味着升迁,比做记者站站长可强多了,他为啥没答应呢? 其实一般人不知道,作为江南最富庶的省份,本省经济高度发达,除了北京、上海,就数这里的高校多,高校是报纸的最大订阅群体,也是发稿的主要对象。这年头,对于报社来,讲油水大的部门除了政府就是高校了。这里的肥水可是最多的,作为一站之长,别看只是小小的记者站,却是独霸一方。报社大大小小的老总都喜欢到本省来,就是因为这里的条件好。报社的会议也总在这里开。因为这些,郑山西每年都被评为报社的先进典型。现在,郑山西每到一处,都有高校的宣传部部长们亲自接待,有的学校分管宣传工作的副书记甚至党委书记都要陪他吃饭。他每次到古彭师大,俞书记只要有时间,总会和他见一面。他在本省高校里面,可以说是如鱼得水,许多高校定期请他去学校讲课,他还被聘为外宣工作的顾问,还被学校的新闻学院聘为研究生导师,每年都在名义上给他分一个两个学生,其实他一年到头和学生见不了几次面。各高校宣传部门,都知道郑山西牛,你可知他牛到什么程度?每年十一月订报时节,别家的报纸都在四处跑动恳请能多订几份报纸,他却只要动动手指头,发几个短信就能解决问题。袁部长说着拿出手机,找到那条短信,拿给牛万象看。牛万象看了一眼点点头:是够牛的!惊讶之余,他稍微翻动了一下手指,无意中看到紧接着一条短信,来自叶晓晓。他愣了一下,随即把手机还给袁部长。牛万象心里想着那条叶晓晓的短信,没怎么注意听袁部长后面的话。他有些奇怪,叶晓晓为何要给袁部长发短信?她不是说已经和袁部长没有联系了吗?牛万象陷入沉思。

一路上听袁部长讲郑山西的事儿,不知不觉就到了南京站。下车后排队打车,直奔古彭师大驻南京办事处的小楼。为了办事方便,现在,古彭师大已经在北京、上海和南京都设立了办事处,学校公差一般都住在这些地方。南京办事处就在省教育厅附近,这里也是省委、省政府有关部门所在地,距离非常近,办事确实很方便。南京办事处所租赁的一栋小楼,平时也对外开放住宿,以赚取一些盈利补充办事处日常开支。但办事处首先要满足本校的需要,这次袁部长带着牛万象出差,他们就给安排了很宽敞的房间。在办事处稍事休息,牛万象心里想象着牛人郑山西到底是啥样,对和他即将的见面充满了期待。没想到袁部长忽然说了句:万象你先休息一下吧,我看你也挺累的!我一个人去见郑站长就可以了。牛万象闻听此言一愣,旋即明白过来,点点头说:那好。袁部长为什么不愿意让自己见郑山西?牛万象脑子在高速运转,或许袁部长还有其他的想法。古部长这次派自己到南京来,很明显是想让自己和郑山西认识一下,搭上关系,以后和他好直接联系。说白了,古部长是要把袁部长手里的外宣资源尽快转移到自己这边来。也许袁部长自己已经意识到了这一点,不想这么轻易地就把资源放弃掉。他之所以一路上都在说郑山西的牛人牛事儿,就是要告诉牛万象,他手里掌握着巨大的外宣资源。

两个小时以后,袁部长兴高采烈地回来了。这时候已经到了吃晚饭的时间,他带上牛万象到办事处的餐厅点了几个南方菜,要了一瓶小瓶装的洋河,对牛万象说:事情很顺利,郑山西答应得很爽快,说很快就能把稿子发出来!而且后续的几篇他也答应给发,要好好配合我们学校的这次申博宣传!看得出,袁部长很兴奋,喝酒的时候也很尽兴,一小瓶洋河,一会儿就喝干了。吃好喝好,袁部长大手一挥:走,回去休息,明天一早我们赶回古彭!牛万象哭笑不得:原以为这次来南京能认识一下郑山西,没想到连个人影儿都没见到。这一趟,根本就是白来!除了跟着袁部长坐了一次火车,吃了一顿饭,此外,什么也没有得到。这他妈的也真是有些滑稽。这就是他牛万象的第一次六朝古都之旅,如果说南京是一个俊美的大姑娘,他不过是远远地看了一眼她的后背。

第二天回到古彭师大,已是下午,在火车站分开以后,袁部长就消失了,牛万象直接回了办公室。既然古部长安排自己出差,他有义务把情况汇报一下。古部长刚刚开完会,看样子心情还不错,脸上笑眯眯地问牛万象见到郑山西没有。牛万象摇摇头,说:没见到郑山西,袁部长一个人给他送了相关材料。古部长脸上掠过一丝阴云,很不高兴地重复了一句:袁部长一个人去见的郑山西?牛万象点点头:他让我回办事处休息,自己去的。古部长沉思片刻,摆摆手:我知道了。牛万象刚要走,古部长又说了句:今天散会时任华校长在我面前表扬你,说你是个写稿子的快手。现在,俞书记和任校长都看好你,你的前途无量啊。牛万象脸色微红,说道:我一定努力工作!古部长点点头说:嗯,既然已经把稿子交给了郑山西,你这段时间就再写一篇大稿子,找一个好角度,写得好一点,到时候让党委陆丰书记也重视重视。牛万象答应说:好,我思考思考。他心里说了句:我就知道会有新的任务!离开宣传部部长办公室时,他顺手把门带上了。编辑部一个人都没有,林萍不在,董絮也没来。听说刘冬最近给她介绍了一个男朋友,是音乐学院的一个舞蹈老师,两个人正处得水深火热。牛万象很好奇的是,董絮到底和袁部长之间的关系如何?如果说她是袁部长的情人,那她还谈什么恋爱?嫁给袁部长不就得了?虽说袁部长年龄大了点,但毕竟也是年轻的中层干部,正儿八经的钻石王老五。董絮这么明目张胆地谈对象,就不怕袁部长生气?或许,袁部长已经放弃了她。这时,牛万象忽然想起了袁部长手机里的那条短信,既然大家都没来上班,他索性也一走了之,去问问叶晓晓到底是怎么回事。

二十八 法桐树

古彭师大的法桐很多,尤其是老校区,主干道两边都栽种着这种高大的树木。此时,法桐刚刚开始冒出一丝新芽,整个树干还呈现出奶白色。五十多年了,从古彭师大老校区刚刚建立的那一刻起,我们就站在这里了,可以说我们就是古彭师大发展的见证者。五十余年的砥砺风行,古彭师大办学主体从只有 500 亩地的老校区,过渡到现在拥有 2000 余亩地的新校区,无论是办学环境还是招生规模都发生了很大的变化。虽然大多数院系都集中到了新校区办学,但我知道,许多人还是喜欢绿树成荫的老校区,他们说还是这里更有大学的味道,更像大学的样子,有更多的大学气息。这味道、样子和气息里面,当然也有我们这些法桐。

因为忙着写毕业论文,这段时间叶晓晓都是待在老校区的宿舍里。古彭师大从这一届开始,要求本科生毕业也要像研究生那样必须写论文,并参加答辩。这是一个新政策。对此,有人赞同,也有人反对。赞同者认为此举能够有效地提高本科教学质量,可以提高本科生的科研能力。反对者则强调,本科生不是研究生,本科生更注重打基础重应用的能力,现在的本科生毕业找工作不好找,已经在就业面前碰得焦头烂额的他们,哪有时间去写什么毕业论文？就是写，也是应付，根本起不到提高毕业生质量的目的。无论赞同还是反对，作为省教育厅的一个新规定，古彭师大必须不折不扣地执行，就从叶晓晓这一届开始。刚得到要写毕业论文消息时，叶晓晓说：教育厅瞎搞，我们要在校报及其子刊《玉泉河畔》上做一个专题，发出学生的真声音。这个想法被牛万象毙掉了，他批评叶晓晓没事找事，说：这是上面的政策，又不是古彭师大一个学校要这样做，你批什么批？要策划专题，也只能从正面引导。叶晓晓听了直撇嘴，说牛万象在宣传部工作了一年多，锐气少多了，棱角也没了。牛万象当面不和她理论，晚上睡觉的时候他来了个秋后算账。

　　战斗结束，平息片刻，牛万象问正在擦拭身体的叶晓晓：你最近给袁部长联系过吗？叶晓晓一愣：没有啊！为什么要和他联系？牛万象沉默了一会儿，说道：我在他的手机里看到你最近给他发了短信。叶晓晓脸一红，不说话，去了卫生间，在里面待了半天才出来。她脸上带着泪痕，阴着脸对牛万象说：你是不是到现在还是不相信我？牛万象摇摇头：不是不相信，我就是憋不住，想弄清楚。叶晓晓说：春节期间给袁部长发一条短信拜年又怎么了？不行吗？牛万象沉吟着，不说话。从他内心讲，他是不希望叶晓晓还和袁部长有什么联系的，毕竟袁部长在这方面不太检点，凡是和他沾边的女性，名声没有一个好的。明智的女生，都主动离袁部长远一点儿，免得和他发生什么交集，让人家说出个一二三来。但叶晓晓作为大学生通讯社的负责人，想不和袁部长联系也是不可能的。想到这里，牛万象考虑还是让叶晓晓退出学通社。正好成绩明天就出来了,以叶晓晓的能力,考上刘三庭的研究生应该是没有什么问题的。

因为想早一点查询到成绩,叶晓晓一夜都没睡好。她像一个抓取猎物的狐狸,一门心思地守在猎物的洞口,就等着猎物出来。凌晨,她终于在研究生查询系统开放的第一时间,登录进了系统,不出所料,所有科目均已过关,其中英语79,政治85,两门专业课一个126,一个119,这个成绩应该是很不错的。查询到成绩的一刹那,叶晓晓一跃而起,扯下牛万象身上的被子,忘乎所以地说:我考上了,我考上了!快起来,你这头懒猪!牛万象揉着惺忪的眼睛:我就说嘛,肯定没问题!说完,他又睡了。

最近,牛万象一直在思考身体和灵魂的问题。他本来以为,大学里面的知识分子在控制身体欲望方面应该是有所节制的,至少不能像社会上那样欲望横流吧。但他所接触的人和事,却一再证明并不是那么回事儿。不说别人,就是自己,又能好到哪里去?明明是已经有了叶晓晓,却还在和初恋女友保持着暧昧的关系。你不是要追求纯洁的精神吗?你不是要追求自由的思想吗?你连自己的身体都控制不了,还谈什么精神和思想?牛万象想给自己找一个合理的解释,他必须为学校这种乱象,也为自己找到一个理由。他想来想去,觉得或许应该把身体和灵魂分开来,身体的归身体,精神的归精神,只有这样,才能解释为何袁部长内里欲望泛滥而表面上道貌岸然,才能解释自己为何吃着碗里看着锅里心安理得脚踏两只船。或许,这就是心理学常说的双面人,一种性格分裂的人。

说到双面人和性格分裂,牛万象禁不住想起林萍给自己说起过的关于袁部长的一件事。去年,袁部长的母亲去世,学校大大小小的中层干部纷纷前去吊唁。作为宣传部的分管领导,俞书记当然也不能缺席。按照常理,古部长要陪同。但那天古部长正好有事,便让林萍陪着俞书记去了袁部长家。俞书记刚走进小区,就看见披麻戴孝的袁部长迎面走来,扑通一声跪在俞书记跟前,说:感谢俞书记前来。俞书记愣住了,赶紧扶起袁部长。站在一旁的林萍也被袁部长的举动吓了一跳,但在苏北鲁南,也确实有这样的风俗,孝子要对前来吊唁的人表示感谢,磕头是最重的礼数。从灵堂里出来,袁部长一直把俞书记送到小区大门口。坐上车,俞书记对林萍说了一句话:我今天看到了袁部长的另一面,他真是个多面的人!林萍不好接话,只得默默点点头。她明白俞书记话里的意思,可以看出俞书记对袁部长的情况也掌握得比较多。在古彭师大中层干部里面,谁都知道袁部长人脉广泛,用古部长的话说就是,袁部长在经营人际关系方面有着非常特殊的才能。别看他在古彭师大只是一个副处级干部,但他在师大学习、工作加起来也已超过二十年,在他周围,团结了一大批关键岗位的干部,包括校办主任蔡光荣、学工处处长王霄翰、工会主席刘光富等。据说他和这三个人情同手足,不但在工作上互相照顾,私下里还是牌友,四个人组成了一个朋友圈的核心,在他们的外围,当然还有很多所谓的好朋友好哥们儿。袁部长的朋友圈当然不止于古彭师大,据说他在省教育厅有关部门那边也有几个铁哥们儿,平时都以老哥老弟相称。甚至在省委机关里面,他也苦心经营了几个关系,时不时地互相照应。每次去南京,他都要和他们见上一面,一起"腐败腐败"。前一段时间,学校提拔一位副校长,蔡光荣和文学院院长杨光明同时进入省委组织部的考察。从个人实力来说，蔡光荣虽然在校办，属于关键岗位，但杨光明是年轻有为的文学专家，在古彭师大创建了文学人类学学科，还刚刚享受了国务院特殊专家津贴。从校领导那边来说，校党委陆丰书记和俞书记都是文学院出身，这样的学科背景当然对杨光明十分有利。况且这次岗位是副校长，更倾向于业务。但蔡光荣作为校办主任，背后也有任华校长撑腰，他在古彭师大又是老资格，当然不会放弃这样的好机会，肯定会奋力一搏。袁部长为此也尽心尽力，帮着蔡光荣到处找关系。最紧要的那几天，他甚至常驻南京，通过省委的朋友想方设法和省委组织部领导取得联系。他明白一人得道鸡犬升天的道理，只要蔡光荣上去了，就等于他得势了。现在他之所以迟迟不能扶正，主要原因就是校领导层没有人给他说话。如今，一个能进入学校领导层的机会出现了，袁部长当然要狠着劲儿帮他。帮忙找关系的还有学工处处长王霄翰，他在古彭师大苦心经营多年，也有着广泛的人脉关系。袁部长和王霄翰的行为当然也逃不过杨光明的眼睛，他们所做的一切也都在杨光明的掌握之中。最终，在这场争夺权力之战中，蔡光荣不敌杨光明，败下阵来。袁部长他们也只能望洋兴叹，没有办法。好在他们的努力也没白费，学校已把蔡光荣列为后备干部，重点加以培养。

其实，复杂的何止袁部长一个？俞书记就不复杂吗？任华校长就不复杂吗？陆丰书记就不复杂吗？不复杂他们能进入古彭师大的核心领导层？开玩笑，开国际玩笑。就算是小小的刚刚参加工作的牛万象自己，又何尝不是一个分裂、复杂的人？不复杂，他能忍受大学机关的沉闷？不复杂，他能成功把欧阳枫从编辑部挤出去？不复杂,他能得到古部长的特别爱护?不复杂,他能被高高在上的俞书记和任校长所关注?笑话,国际笑话。他口口声声要在大学里追求精神的自由和思想的独立,可他的行为多少令人有些失望。他的想法,多半是个无法实现的乌托邦。就拿对待叶晓晓这件事来说吧,他表现得也不是那么单纯。叶晓晓这边确认考上了刘三庭的研究生后,那边牛万象就劝她退出学通社,把社长的位置让给他已经物色好的李佳男。对此,叶晓晓倒也答应得很爽快。考上了研究生,她也确实没有在学通社继续待下去的必要。

李佳男是她推荐给牛万象的,也算是她培养出来的接班人。小伙子很勤奋,文笔也不错,协助叶晓晓管理学通社这么长时间,事情做得井井有条,把新校区的学生记者管理得服服帖帖,写稿的积极性很高。李佳男留着小平头,看上去很干练,他的五官特征令人印象非常深刻:大脑门,小眼睛,高鼻梁,厚嘴唇,整个人看上去有些突兀,像一个木刻一样,棱角分明。他是南方人,很透实,加入学通社以后,他用在校报得到的稿酬请牛万象和叶晓晓吃了好几次饭。最近这一次则是在离学校不远的真是味酒店,他知道叶晓晓喜欢吃龙虾,特地点了一大盘子,让叶晓晓吃了个尽兴。李佳男是唯一一个知道叶晓晓和牛万象关系的人,他明白讨好了叶晓晓,就讨好了牛万象。吃饭那天,下了雨,雨水从窗户玻璃上流下来,像一条悬挂起来的小溪,哗哗作响。牛万象看着眼前狂吃龙虾的叶晓晓,又看看不停给自己倒啤酒的李佳男,似乎看出了一些学生间的江湖之道。从李佳男的身上,他仿佛看到了自己的影子。李佳男不停地举杯,一口一个牛老师,牛万象很快就有了些醉意。窗外的雨越下越大,牛万象看着窗外,心里则想象着李佳男的复杂。

吃完饭,雨小多了,但还是在下。牛万象想到办公室去避避雨,等雨停了再回租住的房子。三个人沿着饭店门前的大路往学校走,到了图书馆门口,叶晓晓说趁这个工夫去借几本书,上次刘三庭老师特地给她开了一个研究生必读书单。说完,自己拐进了图书馆。李佳男跟着牛万象去了校报编辑部,想把牛万象改过的稿子拿回来。周末,整个办公大楼都很安静。来到办公室,牛万象觉得雨天无聊,就打开了电脑里的视频网站,想找一部电影看看以打发时间。李佳男看到了,神秘兮兮地对他说了句:老师我知道一个不错的电影网站,里面有不少好片子。说着,他迅速输入了一个网址。不难看出,他对这个网站十分熟悉。电脑屏幕很快就弹跳出来一个网页,确实有很多新电影。牛万象扫了一眼,发现都是艺术片,大多有着情色色彩。他看了一眼李佳男,李佳男笑笑:我都看的,想必老师在大学里也看过。牛万象心里有些吃惊,李佳男看来很不简单,胆子也不小,敢和自己讨论情色电影。大学的时候,他的确没少看这种片子,都是校报记者团的副手给他找来的。那个家伙以此来套近乎,以为有了一起看黄色电影的经历,就有了牢不可破的友谊。他哪里知道友谊的小船说翻就翻。看着李佳男不安的样子,牛万象犹豫了一下,还是打开了一部电影。李佳男见牛万象没有介意,顿时放下心来,他想以这样的隐秘交往和牛万象之间建立一种私密感情,看起来小有成效。他拿了桌子上的稿子,对牛万象说:老师你慢慢看,我先回宿舍了。牛万象点点头。他看了一会儿电影,忍不住拉了几次进度条。这种电影吸引人的无非就是那些情节,他看着看着,裤裆就鼓起了蒙古包。等叶晓晓借书回来,他正处于心急火燎的时候,插上办公室的门,就开始扯叶晓晓的裤腰带。叶晓晓不知道他是怎么回事,只当他是喝了酒,主动配合着他,趴在了沙发上。

外面的雨又下大了。

二十九 钢笔

自从有了电脑以后,编辑部就很少再使用我们这些钢笔了。即便是需要签字,也都是使用不用灌墨水的水笔。牛万象自从买了那台二手笔记本电脑,基本上也放弃了使用我们。但他偶尔会怀念起使用钢笔写作的感觉,时常把我找出来,写上几页文字。我喜欢被他握在手心里的感觉,他好出汗,有时候会把我握得浑身湿乎乎的,但我喜欢,没办法。昨天,资料室熊娟老师从一个纸箱子里翻出一沓宣传部以前印过的稿纸,给谁谁不要,想当破烂和废报纸一起卖掉。牛万象知道了,把那些稿纸都抱了来,说:正愁没稿纸用呢,这下子好了。那些稿纸印得很精致,淡绿色的方格子,舒舒朗朗,看上去赏心悦目。写一些较为短小的文章时,牛万象就常常选择用钢笔写,他喜欢听钢笔尖在方格子里滑动时发出的沙沙声。那是一种很美妙的声音,对我而言,则是一种动听的音乐。当牛万象写字时,我就像终于被宠爱的一个女人一样,有着巨大的幸福感,在他的笔下,我体验着一次一次的愉悦之旅。

从南京回来不久,牛万象撰写的关于任华校长的外宣稿子就在《光明日报》刊登了。郑山西能量真是了得,这篇稿子不但刊登位置显眼,占据了头版头条,而且还加了一个编者按。这天早晨,牛万象一到办公室,林萍就兴高采烈地对牛万象说:第一篇外宣稿登出来了！牛万象一愣,心说:稿子登出来和你有什么关系？有必要这么夸张吗？再看看端坐在电脑旁的董絮,脸上的表情也很丰富,显然,她对这事也感到很高兴,嬉笑着说了句:谢谢万象老师啊,发稿子还想着让我们亮亮相！牛万象心想:奇了怪了,到底咋回事儿这是？他从林萍手里接过报纸,看过标题下面的作者署名,一下子就明白了,文章署的竟然是他们三个人的名字！牛万象的意识一时间被卡住了:这是什么事儿啊？稿子明明是我一个人写的,为什么连林萍和董絮的名字都署上了？愤怒、委屈、惊喜混合在一起,在他脑袋里翻滚着。愣了半天,他终于恢复了心底波澜,情绪趋向缓和,对正在观察自己的林萍和董絮笑了笑,说:稿子发的字数挺多嘛,几乎没有什么删改！林萍笑道:那说明你稿子写得好！他们说郑山西对稿件的要求可高呢,你的稿子原封不动地发,真是少见！话音刚落,刘冬走进来,对牛万象说:古部长让你到他办公室去一趟。牛万象放下报纸,跟着刘冬出去了。刘冬小声说:我听到俞书记在古部长面前表扬你们编辑部了,说你们三个人合作的成果很好,影响一定很大。牛万象不好说什么,只好点了点头。一进古部长办公室,古部长就笑容满面地对牛万象说:坐吧！牛万象坐下来,古部长指着桌子上的报纸说:报纸你看到了吗？这可是我们学校第一次上《光明日报》的头版头条！据说,这种待遇就连北京大学也只有两次！古部长很激动,说话时唾沫星子乱飞。牛万象笑笑,说:大概是任华校长的事迹突出吧。古部长点点头:也因为稿子写得好！我记得这篇稿子一直是你在写,怎么发出来署名是三个人？你们商量好的吗？牛万象低下头,眼泪在眼眶里打转。古部长明白了,又问了句:那你把稿子给郑山西时署名是几个人？牛万象眨眨眼睛,调整了一下情绪,说道:当时稿子我交给袁部长了,稿子上只署了我的名。古部长愣了愣,随即说了句:既然如此,你就不要声张了!这篇稿子已经见报了,总之是好事,你心里可能有委屈,我回头让刘冬给你开一点稿酬,算是补偿吧。牛万象摆摆手:不用不用,稿子能发出来就好,署名无所谓!古部长点上一支烟,沉默了一会儿,说了句:我们学校这次冲击博士点以中文和数学打头,你写任华校长的这篇稿子,算是完成了对数学学科的宣传。上次我让林萍负责采访宣传中文学科带头人刘三庭,她一直没写出来,我担心她不能顺利完成,而且说实话,她可能也没法像你写得这样好。要不你再辛苦一下,去采访刘老师,再写一篇。等写好以后,我带你去南京,不会再出现多人署名的情况。牛万象想了想,古部长的安排是为了学校的工作大局,也考虑到为自己正名,更重要的是,刘三庭是叶晓晓的硕士研究生导师,这次把他宣传一下,以后也好和他加强联系。想到这里,牛万象点了点头:我马上和刘老师联系,去采访他。

从古部长办公室出来,牛万象没有马上回到编辑部,他下了办公大楼,围着玉泉河走了起来。他想搞清楚,袁部长为何要把林萍和董絮的名字都署上?他究竟是出于什么目的?联系到在南京他不让自己见郑山西的事儿,牛万象感觉事情有点儿严重。这错误很明显不是郑山西犯的,给袁部长的稿子明明是只有自己的名字,原以为稿子发出来会是本报记者加本报通讯员的形式,现在居然是署名三个人。袁部长究竟为何要如此提防自己?我对他构成威胁了吗?不可能啊。我得罪他了吗?没有啊。如果说得罪,也仅仅是自己站在了古部长的队伍里面。可这也是没有办法的事儿,站在哪儿也由不得自己。牛万象想不通,看看时间,不早了,该回编辑部了。

刚进门,董絮说:袁部长刚才找你呢。牛万象愣了愣,脱口说了句:找我干什么?说完,他自觉失言了,对董絮笑了笑:我一会儿去找他。他看看林萍不在,又问了句:林主任呢?董絮从电脑前站起来,说:好像去楼下复印室了,人事处刚发了今年高级职称评审的预备通知。牛万象点点头:又该忙活了,也不知道她去采访刘三庭老师没有。董絮摇摇头:据我所知还没有,她昨天还对我说,正为此事愁得不行呢!一是忙这次职称评审没时间,二是她也不想写。牛万象一听心里有了数,决定立即行动起来。

刘三庭调到古彭师大没几年,他原来在风景秀丽的扬州大学,之所以愿意到古彭师大来,原因有两个:一个是扬州大学文学院院长和他有矛盾,两个人都搞古代文学,谁都不服谁。对方虽贵为一院之长,但他在学问方面却不如刘三庭。因此自视甚高的刘三庭对他一直都是口服心不服,学问上更是如此。此前扬州大学文学院排定古代文学学科带头人,在院长和刘三庭之间难以平衡,最后校长拍板确定了院长为带头人。无疑,这下子惹恼了刘三庭。此时,古彭师大文学院这边也面临着内部争斗,古代文学学科带头人廖东方退休以后,整个学科面临着群龙无首的局面,有几个小有成就的教授互相之间都不服气,个个如同进入战场的斗鸡,见谁叨谁。现在的副校长杨光明也就是当时的文学院院长没办法,听说刘三庭在扬州大学的情况后,悄悄走了一趟扬州城,把刘三庭以学科带头人的待遇挖来了,从此,古彭师大古代文学学科终于没有了鸡犬不宁,碍于刘三庭在古代文学学科的威望,他们的斗性都起不来了。

刘三庭来到古彭师大之后,不负众望,带领着一班人把古代文学学科重整了山河,重新将这个学科拉上了全国的第一方阵,由此在整个文学院以及古彭师大确立了自己的地位。全校师生在谈到古彭师大学科建设时,言必称师大古代文学,在谈到古代文学时,必谈到刘三庭的古代音乐文学和文学人类学。不知是否因为喜爱古代音乐和吟诵,刘三庭浑身上下透着女性的优雅与柔弱,没有一点儿男人的阳刚之气。他平时最喜欢抽的烟是那种细长的女士烟,而且他喜欢抹淡淡的口红,因此嘴唇始终是有着淡红的光泽。如果他的头发再长一点,个子再高一点,身材再好一点,他就是个十足的知性女人了。尤其是他带着文学院吟诵学社的学生搞吟唱活动时,他那端庄优雅的样子,不知迷倒了多少男生女生。这样久而久之,刘三庭慢慢被称为了刘大师。要写好这样一个人,非得深入采访不可。牛万象决定先不采访刘三庭本人,而是从他的周边开始。第一个采访对象是叶晓晓,采访的主题是:你为何一定要报考刘三庭老师的研究生?答案当然是显而易见的。牛万象设想根据叶晓晓的回答来开头,切入整个采访,然后带出刘三庭的学术成就。为了使通讯报道更能通俗易懂,牛万象在深入采访的同时,查阅了许多古代文学文献,把一些专业知识尽量写得喜闻乐见。熬了两个夜晚,牛万象就把这个长达五千字的通讯稿写了出来,并在第一时间发给了刘三庭。他想让刘三庭把一下关口,毕竟稿子的重点所在是古代文学学科,不是自己所熟悉的领域。因为牛万象此前对数学学科的宣传很成功,刘三庭对此当然也很重视,对牛万象的采访稿进行了很细致的修改。

此时,刘三庭正忙着古代文学研究生入学面试,作为学科带头人,他要负责整个学科的招生面试工作。今年的面试与往年不同,往年面试比例都是1:1,凡是通知面试的基本上都可以录取。今年则是实行1:2的差额面试,也就是说,有一半的人要被刷下来。牛万象选择这个时机采访刘三庭,也有一个私心,他想借此机会给刘三庭打个招呼,确保叶晓晓顺利考上研究生。他的用意很明显:只要刘三庭同意这个稿子的开头,那就意味着叶晓晓一定会被录取。你想想,叶晓晓都以刘三庭研究生的名义出来说话了,还能不被录取?对此,刘三庭当然是心知肚明。毕竟是做学术多年的资深文学教授,世事洞明皆学问,人情练达即文章。在古彭师大待了这么多年,加上他在扬州大学遭受到的不公,他早就对世道人心有了深切体悟。牛万象这点小心思小伎俩,如同在如来佛手心里翻滚的孙悟空,他一切都了然于胸。

虽说排名比较靠前,而且已经打过招呼,叶晓晓在面试的时候还是很紧张。这天一大早,两个人刷牙洗脸后,到小区门口去吃早饭。门口有一家两来风包子铺,无论是包子还是胡辣汤都味道极佳。牛万象最喜欢吃这里的煎包,那酥脆的煎包刚出锅,吃进嘴里香喷喷满嘴流油。吃完包子再喝一口本地有名的胡辣汤,那感觉,真是赛神仙。叶晓晓嫌胡辣汤太辣,喜欢喝这里的白粥。她往常只能吃一两煎包,今天一口气吃了二两,外加一个茶叶蛋。看着她狼吞虎咽的样子,牛万象直笑。吃完饭,牛万象骑着自行车带着叶晓晓往学校赶。叶晓晓是本校的考生,面试排序靠前,到文学院没几分钟,就轮到了她。不知道是不是因为提前打了招呼,刘三庭和面试的几个老师都没太难为叶晓晓,只是简单问了她一个问题,就通过了,前后时间没用五分钟。而其他的考生,基本上都是要回答三个问题,用时也长。

顺利通过了面试,如愿以偿考上了刘三庭的研究生,叶晓晓兴奋得如同一只骄傲的大公鸡,跑到编辑部来,喔喔直叫。林萍和董絮听了这事,都替叶晓晓高兴,林萍说叶晓晓真是全才,在校报大学生通讯社干得好,最后也考上了研究生,可喜可贺。董絮也替她高兴,说:读了研究生以后,眼光就不一样了,今天中午我请客,为叶晓晓祝贺一下,林主任和牛老师你们都要参加哦。林萍点点头:那我中午就不回家了。叶晓晓本来想在董絮面前炫耀一番,现在看董絮如此客气,心里竟有些不好意思起来。她看看牛万象,对董絮直摆手:不用,不用,破费干啥?要请也是我请!董絮笑着说:你就别跟我客气了!我请,是给你祝贺,回头你再请我们。叶晓晓见董絮态度坚决,只好笑笑,答应了。

古彭师大周边饭馆不少,但档次好一点儿的也没有几家。董絮选来选去,还是定在了真是味酒家。她和叶晓晓都喜欢吃那里的土菜,尤其是牛肉炖豆腐、干锅鲶鱼,都是美味。还没下班,四个人就提前出发了,走了十几分钟,来到真是味的一个雅间,董絮让每个人都点了一个菜,自己又加了几个。牛万象说道:是不是点得太多了?吃不完。董絮学着孔乙己的口吻说:多乎哉?不多也!大家笑起来。董絮又点了一扎扎啤。叶晓晓说:不喝酒了吧。董絮说:不喝酒咋有氛围啊?天热,我们每人喝杯扎啤,去去暑气。菜很快就上来了,扎啤也上了桌。董絮把扎啤放在牛万象跟前,说:你是唯一的男士,这个倒酒的荣誉非你莫属!牛万象笑笑:愿意效劳!他起身给大家倒扎啤,轮到叶晓晓,他只倒了大半杯。董絮不答应,说:怜香惜玉也不带这样的!林萍也笑:倒满倒满,必须倒满。从她俩的话中,牛万象听出了一点儿弦外之音。看来,自己和叶晓晓谈恋爱的事儿她们可能早就心知肚明了。果然,两杯酒下肚,董絮就有意无意地说了句:牛老师,你金屋藏娇打算藏到几时啊?也该把女朋友公布于众了吧!牛万象脸色通红:你咋知道的?不等董絮回答,林萍说道:地球人都知道这事儿了!你以为你装得像,就没有人发现了?董絮一来上班就看出你和叶晓晓的问题来了。她刚跟我说我还不相信,心想牛万象看上去这么老实,敢和学生谈恋爱?没想到你牛万象老实人肚子里有牙啊,出手稳准狠,把我们学通社最漂亮最优秀的一个给拿下了。叶晓晓捂着嘴笑,笑完了说:其实我们之间也没啥。董絮撇撇嘴说:你这话鬼才相信呢!你看你滋滋润润的,一看就知道已是有夫之妇!叶晓晓脸上挂不住,拿拳头打董絮的胳膊,董絮边躲闪边笑道:我是嫉妒你呢!你看你爱情事业双丰收!既考上了研究生,又找到了如意郎君。牛老师这么优秀的男人,也被你拿下了,啧啧!叶晓晓笑道:他优秀吗?优什么秀?我咋没看出来?董絮举起酒杯:你就别得了便宜还卖乖了!来,咱们干了这杯!

  酒过三巡,大家的话便多起来。林萍突然冒出了一句:你们知道袁部长要复婚的消息了吗?大家一愣,都摇头。董絮此时已经脸色桃红,她将信将疑地说:袁部长要复婚,不可能吧?她这话的后半句没说出来,但牛万象知道她想说什么。董絮和袁部长的关系这么密切,像这样的事儿她应该知道才对。林萍继续说:这事儿我看有谱。袁部长母亲去世那会儿,我听说那个女人第一时间来奔丧,并且一把就给了袁部长五万块,说是自己的孝心。这事儿给袁部长触动很大,他想复婚也是正常的。董絮还是不相信,说:那个女的已经嫁人了,对方是一家国有企业的中层,条件不错,而且有了一个女儿,怎么可能说分就分! 林萍笑笑:这事儿说不好啊。叶晓晓和牛万象都不说话,他们对此也无话可说。尤其是叶晓晓,她知道在牛万象面前,最好不要提袁部长,他对这三个字高度过敏。看得出来,董絮对这事儿很是在意,叶晓晓由此判断,她和袁部长依然是旧情未了。

三十 钟楼

我之所以被称为钟楼,顾名思义,是因为我的头顶有一个巨大的挂钟。每天整点我都会准点报时,钟声悠扬,声音可传到五六公里以外。说起来,我是古彭师大新校区建设最早的一栋楼,也是当时最高的一栋楼。在二十一世纪实验大楼建成之前,校领导常常把来学校参观的人带到我的顶楼来,眺望新校区的全貌。我也算是古彭师大新校区的一个标志性建筑了。现在,离冲击博士点只有一个月的时间了。在我的目力所及之处,到处都悬挂着巨大的横幅,什么写着诸如"奋战三十天,拿下博士点""齐心协力冲击博士点,聚精会神谋学校发展"等口号。校园里一片红色的海洋,充满着高昂的战斗气息。其实,牛万象是很讨厌这些四处可见的横幅的,这让大学像一个菜市场,太过于喧嚣。他始终认为,大学是培育人才、做学问的地方,这样的地方需要一种处惊不变的定力。这种定力很大程度上决定了一所大学有没有底蕴,有没有积淀。越是有大气魄的学校越是相对保持一种安静的氛围,这里的安静既包括环境意义上的安静,又包含人心的安静。这就是高等学府的魅力。真正底蕴厚、积淀深的大学,只有在真正遇到关系国计民生、众生命运的紧要关头,才当仁不让地站在最前方。换一个角度来说,大学里应该少一些浮躁,多一些沉稳;少一点杂乱,多一些井

然。上个学期,他在评论专栏《灯下走笔》写过一篇文章,题目就是"让校园静下来",文章写道:

大学之大,非大楼之谓,大师之谓也。这是名言,也是至理。大学的根本任务是教书育人做学问。和这些比较起来,其他的东西都是次要的。这样说并不是要求现在的大学不关注社会、不关注民生,而是要争取在关键问题上拿出大举措、出大成果。不能拘泥于一些小事,和社会上一些小报那样,成天关注的都是"花边新闻"。大学不能浮躁,大学里应该少一些喧嚣,大学更不能成为纯粹意义上的"居民小区",整日被一些乱七八糟的事情分散精力。大学的主题不能随意改变和受到冲击,因为任何一所大学要想长足发展,就不能不长期沉潜下来。只有沉潜下来,十年,甚至百年,才能出大成果大成就,让一所大学"安静"下来并不容易。自然环境意义上的安静很容易做到,只要我们减少一些可有可无的活动、会议就可以了。但是要让人心安静下来,却不是一件很容易的事情。从教职员工的角度说,经济利益的获得与损失、个人前途的光明与暗淡、职称评审的顺利与挫折、人际关系的融洽与恶劣、各种各样或明显或隐藏的争执等等,都会让人心浮躁、不安。从学生的角度来讲,成绩的理想与糟糕、家庭的稳定与动荡、各种外在因素比如社会活动的干扰等等,都会成为影响他们安静下来的原因。但是,如果我们能够抛却这些外在的干扰,做到"心远地自偏",专心于自己的学业与工作,沉潜下来是不难的!现在的问题是,你能否学会放弃。

牛万象明白,在冲击博士点这个事关学校办学的大问题上,古彭师大是不会放弃的。在这时候指望学校安静下来,无异于与虎谋皮,根本不可能。为了拿下博士点,全校上下如同一架高速运转的机器,所有的事情都要为冲击博士点让路,几乎所有的人都在为这个事儿而忙碌着。就连宣传部这个外围部门,都在不停地加班加点。目前为止,牛万象已经写了五篇外宣稿子了。

最忙的当然是科技处和学科办。学校鼓励大家去北京、上海跑一跑,此外,学校还充分利用另一宝贵资源——此前借调在教育部各司处的工作人员,让他们千方百计打探消息,尤其是此次评审有哪些评委等关键信息。这些借调人员发挥的作用不亚于各地政府的驻京办。当然,在省教育厅,也有古彭师大的人。学校每年都会不间断地向教育厅输送借调人员,形成源源不断的供应链条。对于地处苏北办学的古彭师大,没有其他高校所具有的办学地域优势,只能通过这种方式来争取政策的倾斜,这是没有办法的事。

总之,这次申博,学校内外联动,倾其所能把所有的资源都盘活,一架巨大的申博机器开始高速运转。在这种氛围之下,古彭师大的信心十足,大家都相信,这一次申博一定能够成功,毕竟,这已经是学校第三次冲击博士点了! 宣传部甚至提前给校报编辑部布置了出版庆祝申博成功专刊的任务,希望当期的校报能出版 12 个版,把学校的办学成绩趁此机会全面总结、宣传一下。牛万象已经开始忙着策划和组稿工作,他找来接任叶晓晓的李佳男,让校报子刊《玉泉河畔》也配合一下,从学生的角度出版一个庆祝专刊。李佳男是叶晓晓挑选的接任者,很能干,牛万象对他也很信任。能给自己推荐情色片的学生,想不和他关系好都难。牛万象把这事告诉叶晓晓时,叶晓晓当时很吃惊,说:李佳男有这么大的胆子? 他就不怕适得其反?! 也就是遇到了你,思想观念比较开放,才能容忍他!牛万象笑笑:我这不是思想开放,我这是海纳百川!叶晓晓撇嘴:你还海纳百川?能把我一个容下就不错了!牛万象抱起她往床上扔:我先试试你能否容得下我吧?你可千万不能也海纳百川啊!叶晓晓脸色通红,边佯装挣扎边拿拳头打牛万象的头:你真流氓!

自从通过了研究生面试,叶晓晓心无旁骛了,天天待在租住的房子里,看看电脑上上网,想方设法给牛万象做点好吃的。一段时间下来,两个人身体都有些发福。牛万象的肚子胖了一圈,每次和叶晓晓亲热完总是狂喘不已。叶晓晓小肚子也渐渐有了赘肉,连下巴都出现了褶皱。叶晓晓很恼火,下决心节食。牛万象则提出,节食没有用,在节食的同时,还必须加强锻炼。叶晓晓知道他所说的锻炼可不是跑步什么,他的意思是做爱,不停地做爱,他把这称为拉伸运动,可以有效地消耗卡路里。为了让叶晓晓相信,他还搬出了一套理论,说每次做爱所消耗的体力都相当于跑一万米,在最后的高潮阶段,相当于百米冲刺,能量消耗非常客观。牛万象说得煞有介事,叶晓晓半信半疑。不管怎么说,他俩这一段时间的"锻炼"确实在加强,而叶晓晓也明显感觉到了一丝劳累,有时她甚至觉得自己身体透支。

为了冲击博士点,古彭师大现在也在透支,没有人怀疑这种透支的正当性,大家都觉得这是学校发展的大事,必须成功,不准失败。大家之所以有这样的信心,当然是有理由的。早在五年前,古彭师大已经站在了博士授权单位的门槛上,只是最终无法迈入殿堂。上一次申博,古彭师大已经是省里推举的申报单位的第一名,当时非常接近。只是当时国家改变政策,师范类大学单独排序,古彭师大排在第六，心想没问题了，最后呢，人家取了前五名。更为庆幸的是，今年教育部的新政策有了较大的变化，审批博士授权单位的权力被下放到各个省教育部门，而教育部会在三年之后对此次获授权单位进行验收。这对于古彭师大来说，是一个巨大的机会。

然而，尽管党委书记陆丰相信"事不过三"，第三次申报博士点授予权的古彭师大应该可以成功，但从省里传来的消息却是：古彭师大冲博失败！南通大学和古彭医学院顺利拿到博士点。一时间，全校上下垂头丧气。大家对这个结果感到非常震惊，南通大学因为错综复杂的关系拿到博士点也就罢了，小小的古彭医学院竟然第一次申报就成功上位！这个给古彭师大的刺激可太大了。要知道在全省高校排位中，古彭师大一直是排在古彭医学院的前面的，甩出医学院几条街都不止。在古彭百姓心中，师大的地位和影响也一直遥遥领先于医学院。师大咋就没争过医学院呢？这真是令人意外！一开始，大家的愤怒还指向学校校领导，没过多久，怒气则转移到了医学院身上。关于医学院成功上位的各种说法纷至沓来：有说医学院在这次申博中运用了非常手段，他们不仅像师大那样常驻北京、南京，找朋友拉关系，他们在出手方面十分阔绰，不但给评委送钱送卡，还送黄金。为了把评委彻底拿下，医学院投其所好，甚至不惜代价给他们送女人。这个极端的说法不胫而走，在师大闹得沸沸扬扬。被愤怒冲击了头脑的他们，根本无暇去分析医学院在这次申博中所具有的独特优势。牛万象不相信医学院的成功都是仅凭"活动"关系的结果，他得到师大申博失败的消息之后，立即跑到了校报编辑部，上网搜索医学院的信息。从汇集的各种消息来看，医学院这次申博的确下了很大功夫,他们拿出最有实力最有影响的麻醉学作为主打学科,举全校之力打造这一个亮点,而且,他们很聪明地把附属医院具有高级职称的医生也整合到申报材料中,作为师资力量来充实关键支撑材料。尽管这个引起了很大争议:附属医院的临床医生究竟可否算进医学院的师资力量?从医院毕竟是实践单位,不承担教学任务来说,医生不能算师资。但从医院是医学院附属单位来说,医院的医生也是他们的职工,完全可以算进来。而且,确有一些医生两边跨,既临床又教学,他们也带着研究生。不管怎么说,医学院的麻醉一招鲜策略在这次申博中取得了成功。

对于博士点的有无,大家都知道其中的厉害。现在,教育部对于各种不同档次的学校有各个不同的待遇,都按计划挂钩指标,评奖、基金项目大家只能去做,你不做你就被淘汰。在整个计划、挂钩之风盛行的当下,失去博士授权资格,意味着连带失去所有相关的机会,甚至是失去那些希望破灭的学科人才,这也是所有高校倾尽全力参与这场"运动会"的主要原因。对学校来讲,申请博士授权单位几乎是凝聚全校人心甚至离退休人员的一面旗帜。发展是需要平台的,这个时候失去了这样一个重要的平台,再拿什么来凝聚人心,拿什么来重整信心。申博失败后,主要院系领导已经感觉大势将去,有人说,古彭师大在最不会输、最不能输、最不该输的情况下莫名其妙地输掉了,很冤,很悲痛,大家都为申博努力多年,结果却是一场空,游戏终于结束了。

得到师大申博再次败北的消息,古部长第一时间让宣传部的人连夜撤下了悬挂在学校各个地方的喜庆横幅,校报的专刊也泡汤了。

然而，事情并没有就此结束。师大申博再次败北，学校领导面子固然挂不住，更为难堪的是两个打头学科的带头人刘三庭和任华。尤其是刘三庭，他当初从扬州大学以特聘教授的身份来到古彭师大，所担负的头等任务就是带领中文学科拿下博士点，他是信心满满地来做这件事的，也曾经信誓旦旦地向学校和文学院表态：一定会拿下中文学科的博士点。现在申博失败了，他也就食言了。刘三庭为此十分恼火，怒火直指省教育厅和教育部，尤其是在得到教育厅在向教育部推荐时把师大排在第三的消息之后，他更加愤怒了。他认为教育厅在向教育部推荐时的排名大有问题，按照师大的实力，即使不排在第一，也应该排在第二，而事实偏偏却是排在了最后，在三家高校竞争两个名额的情形之下，这样的排名师大注定不会成功。刘三庭是学校的教授委员会主席，他连夜召集教授委员会开了一个临时会议，全体人员举手表决，一致通过了教授集体罢课三天的决议，以表达对此次申博遭遇不公对待的抗议。

当晚，校领导得到了这个消息以后，左右为难。罢课是教育厅明令禁止的行为，现在刘三庭带领教授罢课，这不是迎着刀刃上吗？不让他们罢课吧，这次申博确实憋屈，他们怒气难消。陆丰书记和任华校长紧急商量了一下，决定先让副校长杨光明去安抚一下刘三庭，看能否取消罢课的激进行为。第二天一大早，杨光明去了刘三庭家。刘三庭住在学校的别墅区，这个别墅区的房子是学校专门引进高层次人才用的，刘三庭一来，就给了他一栋。整个别墅区有一百多栋别墅，是学校五年前筹资建造的。当时的出发点一是想通过此举引进一批人才，也留住一批本校的高层次人才。杨光明到刘三庭家时，看到他正站在自家别墅的院子里打太极拳,一招一式,有模有样。杨光明和他打了个招呼:刘教授起得早!刘三庭对杨光明的态度一向是不冷不热,虽说杨光明是从文学院升上去的,但他这几年利用手里掌握的各种资源,搞了个自留地,创建了一个交叉学科叫艺术人类学,利用学校资源引进了几个这方面的青年人才,还和出版社合作创办了一本颇有影响的学术集刊,他还想把刘三庭的古代音乐文学和文学人类学整合到他的这一学科中去,对此,刘三庭的人不怎么高兴。据说,杨光明还在筹划着把艺术人类学从文学院分离出去,创办一个独立学院。这雄心,这摊子,未免太大了点吧?!更关键的是,杨光明凭借手中的权力,利用的全是学校的资源,说白了是举全校之力来为自己的学术服务。这一点,刘三庭尤其看不惯。因为这个缘故,刘三庭对杨光明的话当然是左耳进右耳出,根本听不进去。杨光明拐弯抹角劝说了半天,刘三庭只说了一句话:罢课是全体教授委员会做出的决定,无法撤销!我们不是针对学校,恰恰相反,我们是在给学校讨说法、讨公道!杨光明见刘三庭态度坚决,只好摇摇头,背着手走了。

三十一 笔记本

　　Hello，我是一个笔记本，不是手提电脑，是名副其实的一个记事本子。牛万象开会的时候喜欢拿着我，有时候也会在我身上写下一点随感。他是一个恋旧的人，没有因为使用电脑而嫌弃我们。宣传部部会无聊的时候，牛万象还喜欢在笔记本上画画，画古部长讲话的样子，画同事们走神的表情，当然，在做这些事时，他都做出一副很认真的样子，别人还以为他在认真记讲话呢。今天的部会主题当然离不开申博失利事件，古部长先发言，谈了对这次事件的看法，强调学校的要求是宣传部要做正面引导，统一口径，不准公开发表看法。作为宣传部的工作人员，要注意言行，不该说的话不说，不该做的事不做。在牛万象听来，这些都是浪费时间的废话。他观察了一下其他人，袁部长低着头，在看手机。林萍微闭着眼睛，看样子是在打瞌睡。刘冬在记录本上不停地敲着水笔，根本就没记什么东西。曾晓雯望着窗外，眼神呆滞，早已神游。董絮两手托腮，一动不动地盯着古部长，估计也已进入梦游状态。这个会议，真是无聊透顶。或许，这就是申博后遗症？申博失利严重打击了大家对学校的信心，机关的人员都这个状态，何况下面院系的老师？看来，此事的影响确实非同小可。

　　早上一上班，牛万象就在网页上看到了古彭师大教授罢课三天的消息,通过学校的BBS论坛,消息像滚雪球一样迅速传播。大多数学生都支持教授罢课,认为教育厅在这次事件中难辞其咎。还有的学生披露,医学院为了这次冲博所采取了各种非正常手段,各种消息纷至沓来。也有个别的声音说师大校领导无能,申博三次竟然还是落马,这太让人寒心了。对于这次申博事件,牛万象有自己的看法。首先,师大失败确是对医学院的竞争重视不够或者说是掉以轻心的结果,但也有策略和技术方面的失误。师大所全力打造的中文和数学两个打头的学科,在师大来说的确是最强的,但放之于所有文科见长的高校,这两个学科都不弱,几乎都是各文科高校的传统优势学科。因此,这两个学科的博士点几乎已经饱和。而医学院举全校之力只打造一个最强最有特色的学科——麻醉学,可谓"一招鲜"吃遍天下。医学院的麻醉学在全国有名,加上他们把附属医院的拥有高级职称的医生都充作师资,一下子就超过了师大。所以,医学院拿到博士点有它的道理。所以,不能把失败的原因全部归于医学院。归根结底还是申博这种评审体制的问题,是僧多粥少的问题,是国家把博士点用作调控手段而不予下放的问题。如果从教育体制的角度来考虑,或许师大的落败就在情理之中了。

在当下中国,罢课毕竟是一个十分敏感的字眼。古彭师大教授因博士点未通过而罢课的消息很快就被嗅觉敏锐的媒体知道了。教授罢课的当天下午,宣传部的邮箱就收到了《南方周末》一个记者发来的邮件,询问这次罢课的前因后果。因为师生投稿一般都发在校报编辑部自己的邮箱,牛万象一般很少去浏览宣传部的电子邮件。但这天他鬼使神差般打开了一次,结果就看到了《南方周末》的来信。

《南方周末》是牛万象喜欢的一家报纸,这家报纸以敢说敢言暴露问题而著称,对于黑暗面从不掩饰。他想把自己所知道的都告诉这位记者,但古部长开部会时有言在先,所有人都不能对外发布任何关于申博罢课的信息。如果古部长知道自己擅自回应《南方周末》记者,肯定会不高兴。如果不回应,这难道不是一个反思教育体制的绝好机会吗?如果连给记者提供线索的勇气都没有,自己所一再追求的精神自由思想独立岂不是成为空谈?要知道,那遥远的乌托邦,即使无法实现,也是美好的!按照宣传部的惯例,这个邮件肯定会很快就被删掉,怎么办?情急之中,牛万象抄下了记者的邮件地址,粘贴到自己的邮箱。牛万象决定把刘三庭教授的电话告诉《南方周末》记者,古部长要求宣传部的人不说话,但不能要求其他人不发声。刘三庭是教授罢课的发起者,申博和罢课的详细情况他掌握得最多,让记者联系他,是最好的方法。想到这里,牛万象给记者回了邮件。

今天网速不太稳定,邮件发了半天也没见动静。正发送着,董絮从外面进来,对牛万象说:不得了啦,办公楼下拉起了好几条横幅,都是关于这次申博罢课的,抗议省教育厅对师大不公,号召全校师生罢课,落款是教授委员会。牛万象很好奇,说:我下去看看,顺便拍几张照片。他抓起校报的相机,匆匆忙忙下了楼,忘了关上打开的电脑页面。董絮找一份稿子,在自己桌子翻了半天没见影儿,就翻了翻牛万象的办公桌。找完稿子,她无意间抬头看了一眼牛万象的电脑,瞥见了那封刚刚发送完毕的邮件。林萍又忙职称评审去了,今天没来,看看四下里没人,董絮关上办公室的门,点开了牛万象刚刚发送给《南方周末》的邮件。

不一会儿,牛万象兴冲冲地回到办公室,情绪复杂地对董絮说了句:这事儿越闹越大了! 董絮笑笑:你是希望这事儿闹大呢,还是大事化小小事化了? 牛万象一愣,看了一眼自己的电脑,说道:那得看结果是否有利于咱们学校! 董絮眨眨眼睛,耸耸肩膀,摊开双手:咱是小民,管不了那么多! 还是编稿子吧。愣了一下,又说,最近找了一个好电影,叫《闻香识女人》,是袁部长推荐的,你要不要看看? 我通过QQ传给你。牛万象不好拒绝,说:传过来吧,正好打发周末的时间。董絮笑:这电影适合两个人一起看! 我发过去了,你接收一下! 牛万象打开QQ,扫了一眼电影海报,《闻香识女人》,名字不错。他意味深长地看了董絮一眼。参加工作以后,董絮看上去更有味道了。凡是碰到牛万象的人,都说他艳福不浅,和这么漂亮的美女在一个办公室,每天的心情肯定不错。牛万象对此只是笑笑,不知道是不是因为每天都能照面,看得太多,他没觉得董絮有多漂亮。倒是她身上不时散发的味道,让他有些神魂颠倒。听别人说,当年袁部长之所以对董絮产生兴趣,就是因为她身上特殊的香水味。如果说以前袁部长对一切漂亮的女性感兴趣,现在,他已经把更多的兴趣转向了女大学生。在他眼里,董絮身上或许已经没有了更能吸引他的东西。更何况,以前董絮是学生的身份时,他可以为所欲为;现在,董絮就在自己身边工作,暴露的可能性和危险系数在增加,他只能适时收手。

外面传来一阵笑声,是袁部长,好像在招呼客人。一会儿,袁部长敲门进来,看了看牛万象,对董絮说:小董你过来下,刘冬出差了,你来招呼一下市委宣传部的客人。董絮闻言站起来,看了牛万象一眼,朝他伸了伸舌头,扭着屁股跟着袁部长出去了。牛万象听到隔壁办公室又传来一阵爽朗的笑声,从笑声判断,来的不止一个人。半小时以后,外面又开始热闹起来,看样子是要离开了。牛万象刚想开门看看,董絮一下子推开了门,后面跟着袁部长和一个腆着肚子的年轻人。不等袁部长说话,那个人就对牛万象伸出手,朗声说道:是万象老师吧,我是李杰!牛万象脑袋卡了一下壳,没反应过来。袁部长说道:咱们校报编辑部的老主任,现在刚刚荣升市委宣传部副部长!特地来编辑部看看。牛万象这才反应过来,赶忙伸出手。李杰摇了摇牛万象的胳膊:校报我每期都能看到,很喜欢你的言论专栏,"灯下走笔"走得好啊!牛万象有些不好意思,口齿不清地说了句:谢谢李部长关心。袁部长呵呵笑着说:能入李部长法眼的文章不多啊,万象要好好努力!有机会给李部长当秘书去!李杰哈哈笑:还是待在学校里好啊,一到社会上就复杂了!说了几句闲话,袁部长送走了李杰。等客人走远,董絮表情复杂地说:教授罢课的事儿闹大了!已经引起了省委的注意,省委宣传部的人要求严密封锁罢课的消息,绝不能让媒体知道,更不能报道,李部长来就是为了这事儿。牛万象愣了愣,说道:网上传到处都是,能堵得住吗?再说,教授们闹一闹,对学校不是更有好处吗?让省教育厅的领导也看看,师大不是好惹的!董絮笑了笑,转移话题说:没想到李杰这么年轻!你好好混,将来也到市里去弄个部长当当。牛万象苦笑:我哪是那块料?!当官可没那么简单!我这样的人,只能在高校里老老实实地待着!董絮故作神秘状:你知道吗?听说袁部长要调走了。牛万象一愣:调走?调到哪儿?董絮说:其实说调走也不对,应该是外派。咱们学校不是在宿北援建了一所职业学院吗?那边缺一个学生处处长,学校准备派袁部长过去。牛万象点点头:这样说,袁部长是升官了!上次中层干部调整他没有升迁,这次终于等到了机会!董絮笑笑:也不是升迁吧,原有的级别不变,不过是独立负责一个部门罢了。牛万象说:学生处是大部门,经费多,应该是个肥差。董絮摇摇头:袁部长自己不这样认为,他觉得这是发配,援建宿北可不是一年两年,而是五年八年!他觉得学校要他去宿北,是要把他打发走,这背后不能说没有人在推动!牛万象愣了一下:你的意思是……董絮打断他:我可没说是谁啊,你也别乱猜。袁部长援建宿北这事儿学校目前还没有发文,说不定还有变数。牛万象点头,他已经想到了一个人。如果说真有人在背后推动袁部长外放的话,最有可能的人就是古部长。自从担任宣传部部长,他一直都和袁部长貌合神离。如果把他打发走,换一个新的副手,那当然是再好不过了!

三十二 电风扇

大学生通讯社办公室位于网络科的隔壁,也就是欧阳枫老师一开始办公的地方。他搬到办公大楼以后,原来的老房子并没有交回,有时候他还会到这边来看看。这栋两层小楼位于玉泉河畔旁边,办公环境不错。整个一楼是一家教育超市,据说是学校机关党委书记王华华的妻子所开。二楼一共有五间房,学校保卫处占用了两间,欧阳枫老师一间,广播站一间,还剩余一间房一直没派上用场。在牛万象的建议下,古部长同意交给学通社,给学生记者出版《玉泉河畔》使用。因为小楼建筑时间较早,外墙已经十分陈旧,内部的线路也已经老化,空调无法使用。随着天气见热,校报编辑部就给学生配备了一台电风扇。于是,我就来到了这间办公室。虽说办公室很小,但对于学生记者们来说却很珍贵。不管怎么说,有一个自己办公的场所,无论是开记者例会,还是编辑出版校报子刊,都比以前方便多了。接任叶晓晓做社长和子刊主编的李佳男对此很满意,积极性大大提高,没事就待在学通社办公室里,和大家一起策划专题专刊,干劲十足。

古彭师大申博失利,作为学生记者当然也感到十分遗憾。李佳男想围绕申博做一个专刊。但他知道牛万象可能不会答应。此前说做专刊是想等申博成功了庆祝一下,现在失利了,就失去了庆祝的意义。准备了这么长时间,就这么放弃了,李佳男不甘心。他想先找叶晓晓商量,他知道枕边风的作用,只要叶晓晓支持,说不定牛万象就可以答应。李佳男知道可以在哪儿找到叶晓晓。这段时间,叶晓晓过着悠哉乐哉读书的日子,没事就泡在图书馆读导师刘三庭给她开的书。她每天跟着牛万象一起来学校,牛万象去上班,她就去图书馆。放学了,她就在学校门口等他。两个人同来同往,十分惬意。叶晓晓每天在图书馆都坐在固定的位置,很好找。李佳男去找她时,她身旁正好有一个空位。叶晓晓看到他,一笑,小声问:大忙人社长,还有闲工夫来图书馆?李佳男笑笑:我来请老社长出山来了!叶晓晓一愣:出山?出什么山?李佳男翻看了一下叶晓晓正在读的书,说道:我们想继续做此前一直在策划的申博专刊。叶晓晓眉头一皱:你不知道教授罢课的事儿?你还做什么专刊?小心牛老师削你!李佳男一脸坏笑:削不削还不是你一句话的事儿吗?你在牛老师耳边吹吹风,啥事都没问题!叶晓晓知道李佳男在拍马屁,不过被拍的感觉确实不错。她略作沉吟,说道:我那枕边风没什么威力,吹不吹都一个样!李佳男不相信:你若吹吹风,可比铁扇公主手里的那把扇子厉害!叶晓晓小声笑道:你的意思是我是铁扇公主,牛老师就是牛魔王呗!李佳男点点头,又摇摇头:牛老师的本事大,牛魔王的本事也大,有相像的地方。叶晓晓犹豫了一下,说:这样吧,中午我和牛老师去外面吃凉皮,你也一起去吧,顺便说说这事。李佳男点头:只要你支持我们,就有戏!

天气越来越热,尤其是中午,根本就不想吃饭。学校门口有一个小吃摊,凉皮做得特别好吃,叶晓晓中午不想回去做饭时,就和牛万象一人吃一碗凉皮,既压饿又解暑,而且便宜,巨划算。牛万象出来得晚,叶晓晓都吃了大半碗了,才看到他摇晃着身子大摇大摆地走来。叶晓晓指着牛万象问李佳男:你看牛老师走路的样子,像不像一个螃蟹?李佳男不肯回答,只笑。他站起来和牛万象打招呼,牛万象看到他,愣了一下,问道:这一期子刊编好了吗?叶晓晓吸溜完一口凉皮,抢着回答道:李佳男正想跟你汇报这事呢,刚才他跟我说了大概,我觉得还不错。牛万象来了兴致,坐下来边吃凉皮边问李佳男:说说看,这期主题是什么?李佳男看看叶晓晓,底气不足地说:还是想做申博的专刊。牛万象夹起一口凉皮正往嘴边送,听到这话又把凉皮放下来,说:申博都失败了,你还做什么专刊?李佳男笑笑:成功了可以庆祝,失败了可以反思嘛,我们就是想给学校建言献策,找找问题。牛万象不声不响地把凉皮送进嘴里,吃了大半碗,才说了句:建言献策可以,找问题可能不行。叶晓晓已经吃完一碗,边擦嘴边来了句:反思一下博士点的管理体制总可以吧?牛万象沉默了一会儿:你们可以做做看,学校现在正在为教授罢课的事儿弄得焦头烂额,咱们这时候只能帮忙不能添乱,你们要把握好尺度。李佳男见牛万象已经答应,高兴得手舞足蹈。叶晓晓喊老板结账,李佳男抢着把钱付了,说:就算是庆祝专刊选题通过,我请客!牛万象和叶晓晓都笑。

  李佳男的效率很高,不到三天,《玉泉河畔》申博专刊就出来了。自从上次校报言论出现问题以后,古部长就把报纸的最终审核权收回到了袁部长手里,但对于校报子刊,则管理得很宽松,并不要求每期送审。也就是说,《玉泉河畔》的最终审稿权就掌握在牛万象手里。不得不说,这一期专刊做得相当漂亮,无论是版式还是内容,都很出彩。版式方面,采用时下最流行的条块式样,大开大合,大胆留白,显得异常大气;内容方面,有对我国博士点建设历史的回顾,也交代了博士点建设的时代背景,还重点采访了包括刘三庭在内的许多师生员工,就这次申博失利进行反思。最可贵的是,子刊用两个整版反思了中国博士点设置的问题,其理论深度和思考力度可与《南方周末》这样的大报媲美。拿到这一期报纸,牛万象喜不自胜,嘱咐李佳男尽快把这一期专刊发出去。上午发了报纸,中午吃饭的时候,牛万象突然接到古部长的电话,让他马上到办公室来一趟。牛万象心里纳闷:大中午的,又不该上班,这么急急巴巴地干什么?听古部长的口气,像是有十万火急之事。牛万象让叶晓晓先回了家,自己去了办公室。古部长办公室的门紧闭,敲了两下,牛万象听到里面怒气冲冲地传来一声:进来!他推门而进,只见古部长手里拿着专刊,指着他说道:万象,这期专刊是你同意策划的吗?牛万象点点头。古部长啪的一声把报纸拍在了桌子上,呵斥道:我开会时不是说过,学校申博失利,不准进行任何报道,现在教授罢课事件还未平息,你们就出版这样的专刊,这不是火上浇油吗?牛万象有些委屈地说:你说不让校外媒体报道,但没说校内媒体不行啊。再说,这是对博士点政策的反思,不单单是学校自己的事情。听到牛万象这样说,古部长气不打一处来:对于我校来说,申博是一个敏感事件,敏感事件你懂不懂?就是不能触碰。现在教授们还都在气头上,余怒未消,你再来加把火,这不是火上浇油吗?立即把这期报纸收回来!牛万象有些垂头丧气:报纸已经发下去了!古部长一挥手:能追回多少是多少!赶快让学生去追!牛万象点点头。刚要出去,袁部长进来,脸色很不好看。牛万象听说,再有一周他就要去宿北援建了,最近心情可能比较复杂。他走出古部长办公室,在门外听到袁部长说了句:子刊恐怕校领导会有意见!古部长说:我刚批评万象了!让他们赶紧把报纸追回来。袁部长说:看来,不仅是校报,子刊也要加强监管了,我去援建宿北,建议你安排新来的副部长对两张报纸严加审核,我感觉牛万象的倾向有问题!上次言论出事我就觉得他有点儿自由主义,现在看确实如此!古部长说:我有空会再找他谈一次话,万象还是很有才的!袁部长笑笑:我建议尽快让董絮接替牛万象管理学通社,一是避免他再犯类似的错误,二是我听说他在和学通社的一个女学生同居,这样的事情传出去,太影响宣传部的形象。古部长不说话了。牛万象担心被他们发现自己在外面偷听,蹑手蹑脚地走开了。他在心里暗暗骂道:狗日的!自己到处拈花惹草,还说我影响形象!

　　真是怕什么来什么。古部长训斥完牛万象,开始翻看资料室熊娟送来的报纸。在最新的一期《南方周末》上,赫然刊出了古彭师大申博失利事件,其标题采用了重要报道才使用的主标题、引题和副题一起出现的形式。其引题为:《古彭师范大学"申博"失败,教授委员会停课抗议》;主标题为:《三所大学,两个博士授权资格,一个倒霉蛋出局》;副标题为:《十年了,古彭师范大学第三次申请博士点资格,仍然以失败告终》。文章全面报道了古彭师大申博失利的经过,对整个教育体系进行了反思。总体而言,这篇还是比较客观的,但也有负面的东西。古部长皱紧眉头看完了报纸,一声不响地去了俞书记办公室,他知道这事必须早汇报,俞书记很快就能看到报纸。在上楼时,古部长一直在想着这些问题:是谁联系了《南方周末》?他们是什么时候来学校采访的？作为学校职能部门,宣传部怎么一点儿都不知道？如果俞书记和陆丰书记怪罪下来,自己该如何应对？敲了几下门,没有什么动静。隔壁校办的刘秘书伸头看看,见是古部长,说了句:俞书记不在,去南京了。古部长点点头,问道:陆书记在吧？小刘说:他在,我带您过去。陆书记正在闭目养神,看到古部长,侧了侧身,请他坐下。虽说他们是上下级关系,但因为是同班同学,彼此都不客气。古部长把报纸递给陆丰。陆丰先是毫无兴趣地看了一眼,接着坐直了身子,认认真真读起来。他屏住呼吸从头看到尾,末了把报纸一扔,说了句:这下好了,全国人民都知道了！古部长沉默。陆丰问道:《南方周末》是怎么知道这些事的？他们何时来学校采访过？古部长摇摇头:不知道是谁联系了他们,估计采访是暗地里搞的,宣传部自始至终都没有得到过任何消息。陆丰皱紧眉头说:那要查一查,看看到底是怎么回事,作为宣传部门,要掌握媒体的信息。古部长点点头,我这就去查。

毕竟是有影响的全国大报,《南方周末》的报道很快就被多家大型网站转载,消息传播有了滚雪球效应,一时间,全国上下都在谈论这次申博事件。刘三庭几乎是流着泪看完了这个报道,这篇文章再次触动了他的伤痛之心。上次罢课三天,除了市里面来人抚慰了一下,要求以稳定大局为重,基本上没引起省里尤其是教育厅的太高重视。现在《南方周末》报道了,看他们怎么办。刘三庭和几个教授商量,决定趁热打铁,再为此次事件加火升温。以前,省教育厅也曾出现过因为群众强烈反对而重新审议的情况,如果能借助这次报道,让教育厅再次复议此次申博,那古彭师大就还有一丝希望！刘三庭再次召集教授委员会开会,决定再次罢课,时间为一周!

　　刘三庭带领教授再次罢课的消息传到校领导那里,陆丰书记气不打一处来,他把怨气发到了《南方周末》的报道上面,责令宣传部彻查此事。古部长很着急。此时,袁部长正在准备援建宿北,已经很少来部里上班,新副部长还未到位,几乎所有的事都需要他来安排。如今,陆丰书记因为《南方周末》的报道动了怒,宣传部必须尽快给学校一个交代。他立即召开了部会,让宣传部的人去打听这方面的线索。古部长在布置任务时,眼睛挨个观察了一下大家的神态:林萍还是同往常一样漫不经心;曾晓雯在走神;刘冬还是在低头做记录;欧阳枫抿着嘴,不说话;牛万象眼睛不和古部长正面接触,不时低头看笔记本;董絮则一会儿低头,一会儿扭头看看牛万象。从各人的神情看不出什么异样。

　　在《南方周末》这件事上,古部长先是怀疑欧阳枫,他主抓学校的网络,有技术方面的优势,而且在工作上一直没有什么大的成绩,也有动机方面的可能。散会后,古部长让刘冬把欧阳枫叫到办公室,问他:关于申博失利事件,最近网络上有什么动向?欧阳枫不知古部长在打探什么,回答说:《南方周末》的报道引起了很大的反响,网络论坛上面大都是看热闹的人,有讽刺的,也有反思的,更多的是灌水的。古部长点点头,说:你觉得《南方周末》的报道线索是从哪里来的?欧阳枫略作沉吟,说:他们的采访很全面,报道得也比较客观,应该是做了充分的采访。至于他们的线索,可能是来自网络吧,学校教授罢课的事情网上早就有了,学校的BBS论坛讨论的人也很多。古部长盯着欧阳枫的眼睛,说:会不会是有人给报社提供了线索?欧阳枫愣了一下,说道:也不能说没有这个可能,像刘三庭教授,他们有可能主动联系媒体。古部长沉默,朝欧阳枫摆摆手。

欧阳枫刚走,古部长听到有人敲门,是董絮。古部长点点头,说:董絮啊,进来吧,你有什么事吗?董絮脸色发红,支支吾吾了半天,终于下定决心说了句:我知道是谁给《南方周末》提供了线索,是牛万象老师。那天我无意间看到了他发给《南方周末》的邮件,上面写着刘三庭和另外几个教授的联系方式,我看了报道,《南方周末》所采访的基本上就是那几个。古部长愣了好大一会儿,问董絮:你说的是真的?你和牛万象在一个办公室,可不能冤枉他!董絮点点头:我说的都是真话。我本来不想说出来,但先前和袁部长谈话,袁部长让我跟你实话实说,说要让你知道真相,以免工作被动。古部长沉默了一会儿,说道:袁部长也知道这事?董絮回答:他也是昨天才知道的。古部长自言自语道:我说怎么没察觉《南方周末》到校采访的动静,也可能他们拿到教授们的联系方式以后,直接进行了电话采访!看得出,古部长有些恼怒。他对董絮挥挥手,董絮默默退了出去。古部长此刻心情比较复杂,作为宣传部工作人员,牛万象竟然公然违背领导的意愿,主动给媒体泄露不该发布的信息,这有违宣传纪律,不能容忍。但牛万象又是自己亲手从圣城师大引进来的青年人才,他犯了错误,自己脸上不是也不光彩吗?如果不告诉学校领导,陆丰书记那边又该如何交代?更重要的是,现在袁部长已经知道了这件事,虽说他即将援建宿北,但依然是宣传部的副部长,如果自己隐瞒不报的事儿让他知道了,会很被动。更何况,董絮就是他安放在宣传部的一个眼线!古部长想来想去,决定还是先找牛万象谈一谈。

三十三 小树林

小树林位于文学院和办公大楼之间,和小花园紧挨着。这片林子都是清一色的水杉,树干挺拔,直直地插向天空。虽然我们还都不是很高,但俊美的身姿依然惹人注目。大学生们喜欢坐在林子里看书,更多的则是一对对情侣,席地而坐,大胆的就搂抱在一起,接吻缠绵,他们自以为没有人看见,其实从林子外面看得很清楚。过路的学生时不时地会朝林子里张望,看到紧贴在一起的男女学生,就当作是看电影。当然这没有在宿舍被窝里偷偷看情色片过瘾,但另有一份温馨。古彭师大曾经三令五申,要求学生注意言行举止。但学生对这些条条框框置若罔闻,根本不予理会。想想也是,这都什么年代了,进入新世纪都好几个年头了,你还强调什么男女授受不亲,那不是倒退吗?刚入夏时节,学生处发了一个文件,要求全校女生不准穿低腰裤,裙子不能高于膝盖,也不准穿拖鞋上课。看到这个文件正儿八经地冠上学校文头,连牛万象都感到有点儿哭笑不得。在这样的年代,你还如此细致地要求大学生们着装,确实有点儿不切实际。或许,学校有学校的道理,也是出于好意。以前,每逢夏季,总有女大学生被强暴的事件发生。那些年,学校大搞基础建设,校园里晃动着许多民工的身影。有的甚至是学校的保安。许多人都说,夏天天气热,女大学生着装暴露,对那些心怀不轨的人是一种挑逗。唉,这话听上去似乎勉强,细细琢磨也未尝没有些许道理。只是,大学生们的观念已经转变,一味地去堵堵堵似乎也行不通。几年前,牛万象写了一个小说,起名《同居时代》,成为热推网文。当时还担心这名字太前卫,哪想到现在的大学生根本就不拿同居当个事儿。

时代变了,连牛万象都有些跟不上了。

牛万象最近有点儿背,用老家麻庄人的话说就是喝凉水都塞牙缝!刚因为《玉泉河畔》申博专刊的事儿挨过训,昨天晚上和叶晓晓折腾时又扭了腰,现在又被董絮举报,这不是点背还能是啥!对于宣传部,他已经有点儿心灰意冷,真恨不得早日调到院系当老师去,以便脱离苦海。有了这些想法,当古部长质问他是否主动联系了《南方周末》时,他承认得很爽快,说感觉刘三庭教授做得对,应该对教育厅的不公平提出抗议!古部长见牛万象不但不悔改,还很有些理直气壮,气不打一处来,他呵斥道:别忘了,是我把你从圣城师大接收到古彭师大的!现在连研究生找工作都不容易,你一个区区本科生,有什么可以傲气的!牛万象没想到古部长会说出这样严厉的话,一时间只觉血直往脑门子涌,一气之下,脱口而出:当时可是有十几所高校要我!是你们态度真诚我才选择了这里!早知道如此乌烟瘴气,当初说什么也不会来!牛万象的话也很重,古部长气得浑身发抖,但他毕竟是身经百战的老手,仔细咂摸,牛万象的话也没有哪里不对。他压抑着自己的怒气,口气有所缓和:你先回去吧,我和俞书记先商量商量。走出部长室,牛万象眼睛一闭,长长地松了一口气,憋在肚子里的一口怨气终于撒出来了,自从来到古彭师大,经历了诸多的尔虞我诈,依照自己的脾性,早就该爆发了!能忍到今天,也算是奇迹!说出来一身轻松,管他什么处分不处分!

古部长去找俞书记,不在。秘书小刘说在陆书记办公室呢,正商量事。古部长直接去了书记室,也没敲门,直接进去了。陆丰书记看到他阴沉着脸,愣了一下,说道:古部长有事儿?古部长看看坐在沙发上的俞书记,垂头丧气地说道:本来想给俞书记先说一下,现在你们都在这,我就一并汇报吧。古部长在俞书记对面的沙发上坐下来,继续说:《南方周末》的事儿查出来了,是校报编辑部的牛万象给他们提供的线索!俞强和陆丰都愣住了。俞强说:消息可靠吗?牛万象可是你们宣传部引进来的人才!可不能因为这个冤枉了他!陆丰也说了句:想不到是你们宣传部自己出了问题!古部长点点头,说道:他自己也承认了,确实是他主动联系的报社,不过他是出于好意,是为了学校所遭受的不公。俞强看看陆丰,陆丰用手指敲击着办公桌面:这就是典型的好心办坏事!刘三庭这样的人这样做也就罢了,但你们宣传部的人不能没有这个觉悟啊!虽说学术探讨无禁区,但新闻宣传有纪律,牛万象作为宣传部的工作人员,这一点是不合格的!俞强和古部长都不说话了。这时,校长任华推门进来,看到他们三个人沉默不语的样子,说道:没打扰你们吧?陆丰挥挥手:没事,《南方周末》的事儿竟然是宣传部的牛万象所为,太没有组织纪律了!任华点点头说:《南方周末》的报道比较客观,也不一定是坏事,把申博失利的事儿告诉公众,也有利于教育改革。我看这事儿没什么大不了的,牛万象还年轻,再说他也是为了学校的发展。古部长抬眼看看任校长,他没想到任校长会替牛万象开脱责任,借着他的话,古部长说了句:牛万象刚来学校工作不久,可能还不太适应宣传部的工作节奏。陆丰叹了一口气:可因为《南方周末》的报道,现在刘三庭他们又出来罢课了!任华说道:我来就是为了和你商量这事儿的,刚才接到省教育厅办公室电话,说沈厅长看到了《南方周末》的报道,也知悉了学校教授带头罢课的事儿,他很重视,明天就来学校解决这个事儿。从他的意思看,是想尽快平息,可能会答应把我们列入省里的博士点建设单位,以不少于教育部给予南通大学和医学院的资金来支持我们,并且答应,下次申报博士点,把我们列为优先位置。陆丰有些疑惑地说:是真的?沈厅长不是正在北京开全国教育会议吗?任校长笑笑:为了处理罢课的事儿,他提前回来了。俞强说:也就是说,现在坏事变成了好事!教授罢课和《南方周末》的报道促使教育厅让了步?任华点点头:应该是这个意思。古部长高兴地说了句:那就不用处分牛万象了吧?任华说:其实应该奖励他才对!申博前,他写了好几篇外宣的大稿子,为学校做出了贡献,虽说申博失利,但宣传工作做的是好的。申博后他主动联系《南方周末》,是为了给学校讨公道,和刘三庭教授的初衷是一样的,他们都应该得到表扬,而不是批评!如果沈厅长能够兑现承诺,那是他们努力争取的结果!有时候,我们这些所谓的领导,顾忌太多,像刘三庭和牛万象这样的人,我们应该多加爱护才对!古部长看看俞强,再看看陆丰,他们都点了点头。

牛万象没想到任华校长会保护自己。当古部长告诉他整个经过时,他愣了好长一会儿。看来,古彭师大还是有不少性情中人的。刘三庭是,任华也是。古部长对牛万象的态度也大为改变,为了表示对他的重用,古部长让他代替袁部长跟自己一起去参加教育厅沈厅长的现场汇报会。当然,在宣传部内部,古部长只是说让牛万象去写新闻稿。但如此重要的会议,一般不会让中层以下人员参加。即便是要写稿,也应该是林萍主任去才对。古部长的做法,明显是在向牛万象示好。对此,牛万象心里当然也很清楚。一到会场,他就感觉到了自己身份的特殊性。参加会议的除了教授委员会的刘三庭等几个教授代表之外,剩下的几乎都是校领导和学科办、社科处、宣传部等关键部门领导。陆丰书记亲自主持会议,会议一开始,他就很严肃地说这次会议内容保密,宣传部的报道要由俞强书记亲自把关。会议开始,先是由刘三庭等人陈述了罢课的整个经过和诉求,说到动情处,他还流下了眼泪。他一哭,其他几个教授也都跟着掩面而泣。听着刘三庭声泪俱下的陈述,牛万象也哭了。他们对古彭师大是真正无私的爱,完全是为了学校的发展。听完汇报,沈厅长也极为唏嘘感慨。他说:这次申博,古彭师大本来是很有希望的,教育厅也是一直把师大排在前两位的,也一直希望能把师大推到教育部去,把博士点拿下来。在专家评审环节,第一次投票时,师大也是排在第二位,比南通大学仅仅低了一分,领先医学院零点五分。但在第二轮专家评审投票时,医学院后来居上,很多专家把票投给他们,所以师大就排在了第三位。教育厅不好干涉专家的投票结果,对此只能表示尊重。这个结果出来以后,教育厅注意到师大有很大的反弹,但大局已定,这个结果是无法改变的。经过教育厅研究,报省政府批准,我们决定按照教育部建设博士点的规格,给予古彭师大同样的政策、资金支持。也就是说,教育部给南通大学和医学院多少支持,我们就给予师大多少支持。这一点请大家放心,并且我们承诺,一旦教育部再次放开博士点申报,我们将首先推荐古彭师大!对于这个结果,大家还满意吧?沈厅长说完,看着刘三庭他们。刘三庭擦掉眼泪,无可奈何地叹了口气:既然大局已定,也只能如此了!沈厅长把脸转向陆丰和任华:那么你们还有什么意见?陆丰说:我没意见,感谢教育厅对我们的支持!任华也做了同样的表态。沈厅长满意地笑笑,说:既然如此,教授罢课就可以到此为止了吧,现在《南方周末》都报道了这个事儿,师大在道义上似乎也赢得了人心,我看,就这样到此结束吧。你们停止罢课,我也好安心回北京开会。会议的气氛由此变得略微轻松下来。

会议结束,听说沈厅长连夜赶回了北京。古彭师大的申博失利、教授罢课一事儿也至此尘埃落定。牛万象的命运在这个事件中也几经起伏,最后终于平安落地,和刘三庭教授他们一样,赢回了一点儿尊严。

心情好,牛万象在那方面的次数就多。动不动就要爬到叶晓晓身上,说要劳动劳动。牛万象一直把和叶晓晓做爱比喻为耕地,他是犁铧,叶晓晓是土地。随着耕地年头见长,犁铧越来越锋利,土地也越来越肥沃。两个人的配合渐入佳境,什么时候下犁,什么时候翻土,什么时候深耕,什么时候浅作,牛万象把握得十分到位。叶晓晓配合得也好,该柔软的时候柔软,该湿润的时候湿润,该起伏的时候起伏,该低吟的时候低吟。两人配合默契,让耕地运动不但不累,还乐趣横生。不过,每次高潮过后,叶晓晓还是不忘说牛万象的比喻太土,这么高大上的活动,竟然被称作耕地运动,这也太 LOW 了点。不过,鉴于牛万象确实是一个耕地的好手,她也就慢慢习以为常。有时候隔的时间久了,叶晓晓还常常提醒牛万象:地都荒了,你不来犁犁?

犁地的时候,牛万象有时候会想起谭薇。昨天,谭薇在 QQ 上给他留言,说看到了《南方周末》对古彭师大申博失利的报道。这次圣城师大也申报了博士点,成功出线,现在,全校上下都在庆祝申博成功,李建教授打头的学科大获全胜,中文系顺利拿到了博士点,李建明年就可以招收博士生。牛万象在 QQ 上问谭薇:你是不是打算接着读李建的博士?谭薇半天没回答,后来说了句:我再读就成了第三种人了!没人要怎么办?牛万象说:你不是有系主任的儿子宫立吗?谭薇发了个笑脸,说:谁都没有你好!牛万象心里一热,回复了一个笑脸,就没再说什么。过了一会儿,谭薇又发来一句:我就是喜欢这座小城,也不知道是为什么,就是喜欢。牛万象对着电脑屏幕呆愣了半天,从谭薇的态度来看,她或许是铁了心要一辈子留在圣城了。可是,那座小城到底有什么让谭薇如此留恋?

三十四 真是味

今天这里很热闹,来吃饭的人多,大部分都是古彭师大的老师。宣传部的人今天都来了,他们要送袁部长去宿北援建。按照宣传部以前的规矩,本来是要等新的副部长上任,把迎送安排在一起的。但学校一直没有找到合适的人,新的副部长迟迟没有就位。而袁部长明天就要走了,再拖下去也不合适。我看到袁部长时,心里不禁感叹,这个人终于要走了。他以前经常到这里来吃饭,每次都带着不同的女生,她们有一个共同的特点,就是漂亮,不是一般的漂亮。现在这个人要走了,再也不会带着那些或羞涩或开放的女生来吃饭了。我困惑的是,宣传部咋选择这个地方来送袁部长。我的意思也不是说真是味饭店不好,说实话我们这里的饭菜味道还是不错的,用古彭人的话说就是"真是味",味如其名,但我们的档次并不是很高。我猜测古部长之所以把吃饭的地点选在这,除了离学校近方便出行之外,可能他对袁部长并不是很在意。要知道,在古彭,有的是好饭店。这里是厨师祖师爷彭祖的故乡,这里的人很会吃,当然现在也都上升到了艺术的高度,叫作彭祖文化。据说这位祖师爷活了 800 多岁,号称华夏最长寿老人,被称为中国古代养生学奠基人。袁部长对此很有研究,每次来都会和女学生谈起彭祖。这次,借着酒劲儿,他又对着宣传部的人夸夸其谈。他说你们知道吗?彭祖一生娶了近五十位妻子,深谙古代房中术,据称中国房中术记载起源肇始于彭祖,故又称彭祖之术。他不仅有房中术的理论,还有丰富的性实践。晋·葛洪所著《神仙传·彭祖》说他"丧四十九妻,失五十四子",活了 800 岁。而这方面的造诣,互补互动,相辅相成,使他成为中国的养生长寿之祖。宣传部的人都知道袁部长有这方面的嗜好,搜罗了不少这方面的知识。古部长端起酒杯,说道:袁部长知识渊博啊,祝愿你到了宿北以后能继续进行这方面的研究,修成正果!袁部长已经微醉,哈哈笑着跟古部长又干了一杯。接着,林萍、曾晓雯、刘冬等人也都先后给他敬酒。这是宣传部每次吃饭的潜规则,按照资历和座次,挨个儿敬酒,轻易不能越位。到了欧阳枫这里,他毕恭毕敬地端起酒杯,说了一大堆好话,大意是感谢袁部长培养之类,最后一饮而尽。袁部长把他从工学院调到宣传部,对他来讲,的确有再造之恩。轮到牛万象敬酒,他不好说什么,袁部长对他有过帮助,也有过打压,昧着良心说假话牛万象不太擅长,所以,他干脆多余的话都不说,只说祝袁部长援建顺利,敬了酒,坐下来看董絮的好戏。董絮脸色微红,端着酒杯起身离开座位,给袁部长的酒杯加满酒。她倒酒时节奏控制得很好,酒杯满而不溢。倒完酒,董絮说了句:我给袁部长端一个吧,感谢您对我的厚爱!袁部长起身,不知是真的喝多了,还是装醉,他摇晃着身子说:厚谈不上,爱倒是真的。大家都笑起来,这个笑比较复杂,因为这既是一句玩笑,又是一句大实话。董絮有些尴尬,她今天穿了一件暗黑色的连衣裙,在这个季节,穿这么薄的裙子似乎稍微早了点。或许是因为今天天气特别闷热,这种丝质连衣裙穿在身上很舒服。只是那丝质的裙子太过透明,里面的粉色胸罩若隐若现。董絮用手掌托了一下袁部长手里的酒杯。袁部长一仰脖子,说:我干,就是毒药我也得干呢!古部长笑着说:你们看到了吗?袁部长这是真爱!古部长难得开玩笑,他这一句,既点出了大家心照不宣的秘密,也让董絮更加难堪了。对于袁部长的这次援建调动,学校有各种各样的说法。有的人说是古部长要把他挤对走,好开展工作。有的说学校领导尤其是俞书记一直对袁部长和女学生之间暧昧不清的关系有意见,早就想把他打发走。也有的说这是袁部长的一种策略,他自知如果在宣传部待着,在古部长的手底下干活,不会有什么前途,他要想顺利从副处扶正到正处,必须做出点成绩。去宿北援建,正好是一个机会。这几年学校出去援建的人,回校后都得到了提拔。袁部长打着自己的小算盘,许多人也打着他的小算盘,最恶毒的一个说法就是,袁部长离开了学校是古彭师大女学生的福音,只是宿北的女学生倒了霉,他在那里做学生处处长,岂不是想勾引哪个就勾引哪个?大家说来说去,最后都归结为一句玩笑话:袁部长终于到宿北糟蹋女学生去了。

玩笑归玩笑,但一个人的名声的确就这样被确立了。在大学里面,一旦大家对你形成了一个印象,就很难再去改变。

因为都住得不远,又是一个方向,从真是味酒店出来,牛万象和董絮走在一起。一开始两个人都不说话,也无话可说。牛万象本来想跟董絮开玩笑:今晚你不去陪陪袁部长?但想到这话可能会伤人,还是算了,别没事找事。其实,袁部长如今是钻石王老五,董絮也是单身,两个人在一起也没有什么不好。大家对袁部长的议论,主要还是因为他以前和女学生来往时的不检点。牛万象抬头看天。今晚的月亮很好。他说道。董絮也抬头,说了句:是很好!两个人又都不说话了。过了半天,董絮突然说了句:叶晓晓考上了本校的研究生,万象老师应该很高兴吧?这样,你们至少能一直在一起了。牛万象笑笑:是啊,本科生真不好找工作,研究生毕业好一点。董絮说:有机会可以留校,做辅导员也可以。牛万象说:留校?恐怕也没有那么容易!现在哪一个留校工作的辅导员没有硬关系?咱和领导不熟,谁能帮咱说话?公路上车辆很少,偶尔通过一辆,掀起一堆灰尘。这一段路正在维修,到处都坑坑洼洼。董絮穿着高跟鞋,走路很费劲,有一次还差点摔倒了。她伸出手,对牛万象说:来,借你的手给本姑娘用用!牛万象一愣,把手伸给她。董絮一下子抓得很紧,松了一口说:这下子不怕摔跤了!这路也真是,隔了一段时间就开膛破肚,修拉链一样,也太不负责任了!牛万象的手被董絮抓得太紧,很快就出了一手心的汗,他想抽出来又不好意思,只得忍着。走了一会儿,董絮突然说:有个事儿不知该说不该说,不说,咱俩是一个办公室的同事,说,又担心破坏你和叶晓晓的感情。牛万象立马紧张起来:你说说看!董絮继续说:你知不知道叶晓晓和袁部长的事儿?牛万象点点头:知道一点点。董絮说:那你知道不知道叶晓晓曾经在袁部长的办公室待过一夜?那天,我心血来潮去袁部长办公室找他,你也知道,那段时间我和袁部长的关系发展很快,我去敲他办公室的门,开门的竟然是叶晓晓。牛万象停住脚步,问:这是什么时候的事?董絮说:去年,就是现在这个时间点吧。牛万象脑袋嗡的一声,那时候叶晓晓已经和自己同居了啊,她怎么会再去找袁部长!你当时看到袁部长也在里面吗?牛万象声音有些颤抖。董絮说:开门的时候好像没看到袁部长在。牛万象继续朝前走。前面的路已经平整,但董絮还是紧紧攥着他的手。此时,牛万象的心很乱,叶晓晓在袁部长办公室待了一夜?她在那里干了些什么?

董絮住在学校最边缘的一栋教工楼里,这算是学校给年轻教师最好的住房待遇了。当初牛万象调过来时,都没住上。或许,这和袁部长有关吧。这栋楼离牛万象住的小区不远,只隔了一条马路。走到董絮楼下时,她终于松开了手,问牛万象:叶晓晓在等你吗?牛万象摇摇头:她今天住在宿舍了,说是想在毕业前多和同学们聚聚。董絮笑笑,那你到楼上坐一会儿吧,刚才喝酒太多了,有点儿头晕,我怕自己摔倒了。牛万象没办法,只好扶着她上楼。其实董絮头脑很清醒,她非常准确地找到自己的房间,只一下就打开了房门。进屋,开灯,烧水,一系列动作都很流畅。牛万象环视四周,房间很整洁,氤氲着一股淡淡的香气。董絮见牛万象发愣,笑着对他说:坐下吧,我给你沏杯茶。牛万象摆摆手:不用了,我该回去了!董絮笑笑:我还有一件事要告诉你呢!你先坐下来嘛!牛万象只好坐下来。董絮不慌不忙地泡了两杯茶,给牛万象一杯,一杯放在自己面前。她坐在牛万象的对面,醉眼迷离地盯着他。牛万象被她看得不好意思,说道:是什么事儿?你说吧。董絮脸色绯红:你的鞋子是多少码?牛万象一愣:你问这个干吗?我是42码。董絮笑:那你的脚比袁部长的大,他穿的鞋子还不到40码。牛万象好奇地问:脚小是什么意思?董絮羞红了脸:你不知道吗?一般来讲脚小那个也小。牛万象听明白了,脸腾地红起来,他没想到董絮会和自己说这个,顿时感觉坐立不安,语无伦次地说了句:这样不见得吧?董絮的眼睛越眯越小,她小声说道:其实,我也很想验证一下这个说法。说完,董絮站起来,脱掉了身上的裙子,一副仅剩下内衣的肉体立在牛万象面前。牛万象呆住了。见牛万象没反应,董絮继续说:你就不想报复一下叶晓晓吗？说着,她慢慢脱掉了黑色的内衣,一对胖乎乎圆滚滚的小鸽子一下子跳脱开来,把牛万象的眼睛晃得一片苍白。他喃喃自语道:你为何……袁部长刚走……董絮笑笑:你以为我真喜欢他？喜欢一个比自己大了20多岁的男人！我那是没有办法！董絮突然掩面而泣,她慢慢在牛万象面前蹲下来,把脸伏在牛万象的两腿之间,呜呜呜大哭起来。牛万象不知如何是好,用手抚摸了一下她洁白的肩膀。董絮抬起满是泪痕的脸,幽幽地说着:他诱惑我,自从和他有了第一次,就再也停不下来了。我知道如果不依靠他,我将无法留校。牛万象捧起那张满是眼泪的脸,轻声说道:你喝醉了,早点休息吧。说完,他站起来。董絮拉住他:你先别走！我给你看一样东西！她摇摇晃晃地去了卧室。一会儿,她在里面喊:牛万象你过来！牛万象犹豫了一下,还是进去了。只见董絮已经横七竖八地躺在床上,没有一点儿淑女相,她四仰八叉的样子,像一个妓女。她朝牛万象扔过来一个日记本,说:你看看这是什么！牛万象伸手接住了那个蓝色的日记本,翻看扉页,上面写着袁部长的名字拼音简写。牛万象继续翻,里面竟然写的全是他和女学生的事儿,好多文字相当露骨,那些描写像黄色电影一样,十分不堪,这明明是一本淫乱日记！牛万象快速翻看着,想看看里面有没有叶晓晓。董絮醉眼蒙眬地看着他,苦笑着说道:你别翻了,这本日记里面没有提到叶晓晓。袁部长写了十几本这样的东西,这只是其中的一本,是我从他办公室的抽屉里偷来的。因为日记很多,他没有发现。牛万象抬起头:你就不怕被他发现了?董絮笑笑:发现了又能怎样?我都和他这样了,你说还能怎样?!我之所以保存这个东西,就是为了自保!留他的一个把柄在手里,总是好的!牛万象明白了,董絮留这一手,是不想一直被袁部长掌握在手心里,她想有朝一日反过来控制袁部长。牛万象心里像是打翻了五味瓶,额头直往外冒冷汗。他看了一眼醉态百出的董絮,说了句:我得走了!你好好休息吧。说完,他迅速离开了董絮的房间。出了房门,他揪着头发在门口的墙边靠了半天,他感觉自己的脑子像是要爆裂了一样,头痛难忍。他一步步往门外走,想想真是可怕,幸亏没有在袁部长的那本性爱日记里看到叶晓晓!可转念一想,他手里还有那么多日记呢,没在这一本,谁知道会不会在另一本。看他在日记中所描写的文字,如果叶晓晓和他发生了关系,他是不会放过她的!想到这里,牛万象胸口窝发紧,浑身上下冷汗淋淋。

刚才还是平静的天,现在居然起风了,大而圆的月亮也被大片大片的乌云遮住了。从董絮的房子出来,牛万象感到了一丝凉意。天气说变就变。人也一样。尤其是在喝醉酒的时候,一不小心就变成了另一个陌生的面孔。每个人活在这个世界上都不容易,为了生存,许多人都需要时刻准备着两副面孔。一副面孔对人,一副面孔对己。一副面孔是常态,一副面孔是真人。在高校机关里,被压抑得久了,人的性格就很容易分裂,多面性很容易就形成了。牛万象自己是如此,董絮也是如此,袁部长更是这样,其他人又如何?只是有些人隐藏得很深,即便是在醉酒的状态也能做到"真人不露相"。或者,这样的"真人"根本就不会给自己一个醉酒的机会。牛万象印象中,自己就未曾真正地醉过,每次喝酒都保持着清醒。即便是喝得头发晕,他也有着十分清楚的意识,不会说错话,也不会做错事。他由此推断,自己已经修炼成精了。这与他自己所追求的自由精神恰好相反,在机关工作还没几年,他竟然已经中毒很深。他都忘记自己上一次放声大笑是什么时候了,自己有多久没有扪心自问是否过着问心无愧的生活了。沉醉啊沉醉,不在沉醉中新生就在沉醉中死亡;坠落啊坠落,不在坠落中飞升就在坠落中沉没。自己的这种违心的生活状态到底要到何时?除了文学,除了写作,牛万象自认是一个没有宗教信仰的人。他权且把文学当作了生命的信仰,把写作当作了人生的终极目标。但这些,似乎拯救不了他的身体。他深陷于浓稠的人生泥潭,无法也无力自拔。他想让自己的灵魂飞升,为此,他努力地挣扎。他对自己说:让身体去堕落吧,我只要干净的灵魂!牛万象一遍遍在心里告诫自己,绝对不能像袁部长那样,让藏污纳垢的身体背负着一个肮脏不堪的灵魂去见上帝!决不!

三十五 柳树

在古彭师大玉泉河的河岸两边,柳荫成行。在每棵柳树的下方,差不多都摆放着一张木质长椅。多数时候,这里会坐着一对对卿卿我我的大学生情侣,互相说着缠绵的话,拥抱接吻。极少数的人会在夜幕降临之后,极为大胆地在这里做爱。在暗黑的夜色中,那里常常会有如虫鸣般的声音传来,如果眼睛的视力足够好,你会察觉搂抱在一起的两个身影在那里轻轻晃动。因为长椅就在河边,有几对情侣因为太过于忘乎所以,掉进了河里。好在那水也不深,顺着石堤就能爬上来。但受到惊吓是免不了的,有的女学生因此留下了后遗症,再也不敢到河岸来。

从租住的房屋到办公室,牛万象常常要路过河岸。最近一段时间,他经常发现有几个年轻学生坐在那里讨论着什么,他们的样子有些神秘,有时候就像是在做祷告一样,微微低着头,嘴里念念有词。在圣城师大的时候,牛万象听说有一个女学生一毕业就出了家,进了佛门。那个女生他见过,长得很漂亮,身材修长,两条长腿,穿着高跟鞋上课。她每次去食堂打饭,总有许多男人会对她行注目礼。据说她是哲学系的高才生,平时的样子总是很严肃,这和她的时髦装扮形成了强烈反差。她越是冷若冰霜,越能激发大家对她的好奇。大学四年,她没有和任何一个男生交往过,平时说话都不肯,更别说约会什么的。更奇怪的是,她连女性朋友也没有。总是独来独往,像一个过于呆板的女侠客。这样的一个女生出家似乎也不奇怪。她的出家只是被大家作为谈资谈论了一段时日,后来就悄无声息了。来古彭师大工作以后,牛万象还没听说过有个别大学生信教的事情。他看过一个资料,说大学校园传教的现象时有发生,其中基督教势力最为活跃。非注册的大学生团契是大学生基督教徒主要的宗教活动方式。在境外宗教势力的支持下,宗教在高等院校的传教活动逐渐由秘密转向公开,特别是基督教汉语神学运动,进入大学讲堂和国家研究机构。在这样呈扩张态势的传教中,大学生基督教徒出现比较快的增长趋势。难道,古彭师大也受到了这样的影响?

刚到办公室,屁股还没把椅子暖热,刘冬进来,说马上到会议室开个会,古部长要布置几件事。宣传部部会一般都安排在周一,本周的工作都已经讨论过了,这次突然开会,能有什么事?林萍说了句:不会是要说新来的副部长的事吧?我听说学校已经物色了新的人选,这两天就要宣布了。林萍这段时间情绪高涨,因为她的职称终于通过了学校评审,就等省教育厅的终评结果了。按照往年的经验,凡是能通过学校审核的,报到省里基本上都没有什么问题。连续评了三年,林萍终于得以通过,这对她来说,不啻是一种大解放。更重要的是,她跟着博士丈夫调到北京也有了希望。牛万象还没听说新副部长的事儿,问林萍:新领导原来是哪个单位的?林萍笑笑:听说是原来机关党委的王华华书记。董絮瞪大眼睛,说了句:王书记我知道,他不是正处级干部吗?怎么可能愿意到宣传部任副部长?说完,董絮似有似无地看了牛万象一眼。自从上次跟牛万象说了袁部长那些事儿以后,董絮话就变得少了,每次见了牛万象也有些不好意思,脸红红的,火烧云一样。牛万象知道王华华是机关党委的常务副书记,只记得曾经采访过他一次,并没有什么太深刻的印象。如果他是正处级,那不是和古部长一样吗？他们如何协调开展工作？一个正处级干部到宣传部任副部长,这的确有点儿不同寻常。更为关键的问题是,这个副部长是不是古部长自己物色的人？他是不是对新的副部长满意？一般来讲,在古彭师大,单位的副手都是正职中意的人选,否则难以开展工作。但学校还没有哪个单位出现过正职副职都是正处级的情形,或许这样的局面也不是古部长愿意看到的。由此可见,他在学校的影响力已经很弱,配置副手已经不是他能把握的。

三个人到了会议室,牛万象看到古部长表情严肃,板着脸,端坐在会议桌正中间。曾晓雯和刘冬也都低着头,一言不发。等三个人落座,古部长说了句:以后开会你们编辑部动作麻利点！林萍一愣,今天古部长这是怎么了？以前编辑部稍迟一点他都没有批评过,今天这是刮的哪门子风？牛万象也很吃惊,他心里说:欧阳枫不是还没到吗？编辑部并不是最后一个来的呀。古部长话音刚落,欧阳枫急急地从外面一头扎进来,满头大汗。古部长急不可待地说了句:调查清楚了吗？这次带头的是不是还是那个王胜利？欧阳枫点点头,擦了擦额头上的汗珠。牛万象这才知道,欧阳枫晚来是另有任务了。看来,这事儿可能还比较严重,不然古部长不会用这样的口气说话。只见古部长眉毛几乎竖了起来,不停地用手指敲击着桌子,这显示他内心的烦躁不安。只听他厉声对欧阳枫说道:这样的学生,你怎么能让他当新闻社的负责人？还有你们校报编辑部,王胜利也曾经在记者团当过团长,可以说是你们一手培养了这个"蠢材"!愣了一下,他口气稍缓:欧阳枫老师,你把调查的情况给大家说一下!大家都把脸转向欧阳枫,个个都是一副很茫然、好奇的样子,谁都不知道到底出了什么事,以至于古部长如此恼怒,而且同时批评网络科和编辑部。可以肯定的是,今天开会的内容和新来的副部长无关。欧阳枫翻开面前的笔记本,有些尴尬地说道:上周有人在BBS论坛发了一个帖子,说有人在校园内搞信教活动,并发展教众。古部长非常重视,安排我做了一个调查。经过走访,了解到这个基督教团伙已经在我校存在了几年之久,一开始没有形成规模,只是几个学生在很小的范围内开展活动。最初的传道者是一名来自美国的外教,他在校园内发展了两名信徒。他离开师大后,这两名信徒继续悄悄开展地下活动。从去年开始,王胜利被发展为信徒,做了决志祷告,尽管还没有受洗,但已经以基督教教徒的身份发展了不少信教学生。最近,他们公然把活动从地下转为地上,在教室、玉泉河畔等场所公然布道,影响比较恶劣。欧阳枫说完了,看了看古部长。古部长说:这个王胜利,到底是个什么角色?上次学生被摩托车撞出事,他出来搞什么莫名其妙的纪念活动,现在又公然在学校信教、传教!这可是明令禁止的!按照有关规定,他这样的情况应该开除学籍!林萍皱了一下眉头说道:王胜利好像马上就毕业了。古部长气呼呼地说:快毕业了,也可以取消他的毕业证书!不予毕业!古部长正在气头上,牛万象思考了半天,犹豫到底该不该发言,考虑到王胜利在记者团待过,他还是试探着为他开脱:大学生宗教活动比较敏感,如果这个消息传出去,极不利于我校的对外形象,是不是悄悄处理比较好?反正王胜利也快毕业离校了,不如冷处理,找他谈个话,警告他离校前不准再搞任何宗教活动,等他一离开学校,这一伙人自然也就散了。牛万象说得很有道理,处理这种高度敏感的事件,不能操之过急。而且这牵扯到师大思想宣传工作,传出去了也确实对宣传部不利。古部长问欧阳枫:目前还有谁知道这个事儿?欧阳枫说:BBS上的帖子我第一时间就删掉了,应该没有多少人知道。古部长点点头:那就冷处理吧,你去找王胜利谈话,告诉他这件事的严重性,如果他还想顺利拿到毕业证,就收敛一点。一定要他保证,在毕业之前不再搞任何教会活动!欧阳枫点点头。古部长稍作停顿,又说道:今天开会还有一个事儿,新来的副部长今天过来就位,组织部一会儿就会把任命文件在学校办公网上发布出来,俞书记下午要亲自到部里来宣布这个事儿。所以,大家下午要早点过来。俞书记宣布完晚上还要参加我们的支部学习活动,大家都要打起精神来,让俞书记看看我们的精神面貌。大家点头。古部长一挥手:散会吧。

回到办公室,牛万象迅速查看了一下办公网,想看看学校下发的新副部长任命文件。文件刚刚挂出来,其主要内容为:经校党委常委会研究决定,任命王华华同志为校党委宣传部副部长(正处级)。文件附了王华华的简历:王华华,男,1960年出生,山东莱芜人,研究生学历,副教授,现任校机关党委常务副书记。对于牛万象来说,这个文件信息量很大,尤其吸引他的是,王华华竟然是他老乡!虽说不是一个地区,但同属一个省份。来了一个老乡做自己的上司,总要比袁部长强得多吧?牛万象心里想。与王华华的任命文件同时发布的还有一个关于成立人类学学院的文件,文件说,为了形成新的学科生长点,优化学校学科建设,学校决定成立人类学学院。仔细看完,牛万象才知道这个学院就是在文学院文艺人类学方向的基础上分出去的,之所以单独成立一个机构,纯粹是因为杨光明要把这个文学与人类学的交叉学科做大做强。这一点,从杨光明亲自兼任学院院长可以看出来。全校上下,还没有哪个学院的院长是由校领导兼任的。引起牛万象注意的还有一个任命文件,艺术人类学学院的常务副院长竟然是刘三庭!这样说来,叶晓晓岂不是要成为这个新学院的第一届研究生?

中午吃饭时牛万象和叶晓晓说起这个事,她竟然一点都不知道。也难怪,现在学校每天发生的事情太多也太快,别说一个普通学生,就是牛万象这样的年轻教工,也无法第一时间得到信息。

因为俞书记事情太多,新部长任命见面会和支部学习活动一直到了下午四点钟才开始。见面会很简单,俞书记宣布了任命文件,介绍了一下王华华的情况,说明了学校派王华华到宣传部来的原因,说这是校党委慎重、综合考虑的结果,顾及了各方面的情况,尤其是王华华同志在机关工作多年,有丰富的机关管理经验,以前也在宣传组织部门待过,他到宣传部工作是非常合适的。王华华同志担任的是宣传部副部长,但他的待遇是正处级,属于低职高配,这充分体现校党委对宣传工作的重视。希望在古部长的领导下,王华华同志能积极主动开展工作,与同志们一起把宣传工作搞得更好!俞书记讲话滴水不漏,各方听了都很受用。王华华和古部长做了表态发言,王华华表示一定配合古部长工作,团结宣传部各位同志,让宣传工作再上一个台阶。古部长则在表态中对学校安排王华华同志到宣传部工作表示服从和欢迎,相信宣传部工作一定会取得更大成绩。其余人员林萍、曾晓雯、刘冬、欧阳枫、牛万象、董絮和资料室熊娟,则一一做了表态。紧接着,进入支部活动环节。在师大机关支部里面,宣传部是最小的一个支部,是唯一一个只是由本部门人员组成的支部。其他党支部大多由两个以上单位组成。因为都是本部门的人,支部活动很好开展。在俞书记的指导下,古部长带领大家学习了一遍新的党章,这时差不多已经到了下班时间。古部长对俞书记说:那我们就转移学习场地吧,到玉泉山庄继续学习!俞书记点点头:好啊好啊。古部长对大家说:俞书记难得能有时间和大家一起吃饭,咱们动作麻利点,大家直接到楼下乘车,车子刘冬已经安排好了。

半小时以后,车子到达郊外的一座土山,然后顺着盘山公路直接开到了土山脚下的一座水库。在水库边,有一片高低不等的园林建筑,在这片建筑的不远处,有一个农家小院,上面写着"玉泉山庄"四个大字。古部长对俞书记说:这里刚刚开业不久,虽然环境一般,但生意火爆得不得了,据说烧鸡公做得相当地道,这里漫山遍野都是野鸡。我以前没来过,董絮和刘冬在这里吃过,推荐我们来看看。俞书记点点头,看了看董絮和刘冬,没有说什么。俞书记看看周边的环境,抬手赶了赶到处乱飞的苍蝇,脸上露出厌恶的表情。这一幕被牛万象看在眼里,心里说了句:看来,俞书记并不喜欢这样的地方!往农家小院里面走的时候,俞书记走在最后,悄悄对牛万象说了句:董絮和刘冬真会找地方!牛万象不知说什么好,只笑笑。俞书记的这一举动,让他心里很温暖。这说明,俞书记没把牛万象看作外人,不然不会当着他的面说这样的话。

三十六 云龙山

在古彭,云龙山的名字差不多是人尽皆知的。当地人称赞古彭环境好,常常说湖光山色。这湖光,指的是云龙湖;山色嘛,当然就是云龙山了。关于云龙山这个名字的来历,说法不一,有史载说"山有云气,蜿蜒如龙",其中一座山九节山峰,高低起伏,其状恰如一条卧龙,而春夏云雾缭绕时,又如龙起舞,故名云龙山。亦有民间传说,汉高祖刘邦就曾藏于此山。因刘邦后来当了汉朝的开国皇帝,皇帝是"龙",他藏过身的山,也就被称为云龙山了。也有传说认为,云龙山为一条恶龙所变。恶龙长期把持黄河,危害徐州百姓,常汲黄河之水,吐水为灾。后被徐州一见义勇为青年用剑刺死,化为此山,故名云龙山。云龙山,并不高,海拔只有500米左右。但有句诗说得好:山不在高,有仙则名。云龙山佛教文化兴盛,从北魏到清代,逐步建起兴化寺、大士岩、唐宋摩崖石刻等著名历史古迹。宋朝苏东坡任徐州太守时,曾多次携友游览云龙山,留下许多传世佳作。

从云龙山可以俯瞰整个古彭师大老校区。进入九月,盛夏刚过,秋阳高照,天气依然很热。自从办学主体搬到新校区以后,老校区就仅剩下新闻学院等三个院系,比以前安静多了。现在,这里刚刚又增添了一个新的学院——艺术人类学学院,办公地点就设在老校区办公楼。经过改造以后,老办公楼焕然一新,一个新成立的学院单独占据了一座楼,这在古彭师大也算是比较奢侈了。当然,这一切皆源于副校长杨光明的权势,他是学校的副校长,手里有着很多的政策和学术资源,要把艺术人类学学科打造成全国一流学科,当然是有着十分得天独厚的优势。叶晓晓听刘三庭说,目前,他正在到处招兵买马,不惜重金要把全国一流的艺术人类学人才都集中到古彭师大来。为了把学科做大做强,他千方百计地跑新闻出版局,想申请一个刊号,创办本学科顶尖杂志《艺术人类学》。有了平台有了杂志,为创办全国一流学科打下了很好的基础,前景非常光明。

杨光明对艺术人类学学院的学生要求严格,要求所有学生包括研究生都要上晚自习。新的一学期一开始,叶晓晓就住进了老校区的研究生宿舍。新宿舍离原来的宿舍不远,每天路过那里,叶晓晓常常有时光恍惚之感。仿佛自己还是刚入学的大学新生,瞪着一双新奇的眼睛行走在崭新的校园。只是,她现在早已不是那个蹦蹦跳跳的小姑娘了。她已经和牛万象同居多年,每天早上醒来,她都不敢环视租住的房间。她担心自己过早地过上了家庭生活,失去了作为单身女孩子的自由自在。现在,她又回到了校园,心里禁不住有一点小小的幸福感。她坐在教室里,听课、看书、写论文,时光仿佛倒回到了从前。直到有一天,她突然发现,自己每天所学习的教室,竟然是从前袁部长的办公室。这让她想起了从前的一幕幕,骨感的现实重新展现在眼前。

叶晓晓搬去老校区以后,牛万象的时间一下子多了起来。他每天除了上班编稿子,其余的时间基本上都用在了写小说和评论创作上。他接连在几个文学刊物发了几篇小说和评论以后,很快就引起了当地作协的注意,非常顺利地加入了古彭市作协,并很快被推荐成了省作协会员。国庆节之后,市作协召开青年作家研讨会,给牛万象发来邀请函。这是牛万象到古彭工作以后参加的第一个文学活动,叶晓晓说第一次亮相很重要,专门陪着他到金鹰商场,想给他挑一件新衬衫。牛万象对此并不感冒,他对叶晓晓说:别太在意这样的活动,你不在这个圈子里不知道,所谓的文学研讨会多半是说好话,大家胡扯一通,拿了红包,吃吃喝喝,就了事,当不得真!叶晓晓撇撇嘴:就你能!你来古彭师大,不主动联系组织,人家作协找上门来,那是给你面子。让你参加研讨会,肯定让你发言,你可千万别胡说,你那些愤世嫉俗的言论,私下里散布一下也就算了,要毒害也只是毒害我一个人,你可千万别去毒害别人了!叶晓晓说完捂着嘴笑起来。商场里人多,牛万象看看周围,没有人注意到他们。他咽了口唾液,说道:我那是追求言论自由……还没说完,就被叶晓晓打断了:你少跟我谈什么自由不自由,你还是踏踏实实写你的小说吧!牛万象说不过她,掌握不了话语权,只得作罢。

让牛万象颇感意外的是,他在研讨会现场竟然碰到了杨帆。上次托她走后门买了火车票,一直想找机会感谢她,请她吃顿饭啥的,后来忙来忙去,竟然渐渐忘了。好在大家都是大学同学,彼此心照不宣。杨帆的样子没怎么变,还是一副清纯可爱的学生妹打扮。牛万象虽然头发少了点,肚子也稍微前挺,但眉眼还是那个眉眼,两个人在人群中一眼就认出了对方,几乎同时叫出了对方的名字。研讨会地点在作协的小礼堂,来了不少人,熙熙攘攘的,不像是文学活动,倒像是农村赶大集。因为和其他人都不熟,牛万象看到杨帆,像是见到了亲人一般,二人找了个较为安静的角落,立即攀谈起来。杨帆告诉他,毕业时报考铁路系统的公务员,被分到了古彭铁路段工作,因为在办公室,工作比较烦琐,但她一直没放弃大学时所钟爱的写作。说到这里,杨帆拍了拍牛万象的胳膊:你可别笑话我啊,大学时你就是我们的偶像,我的写作动力全都是你激发出来的!牛万象耸耸肩膀:我有那么厉害吗?杨帆笑笑:当然有!那时候我最迷恋的男生就是你!可惜我总是赶不上你的节奏,大学时眼睁睁看着你和我的好朋友谭薇谈恋爱,到古彭来,好不容易联系上吧,又发现你有了新女友,唉!愣了一下,杨帆转移话题说:我这几年陆续发了几个长篇散文,也加入了市作协,经常参加他们的活动,没想到这次碰到你!牛万象指指那些高谈阔论的人,说了句:大学时就讨厌这样的场面,所以我这几年基本不和当地作协联系,这次是因为收到了他们的邀请,而且说要我代表古彭师大发言,所以才来看看的,可我连他们的作品都没看过。杨帆点点头,说:一会儿你随便翻翻作品就可以了,现在的研讨会都是在走形式,没几个是真看过作品的!不过,我的作品你得认真看看,给我好好提提意见!牛万象一愣:怎么,这次研讨的对象也有你?杨帆脸色一红,指指不远处的一个红光满面的中年男人说:你看到了吗?他就是市作协主席王桂桂,也是写散文的,是他推荐我参加的作协,这次研讨的主题是散文写作,也涉及了我。牛万象看了看正在滔滔不绝的王桂桂,说了句:你的作品我大学时就了解,正好一会儿重点说说!杨帆个子和牛万象差不多高,她盯着牛万象的眼睛看了一会儿。牛万象被她看得不好意思,脸转向一边。杨帆拉着他的手:走,我帮你介绍介绍,认识一下作协王主席,你现在可不仅是青年小说家了,还是青年评论家!被杨帆温暖的手握着,牛万象手心里很快就出了汗,他想抽出自己的手,无奈杨帆握得太紧,一直走到王桂桂面前,杨帆才松开他的手。王桂桂看到杨帆,眼睛直发亮,哈哈笑着说道:怎么样?杨帆,马上就要开你们几个青年散文家的研讨会,是不是心情很激动?杨帆捂着嘴巴笑笑:谢谢王主席培养!我一定继续努力!她指了指牛万象,对王桂桂说:王主席,这是古彭师大的青年评论家牛万象,也是我的大学同学!今天他也来参加研讨会,真是意外的惊喜!王桂桂看了牛万象一眼,朗声说道:原来是师大的牛教授,我看过你的小说,写得不错!相当不错!回头我们也研讨一下青年小说家,也把你列为研讨对象!牛万象看了看他伸过来的右手,毛茸茸的,有些瘆人,出于礼貌,他象征性地和王桂桂握了握,只说了句,王主席辛苦!王桂桂哈哈笑,指了指会议桌:大家都坐吧,研讨会马上开始。

不出牛万象所料,研讨会开得很沉闷,发言的人几乎都没有认真读过作品,在那里胡吹乱说一通,不着边际地指点一番,说几句放之四海而皆准的大路话,最后再自以为是地自我陶醉一下,对于作者创作根本没有什么指导作用。王桂桂的发言倒是有几处可圈可点,毕竟他也是写过几篇散文的,但可惜没有什么理论高度,都是大白话,有些索然无味。忍着厌恶听完了其他人的发言,到了牛万象说话时,他干脆实话实说道:我没有看过这次研讨的作品,所以没有什么发言权。但我熟悉杨帆的散文创作,我就只谈她的作品吧。牛万象的实话,却帮了杨帆的大忙。五位青年作家作品,牛万象置其他人于不顾,只评论杨帆,虽说找了个冠冕堂皇的理由,但毕竟有故意贬低、忽略其他四位作家之嫌。牛万象不管这些,洋洋洒洒说了一大通杨帆的散文特色,最后也点到了不足之处。别人发言时,现场始终是嗡嗡之声不断,到他发言时,全场鸦雀无声,大家都听得很认真,并且很服气。牛万象发言完毕,现场响起了掌声。他的发言,给今天的研讨会定下了基调,这也就意味着杨帆的创作被突显了出来。在牛万象发言的时候,杨帆一直在注视着他,一脸的仰慕之情,眼睛里闪动着点点泪花。

现在的所谓研讨会,结束以后一般都安排饭局。牛万象和大家都不熟悉,散会后想走,杨帆硬拉着他留下来吃饭。她对牛万象说:吃完饭我们一起去喝咖啡,我请你!牛万象笑笑:要请也是我请才对,你帮我买火车票,我还没感谢你呢!杨帆带着牛万象来到作协不远的一家饭店,悄悄告诉他:其实我也不想留下来应酬,我更想和你一起单独找个地方,随便吃点东西。但研讨会是为我和其他几位年轻作家开的,我如果走了,实在是不礼貌。牛万象点点头,进了屋里。主办方准备了两桌饭,都在一个大房间里。参加会议的人基本上都没走,大家嘻嘻哈哈各自说着什么。杨帆和牛万象在靠外面的桌子坐下来,还没坐稳,王桂桂朝他们喊:杨帆杨帆,你到这张桌子来坐吧,你是今天的主角!牛万象说:你过去吧!杨帆没办法,只得挪到那张桌子,坐在了王桂桂身边。刚坐下,杨帆有些不习惯,好几次转身朝牛万象吐舌头,牛万象笑笑。这种小地方文人的聚会,谈论的一般都是很庸俗的话题,什么谁谁操纵什么奖了,美女作家和男责任编辑偷情了,某某文学权威又娶了小老婆了,哪位著名作家抄袭了,话题很多,很碎,但好在都和文学有关。牛万象皱着眉头听,别人敬酒,他应付一下,其他时间都基本上保持着沉默。王桂桂带着杨帆她们几个年轻作家过来敬酒,牛万象难得地幽默了一句:我这才发现,今天研讨的都是年轻女作家啊!他这一说,大家都笑起来。有人接了句:王主席是青年女作家的伯乐,千里马常有,伯乐不常有!于是大家举杯,这个说,敬我们的伯乐!那个说,敬我们的千里马!杨帆站在牛万象身旁,身体似有似无地紧贴着他的肩膀,牛万象能感觉到她酥酥软软的胸脯。此时,杨帆满脸通红,对牛万象小声说了句:一会儿等等我啊。这话被王桂桂听到了,呵呵笑着说:怎么,你们要私自行动吗?这可不行,一会儿我们还要去喝茶呢!杨帆愣了一下,说了句:领导要喝茶,我们一起去!牛万象不说话。过了一会儿,杨帆悄悄递过来一张纸条:一会儿我们先陪王主席去喝茶,喝完茶咱们再单独好好聊一聊。牛万象把纸团成一团,扔进了不远处的垃圾桶里,端起酒杯,对着一桌子人突然说了句:来,我敬大家一杯!干了!几杯酒下肚,牛万象脸色红成了一块酱猪肝,他没等饭局结束,就悄悄离开了酒店。他一出酒店门就吼了起来:你总是心太软,心太软,把所有问题都自己扛,相爱总是简单,相处太难,不是你的,就别再勉强……还没唱完,杨帆从里面冲出来,一把扶住他:不是说好了等我的吗?你咋自己走了?牛万象推开她,满嘴酒气地说道:你快去陪那个王主席,他可是你的大伯乐,不敢得罪,不敢得罪!杨帆羞得满脸通红:你喝了这么多酒,能回家吗?牛万象大手一挥:没问题,大学毕业的时候我喝过一斤,你忘了?杨帆点点头:没忘,好像谭薇那天还骂了你!说完,杨帆就笑了。听到杨帆提到谭薇,牛万象一愣,随即摆摆手:赶紧进去吧,我先回去了! 杨帆说:也好,那我们改天再约! 我有你的电话,以后联系就方便多了!

三十七 桃花林

在离老办公楼不远的花园里,新植了一片桃花。三月,苏北鲁南天气回暖,桃花全开了,引来不少人驻足,徜徉其间,陶醉不已。这一片桃花林,有大小二十几棵桃树,花期一到,满眼烂漫,甚是夺人眼球。今年的气温和往年同时期比,略微有些高。三月末四月初,最高温度竟达到了二十几度,这在古彭是比较罕见的。高温对于人类来说不是好事,对于我们这些植物更是麻烦。我们不得不加快了光合作用,花期早而长。再加上天气干燥、雨水不足,空气中像是到处都充满了火花,一点就着。这样的天气,是要出什么大事的节奏。

果然,进入四月以后,一场名为非典型肺炎的瘟疫迅速在中国蔓延开来,人们把这种传染性疾病简称为"非典"。"非典"很快传播到苏北鲁南,作为拥有近两万名大学生的古彭师大,对此严阵以待,在全校范围内发起了一场"非典"阻击战。随着"非典"蔓延的速度加快,因感染"非典"导致死亡的消息不断传来,其数字越来越大,速度越来越快。终于有一天,古彭也发现了"非典"患者!隔离了十几个人!一时间,古彭满大街到处都弥漫着恐慌,大家能不出门就不出门,出门都戴着厚厚的口罩。古彭师大更加紧张起来,迅速成立了抗击"非典"工作的领导小组,陆丰书记和任华校长亲自担任组长。领导小组下设办公室,校办主任蔡光荣兼任办公室主任。没几天,学校一名私自出行到广东旅游的学生,回校第二天就出现了发热症状,校医院迅速对他采取了隔离措施。同时,学校下令,立即封闭整个校园!全校师生,无论是谁,出入校园必须出示证件,校外人员一律不准进入校内,同时,校内的学生也不能轻易出校逛街,更不能私自出外旅游。此命令一下,作为研究生的叶晓晓就被隔离在老校区了,没有辅导员的允许,不能走出学校大门。牛万象作为老师,持工作证还可以自由出入于两个校区之间。但为了尽量少坐公交车,减少接触隐蔽传染的机会,此时,他也只能一周去老校区看一次叶晓晓。封闭校园以后,叶晓晓只能在学校食堂吃饭,连续吃了两周,渐渐反胃。平常一到这个季节,她最喜欢吃小龙虾,一个人一口气能吃上两斤!而学校食堂从来就不供应小龙虾,叶晓晓没办法,只好让牛万象去买小龙虾的外卖,给她带进来。因为有牛万象的照应,总体来说,在封校期间,叶晓晓的日子比其他学生要好过得多。

春夏之交,万物萌发,牛万象和叶晓晓的身体也蠢蠢欲动。牛万象每次到老校区来,包里总不忘带着避孕套。他俩寻找一切可以做爱的场所,宿舍、小树林,甚至夜幕下的草地,只要有机会,两个人的身体就黏在一起。天气炎热,叶晓晓穿着好看的裙子,在哪里都很方便。有一次,天刚刚擦黑,两个人来到学校操场,看到只有很少的几个人在那里散步。牛万象坐到操场边缘的一个石凳上,让叶晓晓掀起裙子坐在自己大腿上,轻轻摇晃。这个动作很隐蔽,别人以为他们只是抱在一起,根本不会想到他们是在做爱。但这毕竟是在露天,更多的时候,叶晓晓还是愿意在宿舍和教室里面。研究生教室人很少,刘三庭今年只招了三个研究生,另外两个男生很少来教室,这给牛万象和叶晓晓提供了很好的机会。

艺术人类学学院的研究生教室都是原来机关的老办公室,房间都比较小。牛万象第一次到叶晓晓教室时,还以为是在梦中,这不就是原来宣传部的办公室嘛!隔壁就是原来的校报编辑部!来到这里,牛万象感到既熟悉又亲切,心情一下子就放松下来。不等叶晓晓插上门,牛万象就迫不及待地从后面抱住了她的腰,叶晓晓就顺势伏在了课桌上,双手抓住了课桌的边缘。牛万象一把掀开叶晓晓的裙子,顾不上褪掉她的内裤,就从侧面滑了进去。叶晓晓低吟了一声,身体痉挛起来,皮肤上起了一层细密的小疙瘩。牛万象和叶晓晓沉醉在温柔乡里,忘掉了眼前的一切。进行到最高潮时,叶晓晓含混不清地叫了一声袁部长的名字。那声音很小,在牛万象听来却不啻一声惊雷。他像一个被关掉电源的机器人一样,立即停止了动作,身体如同被冻僵了一样,雕塑般站在那里。叶晓晓愣了一下,随即捂住了自己的嘴巴。她回过身来,抱住牛万象,急急地解释道:你知道,这里原来是袁部长的办公室,我刚才糊涂了……牛万象用双手捂住了整个脸庞,一屁股坐在了桌子上,眼睛血红,声音颤抖地问:你说实话,是不是和袁部长在这里做过?你说实话,我不怪你!叶晓晓不停地摇头,嘴里重复说着:我没有我没有我没有……牛万象不相信:如果没有,那你刚才怎么会叫他的名字?你可是在和我做爱!叶晓晓差不多要哭出声来了,眼泪啪嗒啪嗒往下掉,她抽抽搭搭地说:我和袁部长真没有……可能是因为这里原来是他的办公室……牛万象想起董絮说过的话,她亲眼看到叶晓晓在袁部长办公室过夜。他有一种眩晕的感觉,竭力让自己冷静下来,高声质问叶晓晓:我再给你一次机会,你说实话,到底有没有?叶晓晓还是摇头。牛万象没办法,只得重复了一遍董絮的话。叶晓晓愣住了,然后冷冷地说了一句:没想到你连董絮的话也相信!我要是告诉你,那天晚上我只是在他办公室上网,什么事都没发生,你相信吗?牛万象愣了愣,摇摇头,夺门而去。

外面还没有黑透。校园里的路灯发出幽暗的光芒,照着惨白色的路面。牛万象深一脚浅一脚地往大门外走。学校大门口站着四个保安,戒备森严。他们看到跌跌撞撞的牛万象,以为他喝醉了,老远就呵斥他:这位同志,请出示你的证件!牛万象心情不好,懒得理他们,继续往外走。其中一个保安伸出胳膊,拦住他说:请你出示证件!牛万象突然恶狠狠地骂了句:出示你娘啊,出示证件!我是这个学校的老师,你看不出来吗?那个被骂的保安一时也没反应过来,其他保安也都愣住了,眼睁睁看着牛万象大摇大摆地走了出去。一辆19路开过来,牛万象摇晃着身子上了车。除了司机,公交车上没有一个乘客,空空荡荡的,仿佛幽灵一般,晃晃悠悠往前开。牛万象冲着司机吼了句:都是怕死鬼!"非典"一来,都不敢出门了!司机有些惊讶地看看他,把垂在下巴的口罩重新戴上。牛万象看到这个动作,有些生气,继续吼道:你戴什么口罩?老子又没得"非典"!司机不理他,只时不时地看一下内视镜,十分不放心的样子。随着公交车的晃动,牛万象渐渐安静下来。他脑袋里不断闪现着刚才和叶晓晓的对话,或许她说的是真的?那天夜里并没有和袁部长发生什么?但一个貌美如花的女大学生,孤身一人在噬女如命的采花大盗的办公室过了一夜,还能够保全自己的清白,这种概率有没有？或许真有,但只有鬼才相信吧！牛万象越想越生气,越想越冲动,他恨不得跳出车窗外,一头扎进那些在马路上来往飞驰的车轮底下。或者干脆得了"非典"好了,一了百了！他有些恶毒地想。

接下来的日子里,牛万象一直没有和叶晓晓联络。"非典"持续了两个月,学校封闭了两个月,叶晓晓两个月没有走出校门,牛万象则恢复了以往单身汉的生活,上班,下班,写作,睡觉,很单调,但也很充实。新副部长王华华上任以后,对牛万象很是倚重,找他谈了几次话,中心意思是要踏实工作,一起把校报编好,把外宣稿件写好。有一次,王华华还以老乡的身份告诫牛万象:我们都是外地人,在处处都讲究裙带关系的现在,每前进一步都实属不易。我们既然是老乡,我会尽量为你好好表现提供方便,大胆放手去做工作,出了事我负责！王华华对校报工作很重视,不仅亲自写言论,还亲自过问子刊《玉泉河畔》的工作。他建议牛万象指导学生记者编辑出版一期抗击"非典"的专刊,因为心情低落,牛万象对此不是很感冒。王华华见牛万象积极性不是很高,转而提议由董絮协助牛万象来管理大学生通讯社,并协助指导子刊。牛万象知道王华华意在分权,碍于他和自己是老乡,也就不便明说,稀里糊涂地把子刊交给了董絮。董絮当然也很会拿捏分寸,既然是协助指导,她也不便越位,常常和牛万象一起商量,如何策划选题,如何分配版面,在两个人共同的指导下,《玉泉河畔》抗击"非典"专刊的版样顺利出炉了。这个专刊打破了原来固定的每期四个版的惯例,一共做了十六个版,拿在手里,厚厚的一沓,像一本杂志一样。这期专刊王华华亲自审校,质量比往期都高。报纸发下去没多久,就收到了来个各方面的反馈,都说这期报纸策划得好。俞书记拿着报纸亲自来到古部长的办公室,交口称赞这一期报纸办得有水平,说这才是师生员工喜闻乐见愿意读的报纸!真不错!要坚持!校办主任兼学校抗击"非典"工作领导小组办公室主任蔡光荣专门给王华华打来电话,称赞这期报纸在宣传方面帮了学校的大忙。这些意想不到的表扬,让牛万象重新有了精气神。他的心情逐渐好转,主动请董絮吃了一顿饭,两个人的关系突飞猛进,有事没事常常聚在一起商量策划校报用稿。这一切都被林萍看在眼里,她看着董絮和牛万象一起出入于办公室和食堂,禁不住有些担心起来。按照本来的计划,她评上副高职称之后,就跟着博士丈夫去北京。但计划赶不上变化,早先联系好的北京那所高校在连续等了两年未果之后,已经于今年引进了另一个人才。这也就意味着,林萍和丈夫还要重新联系合适的大学,这无疑会需要不少时间。现在校报编辑部的格局很明朗,林萍作为编辑部主任,她的资历最老,尽管她没有选择站在任何一个阵营,既不属于古部长这一阵营,更不属于新来的王华华那一阵营,但她依靠着自己在宣传部的老资格,脚跟站得非常稳,其地位也很稳固。她知道牛万象是一个有能力有想法的人,报纸这两年之所以能够取得这么大的进步,多半是因为牛万象的努力。这一定程度上对林萍造成了潜在的威胁。她知道,一旦自己腾出主任的位置,牛万象是最合适的接任者。但董絮也不是一个善茬,她的学历比牛万象高,而且她和袁部长的关系让她背靠大树好乘凉。在她和牛万象之间,是有一些潜在利益冲突的。林萍本来一直在利用这种潜在冲突,把董絮团结在自己这一边。但现在情况似乎有些不妙,董絮和牛万象的关系似乎在向着更加亲密的方向发展。一旦他俩联手,林萍就失去了在编辑部的权威。而且就目前的情况看,牛万象和董絮都是单身,两人结合的可能性很大。当然,两个人之间也不是没有障碍,从牛万象这边来看,他和叶晓晓正在同居,虽说叶晓晓还是一个研究生,这种关系说断就断,但毕竟要考虑到影响,在机关工作,树立良好的个人形象是很重要的,袁部长之所以迟迟不能升迁,原因就在这里。从董絮这边来说,她很难主动摆脱袁部长,一旦和袁部长关系破裂,她在宣传部的日子不会好过。除非袁部长主动放弃她,另寻新欢,她才能放手重新开启新的情感。何况两个人的家庭背景相差太远,牛万象是农家子弟,家庭负担很重;董絮出生于大城市,即便算不上大家闺秀,也是小家碧玉,实乃才貌双全。基于以上分析,林萍认为牛万象和董絮关系可能会变得更加紧密,但很难做到灵肉合一。林萍决定在自己调走之前,还是要继续巩固自己在宣传部的地位。她一直在考虑,如何在牛万象和董絮之间扔一根骨头,让他们的关系重新变得貌合神离。

校报子刊《玉泉河畔》抗击"非典"专刊引起了很好的反响,王华华想乘势而上,要求校报也编辑出版一期专刊。为此,三个人忙着策划、采访、写稿,整整一周没有消停。这天,三个人正在办公室校对各自的版面,电话如同受到恐怖威胁一样,突然尖叫起来。林萍抓起电话,按了免提键,说了一声你好,电话那边传来柔声细气的问候:你好,请问牛万象老师在吗? 发现是个女生,林萍来了兴致,说道:你是哪位? 找他有什么事吗? 对方说:我是他的大学同学,是他给我留了这个电话。牛万象知道是杨帆,迅速拿起了电话。林萍朝董絮使了个眼色,关掉了免提键。杨帆问牛万象晚上是否有时间出去聊聊。牛万象开玩笑说:现在?这可是冒着生命危险的一次约会啊!杨帆在电话那头略略笑,说:放心,不让你坐公交车!我下午六点开车去学校接你,然后一起去云龙湖边的左岸咖啡馆。牛万象看看不时往自己这边张望的董絮,说了句:好吧,我在办公室等你。放下电话,牛万象对林萍和董絮说:一个大学同学!刚联系上没多久。林萍笑笑:是大学女同学哦!董絮也笑着说了句:大学同学可是很容易产生故事的哦!牛万象有些尴尬地笑笑,没吱声。下午下班,牛万象在办公室边改稿子边等杨帆。董絮也待在办公室迟迟不走。牛万象有些奇怪,以前董絮总是和林萍一起早早地打道回府,今天这是怎么了?

六点钟,杨帆准时到达办公楼底下。牛万象简单收拾了一下背包,对董絮说了句:这么晚了,还加班?董絮抬头笑笑:这就走!牛万象点点头,上了电梯。亭亭玉立的杨帆站在一辆红色的甲壳虫旁,看到牛万象,轻启粉唇,一笑:刚才在学校门口费了老大劲,保安才让我把车开进来,你们这儿,真是严阵以待啊!牛万象笑笑:学校人口密集,不怕一万就怕万一嘛!说着,牛万象钻进了甲壳虫:这车很舒适啊,价格也老贵吧?你这毕业才几年,就买了这车!杨帆发动车子,边倒车边回答:也不全是我自己的钱,老爸老妈退休金花不完,资助了我不少。牛万象不便多问,把话题转移到了文学写作,称赞杨帆是古彭市的文学新秀,大有前途,他不无嘲讽地说:现在可是美女作家大行其道的年代,你这么会写散文,又长得漂亮,必定会成长得很快!杨帆听出牛万象话里有话,只笑笑:写散文的,不像小说,想出来哪有那么容易?现在的文坛,你又不是不知道,全靠包装。牛万象笑了一下:认识蛮深刻嘛!像你这样的年轻女作家,重要的不仅是要靠包装,更要紧的是要靠文坛老男人包装,只有和那些满脸老年斑、满手牛皮癣的著名老作家多接触,你才能更快更好地成长!杨帆知道牛万象对自己和王桂桂的密切关系有意见,故意做出撒娇状:我谁也不依靠,我就靠我自己,真要说依靠谁,我宁愿依靠你!牛万象愣了愣,随即笑道:依靠我?我都不知道依靠谁!

远远地可以看到左岸咖啡馆了。这家咖啡馆环境很好,就在云龙湖的岸边,可谓是占据了最好的位置。这里的消费也偏高,一杯普通的拿铁在别的咖啡馆只要二十元,这里却要翻一倍。但到这里来的年轻人还是趋之若鹜,对于约会的年轻恋人来讲,价格似乎并不是什么问题,在他们眼里,品位最重要。因为正处于"非典"时期,这家在古彭最为著名的咖啡馆此时的生意也很惨淡。咖啡馆里的人很少,昏暗的灯光下,只有几对男女分散在各个角落。牛万象和杨帆找了一个安静的位置,在这里可以看到整个云龙湖。暧昧的夜色之下,辽阔的云龙湖面上星光点点,亮晶晶一片,景色甚是宜人。坐下来,杨帆自己点了一份水果沙拉和一杯卡布奇诺,她对牛万象说:给你来一份牛排好不好?牛万象点点头:你自己吃这么少却给我来这么多!杨帆笑:我们女生要减肥,你们大男人用不着!再给你来一杯拿铁?我记得大学时你最喜欢喝这个。牛万象笑笑:我们大学时就喝过一次咖啡,那时候我还没有认识谭薇,你记得这么清楚。杨帆把菜单递给服务生,说道:你那时候是校园名人,我们这些不起眼的小人物,要想请你这样的大人物吃顿饭,那都得排好几天的队!牛万象脸色一红:你啥时候也学会了说反话?杨帆一甩头发:你再调教调教,我就快赶上你的水平了！两个人说着闲话,时不时地看着窗外。话题不知什么时候又回到了文学,牛万象劝告她:现在的文坛很势利,一半儿靠作品一半儿靠关系,没有作协那些大佬帮你推介,你的作品写得再好,发表得再多,也没用,你既然要写作,就得做好这方面的准备。杨帆点点头:这个我知道,别说文坛了,就说古彭的小圈子吧,乌烟瘴气的事情太多了。愣了一下,杨帆又说:幸亏你毕业进了高校,不然要是混在这个小圈子里,以你的性格肯定不适应！服务生送来了食物和饮品,牛万象肚子饿了,便大口大口吃起来。牛肉做了七分熟,一大份牛排一会儿就被牛万象吞下了肚。再看杨帆,正一小口一小口地吃着沙拉,边吃边对着牛万象笑。牛万象问她:笑什么？是不是笑我吃相难看？我可不像你们这些小女生,明明有一张大嘴却偏要小口小口地吃！杨帆愣了一下,随即大口大口吃完了沙拉,笑着对牛万象说:我很奇怪毕业这么些年,你的脾气竟然没有一点儿改变。你这个人,大学时说话就不讨人喜欢,现在还是这样！不了解你的女孩子多半会被你吓跑！牛万象笑笑:那你为啥不跑？你就这么了解我？杨帆点头,突然转移了话题:毕业以后,听说你很快就谈了个女朋友？牛万象点点头,开玩笑道:对,我发现自己是一个离不开女人的男人！杨帆脸色微红,笑了一下:真不知道你谈恋爱时是什么样子。牛万象脱口而出:就像现在这样呗,还能怎么样？杨帆一愣,表情复杂地看了牛万象一眼,喝了一大口咖啡,说了句:左岸的卡布奇诺味道就是纯正！你的拿铁怎么样？牛万象把面前的拿铁递给杨帆:你尝尝就知道了！杨帆把自己的吸管从卡布奇诺的杯子里拿出来,放到拿铁杯子里面,闭上眼睛轻轻吸了一口,连声说:好喝好喝。牛万象看着她陶醉的样子,笑了笑。

酒醉人,咖啡也醉人。牛万象和杨帆在左岸一直待到了十一点,牛万象喝了两大杯拿铁。喝完咖啡,两个人的精神出奇地好。杨帆说:我们出去沿着河岸走走吧,云龙湖的夜景很美!牛万象"醉"眼蒙眬地看着杨帆,点了点头。两个人一前一后走出了左岸,融进了茫茫夜色中。云龙湖的景色很美,两个人欣赏着眼前的美景,谁都不说话。走了许久,杨帆打破沉默:牛万象你怎么不说话?牛万象笑道:天地间有大美而不言也!美景在前,说什么话都显得多余!杨帆挽住牛万象的胳膊:你说得真好!大学时我最喜欢读你写的诗,语言美,思想也美。现在的文学作品,美则美矣,但缺乏审美思想,读之多无味!杨帆把半个身子都倚靠在牛万象的胳膊上,牛万象试着想挣脱,没想到杨帆干脆把头也靠在他的肩膀上,她的头发和身上都散发出淡淡的香气,沁人心脾。此时,在茫茫的天地间,在朦胧的夜色中,在水天一色的暗影里,牛万象感觉自己抛却了一切杂念,身心唯余一片苍茫空灵。

三十八 口罩

除了爆发传染性疾病和遇到糟糕的天气之外,平时人们不大注意到我们。"非典"到来期间,我们空前地被重视起来,说人手两个那都是保守。在古彭师大,早早地就给每一位学生发放了三个口罩,要求他们出门必须佩戴。口罩,在校园里四处飘荡着、蔓延着,"口罩"这个名词终于不再像"胸罩"那样只在一部分人口中传播。现在,谁都离不开我们。两个月过去了,尽管"非典"已经得到有效控制,古彭师大也解除了校园的封闭管理,但校园里依旧弥漫着紧张的氛围,即便是在课堂上,还有许多人依旧戴着口罩。口罩满天飞的校园已经不像一所大学,倒像是一座传染病医院。

牛万象是不多的一直坚持不戴口罩的人,尽管他的包里和口袋里就放着这些东西。他觉得口罩是一个很奇怪的东西,他不相信通过几层特殊材料制作的这种能护住口腔和鼻腔的东西,对抗击"非典"能有什么多大的作用。如同女人使用的胸罩一样,其作用不过是在欲盖弥彰,遮住的目的是为了暴露。与牛万象不一样,宣传部的其他人上下班没有不戴口罩的。最严重的那些日子,林萍几乎每天都更换口罩;董絮虽然没有这么夸张,但也是罩不离口,像一个护士一样,下巴底下总是挂着一个蓝色的东西。这天一上班,董絮看到牛万象的第一句话就是:你的那个大学同学蛮漂亮的嘛!牛万象一愣,笑笑说:有你漂亮?董絮点点头:我觉得蛮漂亮的。牛万象没接话,有些奇怪地想:难道她那天看到杨帆了?怪不得她很晚还不走,难道就是为了看看杨帆?她为何要这样做?牛万象想起了送袁部长那天她喝醉酒的情形,如果那天不是自己还清醒,他们可能已经越过了男女同事的红线了。董絮到底是一个什么样的女孩?她对袁部长的感情究竟是逢场作戏还是深陷其中?她不会是一个喜欢游戏人生的人吧?就像二十世纪九十年代满大街的理发店都在播放的那首歌一样:岁月不知人间多少的忧伤,何不潇洒走一回?

牛万象正沉浸在想象中,刘冬在门外喊:万象,到资料室帮个忙!他回过神来,向资料室走去。刘冬和熊娟正在制作横幅,内容是学校庆祝成功抗击"非典"的口号。牛万象一看到这个就皱紧眉头,宣传部真是闲,没事就知道满校园挂横幅,真是耗费时间和精力!王华华副部长也真是,本来古部长就喜欢挂横幅,他来了以后,变本加厉,两个人都喜欢做这些虚头巴脑的东西!要命的是,宣传部办公设备落后,制作横幅还得用老式打印机,人工一点一点拼贴而成。不夸张地说,资料室熊娟老师的多半时间都浪费在这些毫无意义的所谓重要"工作"中。有意见归有意见,该干的活儿还是得干。牛万象就是在这样的无奈当中,拿起了地上的大头针,把那些毫无生命的文字一笔一画地别在横幅上。

算起来,牛万象和叶晓晓已经有一个月没有见面了。这段时间,两个人的心情都不好,牛万象甚至没有给叶晓晓打一个电话。敏感的叶晓晓知道牛万象这次是真的生气了,他们的感情很可能会就此夭折。她知道自己必须得做点什么。牛万象是一个倔强的人,也是一个不肯轻易认输的人,指望他主动来找自己那无异于痴人说梦。而且,这一次的责任确是在自己身上,她怎么会在和牛万象做爱的时候喊出袁部长的名字?这种事儿搁在哪个男人身上都不可能忍受!她知道自己必须解释清楚,向牛万象道歉,以寻求他的原谅。或许,只有如此,才能换回两个人的感情。于是,学校解除封闭式管理的第一天,趁着中午的时间,叶晓晓直奔她和牛万象租住的房子,牛万象养成了每天午睡的习惯,平时喜欢在家里搂着叶晓晓午睡,他有时候会选择在这个时候和叶晓晓亲热,他不喜欢只在晚上固定的时间做爱,他喜欢随心所欲在任何时间任何地点兴之所至。但今天他不在,叶晓晓猜测他可能还在办公室。因为她不在家里,牛万象可能在办公室凑合着睡一会儿。想到这里,叶晓晓骑着自行车去了新校区。中午的校园很安静,路上三三两两地走着几个大学生,腾腾的热浪扑面而来。叶晓晓有时候很奇怪这所大学校园何以有着如此巨大的收纳功能,试想,一个拥有两万名学生的大学,每天上课下课时人潮涌动,熙熙攘攘;到了中午和晚上,学校则变成了退潮的海滩,一片死寂。办公楼里也是如此,每一间办公室都是房门紧闭,像是每一扇门后都藏着一个巨大的秘密。校报编辑部也一样,异常地安静。叶晓晓敲了敲门,没有人应声。又敲了两下,门开了,是董絮,她的头发有些凌乱,看到叶晓晓站在门外有些吃惊,边整理头发边说:没想到你会这个时间点过来,不好意思!叶晓晓笑笑:打扰你休息了吧?我来找牛万象。董絮一笑:我今天是第一次在办公室午睡,宿舍里的空调坏了,天气太热,就想在办公室沙发上眯一会儿。愣了一下又说:牛万象不在,他好像去了市作协,那边有个什么活动。叶晓晓点点头:什么活动会安排在大中午? 董絮示意叶晓晓进来,说:或许是饭局吧,也不一定。叶晓晓迟疑了一下:你接着午睡吧,我不进去了,省得打扰你。董絮说:已经不困了,你进来吧,正好有个事儿要给你说。叶晓晓进来,一屁股坐在沙发上。在董絮面前,她没必要矜持。董絮给叶晓晓倒了一杯水,自己端着茶杯,在她对面坐下来,咬了咬嘴唇,似乎下了很大的决心,说道:叶晓晓,我问你一个私人问题啊,你要是觉得不方便可以不回答。叶晓晓笑笑:你问吧。董絮说:你和牛万象老师之间是不是出了什么问题? 叶晓晓愣了愣:你怎么知道? 董絮笑了笑:我一猜就是! 最近有一个女孩子老是来找牛万象老师,说是他大学同学,长得蛮漂亮。叶晓晓呆住了,眼泪在眼眶里直打转,眼看就要落下来。董絮递给她一张纸巾,叶晓晓接过来,只紧紧地抓在手里,没有擦拭眼泪。董絮想安慰她,一时间又不知道怎么说,半天才犹豫着说了句:我想着这事得告诉你,毕竟我们曾经也是好朋友! 不过,牛万象老师和那个女孩子也不一定就是那种关系,或许,他们之间只是单纯的同学关系。叶晓晓点点头,喝光了杯子里的水,站起来,把一次性杯子丢进了垃圾桶,说道:我该走了,下午还有课,是导师刘三庭的,不能迟到。董絮点点头。叶晓晓扭头走了。董絮意味深长地看着她的背影,嘴角歪了歪,似有似无地叹了一口气。她不会想到,刚才那番话,让心情已经坠入低谷的叶晓晓更加心灰意冷;她更不会知道,在已经出现裂痕的叶晓晓和牛万象之间,自己又成功补了一刀,增添了一道难以弥合的伤口。这伤口就像是四处传播的"非典"病毒,即便是戴上口罩,也难以阻挡。

叶晓晓不知道自己是如何到的学校,只是恍恍惚惚地走进了教室。她并没有吃中午饭,肚子却没有一点儿饥饿的感觉。在座位上眯瞪了一会儿,上课时间到了。刘三庭的课是大课,一年级的研究生都要选修,整个阶梯教室里座无虚席。叶晓晓随便找了个座位坐下来,抬头看了一眼讲台,上面有两个人,一个是刘三庭,另一个很年轻,正微笑看着来上课的同学。他是谁?怎么和刘三庭教授站在一起?正疑惑着,上课铃响了,只听见刘三庭教授说:同学们,从今天开始,这门选修课将由我和雨桐教授一起来上。雨桐教授是我们学院刚刚引进来的人才,很年轻,只有35岁,他的学问了得,今年刚刚从美国哈佛大学回来。雨桐教授讲课有个特点,就是要唱着上课。所以,严格说他的课不是上课,是唱课。同学们发出一阵哄笑。刘三庭接着说:下面,就有请雨桐教授!大家都目不转睛地盯着讲台上年轻的教授。只听见他唱道:其实我是一个结巴,一说话舌头就磕磕巴巴,但要是唱歌就很流畅。所以,我只能唱着给大家讲课。天哪,这或许会是古彭师大最大的新闻了吧,学校引进了一个只能唱着讲课的教授!相信不只是在古彭师大,就是在整个高等教育界,这也是绝无仅有的吧!不过,这位雨桐教授的确有水平,他的唱课不但知识丰富,而且旋律优美,这样的课,真是天下第一奇葩!只是,不懂门道的人一时间恐怕都难以分清这到底是艺术人类学院的专业课,还是音乐学院的声乐课。看着在讲台上侃侃而唱的年轻教授,叶晓晓真替他捏了一把汗:他能坚持下来两大节课吗?平时刘三庭教授上课声音那么小,简直是惜"话"如金地讲课,还要不停地喝水;眼前这个雨桐教授却要一直吊着嗓子唱,这真是难为他了!不知为什么,这样的情景让叶晓晓想到小时候见过的乞丐,他们打着竹板,随口就来,见到什么就唱什么。眼前的这位雨桐教授,不就是这样的人吗?只不过,他唱的内容是艺术人类学罢了。

两节课下来,教授唱得辛苦,同学们却听得津津有味。这个课真是太有意思了,不但内容新鲜,而且形式新颖。刘三庭教授一直在现场,他在讲课结束时评价说:雨桐教授的唱课还原了古代音乐教学,延续了《诗经》的唱和传统,令人耳目一新!古代音乐文学和文学人类学教学需要这样的上课方式!刘三庭如此肯定唱课的效果,加上同学们确有很大的收获,叶晓晓禁不住对这位颇有唱功的雨桐教授刮目相看了。

下课以后,跟随着热烈讨论的人群,叶晓晓从阶梯大教室往外走,忽然听到有人叫自己的名字,回头看见牛万象正站在阶梯教室门口的墙角。她笑笑,走过去,像是什么事情都没有发生过一样,兴奋异常地对牛万象说:你知不知道,我们刚上了两节特别好玩的课?你见过唱着上课的老师吗?喏,就是那位!叶晓晓指了指正和刘三庭教授一起走来的雨桐教授,继续说:我觉得这是一个巨大的新闻,可以上校报的头版头条!牛万象点点头,笑了笑,虽说这是一个很大的新闻,但他对此并不感兴趣,此刻,他更加关心的是叶晓晓。你今天中午去办公室找我了?牛万象问她。叶晓晓没说什么,挽住牛万象的胳膊,往外走,边走边说了句:我们算是打了个平手!牛万象一愣:什么平手?叶晓晓继续说:我犯了一个错误,但我也知道你和别人出去约会了,从现在开始,我们摒弃前嫌好不好?谁也不准再提这之前的事儿!牛万象摇摇头,又点点头。叶晓晓笑笑:走,我们现在回家!

一个月没见,牛万象早已想叶晓晓想得不行,他们出了校门,直接打了一辆车,直奔租住的房子而去。在车上,他们始终紧握着对方的手,两个人心里都很清楚,到家的第一件事是什么,他们要疯狂地做爱。他们恨不得在的士上就脱光衣服,跳进对方的身体里面,让汹涌澎湃的激情浇灭内心燃烧的火焰。

三十九 办公桌

作为宣传部秘书刘冬的办公桌,我肯定是所有桌子里面最凌乱的一个。和所有部门的秘书一样,刘冬的工作在宣传部是最琐碎的。宣传部几乎所有的文件和活动都要他经手,两位部长的一切指示都需要他来协调安排。可以说,秘书的角色在宣传部是最辛苦的,也是最吃力不讨好的,许多工作都是做在暗处,不像编辑部,做的所有工作都能固化在报纸方面。但秘书也有秘书的好处,就是能和两位部长密切接触,而且参与部里所有重大事项的安排。部门秘书这个角色类似政府部门的秘书长,虽说是为领导服务,但有着一般常委所没有的权力。换句话说,刘冬的角色,在宣传部相当于三把手。尽管林萍和曾晓雯的资历都要比他老,但工作岗位不同,所体现的工作重要性自然不同。这些年,刘冬为了宣传部确实做了许多牺牲:小孩上学不能按时接送,只好委托给别人;一起工作的同事有的去读研究生,有的已经顺利升迁到副处级,他还在原地踏步。但苦日子总有个头,现在,刘冬的机会终于来了。

从校报走出去的李杰升任市委宣传部部务委员之后,腾出了学校新闻处处长的位置,李杰的意思还是想从古彭师大宣传部调进一位接任者。他把这个想法汇报给了市委宣传部领导,领导别的没说,只说了一句:可以。市委宣传部部长是市委常委,参与市委重大事项决策,位置显赫,说话的风格自然也是极具威严。得到领导的首肯,李杰把电话打给古部长,让他推荐一个人选。古部长没有丝毫地犹豫,直接推荐了刘冬。古部长的不加思考让李杰有些意外,他本以为古部长会在林萍和刘冬以及曾晓雯之间犹豫。林萍作为接任自己的编辑部主任,新闻经验丰富,到市委宣传部新闻处来是最合适不过的。曾晓雯长期在理论科工作,虽然工作性质离新闻处有些距离,但她毕竟也曾经在校报编辑部做过编辑工作,也不是不可以。刘冬当然也很合适,他在宣传部做了这么多年的秘书,同时兼任宣传科的工作,会照相,也给外面的媒体写过不少稿子。况且他是三个人选中唯一一个男性,正是年富力强的时候。刘冬和李杰互相都熟悉,两人有一段时间还曾经坐过对桌。对于古部长的推荐,李杰自然是满口答应,上报给市委宣传部领导,领导还是那两个字:可以。李杰马上请干部处的人给市委组织部打报告,抓紧从古彭师大调人。宣传组织从来都是不分家,宣传口的事情,组织部一向都是很支持。调人报告下发到古彭师大组织部,组织部部长赶紧拿给分管组织工作的陆丰书记看,陆丰书记看了看文件头,说:这是好事啊,学校宣传部和市委宣传部是对口单位,往外调人也是一个传统,只有不断地往外输送人才,宣传部才能腾出更多的位置,把部里人力资源盘活,我马上就签字,同意放人。陆书记把文件批给俞书记,俞书记也签字同意,嘱咐把文件复印一份给古部长。就这样,刘冬一路畅通无阻地调到了市委宣传部,接替李杰,走马上任新闻处。刘冬的调走,把宣传部的棋局盘活了。古部长以前每次开会都说,一个部门的人力,只有流动起来,才能有活力,最怕的就是人员不流动,这两年宣传部没有人升迁,导致内部岗位流动不起来,工作有些沉闷。现在好了,刘冬升任新闻处,腾出了秘书的位置,可以解决至少一个人的科级待遇问题。

现在宣传部等待解决科级职级的有两个人:牛万象和董絮。按照先来后到的顺序,牛万象比董絮早参加工作一年,要优先考虑。但董絮研究生毕业,在学历上比牛万象高一个层次,提拔她也有理由。况且,董絮毕竟是古彭师大毕业的学生,牛万象虽然优秀,但还是属于"外人",在人脉资源上没有什么明显优势。如果袁部长没有援建宿北,估计董絮先解决职级的可能性很大。但从古部长这边来说,牛万象是他从圣城师大引进来的人才,解决他的职级问题理所当然。重要的是,新任副部长王华华作为牛万象的老乡,理应站在他这一边。现在的校报又归他分管,形势总体上来说对牛万象比较有利。但牛万象也很清楚,自己和董絮都在校报编辑部,林萍作为编辑部主任,她的态度也很重要。从她近期和董絮关系异常密切的情形看,她很有可能会支持董絮。叶晓晓作为牛万象的唯一内参,骑在他的身上把宣传部的时局给牛万象分析了个透,最后得出结论:要想顺利升迁,必须给古部长送礼!一说到送礼,牛万象就打怵。他对叶晓晓说:咱们能不能不那样,不就是一个科级待遇嘛,不值得……叶晓晓打断他:你在校报工作,校报属于宣传部管,宣传部就是机关,在机关工作的追求就是升职,等别人升职你却原地踏步,你的日子能好过?一句话说得牛万象哑口无言了。他推开叶晓晓,双手枕在头下,这是他陷入思考时的一个习惯动作。愣了一会儿,牛万象像是下了很大的决心说:我们不送礼!他们给这个职级就给,不给也无所谓,我不能因为这个自己矮化了自己！随他们去吧！叶晓晓撇撇嘴,讽刺他说:你还真把自己看作堂·吉诃德了！我们现在就是小蝼蚁,你那些所谓自由思想独立精神的追求,在这里根本就是天方夜谭,连乌托邦都不是！尽管叶晓晓的一席话把牛万象说得一愣一愣的,无奈牛万象决心已定,说什么也不去给领导送礼。劝说无效,叶晓晓只好缴械投降,最后说了句:别说我没提醒你,依照董絮的性格,她肯定不会放弃这样的机会,不信你就看看,她肯定会给领导送礼！牛万象不置可否,他在心里说:我就不信,在古彭师大真的是天下乌鸦一般黑！

这些日子,董絮的表现的确很积极。她不但更加频繁地和林萍套近乎,还有事没事就往副部长王华华的办公室跑。董絮本来就很会来事儿,这些时日,更是极尽其所能,异常活跃。而牛万象,则如同往常一样,不急不躁,该干啥就干啥,稿子还是那样编,言论还是那样写,一切都风平浪静。

这天,古部长开完学校党务工作例会,突然拐到编辑部,在办公室走了一圈,同林萍和董絮说了一会话。临走,对牛万象说了句:万象,你跟我到办公室来一下。牛万象一愣,看看董絮和林萍。董絮脸上的表情复杂,瞬息万变;林萍则似笑非笑,对着牛万象点了点头。古部长已经走出了编辑部,牛万象赶紧跟了上去,走到门口又折回来,拿上了笔记本。来到部长室,古部长让牛万象带上了门。落座以后,古部长开门见山地问他:万象啊,你来宣传部工作快三年了,也为宣传部做了很多的工作,无论是部里的同志,还是学校的主要领导,对此都很满意。现在刘冬刚刚调到市委宣传部,他的秘书岗位刚刚腾出来,我考虑让你接任,不知道你对秘书工作有没有什么想法？我知道,你一向很喜欢报纸编辑工作,新岗位要求你把主要精力从编辑部工作转移到办公室工作上来,对此,你是否有不同意见？当然,如果你觉得工作精力充沛,也可以继续编一个版面,这个要看你自己的想法。牛万象没想到古部长最终会选择自己,可见,在古彭师大正义和公平还是主流,乌托邦并不是虚无缥缈的！他有些激动地表态说:我服从领导的安排。虽然我最喜欢做编辑业务工作,但只要部里需要,我可以把秘书工作做起来。相对于校报编辑,我对秘书工作兴趣不是太大,但我会尽量做好！古部长点点头:你有很强的适应能力,我相信你一定能够做好秘书的工作。愣了一下,古部长又说:这件事你不要对别人说,尤其是编辑部的人,千万别在他们面前走漏了风声。虽说不过是小小的科级岗位,但在我们学校干部任免一向都比较敏感,不到最后一刻谁都不敢说一切就已成定局！牛万象点头说:我知道,古部长,谢谢您对我的信任！古部长摆摆手。牛万象出去了。

  这件事是对叶晓晓进行教育的最好教材,牛万象当然不会放过。当天晚上,牛万象在床头给叶晓晓上了一堂思想政治课。他有些得意地说:你看,我们没有送礼吧？古部长还是选择了我。这说明什么？说明邪不压正！乌托邦总是美好的,我们决不能放弃！牛万象越说,叶晓晓越撇嘴,最后嘴巴实在撇不开,她就打断了牛万象滔滔不绝的话头,说了句:这事还没有最后定,你别这么自我感觉良好好不好？古部长不是说了,不到最后一刻,事情就不能说是板上钉钉！牛万象说:古部长是宣传部的最高领导,他都这样说了,还能有变？叶晓晓点点头:不是说了吗,一切皆有可能！牛万象笑笑:这句话你用在这里不合适,那是一句鼓励的话,不是用来打击人的!叶晓晓扳住牛万象的脸,看着他的眼睛,说道:好了,你的理想胜利了,这很好,现在可不可以让你的舌头换一种劳动!牛万象知道叶晓晓在说什么,他今天心情好,乐意为她做任何事。接下来的几天,宣传部表面上和往常一样,一切工作都在按部就班地进行着。然而,安静的水面之下,却涌动着汹涌的暗潮。尽管古部长没有宣布牛万象任职的事儿,但几乎每一个人都知道了那场谈话。大家都很清楚,在这次较量之中,牛万象胜出。副部长王华华还半真半假地跟牛万象开玩笑,说:秘书工作千头万绪,以后有你忙活的了。然而,半个月的时间过去了,牛万象任职宣传部秘书的事儿还迟迟没有下文。牛万象有些奇怪,也有些着急。他观察宣传部的每一个人,想从他们那里得到一些讯息。林萍还是老样子,整天嘻嘻哈哈。董絮也恢复了往常的样子,不再在各个办公室之间东奔西跑了。曾晓雯每天和牛万象打不了几个照面,刘冬走了以后,办公室就只剩下她一个人,谁也不知道她每天都在忙些什么。有一次,她在卫生间门口遇到牛万象,匆匆忙忙对他说了句:小心欧阳枫!牛万象一时间没反应过来,这次任职和欧阳枫没有什么利益冲突,他干吗要出来捣乱?后来仔细一想,这事儿难说,欧阳枫是袁部长队伍里的人,而董絮又是袁部长曾经的老情人,如果袁部长愿意帮助董絮,他完全可以遥控欧阳枫,做点助攻的事情。

　　果不其然,牛万象任职迟迟没有下文的背后隐藏着一个巨大的阴谋。这天,古部长又把牛万象叫到了办公室,这一次他表情十分严肃。牛万象一进来,他就带着一股火气问:万象,你是不是在和学生记者谈恋爱？牛万象一愣，瞥了一眼古部长的办公桌，看到了一封已经拆开的信。他知道这时候已无法隐瞒自己和叶晓晓的事儿，就点点头，说：她现在是研究生了。古部长板着脸：她以前是不是在学通社？牛万象嗯了一声。古部长的声音变得严厉起来：你们是不是已经在外面租房子同居了？牛万象惊讶地抬起头，看来古部长手里掌握了不少情况。见牛万象不说话，古部长心里有了数，他把桌子上的那封信拿给了牛万象，说：你看看吧，有人举报你和学生谈恋爱，非法同居，把信写到了学校纪委办公室！我在古彭师大这么多年，还是第一次遇到这种情况！以前有人举报都是针对处级干部提拔，没有一个是针对科级干部任命的，你是第一个！牛万象开始冒汗，细密的汗珠露水一样洒满了额头。愣了一会儿，古部长又说：你难道不知道，作为机关工作人员，必须得注意自己的形象吗？和学生谈恋爱，在机关里面是绝对不允许的！就是专业老师，都不行！这牵扯到校风校纪，传出去有损学校形象！古彭师大虽然是以文科为主的大学，但这里地处苏北，经济水平落后，观念更是落后！牛万象额头上的汗珠开始往下滴，有的直接落到了地面上，有的滑到了鼻尖，在鼻尖上停留半天，越拉越长，最后啪的一声落到了地上。古部长无可奈何地叹了口气：好在纪委办公室第一时间把信转给了我，让我悄悄处理一下。这事儿说大不大，说小也不小。在这个节骨眼上出现，肯定是冲着你的任命来的。这封信是打印的，但我核对了一下文风，觉得不像是董絮所写的。牛万象抬起头，脱口而出道：那会不会是欧阳枫？古部长一愣：他早已调离校报编辑部，现在和你又没有什么利益冲突……停顿了一下，古部长像是自言自语地说：但要说这文风，的确和他有点像。牛万象苦笑了一下:想想也是他,当年他离开编辑部,都是因为我和林萍,他怀恨在心,报复一下也实属正常。古部长点点头:你这次任职……没等古部长说完,牛万象就说了句:还是让董絮来做秘书工作吧,我最近一直在想,其实这个岗位并不适合我,我还是更喜欢做编辑工作,董絮头脑灵活,善于协调,比我更合适!古部长点起一支烟,抽了几大口,沉默了好大一会儿,慢悠悠地说道:你只要管好你自己就行了!任命干部不应该是你操心的事情!古部长重重地吐了一口烟圈儿,继续说:你如果不当秘书,失去了这次机会,下次就只有等到林萍腾出位置了,她一直说要调走,但现在迟迟未见消息,不知你还要等多久呢。牛万象点点头:我知道。

几天以后,学校办公网下发了组织部关于任命董絮为宣传部秘书的文件。看到这个文件时,牛万象久久注视着电脑屏幕。鼠标的光点停留在"宣传部秘书"和"副科级"两个词语之间,一闪一闪不断发出忽明忽灭的光。

四十 大教室

大教室就是叶晓晓他们上课的地方。同学们习惯上都把阶梯教室称为大教室,这样的阶梯教室每个院系都有一间,平时上大课时是教室,开全院大会时就是会议室,而到了节日搞活动时,这里则又可以当作活动室。所以,阶梯教室是大学校园必不可少的场所,也是大学课堂的主要地点。在全校的阶梯教室中,属艺术人类学学院的这间最大,足够坐下三百个学生。

自从当上艺术人类学学院的常务副院长,刘三庭在这里上课的时间就比以前少多了,他有许多事要做。杨光明立志要把古彭师大的艺术人类学打造成国内一流的学科,为此,他迫使刘三庭立下了军令状:三年内要拿下省重点建设学科,五年内要拿下国家重点建设学科。这个任务不可谓不艰巨。但刘三庭并不担心这个,他既然连引进雨桐教授这样的奇葩人才的魄力都有,拿下重点学科又算什么?他不能忍受的是杨光明的咄咄逼人,以及古彭师大没有拿下博士点带给他的耻辱和失落。

一开始,刘三庭和杨光明的关系还是很融洽的。作为院长的杨光明,毕竟还担任着学校的副校长,不能把主要的精力放在艺术人类学学院的工作上来,许多稿子还要依靠常务副院长刘三庭来做。一个单位要想发展得好,必须把责权利的关系处理好。在大学官场摸爬滚打多年的杨光明当然深知这个道理,想让刘三庭负起责任,就必须给他相应的权力。所以,杨光明基本上把院长的权力下放给了常务副院长刘三庭,自己只是在十分重大的人事和财务问题上参与一下学院的决策。对于其他一般的工作,学科建设也好,院里的福利发放也好,基本上都是刘三庭说了算。但在引进特殊人才雨桐教授这件事上,杨光明和刘三庭的意见并不十分一致。在引进雨桐教授之前,刘三庭也没有向杨光明汇报。这件事性质属于模棱两可,人才引进是根据学科建设的需要,刘三庭主抓学院学科建设,他要引进雨桐,事先向不向杨光明汇报似乎也不是多要紧;但人才引进又属于重大人事工作,刘三庭确有义务事先和杨光明沟通。所以,对这件事就看从哪个角度看。问题是雨桐教授的确是个怪才,一个讲话结巴不能像其他老师一样正常上课的人,怎么可以上讲台授课?对此,杨光明有些不高兴。

这些情况一般人不会理解,牛万象能了解到这些是因为他对刘三庭的再次采访。虽然申博失利,但学校学科建设不能停止,对学科建设的宣传更不能停止。宣传学科,当然要以最有特色的为主。文艺人类学学院是学校最新成立的重大学科,作为学科主要带头人的刘三庭教授当然还是打头宣传的对象。因为在申博之前的那次采访给刘三庭教授留下了深刻印象,牛万象一出现在办公室,刘三庭就认出了他。他笑呵呵地说:牛万象,这名字很响亮啊,申博之前发在《光明日报》上的那篇大稿子就是你写的吧?虽然那次署名一大串,但我知道是你写的,那次采访我至今记忆犹新!牛万象点点头:谢谢刘教授再次接受我的采访!上次采访的是古代文学学科,这次您到了文艺人类学学院任常务副院长,主打学科有了改变,学校想对此做一个新的宣传。刘三庭起身给牛万象倒了杯水,说道:其实我并不想让你宣传这个所谓的新学科!刘三庭重新坐定,继续说:学校成立文艺人类学学院当然是好事,可以更好地发展这个新兴学科,问题是我们这个学科的发展不正常,举全校之力来办一个新学科,投入资金巨大不说,还有着很大的风险。你是局外人,有些情况可能不太了解。但我知道你是一个有正义感和责任感的年轻人。上次申博时《南方周末》记者联系我,当时我很奇怪,他们是怎么知道我的联系方式的?后来他们告诉我,有人和他们主动联系过,这个人就是你,对不对?牛万象不好否认,不置可否地笑笑。刘三庭说:所以,我很愿意同你讲些真话。我们学校现在的学科发展太盲目,投入资金多,为了学科发展不惜采取学术腐败手段。像我们文艺人类学,这两年之所以泡沫化发展,还办起了学术刊物,在国内有了一些反响,全是用学校的钱垒起来的!我们把这个学科的所有专家都聘为顾问,定期邀请他们到学校来或者给杂志审稿,我们以此为由定期给他们发数目可观的学术咨询费。他们拿到了钱,当然会在学科评价、基金评审等方面给予我们特殊的关照。今年杨光明副校长申报了长江学者,据说已经通过了专家评审,马上就公布结果。之所以如此顺利,也是因为前期做好了专家的工作。这些说好听点是发展学科,说难听点就是学术腐败,花学校的钱办自己的事!刘三庭的话让牛万象有些吃惊,他将信将疑地问:作为文艺人类学学院的常务副院长,难道您不愿意看到这个学科发展壮大吗?刘三庭呵呵笑了两声,回答道:我当然希望这个学科快速发展,但我不愿意看到这个学科的冒进发展,就像历史上的

"大跃进"一样,全民运动,盲目发展,只会给这个学科带来灾难。我前面说过,目前我们这个学科的成就只是一个泡沫,好看是好看,但不会长久。我现在甚至怀疑,杨光明副校长把这个学科从文学院脱离出来的真正目的,并不是为了学科,而是为了他自己的名利,包括这次拿下了长江学者。你别看他现在好像什么都不管,表面上把所有权力都交给我,其实未必。他每个月都要学院的财务人员向他汇报一次财务支出情况,甚至连学院加班订盒饭都要盘问一番,搞得学院环境特别压抑。牛万象咽了一口唾沫,心里说原以为文艺人类学学科发展是一个辉煌成就,没想到这里面有这么多的猫腻。叶晓晓在这里读研究生,真不知道是福还是祸。他隐约感觉到,刘三庭教授可能要离开古彭师大,不然他怎么可能说这些话?果然,不等牛万象发问,刘三庭就主动说了句:既然你是一个局外人,我实话告诉你也无妨,我一个月前就已经向学校打了辞职报告,现在报告压在杨光明那里,他不肯放我走,但我决心已定,那边是一所更好的大学,聘请我过去带博士生。我之所以去意已决,也和申博失利有关,在古彭师大,我不能带博士生,我年龄已经不小了,再不抓住机会,以后就带不了博士生了。所以,我这次必须走!牛万象点点头,他现在关心的不是刘三庭为何走,而是他若真的走了,叶晓晓这些研究生怎么办?他替叶晓晓担心起来。他斟酌了一下,问刘三庭:你若真的离开了古彭师大,那文艺人类学学科和您的研究生怎么办?刘三庭笑,说:地球离了谁都会转,何况有杨光明副校长在这里,他很快就会物色到其他人选的,以他的大手笔,以及手里所掌握的资源,足够他继续把这个学科做大。至于我的那些没毕业的研究生,我会把他们安排妥当的。

牛万象说:现在这个学科主要是您撑着,您走了,他们一时半会儿不可能找到更合适的导师了。刘三庭点点头:这也是杨光明现在不放我走的一个原因。但我今年一定要走,不管遇到什么困难和阻力。牛万象面露难色:那这篇报道……刘三庭说:报道你该怎么写还是怎么写,除了我要离开古彭师大这一部分,其他都可以写。你尽可以把杨光明美化一点,你是学校的年轻员工,我就无所谓了。牛万象点头说:好吧,我会照着你的意思来完成这篇外宣稿。说完,牛万象起身,刘三庭把他送到门外。牛万象想赶紧见到叶晓晓,把刘三庭要调走的事儿尽快告诉她,让她有个心理准备。

但牛万象低估了刘三庭调动所遇到的阻力。一直到了第二年春天,刘三庭仍然没有调走。叶晓晓猜测或许刘三庭教授放弃了去别的学校当博导的想法了,杨光明不放他走,扣着他的档案,他也真没有什么好办法。此时,许多人都知道刘三庭要调走的事儿,也都听说了他和杨光明因此而把关系闹得很僵。叶晓晓说:刘三庭教授最近精神恍惚,上课也是心不在焉的,学院的一切工作几乎都停滞了。他要以这种极端的方式,迫使杨光明放他走。许多人都说,刘三庭为了当博导,人都快疯癫了。整天一个人躲在办公室,啥事也不做,只是在那里喃喃自语:放我走吧,放我走吧,就当我是个屁,把我放了吧……终于有一天,有人看到刘三庭教授趴在老校区的操场上,像一只羊一样,跪在那里,大口大口地吃着青草。一开始大家还不相信,觉得这是不可能的事情,人怎么会像小羊一样去吃草呢?就是疯子也不会干这样的事情啊!直到有一天,刘三庭来到了新校区的操场,也在那里大口大口地吃起草来。那个操场离办公大楼不远,几乎所有机关行政人员都看到了那奇特的一幕:快看啊,有人在操场上吃草!快看啊,刘三庭教授在那里吃草呢!不知是巧遇还是蓄意安排,雨桐教授也出现在操场上,他拼命扶起刘三庭教授,嘴巴大张着,想说话说不出来,只好大声唱道:古有人吃人,今有人吃草,公道在何处?敢问校领导!很快,刘三庭教授在操场上吃草的事情传遍了整个校园,不知道内情的学生都说刘三庭教授疯了,知道来龙去脉的人都把目光投向了杨光明。杨光明看着操场上那荒唐而不可想象的一幕,叹了口气,终于同意放人。

　　刘三庭教授走的头一天,他的研究生叶晓晓等一起给他送行。此时,刘三庭教授早已恢复了常态,谁也不知道他在操场上吃草的行为是真疯还是装疯。叶晓晓等人所看到的,是一位谈笑风生的教授,他一杯接一杯地喝酒,学生的敬酒他来者不拒,一会儿喝得酩酊大醉。喝醉之后的他痛哭流涕,对他的弟子们说:我最放心不下的就是你们啊!其他什么常务副院长,什么学科建设,都是狗屁!我真希望能把你们带到毕业!但我确实不能啊,我必须要走了啊,此时不走,就再也走不了了啊。叶晓晓他们都哭,哭完了说:刘老师你就放心走吧,你一日为师就是终身为师,我们永远是你的学生!刘三庭止住哭声,破涕为笑,大声说道:走,你们都跟着我去操场上吃青草,我告诉你们,青草的味道可真是好!那天中午,刘三庭带着自己的研究生,趴在操场上,如同一群绵羊,有滋有味地吃起草来。事后,叶晓晓告诉牛万象,那青草真的很好吃,有一股甜丝丝的味道。牛万象抬手摸摸她的额头:你没发烧吧?

四十一 档案袋

校报编辑部有很多档案袋，各式各样，啥样都有。在所有的档案袋中，我是最重要的。因为我盛放的是职称材料。为了把档案袋里的材料凑齐，牛万象费了不少劲。按照学校的规定，他今年可以报副高职称了。他的材料还不错，人事处所要求的外语、政治理论、计算机等考试都顺利通过了，文章也不少。这些文章基本上都是围绕报刊编辑工作展开的研究，和他的岗位是契合的。但一个不利的消息是，宣传部人员评职称走的都是管理系列，他要评也得走管理类的副研究员。而管理类的职称要求所发表的论文必须是思政类或行政管理类，牛万象所发表的文章与此并不完全符合。但考虑到他的岗位比较特殊，校报编辑在机关里面是偏业务的工作，牛万象的岗位在校报，所写的文章当然要围绕报纸编辑。所以，对于他的职称材料，他还是比较有信心的。古部长和王华华副部长也很看好他，对于一个喜欢写文章的人，评职称还不是小菜一碟？牛万象评副高和林萍不一样，林萍是不善于写论文，而牛万象最不缺的就是文章。他的文章，除了围绕报纸研究，还有许多文学作品，小说就不论了，单是评论就有几百篇，加上他曾经出版过两本书，虽是文学作品，好歹也是个人专著啊。宣传部几乎所有人都对牛万象这次评职称有信心。他们说牛万象目前在宣传部就是走的业务系列嘛,顺利评职称是很正常的事情。

根据古彭师大规定,评高级职称要参加材料展示。今年的职称材料公开展示时间定在五月十六号,地点还是在美术学院展厅。这天一早,牛万象就抱着一沓材料来到了展示地点,把自己的材料一一摆出来,为了让评委和参观的人能看得更方便一点,他不但制作了一个材料目录,还复印了几十份论文代表作,供大家取阅。其他参评者看到了,也纷纷模仿。在今年管理系列的职称中,机关一共报了六个人,院系报了两个人,而今年学校给管理系列的名额分配比例是7:1,也就是说,八个人只能分到一个名额。这个竞争还是很激烈的。牛万象注意观察了一下,其他几个人的材料一般,最好的是校办刘秘书,职称材料和自己不相上下。但从岗位来说,校办无疑有着更多优势:一个是和校领导接触得多,无疑可以争取到更多的支持;二是认识更多关键部门的领导,像人事处、组织部、党办、校办,都是经常要打交道的部门,而这些部门的领导几乎都是管理系列的评委。在只有一个名额的情况下,牛万象要面对的情况还是很严峻的。严峻归严峻,牛万象有着自己的文章优势,他在校报做编辑,工作能力大家也都看得很清楚。有人说,他的那些材料,在机关评正高都可以,何况副高?

牛万象一直认为自己的材料过硬,职称评过去应该没有什么问题。最大的竞争对手校办刘秘书虽然人脉很广,认识的评委多,但不出意外的话,宣传部古部长也应该是管理系列的评委,只要他在场,他就一定会替自己争取的。牛万象知道,所谓评委投票说复杂很复杂,说简单也简单,关键就是现场有没有人为你说话。只要有人说话,据理力争,评委们还是要给面子的。不管怎么说,古部长的作用很重要。答辩前,牛万象拿着答辩演讲稿去找古部长,想借着让他修改演讲稿的名义,请他给自己提一些建议。古部长看到牛万象,就知道他是为什么而来。上次没有给他办成科级待遇,古部长一直觉得有些亏待牛万象,这次职称他准备尽自己全力去为牛万象争取。所以,没等牛万象张嘴,古部长就说了句:我看了你的材料,应该说还是可以的,我会为你说话的,你放心。解决你的副高职称,比解决科级待遇还重要,我会重视。牛万象点点头,感激地说了句:谢谢古部长!其实我最想走的路子就是搞业务,如能解决职称问题,我会更加安心、努力地工作!说着,他把答辩演说稿递给古部长:这是我写的一个草稿,古部长经验丰富,帮我把把关!古部长笑着接过稿子,认真看了一会儿,说:总体上还可以,各方面都说到了。我建议你把工作成绩再突出一下,管理系列的职称和教师系列不一样,教师系列注重教学和科研,我们注重实际工作成绩。你这几年在编辑部干得不错,成绩有目共睹,你再多写一点儿,尤其是外宣工作,这个校领导很看重。如不出意外,俞书记会出现在这个评审组,他的票投给谁很重要,而且一旦他在评审时讲话,那都是带有倾向性的,其他评委都会跟着他的倾向走。所以,你要把俞书记这一票争取过来。牛万象点点头:这个不容易吧,校办刘秘书这次也参评,他可是俞书记的直接下属,俞书记会不投给他?古部长皱皱眉头:也不好说,宣传部也是俞书记直接分管单位,况且他对你的印象一向很好,在多种场合都提到过你。再说他还是比较公正的,不是那种因为个人亲疏而放弃原则的人。牛万象松了一口气,看来,自己这次职称评审应该是希望很大的。

职称答辩那天,牛万象信心满满。在答辩现场,他脱稿演说了十分钟,围绕自己的工作成绩、科研情况等做了言简意赅的发言。演说时,牛万象注意看了一下各位评委的表情,除了古部长,其他人几乎都低着头,做倾听思考状,对自己的演讲没有什么回应,包括俞书记。不知为什么,牛万象忽然感觉到了一丝不妙,或许,事情并没有古部长说的那么简单。更或者,刘秘书他们已经给评委送了礼,早已把票拉到了手。牛万象忽然意识到,自己应该提前找一下俞书记,之前一直觉得他是校领导,虽说办公地点近在咫尺,但自己觉得和他的"距离"实在是太远。现在看,再遥远,也应该去找一下他,毕竟,评职称是自己人生中的一件大事。叶晓晓说得对,这是一个只在乎结果不在乎手段的时代,只要你得到了想要的结果,过程和手段都是不重要的。可惜的是,世界上最缺的就是后悔药。一切都已经来不及了。当评审结束,古部长板着脸从现场出来时,牛万象知道,这次职称晋级没有希望了。古部长只对他说了一句话:名额太少了,争取明年吧!人事处说了,下次只要有名额,优先照顾宣传部!牛万象知道这都是安慰自己的话,不可当真。今年是这个样子,别指望明年会有多么大的改善。要知道,古彭师大评职称一向都是裹挟着血雨腥风。这天整个下午,牛万象都戴着耳机,一遍一遍听着那首《从头再来》。听着听着,牛万象终于没能忍住眼泪。此刻,他终于体会到林萍当年评职称一而再再而衰三而竭的无奈和悲凉。但自己的情形毕竟和她不一样,她当年是因为材料不行,文章太少,可自己的职称材料是很过硬的!如果评审公正,他是完全没有什么问题的!突然之间,牛万象对古彭师大有了一种深深的厌倦感。他甚至怀疑,自己当初来这所大学是一个错误的选择。

对于牛万象这次职称晋级失败,叶晓晓似乎是早有预料。她只对牛万象说了一句话:快放下你那清高的姿态吧,这世界根本没有什么你所谓的那种理想,一切都只不过是只能想象的乌托邦而已!对此,牛万象没有反驳。他能反驳什么呢?他真真切切感到了自己的无力。事实胜于雄辩,自己的遭遇就是最好的注解。面对这个世界,面对这所大学,与其说是哑口无言,不如说是万念俱灰。牛万象真想让自己变得能够像叶晓晓那样,世事洞明,人情练达。想想真是可笑,自己的觉悟竟然不如一个还没毕业的研究生!更别说善于经营、人脉广泛的袁部长了!自己哪怕能够做到袁部长的万分之一,或许就不用再一遍一遍地唱什么《从头再来》了!

就在此时此刻,叶晓晓正在忙着起草一封检举信。这是副校长杨光明亲自交付文艺人类学学院全体研究生的一个重要任务。作为曾经的校报记者,大学生通讯社的负责人,叶晓晓被推举为检举信的起草人。这封检举信是关于刘三庭教授的。刘三庭调到新单位以后,那边要遴选博士生导师,那所大学遴选博导有一个规定,就是需要向原来的单位征求意见。当年,刘三庭是在杨光明竭力反对的情况下,装疯卖傻才被放走的。对此,杨光明一直耿耿于怀:你不是要去当博导吗?那我就让你当不成博导!为此,他暗示文艺人类学学院现在的负责人,让研究生起草一个揭发刘三庭装疯卖傻行径的检举信,寄给对方。作为刘三庭曾经的学生,叶晓晓是不愿意这么做的。但她又能有什么办法?杨光明可是学校的副校长!谁敢得罪他？他想要研究生说什么话那就得说什么话,叶晓晓不能违背。对此,牛万象劝她不要去写这封检举信。叶晓晓说:不写能怎么办？有什么理由？难道也要装疯去操场上吃青草！牛万象说:你可以不去吃青草,但可以装病！叶晓晓摇摇头:我马上就要研究生毕业了,不敢得罪杨光明副校长,要是得罪了他,我会拿不到学位,那样岂不是白读了这几年！再说,虽然我是检举信的起草者,但签名是艺术人类学学院的全体研究生。就这样,叶晓晓起草了针对自己导师的检举信。她不知道,这封信会给刘三庭受聘博导造成多少影响,会不会阻碍他成为博士研究生导师,但她能够想象得到,刘三庭看到这封检举信时会是多么愤怒,尤其是当他看到自己学生的签名时,一定会很伤心。牛万象对这件事的评价只有两个字:操蛋！

但事情并没有到此打住。检举信要代表学校,必须经校长任华首肯。也就是说,这封信要寄出去必须得到他的同意。按说任华校长在这件事上应该十分慎重才对,毕竟这牵扯到一个教授的名声问题。刘三庭之所以要调走,主要就是想当博士生导师,这一纸检举信寄出去,他很可能就不能实现这个愿望了。但也就是这个愿望刺激了任华校长。当年古彭师大申博失利,让大家一下子都失去了当博导的机会,包括他自己。中文和数学两个实力最强的传统学科打头,大家都以为会很顺利拿下博士点授予权,至少这两个学科的带头人都能解决博导的问题。知识分子不为名不为利辛辛苦苦奋斗一辈子,为了什么？不就是为了自己的学术理想能实现吗？不就是能带出几个好学生吗？一个教授学术水平的最高体现不就是能当上博导吗？在高校工作的知识分子,对学科的忠诚、对学术的认同要远远高于对学校的忠诚与认同的。刘三庭要走,学校当然没有办法阻拦,也能够理解。但此刻任华校长考虑的是,刘三庭当初为何这么决绝?为了调走,装疯卖傻在操场上吃青草,至于吗?一个教授,竟然能因为当不当博导而如此不顾体面!既然刘三庭最在意的就是这个什么博导,那好,我们偏偏就让你当不上博导!任华校长一番思想斗争后,同意杨光明寄出那封举报信。第二天,他忽然对此又有些后悔:自己这样做是不是出于嫉妒?是不是嫉妒刘三庭要当博导了,而自己眼看就要退休,根本就没有机会了?想到这里,任华校长吓出一身冷汗来。

四十二 甲壳虫

我就是那辆红色的甲壳虫。在所有的颜色中,红色最为鲜艳。当初,女主人在4S店选车的时候,一眼就看中了我。算她有眼光,挑了我,我也有幸能够每天和她亲近。她是一个漂亮的女孩子,浑身上下透着一种优雅的气质。有时候她很忧郁,她是一位作家,最喜欢做的事情是写作。但她的办公室工作是很琐碎的,让她不能自由写作,这时常让她很苦恼。她最希望的就是能够成为文联、作协的专业作家,或者在大学里工作。最近,我到古彭师大来的次数比较频繁。女主人有事没事总喜欢到这里转悠。她大部分时间都是去找那个叫牛万象的人,极少数时去了只是在校园里坐坐,也不联系牛万象,在玉泉河边长椅上坐一会儿就走。她很喜欢大学校园,当年在圣城师大时,她最喜欢一个人安静地坐在一边,看校园里的风景和来来往往的人群。那时候,她最佩服的人就是牛万象,她经常坐在牛万象路过的地方,就为了让他看到自己,打一声招呼。他一直很忙,他说自己忙得都没有时间谈恋爱。她一直没有向他表白,等到快毕业的时候,忽然有一天,看到他和另一个女孩在一起。她认识那个女孩,她叫谭薇,曾经的校报记者。自那以后,不知道是出于什么心理,她开始频繁地和谭薇接触,慢慢成了无话不谈的好朋友。她最喜欢听谭薇说关于牛万象的那些事儿,她终于发现自己和谭薇亲近的原因,就是她心里还是放不下牛万象。大学毕业,她到了铁路系统工作。庆幸的是,她被分到了古彭铁路段,在这里又遇到了牛万象,但可惜的是,他有了新的女友。

这天,杨帆突然接到了谭薇的一个短信:我要结婚了!来参加婚礼吧!顺便回学校看看!杨帆一愣,随即给谭薇打了个电话,问她:新郎是谁?谭薇咯咯咯笑着说:当然是宫立,我能够毕业留校全靠我那个当系主任的老公公疏通关系,不嫁给他还能嫁给谁?杨帆笑笑:你留校工作真好,我为你高兴!愣了一下,杨帆又问:你通知牛万象了吗?谭薇说:还没有,我们毕竟有过那么一段,我不敢肯定他会不会来,所以一直在犹豫要不要告诉他。杨帆说:那我试探试探他吧,如果他愿意,我和他一起回圣城。谭薇沉默了半天,说:也好。停顿了一下,她又说,你和牛万象在一个城市,你要好好把握机会!杨帆一愣,她没想到谭薇会猜透自己的心思。她装糊涂说:谭薇你说什么呀?谭薇笑,说:你以为我不知道啊?大学时就看出来了!杨帆见瞒不过谭薇,只好说了句:你知不知道牛万象早就有了新的女友?谈了好多年了!谭薇说:我知道,只要牛万象不结婚,你就还有机会嘛,别放弃!杨帆笑笑,没有再说什么。谭薇最后说了句:我在圣城师大等你们!说完就把电话挂了。

放下电话,杨帆在 QQ 上给牛万象留言:想不想回圣城师大看看?我们一起去。牛万象正好在线,迅速回了句:好啊,你想什么时候返校?杨帆看了一眼谭薇发来的短信,回答:下周末。牛万象回了一个字:好。杨帆犹豫了好大一会儿,在 QQ 上打了一行字"顺便去参加谭薇的婚礼",打完了又删掉,删掉了又恢复,反复了几次,终于点击发了出去。过了半天,牛万象那边没什么动静,杨帆感觉要坏事,正着急,牛万象回了句:她还没给我说,但我会去祝贺她!杨帆放下心来,回复说:周末我去接你,我们开车回圣城。牛万象回了一个笑脸,说:到时候我们学校门口见。

周末一大早,杨帆开车来到圣城师大东门口,看到牛万象正在那里东张西望。杨帆在对面朝他挥挥手,牛万象穿过马路,上了车。杨帆见他眼睛发红,笑着问道:怎么,昨天没睡好?是不是被审问了大半夜?牛万象笑笑:没那么严重,叶晓晓最近忙着预答辩,顾不上我!杨帆一愣:哦,她研究生快要毕业了吗?牛万象点点头:按照正常的程序,她去年就该答辩了,因为中间更换导师,她申请了延期。杨帆点点头:时间过得真快啊!车子驶出市区,上了高速,牛万象眼睛看着窗外。杨帆说道:谭薇和你联系了吗?牛万象点点头:你给我留言的第二天,她给我打了个电话,我真心祝福她爱情事业双丰收!杨帆不说话,按下了音乐按钮,车里回旋着邓丽君的歌曲,是那首《何日君再来》的旋律。牛万象听了一会儿,笑笑说:你怎么喜欢听这么老的歌?杨帆说:你不觉得这些老歌听上去更有些味道吗?牛万象不说话,闭上眼睛,一开始还在专心听歌,后来慢慢睡着了,还发出了轻微的鼾声。

等牛万象睁开眼睛,车子已经驶进了圣城城区。牛万象揉了揉眼睛,说了句:这么快!杨帆笑道:甲壳虫要的就是速度。愣了一下,又说了句,你睡着的样子真可爱,还打呼呢!牛万象不好意思地笑笑:这几天加班赶一个外宣大稿子,太累了!杨帆说:你不是在编辑部吗?牛万象回答:我们是打通了使用,分工不分家!再说我明年还得再评一次副高职称,必须好好表现呢!杨帆笑:看来,大学也没那么多自由!牛万象点点头:自由只是一个美好的想象,是一个乌托邦。杨帆放慢了开车的速度,指着车窗外说:快看,万仞宫墙!牛万象抬起屁股,看了看,说:好几年没见,一切都还是那么熟悉的感觉。以前散步,从学校一直走到这里,登城墙看游人如织,聆听金声玉振,远观"官员人等到此下马",那真是一段难忘的流金岁月。对了,你最欣赏圣城的哪个季节?我最喜欢冬季的圣城,白雪皑皑,一片萧瑟。杨帆看了一眼正沉醉于回忆的牛万象,笑着说:我最喜欢圣城的夏天,裙裾飘飘的日子!牛万象撇撇嘴:不过还是小女生!杨帆单手握住方向盘,右手使劲拍牛万象的大腿:叫你坏!小女生怎么了?不好吗?牛万象抓住杨帆的手,求饶说:别打了别打了,大腿都拍麻了。杨帆哈哈笑,笑完了说:等会儿见到了新娘新郎,你可别失态啊,咱可是代表大古彭来的!牛万象收起笑脸,看着杨帆,说道:有你在,不会失态。

婚礼定在离圣城师大不远的孔府大酒店,上大学的时候,牛万象跟着校报编辑部的老师去过,里面装修甚是豪华,是圣城唯一一个五星级大酒店。谭薇把婚礼安排在这里,自有一番深意,一方面是婚礼够品位上档次,另一方面也能显示系主任的不凡实力。中国人办喜事,要的就是一个面子,至于里子,那只有自己才知道。步入大厅,迎面而来的是巨幅婚礼海报,牛万象和杨帆在新娘新郎的婚礼照前驻足良久,照片上的谭薇很漂亮,新郎也很帅气。此时大厅已经来了不少人,熙熙攘攘,好不热闹。再往里走,终于看到穿着洁白婚纱的新娘谭薇和西装革履的新郎宫立。谭薇同时看到了牛万象和杨帆,她拉着宫立缓步走过来,向他介绍:这两位是我大学最好的朋友。谭薇把脸转向杨帆和牛万象,笑着说:你们能来我很高兴,咱们大学同学我就邀请了你们两个! 杨帆笑笑:你今天真漂亮! 恭喜新婚! 牛万象脸上挂着一丝笑容,眼睛一直在盯着谭薇看。杨帆悄悄掐了一下他的手指,牛万象缓过神来,对宫立说了句:新郎今天一定会很累!杨帆接了句:累并快乐着! 几个人都笑起来。谭薇把杨帆拉到一边,咬耳朵说道:我看牛万象有点不对劲,你可得照顾好他! 杨帆看了一眼正在和宫立谈笑风生的牛万象,说:不对劲吗? 我怎么没看出来?谭薇笑笑,没说话。杨帆说了句:你放心吧,我会照顾好他! 参加完婚礼,我们一起去学校看看,下午就返回古彭。谭薇皱皱眉头:你们可以在圣城多待两天,着急什么? 明天又不用上班。杨帆点点头,指指牛万象:那得看人家的心情了! 聊了一会儿,谭薇拉着宫立又去接待其他客人了。牛万象看着新娘和新郎的背影,对杨帆说:我们去学校看看吧,这么些年没来,很想念那个校园。杨帆说:不等婚礼结束再去吗? 牛万象摇摇头:见到谭薇就行了。杨帆知道牛万象心情不太好,便点头说:那我们走! 估计婚礼还得进行两个多小时,我们逛完校园,正好赶回来吃饭! 这样,谭薇敬酒时还能看到我们。牛万象点点头:也好。

就这样,趁着典礼的那两个小时的时间,牛万象和杨帆在圣城师大的校园里走了一圈。一切都还是那么熟悉,只是,昔日宽阔的操场咋突然感觉变小了呢? 以前整齐的教室咋变得如此凌乱不堪? 那个形状貌似大风车的宿舍楼似乎也比记忆中更加陈旧。还有,校报编辑部所在的办公大楼咋不那么高大了呢? 唯有广场前的拱手而立的圣人像,看上去还是那么和蔼可亲、谦逊低调。牛万象想起最近《光明日报》的一篇报道,说圣城师大散发着一股经典成就的底气,或许,这篇报道说得对,圣人以及圣人的思想才是这所大学的底蕴之所在。当年读书的教室是一排小平房,这是这所大学最为久远的记忆。小平房从学校建立那一天就存在了,是唯一一个被保留下来的老建筑。这里被亲切地称为西联教室,是每一届圣城师大中文系毕业生的美好回忆之一。牛万象特地拉着杨帆跑到当年在西联上课的教室,透过窗户看到里面稀稀拉拉坐着几个学生。看来,学校的学风保持得还算不错,大周末的还能有学生静下心来读书,与古彭师大比,这已经很难得了。牛万象悄悄推开教室的后门,找到自己当年坐过的座位。座位就在教室的最后一排,当年牛万象喜欢安静,坐在后面能观察整个教室的动静。更重要的是,他可以观察当年的班花,她的一举一动都能尽收眼底。俱往矣。牛万象安静地在座位上坐了一会儿,直到引起了旁边一个小女生的注意,不断地向他投来奇怪的目光,他才悻悻地走了出来。杨帆问他:怎么不在里面多坐一会儿?牛万象摆摆手:找不到当年那个感觉了!杨帆笑笑,一口气说了三个词:斗转星移,物是人非,桃花何处!一句桃花提醒了牛万象,他对杨帆说:你还记得图书馆前的那株大桃花树吗?一到春天,就开得满树桃花,真是妖艳!杨帆激动地说:怎么不记得!走,咱们去看看!两个人快步来到图书馆,远远地就看到了那株桃花树,可惜,此时此刻它已经过了花期,唯有一树蓊蓊郁郁的桃叶在风中轻轻摇摆。

　　逛了一圈校园,看看时间差不多该吃午饭了。两个人回到孔府大酒店,婚宴刚刚开始。找到自己的席卡,两个人落座。牛万象很快就发现不少熟悉的面孔,那个在不远处谈笑风生的人不正是当年的李春部长吗?这么些年不见,他的鬓角竟然有了白发!他年龄不大啊。牛万象指指李春,对杨帆说:我得过去打个招呼。杨帆点点头。牛万象起身走到隔壁桌,拍了拍李春的肩膀,轻轻说了句:李部长!李春回过头来,愣了好大一会儿。牛万象说了句:我是牛万象啊!李部长认不出我了!李春恍然大悟:哎呀,怎么会是你?你可是胖了许多!没想到会在这里遇到你,真不敢相信!你回母校来,怎么也不提前打个招呼?牛万象笑笑:本来想悄悄地来悄悄地走,没想到在这里遇到了你,赶紧过来打个招呼!李春连声说了几个好,指指坐在他旁边的人:这是中文系的李建老师,当年给你上过课,你还记得吗?牛万象没想到谭薇他们竟然邀请了李建,或许,宫立还不知道谭薇的往日风流,不然怎么会邀请她昔日情人来参加婚礼?又一想,不对,宫立是系主任的儿子,李建作为中文系的著名教授来参加婚礼也是理所应当的。看牛万象在发愣,李建主动伸出手:欢迎你回母校来!牛万象反应过来,边和李建握手边说:李教授当年的当代文学课讲得真好,至今都受益匪浅!李建只笑不说话。李春说道:胡军老师也来了,你看到他了吗?他现在是宣传部的常务副部长了!牛万象摇摇头:没看到他。李春四处瞅了瞅:他可能在别的地方。愣了愣,李春又说,你回来一趟不容易,我们要好好聊一聊,你今天就住在这,我晚上叫几个熟悉的老师,好好聚一聚。牛万象摆摆手:别麻烦李部长了,我想下午就回古彭。李春做出一副很严肃的样子来:这可不行,这么多年没见,晚上我们一定得聚聚。就这么定了,我一会儿就让他们给你订一个房间!牛万象面有难色:李部长,还有一个人,和我一起来的……李春哈哈笑:那就都留下来嘛,是你女朋友吗？发展到哪一步了？还需要多订一间房吗？牛万象有些尴尬地笑笑:普通朋友,普通朋友……李春打断他:那我就让他们安排两间房好了！这时,谭薇和宫立过来敬酒,李春对牛万象说:我们晚上再聊！牛万象只好回到自己的座位上,对杨帆说:今天走不了了,李春部长非要让我们留下来。杨帆对此似乎并不感到意外,微笑着点点头:那我们正好利用下午的时间去圣城大街逛一逛！

牛万象对逛街不感兴趣,在古彭的时候,他最烦的就是周末要陪叶晓晓去逛街。现在回到了圣城,没想到还是逃不过陪别人逛街的厄运。好在圣城不是古彭,这里的一切都是那么温馨,杨帆逛街的时候,牛万象就去看那些曾经熟悉的景物,阙里大街的牌坊啦,圣城书店底下的小吃街啦,孔府外面的古柏啦,孔庙旁边的古槐啦,都是他百看不厌的。在圣城小城走了大半圈,下午的时间一晃就过去了。杨帆收获颇丰,牛万象左手右手各拎着两个大袋子,她自己手里也拎着一个,都是她挑选的衣服。牛万象讽刺她说:在古彭就没有你穿的衣服吗？跑到小城来购物！杨帆噘着嘴说:你哪知道啊,这几件衣服都是手工缝制的,要的就是土味儿！牛万象耸耸肩膀:好吧。

和李春部长约的吃饭时间是晚上六点,为了牛万象他们方便,地点就定在他们住宿的孔府大酒店饭厅雅间。牛万象回到房间以后,快速地冲了一个热水澡。敲杨帆的门,杨帆说刚接了谭薇的一个电话,一会儿要来接她去看新房子,就不下去吃饭了,一会儿和谭薇在外面随便吃一点。牛万象点点头,说:也好。他一个人下楼去饭厅了。李春部长已到,胡军也来了,还有宣传部的几个人,都是熟面孔,牛万象一下子就放松下来。几个人落座,边吃边聊。牛万象把自己在古彭师大的情况说了个大概,李春部长听完了说,当年去古彭师大还是对的,毕竟是对口学校嘛。几个人聊起了宣传工作不好做,出力不讨好不说,还平白无故地担责,比如哪个学院学生跳楼啦,食堂饭菜有问题学生食物中毒啦,后勤某个部门失职导致火灾啦,这些都是和宣传部八竿子都打不着的事,一旦新闻媒体要报道,宣传部就不得不忙着去灭火。现在的宣传部,根本就是"消防队",工作人员个个都是"消防员",整天都要忙着防火防盗防记者,你说这宣传工作还怎么做?大家都是在宣传部工作的人,说起这些来都是苦大仇深,酒喝得也就没了节制,牛万象不知不觉就醉了。他不知道自己是什么时候回到房间的,只记得杨帆来过房间,其余的事情都忘记了。半夜醒来,牛万象发现杨帆躺在自己身边,再看看两人,都是赤身裸体。杨帆见他醒来,迷迷糊糊地说:你醒了?看你昨天喝得酩酊大醉的,吓死我了!牛万象结结巴巴地说:昨天夜里,都发生什么了?杨帆红着脸说:我回来时正碰上李春部长把你送上来,他把你交给我就走了,我把你扶到你的房间,你拉住我的手,一遍一遍地对我说:我要你当我的新娘,谭薇当别人的新娘了,你就当我的新娘!我只好……牛万象傻眼了:我喝醉了,你哪能听我的?杨帆羞得满脸通红:你劲儿那么大,我反抗也反抗不了啊!牛万象不说话了,看了看娇羞欲滴的杨帆,呼吸逐渐粗重起来,他一下子把杨帆拉到怀里,气呼呼地说:既然如此,那你就再当一回新娘好了!

事毕,杨帆边喘边笑着说了句:早知道就不让李部长他们开两个房间了!浪费!

四十三 办公桌

我是林萍的办公桌。昨天晚上,我的主人林萍突然来到办公室,把我收拾得干干净净。一些不用的东西她全都扔了,只留下几个本子。今天早上一上班,牛万象看到我的样子吓了一大跳,他一定很奇怪:一向杂乱无章的桌面咋一夜之间就空无一物了?牛万象意识到,编辑部有什么事情要发生了。

其实也没有什么大事,这事已经酝酿了五六年了,只不过是到现在才实现。这一次,林萍做得很隐秘,没有露出任何迹象。不像前几次,只打雷就是不下雨。这一次,直接大雨倾盆,根本不打什么招呼。林萍要调走了,她终于能跟着教授丈夫调到北京去了,多年的愿望终于实现了。这天,林萍直到快下班时才来办公室,进屋第一句话就是:万象,以后报纸就靠你一个人了!牛万象张了张嘴,说道:主任这次真的要走?林萍点点头:那边已经办好了手续,这边校领导也同意了。牛万象说:这次怎么这么快?林萍笑笑:都耗了这么多年了,现在才办成,快什么快!牛万象此刻的心情很复杂,林萍调走是他一直所盼望的,从他调到古彭师大的第一天,他就等待着这个结果。林萍调走了,他就能有机会接任编辑部主任职务,无疑在办报方面自己会有更大的自由。以前,有些他满意的稿子不好发,对于那些有思想倡导自由理念的好文章,他想发发不出来。现在,他有机会做编辑部主任,无疑会有更大的自由度,如果校报能回到以前主任就是终审的机制,那就更理想了。林萍调走,也有不好的方面,那就是编辑部人手少了,牛万象不得不面临着一个人办报的困境。这几年,编辑部从三个人办报到两个人办报,现在又将变为一个人办报,面临的困难肯定不会小。相较于自由发稿,牛万象觉得这一点困难不是很重要,他相信自己能够克服。

  林萍说走就走了,第二天就离开了古彭师大。她走得很决绝。在师大工作了二十年,这所大学没有给她留下多少好印象,尤其是最后几年评职称,校领导早料到她一旦评上副高就会跟随丈夫调走,所以对她百般刁难,以材料不够过硬为理由连着拒绝三次。其实,管理系列的职称根本就不是材料说了算,而是领导的意见说了算。同样的境遇,牛万象刚刚经历过,他最清楚这里面的玄机。林萍走的当天,古部长把牛万象叫到办公室,王华华副部长也在。古部长说:林萍突然调走,现在校报编辑部只有万象一个人,但工作不能耽误,我们一起商量商量下一步怎么办。古部长说完,看看牛万象。牛万象犹豫了一会儿,说道:现在报纸十天一期,我可以应付,请古部长放心。古部长点点头,又看看王华华。王华华手里正拿着出刊不久的最新一期校报,自从上任副部长以来,他对校报工作抓得很紧,每期必审,每稿必看。牛万象很奇怪他怎么会对校报如此感兴趣,好在他对报纸编辑工作还算了解,一般也不会提出外行的问题。王华华说了句:我看当务之急还是需要引进新的编辑,一个人办旬刊确实很紧张,即便是万象老师这样的高手,时间久了也吃不消。愣了一下,他又说:在新人未到位的这段时间,如果万象老师觉得忙不过来,我可以帮着编辑一下要闻版。王华华的话听上去很温暖,也很在理,但牛万象并不希望由他来参与编辑工作,那只会让自己更加不自由。对于王华华的提议,古部长说不出什么不合适的地方,他点头说:王部长的意见很好,我们先照此执行吧。

从古部长办公室出来,牛万象有些不高兴。这样的安排表面上是减轻自己的工作负担,但实际上是对自己不信任。他想起前几天发生的一件事。他从一家二手图书网邮购了一本被禁的图书,买来以后一直放在办公桌上,没事就翻翻。那天古部长进来,随手拿起那本书,看了几眼,皱紧眉头说了句:这书不适合宣传部的同志看!牛万象当时没当回事儿,现在看,古部长可能对自己有看法。牛万象本以为林萍走了以后,他可以更加自由地编稿,现在看,没这么简单。如果王华华真的要亲自编要闻版,那意味着原来的格局并没有多少实质改变。更让牛万象悲观的是,好不容易等到了林萍腾出主任的职位,可古部长根本就没提让自己接任的事儿,这也意味着他以前的承诺存在着很大的变数。

果然,林萍坐过的位子还没凉呢,宣传部就已经有两个人在蠢蠢欲动了。一个是欧阳枫,他想回编辑部任职,毕竟曾经在校报编辑过报纸,他回来也不是没有理由。何况这些年他一直在网络科,熟悉新媒体运作,作为传统报纸,也需要融入新媒体。而且欧阳枫也指导过学生新闻社团,对这一块不陌生。所有这些都是欧阳枫的优势。还有一个想接任编辑部主任的是董絮。她在宣传部秘书科锻炼了几年,工作上也出了一些成绩。但毕竟秘书工作太忙,她一个女孩子,成天加班加点,有些吃不消。编辑部虽然也忙,但忙得有规律。校报还有一个特殊之处就是,虽然是科级单位,属于宣传部管理,但工作相对独立,科级建制却有着四个编制,相当于处级单位了。校报每年的经费差不多占据宣传部总经费的一半,这些钱都属于编辑部支配。可以说,当上了编辑部主任就等于享受了副部长的职权,在宣传部是最重要最实惠的岗位。对于这些好处,董絮当然不会放弃。

为了能当上校报编辑部主任,欧阳枫和董絮在古部长和王华华之间来回奔走。对于这些,不但牛万象,宣传部的人也都心知肚明。曾晓雯一向对牛万象存有好感,上次牛万象没有接任刘冬的秘书岗位,曾晓雯还为他惋惜不已。她看不惯董絮那张脸,因此和董絮的关系一直是表里不一。这次职位变动,眼看着牛万象又将面临挑战,曾晓雯很担心。她悄悄告诉牛万象:一定要去古部长那里争取,他就要退休了,你现在是宣传部唯一一个没有职级的,工作又很出色,不管从哪个方面来说,编辑部主任非你莫属。愣了一下,曾晓雯把一个小纸条递给牛万象,说了句:这是古部长家的地址,你或许用得上!牛万象很感激曾晓雯的好意,但他实在拉不下脸去找古部长。犹豫来犹豫去,又耽误了好几天。正忙着毕业留校工作的叶晓晓也劝说他:该送礼就得送礼,你当上了主任,对我留校工作也更加有利。再说,古部长是把你从圣城师大引进来的人,如今他即将退休,你必须抓住这个机会,在他退休之前解决科级待遇,不然就没有机会了。见牛万象还是在犹豫,叶晓晓又说:古部长对你也算有恩,你给帮助过你的人送礼,不丢人呢!叶晓晓这话说得很在理,牛万象有些心动了。这段时间,他和叶晓晓各忙各的,不像以前那样整天黏在一起,但毕竟同居了这么多年,不是夫妻胜似夫妻。一日夫妻还百日恩呢,这么些年的同床共枕,感情自是瓷实。虽说牛万象和杨帆发生了那种关系,但毕竟只能算是墙外红杏。只要叶晓晓和袁部长之间是清白的,牛万象是没有理由离开她的。

　　牛万象准备接受叶晓晓的意见,给古部长送礼。为了能让自己心里坦然,他一直在努力说服自己,这是为了向古部长表达知遇之恩,而不仅仅是为了得到编辑部主任的职位。给古部长送什么好呢?叶晓晓和牛万象都在动脑筋想办法,想了半天,觉得还是买营养品和衣服比较贴心。但营养品价格水分太大,不懂行的人也容易上当受骗,衣服品牌在那里,价值比较容易显现,所以,两个人决定还是买衣服好。现在是秋天,给古部长买一件毛衣或衬衫都合适。商量好以后,两个人去了金鹰商场,仔细挑了一件恒源祥的纯手工制作的毛衣,既上档次又很潮流。这一次,叶晓晓建议牛万象把衣服送到古部长家里,这样比去办公室好,家里是个更加私密的空间,什么话都好讲。

　　古部长住在离学校不远的凤凰小区,步行也就十几分钟的距离。因为上班方便,古彭师大好多老师都住在这个小区。为了不让人看见,牛万象一直等到了晚上七点钟才开始出发,他估摸着这个点儿古部长正在家看《新闻联播》,趁着这个时候和他聊聊天,也不会尴尬。来到古部长家楼下,牛万象心里直打鼓,再看看手里的恒源祥,他咬咬牙,终于上楼敲门。开门的正是古部长,他看到牛万象,愣了一下,随即笑着说:万象来了,快进来!快进来!牛万象额头已经开始冒汗了,好在屋里没别人,这让他心情稍微缓和一点。他把恒源祥放在客厅一角。古部长边让他坐下边问:你拿了什么东西? 牛万象擦了一把汗,说道:给您买了一件毛衣,也不知道合适不合适。古部长笑笑:以后可不准这样了,来看我可以,但不能破费。牛万象点点头:我知道我知道。停顿了一下,古部长又说:你到家里来的意思我明白,你是我从圣城师大引进来的,工作很努力,无论从哪个方面来说,我都应该对你负责。现在林萍走了,编辑部主任职位腾出来了,我考虑让你接任,我要在退下来之前解决你的科级职级问题。这一次,欧阳枫和董絮也都提出来了,但他们都已经解决了行政级别,没有你这么迫切。古部长说到这里,看了看牛万象。牛万象赶紧表态:谢谢古部长,我一定会全力以赴把报纸办得更好!古部长点点头:这一次我们要吸取上次的教训,我们要做得不显山不露水,这之前不要透露任何风声,我会散布假消息说不准备提拔你,好让他们不给你捣乱。牛万象感激地说:我一切都听您的安排!沉默了一会儿,牛万象起身说:不耽误古部长休息了,我回去了。古部长点头说:以后常来家里玩!从古部长家里出来,牛万象感觉一身轻松。他长长地吐出一口气,感觉古彭秋天的夜色真是美好!

几天以后,牛万象悄悄地填了一个任职表格。过了一周,关于他任职编辑部主任的文件终于出现在学校办公网上。这个只有三行字的简单文件,牛万象却一连读了七八遍,直到最后,他都能把文件完整地背诵出来。牛万象如愿以偿地当上编辑部主任没多久,古部长退休的文件也下来了。古部长离任,学校并没有立即宣布新的宣传部部长人选,大家都以为王华华会就地扶正,他本来就是正处级待遇,接替古部长做宣传部部长是很自然的事情。王华华自己对此也很有信心,在学校尚未任命新部长的空当,他开始全力以赴地主持宣传部的日常工作。许多人都说这段空当是学校对王华华的考验,主持工作合格了,学校自然会将他顺利扶正。因为工作实在太多,加上牛万象已经被任命为校报编辑部主任,王华华放松了对校报的审稿,把最终的审稿权也下放了。这段日子,校报在内容和版面上都有了许多改观。牛万象充分发挥大学生通讯社的作用,想方设法调动学生记者的积极性,提高了供稿的质量。两个月下来,报纸工作不但得到了王华华的认可,还得到了刚刚接任陆丰荣升校党委书记的俞强的再次肯定。与此同时,牛万象指导校报子刊的负责人,再次对《玉泉河畔》进行了全面改版,从内容和形式两个方面真正贯彻"激浊扬清、建言献策"的办报宗旨,对学校存在的不良现象进行全方位的监督。为了让学校明白这张报纸的苦心,牛万象还亲自动手,为新一期子刊撰写了一篇社论《我们所做的一切都是为了校园更美好》。这一切,当然受到了师生员工的欢迎,在大家的持续关注中,校报的声誉和地位得以不断提升。

王华华主持宣传部工作近一个学期,学校终于宣布了新宣传部部长的人选,出乎意料的是,王华华并没有如愿以偿。新任宣传部部长是原来学生工作处的王霄翰,不是王华华。对于王霄翰,牛万象并不陌生。因为学生工作处的特殊性,在过去的几年,他平均每学期都要采访王霄翰三五次,有一次的采访稿还上了《光明日报》的教科新闻版。为此,王霄翰还专门让学生处秘书给牛万象开了一笔数目不小的辛苦费。牛万象还了解到,王霄翰在学校的地位很高,他早年当过中文系的党总支副书记,组织部副部长,后来作为学校后备干部做了学工处处长。他这次到宣传部来,显然是要再一次镀镀金,为今后的荣升进一步积累资本。在古彭师大,王霄翰有一个势力很大的圈子,他和校办主任蔡光荣、外援宿北的袁部长等人关系极好,他们三个再加上工会主席刘光富,人称古彭师大四兄弟,他们四个联手,几乎掌握了学校的半壁江山。相对于王霄翰的年龄优势,机关党委出身的王华华年龄的确有些大了。在王霄翰上任宣传部部长的同时,王华华又回到了机关党委,不过这次他有了新职务——机关党委书记,尽管还是正处级待遇,但毕竟从二把手升任一把手,也算是升了职。

四十四 戒指

这天一大早,叶晓晓发现手上的戒指突然不见了。她在床上找了半天,以为昨天晚上和牛万象折腾时不小心掉在了床上。她叫醒还在睡梦中的牛万象,让他到沙发上去睡。牛万象揉揉被眼屎包围的眼睛,迷迷糊糊地问:找什么呢你?慌慌张张的!叶晓晓着急地说:找戒指!你送我的那枚戒指!昨天我记得还在手指上戴得好好的,刚才突然发现没了!牛万象也帮着找起来。两个人把床翻了个遍,根本就没有戒指的踪影。叶晓晓急得把床单都掀起来了,牛万象还钻了床底,都没找着。牛万象嘟囔了一句:会不会掉在别的地方了?你昨天坐公交车的时候有没有发现戒指丢了?叶晓晓想了想,摇摇头:没有印象,昨天坐车的人挺多的,挤来挤去的,也说不准。牛万象点点头:你昨天还去了哪里?叶晓晓犹豫了一下,说:还去过学工处,去送申请留校当辅导员的材料。不过,丢在那里的可能性不大,我就在那里待了一会儿。牛万象知道叶晓晓最近一直在忙着毕业留校的事儿,再加上研究生毕业答辩,确实够她忙活的。牛万象无奈地说了句:别找了,丢就丢了吧,回头再买一个吧。说完,他抱着枕头去沙发了。时间还早,他想再睡一会儿。睡到沙发上,牛万象怎么也睡不着了。他这个人是有些迷信的。叶晓晓无缘无故把订婚的戒指丢了,这不是什么好兆头。他嘴上说没关系,可以再买一个,但心里却留下一道阴影。联想到最近叶晓晓在那方面的兴致不高,每次做也都是在应付,没有了从前的激情和主动。每次牛万象爬到她身上,总觉得那不是一个活物,没有任何主动的回应。以前,还没开始,叶晓晓就开始大呼小叫,全程鸣笛示警。现在倒好,纯粹是一团肉似的,味同嚼蜡。牛万象对叶晓晓有一种不好的感觉。或许这也和自己有关?自从和杨帆在圣城发生了关系以后,牛万象就一直和她保持着类同情人的关系,每周见一次面,雷打不动。在叶晓晓和杨帆之间,牛万象的情感天平在悄悄地向着后者倾斜。只是,在自己和叶晓晓苦熬了这么多年之后,在眼看就要看到曙光之际,两个人的情感却突然冷了下来。他们说好了一旦叶晓晓工作定下来就领证结婚,万米长跑眼看就到了终点冲刺时刻了,两个人却不愿意继续跑了。

  为了叶晓晓留校的事儿,牛万象也一直在想办法。学校刚刚在办公网上发布了今年的引进人才计划,其中辅导员有十个名额。随着留校工作的门槛越来越高,在博士研究生遍地走的年代,像叶晓晓这样的硕士研究生,竞聘其他岗位是几乎不可能的,只能报辅导员。名额太少报名者太多,这个岗位的竞争异常激烈。其中有许多报名的研究生都有着深厚的背景或者各种关系,有的是省教育厅关照过的,有的是校领导的亲戚,还有的是本校教工子女,这些都需要学校的照顾。同等条件下,肯定是他们被优先录用。叶晓晓没有什么过硬的关系,虽然牛万象是本校职工,但他只是一个小小的校报编辑部主任,一个普通的科级干部而已,哪有能力去和校领导、教授们争夺资源?一想到这些,牛万象就头疼。庆幸的是,王霄翰原来是学工处的处长，熟悉辅导员竞聘的这一套流程，也参与整个竞聘工作。牛万象打算去找找他，毕竟他是现在宣传部的领导，会考虑员工的稳定，把叶晓晓的工作解决了，牛万象也能更加安心工作。王霄翰到宣传部以来，一直对牛万象不错。或许是因为王华华调走新的副部长还没有到位，在许多具体工作上，王霄翰都比较依赖牛万象，尤其是外宣工作，其他人都做不来，只有牛万象轻车熟路，出手也快，一个稿子王霄翰头天布置给他，第二天就能交稿了，牛万象的这一点，很受王霄翰的赏识。因此，牛万象盘算，只要自己开口，王霄翰是不会不帮忙的。现在的问题是，这样的关系远远抵不过其他竞争者过硬的背景。

　　王霄翰是一个爽快人。这天上班，牛万象把叶晓晓的情况给他一说，他就满口应承下来，说一定会全力以赴。这事儿要是在往年，操作起来并不难，因为学工处处长直接负责辅导员留校的事儿。但现在不一样，已经离开了学工处的领导岗位不说，新部长也即将到位了。这是一个坏消息。但也有一个好消息，王霄翰继续说道：你猜即将上任的新处长是谁？牛万象脑袋高速运转，一下子想到了袁上飞，他已经援建宿北多年，按照学校的规定，应该可以回校工作了。循照惯例，凡是出去援建或挂职的人员，回校后就要提拔。而袁上飞援建宿北时担任的职务正好是学工处处长，回校担任同样的职务，再合适不过。不等牛万象回答，王霄翰脱口而出：新学工处处长是你的老领导袁上飞！我和他平时交往较多，所以，他到位学工处之后，会对叶晓晓留校工作很有利。牛万象点点头，问：袁部长什么时候上任？王霄翰笑笑：他从宿北回来有半个月了，学校应该就在本周宣布对他的任命。学校之所以让我担任宣传部部长,某种程度上来说也是为袁部长腾出岗位,他在宿北工作做得不错,相信回到学校也一定能做得很好。说实话,此时牛万象的心情很复杂,真是悲喜交加亦喜亦悲。喜的是袁上飞是自己曾经的上司,在叶晓晓留校这个事上应该能够帮助自己;悲的是袁上飞曾经和叶晓晓有过一段暧昧的关系,如今他回来的时机,恰逢叶晓晓要参加留校竞聘,作为主导辅导员留校竞聘的学工处处长,会不会利用这个机会和叶晓晓……牛万象不敢往下想了,埋头做自己的工作。

最近,王霄翰安排牛万象写一个关于学风建设方面的外宣稿。牛万象当然明白他的苦心,他这是要给自己在学工处的工作做一个总结。王霄翰在学工处工作的这些年,下大力气主抓的工作就是学风建设,也确实取得了一些成效。考虑到王霄翰对这篇稿子的重视,牛万象写得也很辛苦。初稿完成,王霄翰看了后很满意,他对牛万象说,为了能在《光明日报》发的篇幅大一点儿,位置好一点儿,我请袁部长代为邀请山西站长到学校来,郑站长已经答应了,不但要来,而且要在古彭待上几天,帮我们改改稿,也看看这里秋天的风景。我们要好好接待他,你和董絮两个人具体负责接待工作。

古彭的秋天来得早,云龙山此时已经是层林尽染,景色分外妖娆。云龙湖波光粼粼,白帆点点,沙鸥翻飞,其景自是美不胜收。还有狮子山楚王陵以及龟山汉墓,地下景观令人叹为观止,汉兵马俑自有一番奇趣。郑山西选择这个时候带着家人来古彭,可上云龙山观景,可在云龙湖泛舟,到汉墓观兵马俑,是很有眼光的。为了尽显诚意,王霄翰没有让郑山西坐火车,而是从学校后勤派了专车,专程让董絮跑一趟南京，把他接到古彭来。晚上，王霄翰在古彭最好的五星级大酒店云泉山庄订了一个雅间，陪同郑山西吃饭的除了宣传部人员，他还叫上了校办主任蔡光荣、新任学工处处长袁上飞和工会主席刘光富等人。这样的豪华阵容一方面是要表明对郑山西的重视，另一方面也是王霄翰关系背景的实力展示，当然还有一层为袁上飞祝贺的意思。牛万象盘算着，趁着这次机会，向袁上飞汇报一下叶晓晓留校当辅导员的事儿。尽管他内心实在不愿意让他帮忙，但没有他的帮忙，叶晓晓留校的事儿就很难办。

郑山西很能喝，不愧是山西人，酒过三巡，众人皆有一些醉意，郑山西却是越喝越有精神。他还别出心裁地划了一套山西的酒令，王霄翰他们直看得目瞪口呆。看得出，郑山西很豪爽，典型的山西人性格。他喝酒的时候，面前放着一碗醋，喝一口酒，也要喝一口醋，一瓶酒喝干，一碗醋见底。董絮负责给他倒酒，牛万象则忙着给他张罗倒醋。以牛万象不多的生物和化学知识，他知道郑山西这样的酒醋混合的喝法，就是喝上一晚上，他也挺得住。当然，王霄翰、蔡光荣、袁上飞和刘光富也不是等闲之辈，师大"四兄弟"在酒桌上也不是软柿子，四个人轮番作战，酒杯翻飞之际，六瓶洋河梦之蓝已经见底。见郑山西还没有醉意，王霄翰示意董絮再开两瓶，曾晓雯、欧阳枫，加上牛万象，几个人也轮番给郑山西敬酒。几圈酒下来，郑山西终于有了醉态，他卷着舌头说道：王部长，我是看出来了，今天你是不把我灌醉是不肯罢休了，是吧？王霄翰直点头：郑站长是爽快人，酒风正人品好，我们都很佩服。郑山西爽朗大笑，笑完了说：王部长也是爽快人，在座的袁部长是我的老朋友，其他几位虽是新相识，但也都很投缘，你们放心！话音未落,王霄翰站起来带头举起酒杯:来,我们一起敬郑站长一杯！感谢他对古彭师大宣传工作的大力支持！大家都起来,一起举杯:敬郑站长！郑山西也摇摇晃晃站了起来,说:干了！

　　散了酒宴,把郑山西送回房间,牛万象和董絮去大厅跟王霄翰他们汇合。牛万象急着向袁上飞汇报叶晓晓的事儿,迈的步子大,董絮在后面追得直喘。她今晚也喝得不少,脸色通红,满嘴酒气。她对牛万象说:你走那么快干吗？牛万象说了句:我们快点下楼,别让王部长他们久等我们。董絮撇撇嘴:他们恐怕早就去打牌了！每次吃饭,只要他们四个在一起,就会打牌打到半夜！有时候甚至通宵。果然,牛万象到大厅的时候,已经没有了王霄翰他们的身影。他无奈地摇摇头,问董絮:你咋知道他们要打牌？董絮笑笑:我啥都知道！愣了一下,她说:我连叶晓晓留校的事儿都知道！这是袁处长上任要处理的第一件大事,他早就告诉我了！叶晓晓要想顺利留校,去做好袁处长的工作就行了！牛万象站在原地,看着董絮,心里说了句:这天下大势,真是分久必合合久必分啊！

　　第二天,牛万象和董絮要一起陪着郑山西看风景。估摸着这一整天都要把时间泡在陪同上,根本没有时间去找袁上飞。而叶晓晓的事儿宜早不宜迟,牛万象给叶晓晓发短信,让她先去找袁上飞说说留校的事儿。别人再怎么说,最终都得需要叶晓晓亲自去汇报。一方面是更能说清楚,另一方面也是表示尊重。

　　其实牛万象并不知道,叶晓晓早已和袁上飞说过此事。袁上飞援建宿北这些年,叶晓晓和他一直在QQ上保持着联系。她对袁上飞的动静了解得一清二楚,袁上飞对于她的情况也是知根知底。在袁上飞即将上任学工处处长之前，叶晓晓就悄悄和他见了一面。她知道牛万象不会希望自己单独和袁上飞接触，于是就一直没告诉他。她怀疑，那枚戒指可能就是在和袁上飞见面时丢的，丢在了左岸咖啡馆的那个雅间。牛万象永远都不会知道，那天叶晓晓和袁上飞发生了什么。如果他能够像鸟一样飞翔，从云龙湖面眺望一下左岸咖啡馆，他会通过咖啡馆那扇巨大的窗户，看到叶晓晓和袁上飞面对面坐着谈话的情形。他会发现，他们所坐的位置正是自己和杨帆曾经坐过的地方。他们每人面前都放着一杯现磨咖啡，不用看牛万象也知道，叶晓晓面前的一定是卡布奇诺，和杨帆一样，她最喜欢喝那种大杯的带着奶油泡沫的咖啡。此时，袁上飞的两片嘴唇在上下翻飞，他似乎在急于表达着什么。这么多年过去了，时光仿佛没有在他身上留下什么痕迹。他还是显得那么年轻，不，应该是比在宣传部工作的时候还年轻。他秉承彭祖的男女阴阳养生大法，尽可能地和青春女孩子接触，如今，他回到了古彭师大，或许会收敛不少。在就任学工处处长之前，党委书记俞强找他谈话，明确表示希望他能有一个完整的家庭，结束离异后长期单身的状况。俞书记的意思很明白，肯定有人举报过他在作风方面的问题。只有他早日结束这样的境况，他才能有更好的前途。毕竟，学工处处长还只是一个过渡，他应该还有更高的追求。他完全可以像王霄翰一样，步着他的后尘，回到宣传部，回到党委关键部门，成为学校的后备培养干部。而要做到这些，他需要尽可能地稳定下来，组织家庭，不再给别人留下和女学生风流的口实。看得出，叶晓晓和袁上飞谈得很兴奋，两个人又续了咖啡，一直聊到很晚。然后，他们一起离开了咖啡馆。

此时的云龙湖,正是一片烟波浩渺,雾气弥漫,到处是一片莽莽苍苍。

四十五 大操场

每一所大学都有一个或几个操场。古彭师大原来有五个大操场,后来因为不断盖楼,操场不断减少。二十一世纪实验大楼盖起来以后,大操场还剩下两个,一个离大楼不远,另一个在学生宿舍旁边。办公大楼这一个,时常被用作足球场,所以植被保持得比较好,覆盖着厚厚的草皮。没事的时候,牛万象喜欢在这里散步,一圈又一圈,边走边思考一些问题。这段时间忙着出报纸和外宣,他到操场来得少了。一段时间不来这里散步,他就有些莫名的不安和焦躁。这一片空地,已经和他产生了某种精神的联系。

在古彭待了三天,郑山西看遍了山水,玩遍了地上地下,终于带着牛万象的稿子回了南京。几天以后,关于古彭师大建设优良学风的大稿子赫然刊登在《光明日报》教科版面上,占了整整半个版面。拿到报纸,王霄翰很高兴,他把牛万象和董絮叫到办公室,指着报纸上的稿子说:你们看看,怎么样?郑山西真是够意思!牛万象接过报纸,迅速扫了一眼,说:编辑一个字都没改!董絮也看了看,说了句:郑山西还真是有水平!王霄翰笑笑说:郑站长是很有水平,但更有关系!由此可见,他在《光明日报》的地位非同一般!我们以后要加强同他的联系,对此你们有什么建议?董絮说:常请他过来呗!牛万象想了想,说道:我看宣传部可以聘请他为学校外宣工作顾问,定期请他来学校给新闻学院的学生讲讲课,也可以让新闻学院聘请他为硕士研究生导师,让他带带研究生,提高研究生培养质量。牛万象的话让王霄翰更加兴奋起来,他竖起大拇指:万象的想法不错,我看这个可行!以后我们的外宣工作大有可为!三个人聊了一会儿其他工作,王霄翰说了句:董絮你先回去,我和牛万象还有件事要商量。董絮闻言起身离开了沙发。王霄翰点起一支烟,慢悠悠地抽起来。牛万象心里说,王部长的烟抽得可真够凶的,一天一包不止。想想他也是不容易,作为学校培养的后备干部,都后备了多少年了,还在后备着。为了能从正处升到副厅,他这些年也是拼得很,一个岗位一个坑,都干得很出色。这样的人,在学校还真不多。抽了几口烟,王霄翰缓缓地说道:万象,告诉你一个好消息,叶晓晓留校的事儿差不多已经定了。昨天和袁上飞处长一起吃饭,他说校领导已经看过名单了,明天就公布,叶晓晓留在了艺术人类学院学辅导员的岗位,这是很不容易的!听到这个消息,牛万象很激动,他不停地点头说:谢谢王部长,谢谢王部长!王霄翰摆摆手:不要谢我,是你工作出色,我不得不帮。更重要的是袁处长,他也费了不少心,他是你的老领导,你一定要去好好感谢他!牛万象点头如同小鸡啄米:我一定去,一定去。少顷,王霄翰又说了句:你和叶晓晓的事儿全校差不多都知道了,现在她也稳定下来了,我看你们要抓点紧,赶紧把婚结了,也好安心工作。牛万象红着脸说:我们打算过了年就完婚!王霄翰点点头,说:好好好,到时候我去给你们当主婚人!停顿了一下,王霄翰又说了句:现在宣传部副部长空缺了不少时间了,我催学校赶紧让副部长到位,可俞强书记说一时半会儿找不到合适的人选,这给你们创造了一个好机会,你要好好表现啊!在做好报纸编辑工作的同时,把外宣工作进一步做好!牛万象嗯嗯了几声,起身回了编辑部,他想早点把好消息告诉叶晓晓。

牛万象给叶晓晓打电话,激动地说留校成功了,留校成功了!叶晓晓只是平淡地说了句:知道了。叶晓晓的语气颇让牛万象有些意外,她是早就知道了结果还是信心太过于强大?牛万象也没有多想,心里说只要成功了就好,今年春节可以带着叶晓晓回老家过年了。如今老家的房子早已翻盖一新,刷了新漆,小小地装修了一下,看上去很气派。前一段时间本家四爷爷去世,牛万象回去了一趟。到古彭师大工作以后,牛万象回家的次数并不是很勤,除了重要的年节以外,就是老家有红白喜事时,他才回去看看。当初他选择古彭师大,就是想能照顾老家。从古彭到老家距离不是很远,火车汽车都方便。尽管如此,牛万象发现老家对自己的吸引力似乎在逐年下降。有一次他和杨帆说起这事,杨帆笑着说:这说明你还很年轻,等你年纪越来越大,你会发现越想回老家。对于杨帆的回答,牛万象不置可否。这一段时间,老家的红白喜事有些多,特别是进入冬季以后,许多老人熬不住,便撒手西去了。四爷爷走了以后,爷爷这辈分的老人就都没了。最后一个老人也离去了,牛万象不免有些悲凉。接下来就是叔伯一辈的人了,好在几个叔伯身体还都好,虽都已进入知天命之年,但精神尚好。眼看本家同辈弟兄一个个都已成家立业,牛万象每次回家都感到有很大的压力。因为一直在读书,他在同一辈里面是唯一一个还没有结婚的。每次回老家,老爹都督促他:赶紧结婚,赶紧结婚,别再耽误了,你都快30的人了!牛万象下决心,等过了年,一定要完婚,实在不能再拖下去了。

寒假将近,牛万象和叶晓晓商量回家过年的事儿。叶晓晓沉默不语。牛万象说:怎么,你不愿意?家里房子都修好了。叶晓晓摇摇头:我不是嫌弃那里的环境,我是担心自己还没准备好。牛万象有些惊讶:没准备好?我们都谈了这么多年的恋爱了,你说你还没有准备好?叶晓晓低下头:我刚刚参加工作,想再过一段自由、单身的日子,你就不能再等一年?牛万象哭笑不得:咱俩都同居多少年了,不是和结婚一个样吗?还说什么自由不自由单身不单身?叶晓晓笑笑:同居和结婚不一样!同居我们还是自由的,结婚就是组成了家庭,接着就要生小孩,我暂时还不想过早地陷入烦琐的家庭生活。牛万象没办法,只好说:你比我小很多,可能没有什么压力,可我毕竟快30岁了,每次回老家,他们见了面都问我咋还没结婚咋还没结婚,问得我都烦了。叶晓晓走过来,给牛万象捏肩膀。牛万象这段时间在写一个长篇小说,坐在电脑前的时间太多,肩膀颈椎时常疼痛。叶晓晓慢悠悠地说了句:结婚是咱们两个人的事情,和其他人无关。你再给我一年时间,等我觉得时候到了,就结婚。牛万象无奈地点点头,看来,今年又得一个人回老家过年了。

一开春,上半年高级职称评审就开始了。今年管理系列参评的人比去年翻了一倍,按照同样的比例,今年应该有两个名额。名额多了,其他参评的人实力也都一般,科研成果都不是很多,以牛万象的成绩,今年应该没有问题。但他心里也打鼓,去年如果按成绩,自己不是也没有问题吗?到最后不也是没过吗?当然,去年竞争确实太激烈,而且遇到了一个强劲的对手。今年,牛万象又发表了两篇论文,都是核心期刊,这给他增加了不少信心。程序还是那一套,填表,提供支撑材料,人事处审核,材料展示,接着就是评委投票。这是最为关键的一步,投票过了,就等于成功了。这一回,叶晓晓不止一次地提醒牛万象:一定要去跑一跑,每个评委都要跑到。牛万象皱皱眉头:跑跑评委可以,但不送礼。叶晓晓鼻子哼了几声,讽刺他说:你自己掂量!牛万象不服气,说:你留校那么大的事都没送礼,我评个职称就更不用了!叶晓晓愣了一下,说:你真是好了伤疤忘了疼,去年没评上,还不吸取教训!牛万象笑笑:去年名额少,又遇到了校办的人,今年多了名额,其他人又都不在关键部门,应该问题不大,我心里有数!叶晓晓直撇嘴:扯淡,你什么时候心里有数过?我可提醒你啊,虽然其他参评的人都不在关键部门,但你要注意有好几个都是"老运动员",教务处的那个女老师都参加四次了,听说她今年咬了牙也要拿下副高,还有一个是人事处的小年轻,虽然他是第一次参评,但人家是近水楼台,你小心这次别翻了船!叶晓晓说了半天,牛万象还是那句话:我心里有数。

　　心里有数的牛万象的确有自信的理由,除了材料过硬,王霄翰部长也给了他不少信心。王霄翰表示,他一定尽最大努力帮牛万象拿下职称,为此,他也会向党委书记俞强汇报,如能取得他的支持,职称是没有问题的。按照往年的规则,宣传部、校办、学工处以及工会领导都是评委,王霄翰和好兄弟蔡光荣、袁上飞和刘光富都在评委库里面,只要他愿意帮忙,问题确实不大。然而,天有不测风云,评委投票这一天,王霄翰突然接到学校一个出差任务,要陪俞强书记去教育部开一个紧急会议,头天连夜就去了北京。自己的直接领导王霄翰和党委书记俞强都不在现场,牛万象担心没有人会努力替自己说话。更不妙的是,这一次人事处破天荒地出现了两个评委,处长、副处长都参与投票!这无疑对人事处的那个小年轻大为有利。牛万象注意到,小年轻根本就没把自己的职称材料进行公示!这意味着什么?结果不言而喻!

果然,投票的结果当天下午就出来了,教务处老运动员第一,人事处小年轻第二,牛万象第三。在只有两个名额的前提下,牛万象又一次落败了。得到这个消息,牛万象欲哭无泪。他一言不发地离开编辑部,来到了学校操场,一圈一圈地走着。此时,操场的青草刚刚露出地面,草色遥看近却无。他真想也去啃一口青草,就像刘三庭教授那样,趴在地上,伸出绵羊一样的舌头和牙齿,咀嚼,咀嚼,不停地咀嚼。

恍恍惚惚中,前面出现了一个人,他也在散步,走得很慢。牛万象认出了他,是那个被誉为怪才的雨桐教授。他刚在新校区上完公开课,此刻正在专心思考着什么。牛万象过去和他打了个招呼,雨桐教授认出了他,结结巴巴说了句:你、不是、那个校、报编辑、吗?牛万象点点头,见他说话太吃力,就不想多说什么。雨桐教授却高声唱了起来:我知道你啊,是个人才,别在宣传部那样的岗位,浪费了光阴,快去考博吧,那才是正道,如果你愿意啊,我可以推荐。他唱起歌来,一点儿都不结巴。牛万象感动地点点头,说了句:谢谢雨桐教授!

雨桐教授的一席歌唱点醒了还在梦中的牛万象,他知道,自己或许应该做出一个重大的选择了。当年,他为了寻找自由的精神,为了能够实现写作的理想,为了找寻一个或许不存在的乌托邦,他来到了古彭师大。现在,他知道大学的机关更多地不像大学,更像机关。机关机关,太难过关。他要离开现在的工作岗位,去当一个真正的大学老师,一个真正的知识分子,就像刘三庭和雨桐教授那样。而要做到这些,就必须选择考博。考博,考博,一定要考博! 牛万象暗暗下了决心。

牛万象要考博,叶晓晓既不支持也不反对。她提醒牛万象:有所得必有所失,考博意味着要回到学院教书,放弃现在的行政岗位。对此,牛万象只说了一句:对我来说,离开乌烟瘴气的行政岗位没有什么不好。事不宜迟,牛万象立即投入了考博的准备当中。考博士,首先要选好导师,这一点雨桐教授已经替他做了推荐,已经没有什么问题。其次就是学习外语,这么多年没有和外语打过交道了,牛万象必须从头开始。最后也是最为关键的是取得王霄翰部长的同意,只有他同意了,人事处才能出具证明,牛万象才能顺利报考。现在评副高职称再次失败,正是提出考博的好时机,牛万象决定去找王霄翰说说。

从北京开会回来,王霄翰有些疲惫。他强打着精神正在办公室处理因出差积下来的事情,牛万象推门进来了。王霄翰看到他,说:你的事儿我都知道了,我问了下袁处长他们,投票竞争确实很激烈,他们也没办法,必须听从人事处的引导,我当时就是在场,恐怕也无法挽回。牛万象点点头,说:谢谢王部长关心,我今天来不是说这个的,我想说的是另外一件事。王霄翰丢下手里的文件,看着牛万象:你说吧,什么事? 牛万象说:我想申请在职考博,请王部长支持! 王霄翰愣住了,过了一会儿,点起一支烟,抽了一大口说:你要考博,我不拦你,但你要想清楚,一旦考博士,就得离开现在的工作岗位,到院系去当老师。牛万象点头说:我想清楚了,我本来就喜欢当一个普普通通的老师,我的性格并不适合在机关工作。王霄翰抿紧嘴唇,说道:我本想让你全面负责外宣工作,如果你真要考,那我不得不做好抓紧引进人的准备。愣了一下,王霄翰又说:我考虑考虑,你自己也再好好想一想。没有得到王霄翰的明确答复,牛万象有些失望。但他明白,无论王霄翰答应不答应,自己一定要走考博之路。

四十六 铁路线

进入九月,古彭秋高气爽,但气温依然很高。作为全国赫赫有名的古彭火车站,这里一向都是熙熙攘攘,好不热闹。古彭是全国铁路线的中心,东西南北的火车都在这里交汇。在入口处,有一男一女在紧紧相拥。

这时男人说了句:你回去吧,我到北京报到完就和你联系。女人点点头:那你一路小心,等我忙完这段时间就去北京看你。她说完就离开了车站。男人拎起地上的两个行李包,一个穿着铁路制服的女人走过来,说:牛万象,我来帮你拿吧!叫牛万象的男人抬起头,惊喜地说:是杨帆啊!杨帆笑笑:我来送送你!她从牛万象手里抓起一个小包,说:我送你到候车室吧,我是这里的工作人员,可以进去。牛万象笑笑,说了句:真是特权哪里都有。

过了安检,杨帆对牛万象说:真是佩服你,居然考上了博士,还是个名牌大学!牛万象笑了笑:被人家逼上梁山嘛,我这也是自我寻找救赎之路。杨帆点点头。候车室里人头攒动,空调声嗡嗡直响。里面的工作人员看到杨帆,都主动和她打招呼。看来,你在铁路系统混得还不错!杨帆笑了笑:换作你,也会不满意的。愣了一下,杨帆又说,或许有一天厌倦了这里,我也会去北京。你干吗不干脆辞职?读博后留在北京多好!牛万象低头看着脚下:我也考虑过,直接辞职去读博,但读在职的博士可以保障收入,我也可以继续照顾老家。再说,谁知道博士毕业能否在北京找到工作,我暂时还不想太冒险。杨帆笑:你是放不下叶晓晓吧？牛万象摇摇头:我越来越难以把握和她之间的关系了,尽管我们还在一起,但我越来越看不懂她。选择在职读博,并不意味着三年后就一定要回来！候车室的提示牌由红色变成了绿色,上车的时间到了,杨帆抓住牛万象的手:我已经厌倦了古彭文艺圈的小家子气,或许很快也会去北京,等我！牛万象点点头,拿起了行李包。

  杨帆给牛万象订了一个靠窗的座位。火车开动时,牛万象看了一眼候车大厅,杨帆还站在那里,慢慢挥着手。在火车的正前方,牛万象看到了密密麻麻的铁路线,它们在车站口还交织在一起,出了站口便一条条笔直地延向远方。人生不就像这一条条铁路线吗？人这一生,可以有许多选择,但你永远不会知道自己的下一个选择会是什么。就像叶晓晓,她可以选择浮萍逐波,随风顺水任漂流,但她并不知道那风会在何时转向,那水会在何处汇海,一切都在她的把握之外。就像董絮,她可以选择借势上位,好风凭借力,送我上青云,但她并不知道青云之上还有高空,还有宇宙。就像杨帆,她可以选择在现实和理想之间游走,但她并不知道在这两者之外,还有无限的广阔地带。就像刘三庭,他可以选择不受奴役之路,但他并不知道,另外一条路依然通向不可知的未来。就像现在坐在火车上的牛万象,他再次选择了远方,但并不知道那是否又是一个虚无缥缈的乌托邦。就像林萍,就像谭薇,就像袁上飞,就像王霄翰……